좋아요만
좋아하는 세상

좋아요만
좋아하는 세상

제니 불렌 지음 | 김옥수 옮김

두 아들 시드(Sid)와 라즐로(Lazlo)에게 바칩니다.

제 1 장

침대에서 벌떡 일어났다. 바퀴벌레가 이마에 내려앉아 슬금슬금 기어가는 느낌이다. 나는 바퀴벌레를 재빨리 털어내고는 손가락 전체로 머리를 긁고 혓바닥으로 입 안을 닦아내며 비명을 질렀다.

"맙소사! 바퀴벌레를 먹은 것 같아!"

"아니야, 그럴 일 없어!"

남편이 화장실 안에서 소리쳤다.

나는 전등을 켜고 침대 옆 탁자를 훑어보았다. 물끄러미 나를 쳐다보는 바퀴 무리가 눈에 뜨일 것 같았다. 내가 지난 육 개월 동안 읽으려 노력했던 유아 발달 서적 더미 뒤에서 무언가가 번뜩였다. 벌레가 잠시 물러나서 겉옷을 갈아입고는 다시 달려드는 느낌이었다.

"일리야, 이건 말도 안 돼! 이런 데서 살 순 없어."

"여기 아니면 우리 어머니네 집에서 살아야 해."

일리야가 차분하게 현실을 일깨워줬다.

"선택지가 어떻게 두 군데밖에 없어?"

자명종 시계는 오전 일곱시로 향해가고 있지만 내가 앉아 있는 침실에는 무덤처럼 창문이 하나도 없어 한밤중인 것 같았다. 나는 벌레를 죽이려고 작정하고 물병을 들어서 침대 옆 탁자를 내리쳤다.

"걔네를 잡을 순 없을걸. 너무 빠르거든."

일리야가 끼어들었다.

"내 손으로 잡으려는 게 아니야! 해충 방역 전문가를 부르고 싶다고!"

"사람을 부를 순 없어. 우리 집이 아니잖아. 여기서 지내는 거로 만족해해."

"어떻게 그리도 느긋할 수 있어? 지금 우리가 두 아이를 데리고 사는 곳은 바퀴벌레가 난리 치는 아파트라고! 손 놓고 있을 상황이 아니란 말이야."

나는 벌떡 일어나서 발을 세게 구르며 다가가 화장실 문을 활짝 열었다. 일리야가 거울을 들여다보며 잇몸에 피가 날 정도로 치실로 잇속을 열심히 청소하다, "바퀴벌레는 어린애를 해치지 않아"라고 웅얼거리더니 세면대에 침을 뱉고는 나에게 고개를 돌렸다. 광대뼈는 불거지고 눈은 새파랗고 날카로운 게 고급 화장품 광고에 나오는 남자 모델 같았다. 아무 말도 안 하다 마지막 순간에 카메라를 노려보면서 '얼음으로 심장에 불을 지펴라.'라는 말도 안 되는 소리를 속삭이는 모델 말이다.

나는 팔짱을 끼고 노려보며 말했다.

"켄한테 전화해야겠어."

"벌써 다섯 번이나 했잖아. 사이코처럼 보이겠어."

"나는 사이코가 맞아!"

내가 소리치자 일리야가 덧붙였다.

"더구나 켄은 촬영 여행을 떠났다고."

"토론토잖아! 오 분이면 여기로 달려올 거야."

열심히 포토샵 처리한 듯한 몸뚱이를 뒤로한 채 내가 벌컥 소리치며 화장실 문을 닫자, 일리야가 따라 나와서 웃으며 물었다.

"어떻게? 로켓을 타고? 켄은 지금 촬영하느라 바빠. 배우가 어떤지는 당신도 잘 알잖아. 켄한테 숨 쉴 틈 좀 주라고."

"그래서, 지금은 배우질 하느라 바빠서 자기 아파트에 가득한 바퀴벌레를 처리할 수 없다는 거야? 정말 그런 식으로 말할 거야?"

"켄은 좋은 친구야. 우리한테 여기에 공짜로 머물게 할 정도로. 당신은 코니아일랜드 바퀴벌레가 어떻게 생겼는지 알고 싶지 않잖아."

일리야가 수없이 하는 말이다. 맞는 말이다. 나는 코니아일랜드 바퀴벌레가 어떻게 생겼는지 알고 싶지도 않고 일리야 모친이 옷을 제대로 입지 않은 모습을 보고 싶지도 않았다.

나는 바닥에 가득 널린 깨끗한 세탁물에서 일리야가 하나같이 똑같은 까만색 티셔츠를 몸에 하나씩 걸쳐보는 광경을 가만히 지켜보았다.

첼시하우스 클럽은 승진을 제안할 때 일리야가 대뜸 달려들 거로 생각했다. 실제로 일리야는 그랬다. 우리 모두 그랬다. 글로벌 멤버십 우두머리는 누구나 바라는 자리고 일리야가 클럽에 들어간 초기부터 목표로 삼던 자리였다. 일리야는 '도저히 거절할 수 없을 만큼 좋은 기회'라고 말했다. 하지만 큰돈이 당장 들어오는 건 아니었다. 클럽에서 제공하는 이주비도 부족했다. 로스앤젤레스에서 임차한 부동산 계약을 파기하는 대신 가구를 창고에 보관할 때 드는 비용을 충당하는 정도였다. 우리가 해결해야 할 일도 수만 가지가 넘었다. 일리야는 우리가 잠시 머물 공간을 찾아야 했고, 나는 아들이 다니던 예비 학교에서 남은 비용을 돌려받고, 예비 학교를 새로 구하고, 자동차를 페이스북에서 팔고, 두 아이가 어울리던 아이들 부모와 놀이 약속을 깨고, 우리 부부가 십 년 동안 알고 지내던 친구는 물론, 동료와 강아지 미용사하고 작별 인사를 해야 했다.

나는 침대 모서리에 풀썩 주저앉았다.

"어딘가 함정이 있다는 걸 내가 알아채야 했어. 잠깐……,"

짜증 나는 마음을 일리야에게 돌렸다.

"어딘가 함정이 있다는 걸 당신이 알아채야 했다고."

나는 이렇게 소리친 다음, 티셔츠 두 장만 살필 뿐 못 들은 척하는 일리야를 지켜보다 덧붙였다.

"우리가 마음만 먹으면 맨해튼 중심가 트리베카에 널찍한 꼭대기 층을 구할 수 있다고? 물론 그건 말도 안 되는 소리였어! 로스앤젤레스에서 배운 게 있다면 그건 배우가 아무렇게나 내뱉는 약속을 믿으면 안 된다는 거라고."

침대로 풀썩 드러누우려다 바퀴벌레가 떠올랐다. 다시 벌떡 일어나 온몸을 구석구석 살피며 흐느꼈다.

"켄이 이래도 되는 거야?"

"이봐, 켄은 좋은 친구야. 지금껏 죽도록 일해서 여기까지 올라왔어. 그런 친구를 나무랄 순 없잖아. 역사 채널 방송국에서 제일 볼만한 건 켄이 나오는 방송이라고."

켄은 알코올 중독을 깨끗하게 털어내고는 일리야가 알코올 중독에서 벗어나도록 도와준 인물이었다. 일리야는 그런 켄을 자랑스러워했다. 오 분 이상 통화하는 사람은 켄 한 명밖에 없을 정도였다. 내 입에서 이런 말이 절로 나왔다.

"기분 잡치려는 게 아니라 출세 가도라는 이 '오리건 가도' 얘기를 하는 거잖아. 스케이트를 타고 공중 돌기를 하다 보면 결국에는 누구나 넘어져. 돈을 급하게 벌려다 설사로 죽기도 하고."

일리야는 아무런 대답도 하지 않았다. 내가 하는 말이 무슨 뜻인지 몰라서 그랬을 것이다. 유대인 학대를 피해 어머니와 여동생과 함께 우크라이나에서 브루클린으로 도망쳐 오느라 열다섯살 때 학교를 중단했다. 그리고 학교에는 두 번 다시 들어가지 않았다. 그런 탓으로 어려운 말을 잘 이해하지 못할 때가 있다. 그 이후로 가족을 먹여 살리느라 돈벌이에 곧장 뛰어들어 맨해튼 주변 클럽과 식당을 돌아다니며 일했다. 그동안 숱하게 고생하며 오랜 세월을 보냈는데, 결국에는 원점으로 되돌아왔다.

일리야가 늘 말하는 계획이 있었다. 돈을 충분히 모아서 자기 식당을 여는 것이었다. 자신이 제일 좋아하는 이스트빌리지에 있는 우크라이나 전문 식당 베셀카를 한 단계 발전시켜 최고급 러시아 식당을 여는 꿈. 일리야는 할리우드에 있는 게이코에서 나를 만난 뒤로 이 꿈을 가슴에 늘 품고 있었다. 게이코는 우리가 일하다 만난 일본식 스테이크 전문 식당이다. 여자 종업원은 하나같이 섹시한 게이샤 의상을 갖춰 입어야 했다.

"내가 이 고생을 또 해야 하는 이유가 뭐지?"

내가 한탄하자 일리야가 설명했다.

"당신은 로스앤젤레스도 싫어했잖아. 차가 너무 막힌다면서."

삼 주 전이 아니라 수십 년 전을 회상하는 늙은이 말투였다.

"차가 막히는 건 누구나 싫어해, 일리야! 끝없이 내리쬐는 태양이랑."

내가 반박하자, 일리야가 눈살을 찡그렸다.

"그게 당신이야! 나는 태양을 조금도 싫어하지 않아. 실제로는 햇살도, 야자수도, 거리에서 부딪칠 때마다 '미안하다'라고 말하는 멋진 사람들도 좋아한다고."

"진짜로 멋진 것과 멋진 척하는 건 달라. 게다가 그렇게 '멋잔 캘리포니아 사람 가운데서 얼마나 많은 사람이 당신한테 일자리를 줬어? 당신 능력에 걸맞은 일자리."

일리야가 머리를 한쪽으로 기울이며 타일렀다.

"내 말을 믿어. 이 도시에서는 완전히 다르게 살아갈 수 있다고."

맞는 말이다. 로스앤젤레스 생활은 조금도 만족스럽지 않았다. 골짜기에 지어 놓아 마치 에어컨을 틀어놓는 아파트에 꼼짝없이 갇힌 기분이었다. 친구라고는 저녁 아홉시 반에 만나서 식사하자는 독신 아니면, 멀찌감치 떨어진 교외에 살아 어린 자녀가 405번 지방도로까지 넘어가면서까지 친구들이랑 노는 건 거절하는 젊은 엄마가 전부였다. 그러니 나로선 대부분 시간을 혼자 지내야 했다. 그러는 사이에 다시 일하고 싶은 마음이 굴뚝같았으나 구세주 같은 일자리를 구할 형편은 아니었다. 최근 들어 로만이 네살을 넘긴 뒤에야 비로소 일자리를 찾고자 했지만, 집안에 틀어박힌 몇 년 사이에 모든 게 변했다는 느낌만 밀려들었다. 제대로 파악하는 건 둘째고 따라잡는 자체가 버거울 정도로 빠르게 새로운 일자리가 생겨나고 사라졌다.

하지만 뉴욕은 세계에서 가장 큰 도시며 시장이었다. 활력과 기회가 사방에 가득했다. 일자리만 그런 게 아니었다. 어디를 가든 거대한 유람선 같았다. 위층에서 엄마 역할을 하다 아래층으로 내려가면 원래의 나로 고스란히 돌아올 것 같은 느낌이었다. 이론적으로는 내가 갈망하던 게 다 있었다. 하지만 현실은 그림엽서가 아니라는 게 드러나기 시작했다.

"둘 가운데 어떤 셔츠가 마음에 들어?"

일리야가 분위기를 바꾸며 물었다.

나는 물끄러미 쳐다보다 되물었다.

"함정이 있는 질문이야?"

"아니. 왜?"

일리야가 되물었다. 외국인 특유의 알 수 없다는 표정이었다. 표정이 완벽했다.

나는 고개를 저었다.

"둘 다 똑같은 셔츠잖아."

"아니야, 그렇지 않아."

내가 똑같은 상표를 보여주며 반박했다.

"봐, 그렇잖아."

"한쪽이 훨씬 깨끗해. 분위기가 달라."

"나한테는 분위기가 똑같아 보이는데? 궁금해? 어느 쪽을 입고 가야 훨씬 더 부유하고 날씬하게 보일지?"

내가 투덜대자, 일리야는 기분이 상했는지 "나는 이 정도면 날씬해." 라고 중얼대며 셔츠 한 장을 머리에 뒤집어썼다. 나는 얼떨결에 결혼해 버린 사내의 몸매를 감탄하는 눈으로 쳐다보았다. 190센티미터에 달하는 키는 늘씬했고 근육질 몸매는 내가 지금껏 사귄 어떤 사내보다 단단했다. 하지만 일리야에게 그렇게 말한 적은 없었다. 일리야 이전에 사귄 사내는 하나같이 동성연애자로 드러났기 때문이다.

"다 잘될 거야, 메그. 여기는 우리가 오래 머물 집이 아니야. 우리 집을 구할 때까지만 머무는 거야."

일리야가 말하면서 다정하게 웃더니 무릎을 꿇고 키스하며 덧붙였다.

"빨리 나가야 해. 사로가 런던에서 날아오는 중이라고."

사로는 첼시하우스 클럽을 세운 CEO로 일리야가 닮으려고 애쓰면서도 두려워하는 인물이었다.

"그래도 오늘은 내가 로만을 데려가야 하겠지?"

일리야가 묻고는 내 입에서 내가 아들을 학교로 데려가겠다는 말이 나오기만 기다렸다. 그러나 나는 원칙을 내세우며 대답했다. 더구나 열흘 연속으로 아들을 학교에 데려다준 뒤였다.

"당신 차례니까. 사로 얘기가 나와서 말인데, 첼시하우스 클럽에서 웹사이트 운영자를 찾는다던데 혹시 아는 거 있어?"

내가 묻자, 일리야가 눈길을 피하며 말했다.

"몰라. 내 지갑 봤어?"

나는 옷장 꼭대기에 걸친 바지를 움켜쥐고 주머니를 뒤져서 반으로 접는 싸구려 나일론 지갑을 꺼냈다. 일리야가 스물한살 되던 해부터 쓰기 시작해 여태껏 바꾸길 거부하는 지갑이었다. 그 지갑을 가지고 있으면 겸손해 보일 뿐 아니라, 아직은 최종 목표에 올라서지 못했다는 사실을 떠올리기에도 쓸모가 있다고 했다. 여러 해를 보내는 사이에 여러 사람이 새 지갑을 선물했지만 일리야는 하나같이 정중하게 받아서 서랍 구석에 고물처럼 처박아 놓을 뿐이었다.

내가 모른 척하며 말했다.

"으응, 웹사이트 운영자를 찾고 있어. 내가 도전할 생각이야."

내 말에 일리야가 손을 들면서 머리를 가로저었다.

"다른 사람 웹사이트를 어떻게 운영한다고 그래? 게다가 우리가 한곳에서 일하는 느낌이 어떤지 잘 알잖아."

"그래도 우리는 한곳에서 일하다 만났잖아."

"당신은 나를 싫어했지."

우리는 일리야가 나를 해고한 뒤에 연애를 시작했지만, 그 이전에도 그를 싫어한 건 아니었다. 첫째 아이가 태어난 후 나를 해고한 일리야를 용서했지만, 그 이전에도 그를 싫어한 것 역시 아니었다.

"하지만 이제 훨씬 단단한 사이가 되었잖아. 돈도 필요하고. 나는 건강하고. 정말 건강하다고."

"그래, 건강 이상이지. 하지만 웹사이트를 운영하는 건 당신한테 안 맞아. 당신은 글을 쓰는 작가라고."

일리야가 한 말을 내가 수정했다.

"카피라이터. 서로 달라."

"게다가 첼시하우스는 싸구려야. 돈을 제대로 주는 직장을 구해. 그게 아니면 다시 일할 이유가 뭐겠어?"

일리야 말에 나는 두 주먹을 불끈 쥐며 반박했다.

"중요한 건 우리 둘 다 일하지 않으면 뉴욕에서 살아갈 수 없다는 거야. 지금처럼 만화영화 <퍼피 구조대> 노래를 온종일 듣다가는 머리가 돌아버리고 말 거라고."

"여름은 끝났어. 로만이 학교에 가야 해."

일리야 말에 내가 다시 반박했다.

"펠릭스는 아니야. 그리고 중요한 건 그게 아니라고!"

"이봐, 나 역시 당신이 행복하길 바라. 내가 싫어하는 건 분위기야. 나는 뉴욕 사람을 잘 몰라. 내가 오늘 그런 사람한테 가서 우리 마누라에게, 거의 오 년 동안 일을 놓은 사람에게, 일자리를 주라고 말하는 광경을 떠올려 봐."

일리야 말에 나는 목소리가 저절로 갈라졌다.

"맙소사. 잔인해."

"미안해. 그럴 의도는 아니었어. 당신한테 그럴만한 자격이 없다는 게 아니야. 부부가 한 직장에서 일하는 건 안 좋아 보인다는 거야."

"화려한 사교계에서 일하는 사내가 할 말은 아니군."

내가 받아쳤다. 인기에 턱없이 휘둘리는 멋쟁이 일리야가 전국에서 제일 좋은 인기를 누리는 멤버십 클럽 가운데 한 곳을 관리한다는 게 우스꽝스러웠다. 하지만 일리야는 인정하지 않았다. 최소한 마음속 깊숙한 곳에서는. 어쨌든 일리야는 열심히 일했다. 일자리를 잃고 싶은 마음이 없다면, 첼시하우스는 물론 첼시하우스가 상징하는 모든 걸 나쁘게 여기지 않는 게 최선이었다. 나는 밤늦도록 일하는 것도, 술에 취한 멍청이들도, 노트북을 펼쳐놓고 자기네 웹사이트를 둘러보며 온종일 보내는 새침데기들도, 자기네 방 열쇠를 일리야에게 슬그머니 건네는 유부녀들도 모두 싫었다. 이십 분이나 망설이다가 '물 한 잔 갖다 드릴까요?'라고 묻는 얼빠진 종업원들도 싫었다.

하지만 클럽 멤버십을 관리하는 일은 예전에 누리지 못한 특권을 일리야에게 보장했다. 사람들이 주변에 들끓었다. 젊은 회원은 자기네 결혼식에 초대하고, 늙은 회원은 자기네 자녀의 성년식에 초대했다. 우스꽝스럽긴 해도 기분은 좋았다. 만약 클럽을 직접 차리겠다는 결단을 한다면 많은 도움이 될 것도 같았다.

"조금만 기다리면 마음에 드는 일자리가 생길 거야. 어제도 면접 봤잖아. 오늘도 면접을 볼 예정이고, 지금 잘하고 있으니까 허튼 일에 코를 꿸 필요는 없어."

"고마워."

내가 대답했다. 잉여 인간이 된 것 같아서 마냥 우울했는데 그 마음을 일리야가 알아주길 바랄 뿐이었다.

"이제 좋아질 거야."

일리야가 말하면서 어린애한테 하듯 내 이마에 뽀뽀를 했다. 내가 정말 싫어하는 뽀뽀였다.

제 2 장

내가 일을 그만둔 건 로만을 가졌을 때였다. 다른 방법이 없었다. 기댈 만한 가족이 없었다. 엄마가 가진 능력이라고는 고양이를 키우는 정도가 전부였다. 나는 엄마가 언제나 내 편을 들어주면 좋겠다고 생각했으며, 내가 세운 목표는 나 자신이 그런 엄마가 되는 거였다.

기저귀 더미와 젖 짜는 유축기 사이에서는 행복을 찾을 수 없었다. 나는 우울증에 마냥 빠져들었다. 고등학교 다닐 때는 대박이 난 비디오에 깜찍한 소녀로 출연한 적도 있었다. 로맨틱 코미디에 2년 동안 출연하는 사이에 인기를 많이 누리기도 했다. 할리우드대로라면 나는 모든 걸 가질 수 있었다! 아기를 가진 다음에 버몬트 숲으로 휴가를 떠나서 소박하게 사과 소스나 만들다, 직접 설립한 기업의 최고경영자로 다시 등장해, 섬세하지만 안정된 채식주의자 남편과 화장실 훈련이 잘된 귀여운 아가와 순면 파자마로 가득한 옷장을 소개할 수 있었다!

그런데 지금은 사회에서 고립된 채 불만만 가득했다. 일주일 동안 행복한 시간이라고는 쇼핑몰에서 공짜 시식거리로 로만을 배불리 먹이는 것. 그래서 저녁을 차릴 필요가 없도록 할 때가 전부였다.

'나는 엄마 역할 하나로 충분하지 않다. 뉴욕이 나한테는 모든 걸 제대로 돌려놓을 기회다. 아기가 생기기 전에 하던 일로 돌아가야 한다. 일자리를, 내가 명랑한 사람일 뿐 아니라 지금보다 좋은 엄마라는 사실을 증명할 일자리를 찾아야 한다. 우울한 마음을 이겨내, 마침내 머리를 똑바로 추켜들어야 한다. 나 자신을 되찾아야 한다.' 이렇게 깊은 공상에 빠져들다 네살짜리 아들이 내지르는 비명 소리에 퍼뜩 정신을 차렸다. 그리고 밖으로 뛰쳐나가면서 일리야에게 쏘아붙였다.

"지겨운 바퀴벌레를 로만이 보지 않았기만 빌어!"

로만이 벌거벗은 몸으로 방문 앞에 서서 치와와처럼 부르르 떨다 신난 목소리로 말했다.

"마리나 고모가 왔어."

현관 너머에서 러시아 창녀가 잔뜩 성질부리는 듯한 소리가 들렸다.

"마리나 고모?"

내가 물었다. 싸우길 좋아하는 이웃이 아니고 시누이가 확실한지 확인한 것이다.

"당연히 나지! 또 누가 오겠어?"

마리나가 큰 소리로 대답하더니 내가 문을 열자마자 쏜살같이 들어왔다. 밑창과 굽이 두꺼운 양가죽 부츠, 착 달라붙는 바지에 큼지막한 오렌지색 허리띠를 한 모습이 베벌리힐스 호텔 로비에 앉아서 과자를 먹으며 핸드폰만 열심히 들여다보는 고급 콜걸처럼 보였다.

나는 아기를 돌보러 온 마리나의 옷차림에는 애써 외면하면서 수건으로 젖은 머리를 닦았다. 그러고는 바퀴벌레를 살피며 한 걸음 한 걸음 조심스럽게 맞은편 방으로 들어갔다.

트리베카에서는 원룸은 월세가 최소 만 달러에서 만 이천 달러였다. 켄이 빌려준 집은 방이 세 칸이긴 해도 캐널거리를 메운 자동차만 가득할 뿐 실제로는 트리베카 지역이라고 할 수 없었다. 그보다는 예전에는 웨스트 소호라고 부르다 최근에 허드슨 광장으로 불리는 일종의 비거주지역 중 하나였다. 1912년 10월에 허리케인 샌디가 물러간 직후 개발업자들이 이 건물을 통째로 사들이려 했다. 허리케인 에 심하게 망가져서 싼값에 살 수 있겠다고 여긴 것이다. 하지만 건물 주는 이 제안을 가볍게 거절했다. 현금 거래만 하는 아래층 상점에서 충분하게 수익을 올리고 있어 굳이 싼 가격에 팔 이유가 없었다. 우리 에겐 불행한 일이지만, 건물주에게는 상점을 계속 운영하는 게 훨씬 더 이익이었다. 배관에서 물이 새고 전기가 끊어지고 벌레가 들끓더라 도 위층에서 일어나는 문제는 건물주의 관심사가 아니었다.

마리나가 옆걸음질로 조카 옆을 지나 반쯤 홀린 카페라테를 두 손에 들고서 주방 싱크대로 곧장 나아가며 물었다.

"옷을 왜 안 입었니, 로만?"

"너무 꽉 껴."

마리나는 나를 쳐다보았다. 일리야는 침실에서 나오며 핸드폰으로 아침 이메일에 급하게 답장하다 말고 물었다.

"뭐가 꽉 낀다고?"

"바지. 약간 꽉 끼기도 하고 너무 헐렁하기도 해."

로만이 대답하며 바지를 건네자, 내가 끼어들었다.

"로만, 그건 순면으로 꽉 끼도록 만든 바지야. 네 손으로 골랐잖아. 잘 입겠다고 약속도 하고. 그런 바지가 벌써 일곱 장이나 되는데 그냥 버릴 순 없어."

로만은 로스앤젤레스에서 놀이방을 다니는 사이에 '감각'이 엉망이 되어 이상한 고집을 부리거나 짜증을 낼 때가 많았다. 나로선 로만이 어서 커서 그런 상태를 이겨내기만 바랄 뿐이었다. 나이를 먹는 만큼 달래기도 쉬울 테니까. 뇌물이 있긴 하지만 불행하게도 그건 두더지잡기 게임과 비슷했다. 관심을 돌리는 순간에 새로운 문제가 튀어나왔다. 하나같이 옷과 관련된 문제였다.

"마리나 고모가 다른 옷을 가져올 거야. 그래서 너 혼자 입을 수 있다면 그 옷을 줄 거야."

내가 말하자 로만이 유명 가수 콘서트 제일 앞줄에 앉은 극성맞은 여자아이처럼 환한 얼굴로 껑충껑충 뛰며 마리나에게 다가갔다. 나는 그런 마리나가 부러웠다. 인기가 많은 고모였다. 하나밖에 없는 고모이기도 했다. 인기가 그만큼 더 많았다. 내가 부러운 건 아들이 마리나를 많이 좋아하기 때문이 아니라, 아들이 주는 좋은 점만 마리나가 누리기 때문이었다. 함께 웃고 함께 놀다 소지품을 챙겨 들고 떠나면 그만이었다. 로만에게 옷을 입히면서 애태울 필요도 없고, 안 먹으려는 음식 때문에 짜증 낼 필요도 없고, 잠을 재우려고 세 시간이나 골머리를 앓을 필요도 없었다. 마리나한테 아이는 편한 존재였다. 온갖 고생을 다 하는 건 엄마였다.

"좋아, 모두 잘 들어. 이제 우리 모두 움직여야 해. 로만네 학교가 아홉시에 시작이야. 오늘은 아빠가 학교로 데려가고……"

내가 말하는데 로만이 뒤꿈치로 마룻바닥을 파면서 소리쳤다.

"싫어어어! 엄마가 데려다줘!"

내가 힐끗 쳐다보니 일리야는 몸은 집에 있어도 정신은 사무실로 떠난 지 오래였다. 이메일에 푹 빠져서 정신이 없었다.

"엄마는 오늘 면접이 있어."

내가 방 안에 있는 모두에게 상기시키자 로만이 어리둥절한 표정으로 눈을 껌뻑이며 대답했다.

"어제 봤잖아."

"이번에는 다른 직장이야. 오늘은 새날이라고. 새날, 새 직장. 그래서 면접도 두 개. 서로 다른 직장 두 군데를 찾아가니까 성공할 기회도 그만큼 많을 거야. 안 그래?"

나는 긍정적인 말투로 말하려 애썼다. 내가 승리자는 아닐지라도 로만만큼은 나를 그렇게 여기게 하고 싶었다.

로만이 멀뚱멀뚱 바라보다 입방귀를 날렸다. 나는 허탈해하며 조그만 주방으로 건너갔다. 그래서 펠릭스가 먹을 이유식 세 컵을 재어놓고 나머지는 마리나에게 맡겼다.

"전자레인지가 없으니까 보온기에 넣어서 데워야 해. 펠릭스는 삼십 분 더 재우다 깨워. 안 그러면 일정이 온종일 어긋날 거야. 아, 레드한테는 먹이를 줬어. 하지만 밖에 데리고 나가서 오줌을 싸게 해야 해."

내가 일러주며 이유식 컵 세 개를 보온기에 나란히 넣었다.

"내가 라테를 왜 흘렸는지 궁금하지 않아?"

마리나가 물었다. 내가 조금도 관심을 기울이지 않자 기분이 상한 게 분명했다. 내가 미처 사과하기도 전에 나를 올려보기도 하고, 자기 손톱 매니큐어를 내려보기도 하면서 험한 말을 뱉어냈다.

"내가 차를 대는데 이 개자식이 짖어대기 시작하지 뭐야. 내가 자동차 문을 열어 들여보내지 않으니까."

"좋은 말을 써!"

일리야가 자기 동생을 꾸짖더니 커피를 쭉 들이켠 다음에 빈 컵을 싱크대 옆에 내려놓았다.

"조용히 해! 두 사람 다. 아기가 잠자는 중이잖아. 앞으로 삼십 분은 더 자야 해."

내가 점잖게 말했으나 마리나는 가볍게 무시한 채 찡그린 얼굴로 자기 오빠를 쳐다보며 험한 말을 이어갔다.

"우버 택시라고 해서 하나같이 벤츠 SUV는 아닌 것과 마찬가지라고, 멋쟁이 아저씨."

마리나가 일리야를 조롱하면서 아침 간식을 찾으려고 선반을 뒤졌다.

"그런데, 나는 아가씨가 우버를 운전하는 줄 알았어."

나는 말을 하면서도 일리야가 확실하게 볼 수 있게 일부러 빈 컵을 설거지했다.

"여성 동반자! 메그 언니. 여성 승객만 태운다는 뜻이야. 내 자동차, 내 선택. 으아악! 바퀴벌레!"

마리나가 비명을 지르며 치즈크래커 통을 바닥에 떨어뜨려서 과자가 사방으로 튀자 일리야가 러시아어로 야단쳤다.

"짜트크니스(입닥쳐)!"

무릎을 꿇고서 과자를 줍는 사람은 나밖에 없었다.

"돌려서 말하지 않겠어. 이 집은 작업환경이 적대적인 것 같아."

마리나가 말했다.

"적대적인 사람은 아무도 없어."

일리야와 내가 동시에 대답했다. 마리나가 샤넬 모조품 지갑이랑 큼지막한 화장품 가방을 대뜸 집어 들고서 그대로 나갈까 두려웠다.

마리나가 나를 쳐다보며 무슨 말을 꺼내려 할 때 로만이 끼어들었다.

"선물을 지금 받을 수 있어?"

"옷부터 다 입고."

마리나가 단호하게 말하면서 바닥에 있는 스웨터를 가리켰다. 그러자 로만이 군말 없이 따랐다. 기적 같았다.

마리나가 로만에게 지금 막 말하는 법이라도 가르친 듯 자랑스러운 표정으로 자기 가방이 있는 곳으로 느긋하게 다가가더니, 닌텐도 비디오 게임 슈퍼마리오 피규어를 꺼냈다.

"너희 아빠와 내가 어릴 적에 가지고 놀던 거야. 이베이에서 샀어. 원래는 시리얼 상자에 들어 있었지."

마리나는 무어든 재미있게 말하는 능력이 있었다. 낡고 딱딱한 시리얼조차도.

"시리얼에 장난감을 넣은 거야?"

로만이 물었다. 너무 좋아서 어쩔 줄 모르겠다는 표정이었다.

"믿든 안 믿든 지금도 그래. 너희 엄마가 재밌는 걸 산다면."

마리나가 나한테 앙갚음이라도 하듯 미소를 날려 보냈다.

"로만, 이제 나가야 해!"

일리야가 다급하게 말하자 로만은 예비 학교 가방을 들고 내 다리 사이로 끼어들며 대답했다.

"나는 엄마랑 가고 싶어!"

일리야가 나를 쳐다보더니, 핸드폰으로 눈길을 다시 돌렸다. 애처로울 정도였다.

"좋아, 그냥 가. 대신 내일은 꼭 데려다줘."

내가 말했다. 그리고 일리야와 작별 키스를 하려는데, 갑자기 천으로 만든 벽 뒤에서 펠릭스의 울부짖는 소리가 들렸다. 켄이 두 번째 침실처럼 보이게 만들어놓은 천을 드리운 벽이었다. 울부짖는 펠릭스 소리가 나한테는 멕시코 티후아나에서 '해변에서 섹스를'이라는 칵테일을 주문하는 순간에 틀어대는 테크노 사이렌 소리처럼 들렸다.

"아아~앙, 아기가 깼어!"

"나 쳐다보지 마!"

마리나가 외면하자 일리야는 "파이즈제츠(빌어먹을)!"라고 러시아

어로 욕설을 내뱉고는 나한테 고개를 돌리더니, 자동차 열쇠를 움켜쥐며 소심하게 중얼거렸다.

"미안해. 나를 미워하지 마."

멋쟁이 남편은 현관을 슬그머니 빠져나갔다. 나는 그런 남편을 도저히 미워할 수 없었다.

자기 오빠가 나가자 마리나가 물었다.

"오늘은 내가 언제까지 일하면 되는 거야? 라스트렐 집중연구그룹에 등록했거든."

"어디에 등록해?"

나는 이렇게 물으면서 펠릭스가 자지러지기 전에 급히 다가갔다. 마리나는 암여우처럼 높은 꽁지머리를 느긋하게 쓰다듬으면서 커다란 거울로 걸어가서 몸매를 뽐내더니, 덕지덕지 화장한 얼굴을 매만지기 시작했다. 오빠만큼이나 예쁜 얼굴에 화장품을 여섯 겹이나 층층이 발라댔다. 정작 마리나 자신은 '화장품으로 피부를 살짝 진하게 했을 뿐'이라고 주장했다. 마리나가 소리쳤다.

"라스트렐! 피부를 네 겹에서 일곱 겹까지 벗겨내서 반짝이게 만드는 새로운 화장술이야. 하지만 처음 일주일간은 피부가 두꺼운 도마뱀 인간처럼 보여."

내가 펠릭스를 안고 나왔다. 생후 5개월. 형을 그대로 빼닮아 머리칼은 아빠처럼 까맣고 입술은 엄마처럼 도톰했다.

"벌써 시작한 거야?"

내가 물었다. 이 자리에서 얼굴 껍질을 그대로 벗겨내는 건 아닐까 걱정스러웠다.

"아직은 아니야. 오늘 이따가."

"엄마! 어서 가!"

로만이 온 힘을 다해서 커다랗게 소리쳤다. 불타는 자동차에 혼자 남겨진 것처럼 절박한 얼굴이었다.

"알았어. 그래. 갈게."

내가 대답하고는 펠릭스를 한쪽 팔로 안은 채 마룻바닥에 구부리고 앉아 로만의 조그만 발에 신발을 신기려 용쓰다 마리나에게 부탁했다.

"펠릭스 좀 잡아줄래?"

하지만 마리나는 황홀경에 빠져든 채 턱에 있지도 않은 여드름을 짜낼 뿐이었다.

두 아이를 돌볼 유모를 고른다면 마리나만큼은 꼭 피하고 싶었다. 지저분하고 제멋대로인데다 언제나 핼러윈 의상을 섹시하게 차려입은 것처럼 보였다. 하지만 아이를 괴롭히지 않고, 신발 크기도 나랑 다른데다, 무엇보다 두 아이가 고모를 좋아했다. 게다가 돈이 적게 들었다.

"그래서, 몇 시까지 가야 하는데?"

내가 물었다. 짜증을 안 내려고 애썼다. 마리나는 늘 이런 식이었다. 언제나 도와줄 것 같다가도 막상 필요한 순간이 오면 빠져나갈 방법을 교묘하게 찾아냈다.

"세시 십오분. 최소한."

마리나가 어깨를 으쓱하더니, 마침내 펠릭스를 건네받고는 테레사 수녀처럼 온화하게 웃었다.

"좋아. 그 시간까지 오도록 최대한 노력하지. 로만 예비 학교가 세시에 끝나거든."

내가 대답했다. 그러고 나서 쳐다보니 로만이 셔츠를 입으려고 하고 있었다. 지금 당장 안 데리고 나가면 벌거벗은 몸으로 2분은 훌쩍거릴 터였다.

"그래, 좋아. 알았어."

내가 다짐하면서 가방을 집으려는 순간에 마리나가 물었다.

"아, 내가 치과 의사 얘기를 했던가?"

나는 금방이라도 무너질 것처럼 보이는 나뭇조각 탑을 바라보듯 로만에게 신경을 곤두세우고 소지품을 챙기면서도 예의를 다하려 애썼다. 마리나는 계속 말을 이어갔다.

"나를 밤새도록 지켜주겠다고 제안한 치과 의사하고 데이트가 있어. 맙소사! 이 집은 정말 지랄 같아……."

마리나가 벽을 만졌다. 낡은 페인트 조각이 부서지며 바닥으로 떨어졌다.

"이 집에서 정말 살 수 있겠어?"

마리나가 물을 때 로만이 고개를 추켜들었다.

"지랄이 뭐야?"

내가 머리를 가로저었다.

"아무것도 아니야, 로만. 가방 메렴. 레드 산책시키는 거 잊지 말고."

나는 마리나에게 다시 말하고 펠릭스에게 마지막 작별 키스를 했다.

"이거 해라, 저거 해라……. 아, 와이파이 비번이랑 넷플릭스 정보랑 식당 주문 비번 문자로 보내는 거 잊지 마!"

"알았어."

내가 대답했다. 이제 막 아이가 두 명에서 세 명으로 늘었다는 느낌이 서서히 몰려들었다.

제 3 장

뉴욕시는 구월 내내 믿을 수 없을 정도로 더웠다. 우디 앨런 영화에서 가을을 큼지막한 콤비 상의에 헐렁한 바지를 입는 계절로 그럴싸하게 묘사했을 때보다 더 더운 것 같았다. 지금까지 내게 큼지막한 콤비 상의는 일리야가 입은 게 전부고 헐렁한 바지는 임산부 때 입은 게 전부였다. 내가 입을 옷을 마지막으로 산 때는 로만이 생기기 전이었다. 로만이 태어나자, 여윳돈이 생기는 대로 유아복을 샀다. 그러다 무엇이든 로만이 사달라는 옷보다 한 치수 큰 옷을 사는 데 모두 썼다. 내가 외출할 때 입는 옷은 주로 데스 캡 포 큐티 밴드에 흠뻑 빠져든 사춘기 소년처럼 보이는 티셔츠에 까만 바지였다.

하지만 오늘은 면접 보는 날이라 단춧구멍에 주름장식이 길게 내려오는 블라우스와 조심스레 걸을 수 있는 샌들로 클래식하게 차려입었다. 그러고는 핸드폰을 꺼내 벽에 걸린 전신 거울에 비친 모습을 찍으면서 중얼거렸다.

"사진을 찍어서 이 순간을 기억하자!"

무직으로 사는 날은 오늘로 끝나길 기대하는 마음이었다. 곧바로 사진을 인스타그램에 올렸다. 비번을 걸어 두어 내 계정에는 남편조차 들어올 수 없었다. 일종의 일기장이자 희망 기록이며 인생 카탈로그였다. 뒤를 돌아보면서 육 개월 전에는 몸매가 어땠는지 혹은 일 년 전에는 얼마나 행복했는지 어림짐작하는 용도였다. 오랫동안 하고 싶었던 것, 가령 꼭 가고 싶은 이탈리아 동굴 방과 티베트 사원 같은 사진도 올렸다. 그렇다고 유럽으로 나가는 해외 탐사 프로그램에 참여할 돈을 모은 적은 없었다. 비스킷을 광고한다는 명목으로 업무상 출장을 간 곳도 내슈빌이 전부였다.

핸드폰을 지갑에 쑤셔 넣고 캐널거리를 급히 가로질러서 남쪽으로 내려가는데 땀방울이 목뒤를 타고 흘러내렸다. 로만은 마리나가 '지겨운' 시리얼을 잔뜩 넣은 샌드위치 봉투에 손을 넣고 통곡물 귀리를 한 움큼 빼내 길가에 뿌리면서 우리가 길을 잃었을 때 마리나한테로 돌아갈 흔적을 남겼다.

천만 달러 창고로 돌변하기만 기다리는 이차대전 당시의 향료 창고 건물 틈새로 햇살이 새어들었다. 도넛과 딱딱한 롤빵을 진열한 아침식사용 손수레를 끄는 사내들이 깊이 파인 웅덩이와 길가에 쌓아놓은 비계를 정교하게 피하면서 한산한 자갈길을 천천히 나아갔다. 트리베카는 늘 공사를 한다고, 그래서 늘 변신한다고 일리야가 설명한 기억이 났다. 마을 전체가 <장화 신은 고양이>에 나오는 아홉 개 목숨을 모두 산 고양이 같기도 하고, 말라위 아이를 양자로 줄줄이 입양하기 직전의 마돈나 같기도 했다. 농지로 개발한 지역인데, 어둠이 두려운 듯 환하게 반짝이는 건물이 빼곡하게 들어찬, 돈 많은 백인의 중심지로 탈바꿈한 곳이었다.

나는 어떤 식으로든 부자인 적이 한 번도 없었다. 서로 다른 세 남자랑 세 아이를 낳아서 기르는 영어 선생님 엄마 밑에서 가난한 어린 시절을 보냈다. 나를 낳은 아빠는 배관시설 회사를 경영해서 그런대로 괜찮았으나, 내가 중학교에 다닐 때 재혼해서 새 가족을 데리고 팜 스프링스로 이사했다. 생일 때마다 내게 카드를 보내왔지만 내 나이를 틀리게 적을 때가 많았다.

일리야 수입이 늘어서 생활하기는 예전보다 편했다. 저축도 조금씩 하고 내가 태어난 고향 오리건주 세일럼에서 소박한 주택을 사는 데 필요한 계약금도 낼 수 있었다. 하지만 뉴욕은 완전히 다른 세상이었다. 주변 뉴욕 사람처럼 살아가려면 로또에 당첨되거나 나이 지긋한 신사가 일리야한테 점잖지 않은 제안이라도 해야 할 판이었다. 밤에 레드를 데리고 산책할 때면 레드가 오줌을 싸도록 기다리느라 거리 모퉁이에 가만히 서서 주변을 올려다보며, 저 사람들은 저녁으로 무얼 주문할까, 혹은 어떤 텔레비전 프로그램을 시청할까를 머릿속으로 떠올리곤 했다. 하늘을 빼곡하게 유리로 둘러친 거주지에서 진열장에 들어선 야생동물처럼 이리저리 거니는 부자들을 떠올리는 건 정말 재미있었다.

비치거리에서 바클레이까지, 최신형 유모차에 손가락이 끈적끈적한 아이를 태운 금발 여성들이 경주용 자동차처럼 보도를 빠르게 달렸다. 지나치는 사람에게 눈길을 주거나 고개를 끄덕이며 인사하는 법도 없었다. 모두가 신경질적으로 미친 듯이 나아갔다. 그럴 이유가 없는데도 뉴욕에서는 느긋하게 걷는 사람이 없다. 가만히 서 있고 싶으면 앞으로 떠미는 흐름에 끊임없이 맞서 싸워야 한다.

로만은 예비 학교에 새로 들어간 지 딱 2주가 되었다. 나는 아직도 점심 도시락을 싸주어야 했다. 할 일이 정말 많았다. 두 아이 모두 잠자리에 든 다음에야 비로소 양치질 생각을 떠올리고 핸드폰을 충전기에 꽂고는 담요 속으로 파고들어서 곯아떨어졌다. 오늘은 점심 도시락 생각을 하지도 못했다.

로만은 내가 깜빡 잊은 걸 신경 쓰지 않는 눈치였다. 그래서 차에서 내리기 전에 함께 보낼 시간이 몇 분 늘었다. 우리는 후덥지근한 간이 식당으로 들어가서 샌드위치와 사과 한 알을 산 다음, 에어컨이 시원한 예비 학교로 들어갔다.

"사랑해요, 엄마."

로만이 말했다. 우리가 계단 꼭대기에 오를 때였다. 로만이 내 얼굴을 잡더니 어떤 사내보다도 다정하게 뽀뽀를 했다. 로만이랑 헤어지는 게 쉬운 적은 한 번도 없었다. 누가 누구를 걱정하는지도 헷갈릴 정도였다.

로만이 매달린 상태 그대로 질문 세례 의식을 시작했다.

"어디에 가는 거야?"

"나를 데리러 올 거지?"

"엄마한테 전화하고 싶다고 하면 선생님이 허락할까?"

나는 고개를 끄덕이고 또 끄덕여서 아이를 최대한 안심시켰다.

"들어가기 싫어."

로만이 내 소맷자락에 매달리며 나지막이 울먹였다. 아이들과 부모들이 끊임없이 지나가도 나는 고개조차 들 수 없었다. 동정 어린 눈으로 쳐다보는 모습을 보고 싶지 않았다.

"로만, 들어갈 수 있어."

나는 이렇게 말하면서 소맷자락을 떼어내고 예비 학교 안으로 로만을 밀었다. 그러고는 로만이 몸을 돌리기도 전에 계단을 황급히 내려가자 어떤 엄마가 가엾다는 미소를 머금었다. 펑퍼짐하면서도 세련된 드레스 차림에 바구니 같은 가방을 들었는데, 샘플 천 조각이 밖으로 삐져나와 있었고 밝은 노란색 자전거 헬멧이 팔꿈치에서 멋들어지게 대롱거렸다.

"지금은 힘들지만, 내 말을 믿으세요. 내년이면 완전히 바뀔 테니까."

"정말요?"

나는 그녀 뒤를 따라가다 그녀가 자전거 자물쇠 푸는 모습을 지켜봤다. 그녀는 어깨를 으쓱하며 대답했다.

"사람들이 그런다고 하니까요. 유치원은 어디를 다닐 생각인가요?"

호기심과 경쟁심이 뒤섞인 말투였다.

"생각하는 중이에요."

어중간한 대답이었다. 지금 사는 곳은 켄한테 임시로 빌린 곳이라 완전히 정착하기 전에는 로만을 어느 한 유치원에 등록할 순 없었다.

그 엄마는 밋밋한 미소를 머금었다.

"사립에 보낼 생각이라면 빨리 결정하는 게 좋을 거예요."

나는 침을 꿀꺽 삼켰다. 친구 베타니는 나에게, 뉴욕 사람은 사립학교에 엄청나게 집착해 자식을 좋은 학교에 보내려는 경쟁이 무지막지하다고 경고했다. 한 사람만 살아남는 생존 게임인 '헝거 게임'이 탁구 게임처럼 보일 정도라고 했다. 당시만 해도 나는 그 말을 가볍게 무시했다. 우리는 학비가 턱없이 비싼 사립학교에 보낼 여유가 없었기 때문이었다. 그런데 사람들이 계속 그 말을 입에 올리니 가볍게 무시하고 넘어가기가 쉽지 않았다.

뉴욕 사람은 이런 식으로 사람을 이상하게 추켜세우거나 깎아내렸다. 공립학교를 선택한다는 건 정말 용감하고 냉정한 행동이다. 하지만 사립학교를 시도조차 해보지 않는다면 자녀를 성공시키려는 노력보다 자신을 중시하는 탐욕스러운 괴물이 되고 마는 것이다.

"으음, 결정을 내리기 전에 아이한테 신경정신학 검사를 하는 게 좋을 거예요.”

그 엄마가 하는 말에 나는 당혹스러운 표정으로 쳐다보았다.

“무슨 검사요?”

“지금 결정할 문제가 얼마나 중요한지 알아보라는 거예요. 아이 두뇌를 청사진으로 찍는 것과 비슷해요. 아이가 대단하게 보일 순 있지만, 결국에는…… 욕구가 있거든요.”

그 엄마는 한 방 먹였다는 미소를 머금었다. 나는 속이 편하지 않았다.

“어떤 욕구요? 특별한 욕구요?”

내가 묻자 그 여자가 경쾌하게 대답했다.

“나는 전문가가 아니랍니다. 하지만 욕구는 누구나 있지요. 우리 딸만 해도 풍요롭게 사는 걸 바랍니다. 우리가 사는 세상이 그러니까요. 우리 부모한테 우리를 검사할 시간이 있었다면 어땠을까 생각해보세요.”

로만은 부모 말을 쉽게 따르는 아이가 아니다. 이건 인정해야 한다. 하지만 말귀를 잘 알아듣는 데다 바른길로 제대로 커가는 것처럼 보였다. 나는 어릴 적에 난독증으로 고생했지만 로만은 그렇지 않은 게 분명했다. 물론 다른 걱정이 없는 건 아니다. 그러나 그 정도는 누구나 마찬가지일 것이다.

그녀는 내가 곰곰이 생각하는 모습을 지켜보다가 다시 말했다.

“교과 공부는 물론 감성적인 문제까지 제대로 받쳐줄 학교에 보내고 싶을 거니까요. 그건 그렇고, 사리라고 해요.”

빨간색이 감도는 노란색 곱슬머리에다 콧잔등에 주근깨가 살짝 있었다. 내가 어릴 적에 가지고 놀던 양배추 인형이 중년 여성으로 성장한 모습 같았다. 돈이 훨씬 많은 게 다를 뿐이었다.

나는 그녀가 손가락에 낀 커다란 다이아몬드 약혼반지를 보고 주눅이 들었지만, 그런 내 모습이 제대로 감춰졌기를 바라는 얼굴을 하며 웃으며 대답했다.

"나는 메그랍니다."

사리가 자전거를 끌고 거리 모퉁이로 걸어가며 물었다.

"첫아인가요?"

"네. 집에 동생이 있답니다."

내가 대답하며 따라갔다. 사리가 충분히 공감한다는 듯 한숨을 내쉬며 말했다.

"누구든 첫째가 제일 어려운 법이지요. 저 아이가 천재일지 몰라요. 우리 딸은 CEO가 되거나 연쇄살인범이 될 거예요. 정말 똑똑한데, 공감이라든가 정상적인 감정 교류 같은 게 불가능하거든요. 그래서 우리는 사립으로 보낼 거예요. 공교육으로 아이를 망칠 수는 없거든요."

나는 입꼬리가 떨리는 걸 느꼈다. 내가 로만한테 하려는 게 그런 짓인가? 아이를 망치는 짓?

"돈은 많이 들지만, 딸아이한테 필요한 걸 모두 해주고 싶거든요. 기회는 한 번밖에 없으니까요. 그죠?"

"네."

나는 이렇게 말꼬리를 흐리면서 겨드랑이에 고이는 식은땀을 느꼈다. 사리는 훨씬 빠르게 말하기 시작했다.

"나는 속물처럼 말하는 게 싫어요. 실제로 속물이 아니니까요. 지극히 실용적이고 현실적이랍니다. 다행히도 브루클린에 살지만, 이 도시는 공립학교가 쓰레기장이에요. 할 말이 있으면 틈새에 종이쪽지를 넣는 게 전부라니까요? 정말 안타까워요. 정말 안타까워."

"어떤 틈새요?"

"공립학교 틈새요. 학생과 교사 비율이 삼십 대 일이거든요. 게다가 이가 득시글대지요."

사리가 섬뜩한 말투로 덧붙였다.

"그렇다면 따님은 어떤 학교에 들어갈 예정인가요?"

내가 물었다. 무엇이라도 알고 싶은 마음이었다.

"우리 딸을 받아줄 사람이 누구냐에 달렸겠지요."

사리가 대답하며 모서리에 있는 보행 버튼을 누르더니, 파란불이 들어올 때까지 기다리지 않고 차도로 들어서서 길을 건넜다. 차가 오든 말든 상관없이. 나도 속도를 높여서 바싹 쫓아갔다. 한마디도 놓치고 싶지 않았다.

"애빙턴을 제일 먼저 선택하겠지요. 아동 발달에 관한 한 따라올 학교가 없거든요. 운영 기법, 인지 행동 전문가, 태극권과 명상 수업, 견과류를 배제한 주방 등 부수적인 프로그램도 차원이 다르고요. 마리아 몬테소리가 요리 연구가 줄리아 차일드와 달라이 라마와 삼각편대를 이룬 것과 비슷해요."

사리가 나를 쳐다보았다. 배꼽을 잡으며 웃는 모습을 기대한 것 같았다. 하지만 그러기에는 너무나 압도당한 상태였다.

"와, 정말 좋겠어요."

내가 부러운 표정으로 말하자 사리가 콧방귀를 뀌었다.

"누가 아니랍니까? 하지만 애빙턴에 들어가려면 황금 티켓이 있어야 해요! 이 도시에 사는 부모라면 누구나 노리는 학교니까요."

나는 기가 꺾인 채 보도를 내려다보았다.

"우리 남편은 엘스워스로 갔답니다. 좋은 곳이긴 한데, 그곳에 가면 우리 딸 웨이버리가 비참하게 될 게 분명하답니다."

"웨이버리……" 내가 따라 말했다.

"남편과 나는 '웨이버리'에서 만났어요. '점박이 돼지' 레스토랑에서 안 만난 게 다행이죠."

사리가 웃더니 본론으로 돌아갔다.

"나는 둘러볼 학교 전체를 목록으로 만들었답니다. 그런데, 보자……."

사리가 입을 다무는 게, 너무 많은 정보를 주는 건 아닌지 불안해하는 듯했다. 그러다 내게 다시 물으며 자전거에 올라탔다.

"어느 쪽으로 가세요?"

"으음, 저쪽이요."

나는 아무 쪽이나 가리키며 대답하고는 불쑥 던졌다.

"커피 한잔하실 시간이 있으면 정말 좋겠어요. 좋은 말씀도 듣고, 학교 목록도 보고 싶거든요."

사리가 관심이 있는 척하며 고개를 끄덕이더니, 곱슬머리를 뒤로 넘기고 핸드폰 시계를 살폈다.

"지금은 할 일이 있어서……, 나중에 학급 명단에서 전화번호를 따서 문자를 보낼게요."

"그럼 되겠네요."

나는 미소를 지었다. 사리가 그렇게 할 거라고 믿고 싶었다.

로만네 예비 학교랑 멀어지면서 숨 쉬는 것도 다시 편해졌다. 무거운 짐을 모두 벗어 던졌다. 무거운 죄책감과 애정과 책임감을 견딜 수 없었다. 나는 부모님과 여러 명의 남자 친구는 물론 우리 강아지 레드를 오래도록 사랑했지만, 모성애는 달랐다. 사랑하는 마음이 너무나 힘들었다. 한없는 공포와 한없는 기쁨이 뒤섞이는 느낌이었다. 영원히 그럴 것 같았다.

나는 산후우울증에 계속 시달렸다. 아, 산후우울증은 한번 겪고 넘어가는 그런 절차가 아니었다. 아이가 생기자 세상을 바라보는 방식 자체가 변했다. 엄마 역할은 무슨 일이 있어도 포기할 수 없는 것이다. 아이가 태어나기 전의 나와 태어난 다음의 나로 인생 전체가 완전히 변하는 느낌이었다.

그날, 첫 번째 취업 면접을 보려고 서두르는 동안, 꽉 막힌 경력을 되살려야 한다는 우려도 있었지만 어쩌면 로만 문제가 훨씬 클 수 있는데 내가 무시하는 건 아닌가 하는 걱정도 새롭게 일었다. 로만은 첫아이였다. 그래서 비교할 대상이 없었다. 하지만 다른 아이들이 부모와 걸어가는 모습을 보면 부러웠다. 차도로 뛰어드는 아이도 없고, 돌멩이를 차다 신발을 찢어먹는 아이도 없고, 어디를 갈 때마다 늦겠다며 재촉하는 아이도 없었다. 하지만 로만은 끊임없이 그랬다. 그러다 불안감에서 벗어나면 빙글빙글 돌거나 몽상에 잠기거나 위아래로 펄쩍펄쩍 뛰었다. 로만은 연이고 나는 그걸 붙잡은 줄이었다. 로만이 공중으로 솟아오르도록 놔두어야 할 수도 있겠지만, 내 손목에 줄을 꽉 묶는 게 로만을 보호하는 유일한 방법처럼 느껴질 때도 많았다. 친구들은 내가 과잉 반응을 한다고, 때때로 문제는 생기겠지만 로만이 충분히 이겨낼 거라고 말하곤 했다. 나도 그 말이 사실이길 간절히 바랐다. 하지만 확신할 순 없었다.

나는 숨을 깊이 들이마시고 당장 해야 할 일에 정신을 집중하려 했다. 오늘은 좋은 일이 있을 거라고 아들에게 약속까지 하지 않았던가. 두 번째 면접은 중요했다. '리피 테일러' 입사 면접이었다. 이 회사는 마케팅과 컨설팅을 전문으로 하는 대형 에이전시였다.

첫 번째 면접을 볼 기회는 몇 년 전에 녹색 꽃양배추 광고를 함께 한 홍보 담당자 덕분에 우연히 찾아왔다. 녹차를 만드는 신생 기업이었다. 그 일을 소개한 홍보 담당자는 회사 자본이 넉넉지 않다고, 임금을 땅콩으로 줄 수도 있다고 미리 말했다. 베이비시터 비용도 안 나오는 직장이라는 이유로 나는 면접 기회를 거절하려고 했다. 그러다 지금은 나 자신을 드러내는 실력이 녹슨 상태니 훨씬 중요한 다음 면접을 보기 전에 미리 연습하는 셈 치자고 생각하고 면접에 응했다.

나는 신호등이 바뀌기를 기다리는 사이에 콤팩트를 꺼내 잇속에 음식물 찌꺼기가 없는지 확인했다. 깨끗했다. 립글로스를 다시 바르고 방긋이 웃었다. 면접을 마친 다음에는 집으로 가서 초저녁에 인터넷으로 사립학교를 둘러볼 생각이었다.

제 4 장

브로드웨이를 지나고, 생전 처음 듣는 거리를 서너 개 가로지르고 나서야 목적지를 지나친 걸 깨달았다. 라파에트와 이스트 4번가가 만나는 모퉁이에 전형적인 커피숍이 있는데, 바로 그곳에 녹차 회사 건물이 있었다. 지금 내가 있는 곳은 2번가니 바삐 서두르지 않으면 늦을 수밖에 없었다.

나는 예비 학교에서 택시를 잡아타지 않은 것과 후덥지근한 날씨에 허브 화장품을 바르지 않은 걸 후회하는 사이 마침내 녹차 회사로 들어섰다. 숨이 가쁘고 몸은 힘들었다.

오십대로 보이는 사내가 문 앞에서 나를 맞이하며 자신을 세스라고 소개했다. 카페인에 중독된 펑크족 출신처럼 보이는 사내였다. 그는 회사 로고가 새겨진 베레모와 아이스 차를 내놓은 뒤 나를 계단 위로 안내했다. 나는 뒤를 쫓아가면서 회색이 감도는 노랑으로 염색한 머리와 순은 장신구가 가득한 목을 열심히 쳐다보았다.

회사 사무실 공간은 뉴멕시코 로즈웰 도로변 간이 매장에서 샀음직한 외계인 모양의 장식 방울과 환각을 불러일으킬 것 같은 색채로 장식한 널찍한 공간이었다. 대학 시절에 공짜 대마초를 태우며 뒹굴던 남자 친구 기숙사 방과 비슷한 느낌이었다. 사무용 책상이 몇 줄 늘어선 사무 공간과 실험용 주방으로 사용하기도 하는 불빛 환한 회의실 사이에 유리 벽이 있었다.

"우리는 아직 녹차 브랜드지만, 우리가 취급하는 비즈니스의 사십 퍼센트는 대마 화합물 CBD며 앞으로 계속 성장할 거로 기대한다고 말할 수 있습니다."

세스가 말하는 동안 진하게 염색한 일자 눈썹이 이마에서 위아래로 움직였다.

"우리는 브라우니 빵과 로션을 비롯해, 수탉 기름과 박하 같은 온갖 물건을 취급하지만, 우리가 발견한 건 아직은 시장에 구멍이 있다는 겁니다."

세스가 한쪽만 움직이는 미소를 머금었다. 보톡스를 잘못 맞았거나 가벼운 뇌졸중에 시달린 결과 같았다.

"누구도 가정주부를 타깃으로 하지 않아요! 그런데 가정용품 팔십삼 퍼센트를 사용하는 게 바로 가정주부랍니다. 사람들은 정말 멍청하지요!"

세스가 감탄하면서 동그랗게 생긴 새하얀 물건 하나를 건넸다. 라벨에는 CBD 20mg을 주입했다고 적혀 있었다.

"CBD에 대해서 아시나요?"

세스가 물었다.

"조금요."

나는 거짓말을 한 채 손에 든 물건을 사람들이 왜 사는지 떠올리려 애썼다.

"그건 목욕폭탄(배스밤)이랍니다."

세스가 자랑스럽게 소개했다. 백열전구라도 소개하는 말투였다.

"그래, 카피라이터가 되는 게 꿈인가요?"

세스가 물었다. 잠시나마 자신이 아닌 다른 사람에게 관심을 보인 것이다.

"네. 제 말은, 어린 시절부터 떠올리던 꿈은 아니지만 제가 잘하는 일이거든요. 잘하는 일을 하는 게 제 마음에 들기도 하고요."

내가 웃었다. 상대는 내가 한 말을 좋아하는 눈치였다. 나는 순식간에 파악할 수 있었다. 나는 사람을 읽는 능력이 탁월했다. 한 번만 쳐다보면 상대가 원하는 걸 정확히 알아차렸다. 사람을 파악하듯 브랜드 역시 순식간에 파악하고 브랜드에 도움이 되는 관점으로 소통할 수 있었다.

이런 능력이 처음 드러난 건 룸메이트가 홈페이지 사이트 마이스페이스에 올릴 약력과 페이스북에 업데이트할 내용을 나한테 쓰게 할 때였다. 그 후 대학을 졸업하고 시트콤에 일자리를 얻을 요량으로 로스앤젤레스로 갔다. 선셋 지역 새들랜치 레스토랑에서 파트타임 여직원으로 일하며, 산타모니카에 있는 2년제 공립학교에서 별 볼 일 없는 대본 두 편을 내 이름으로 쓰고, 창작 학점 3학점을 받고는 마침내 내 목소리를 찾았다. 바로 옆에 있는 스타벅스에서 카페라테를 홀짝이며 아침 내내 빈둥대다 마르텔에 있는 원룸으로 돌아가서 컴퓨터를 켠 다음, 누구도 맞설 수 없는 농지거리를 퍼부어대곤 할 때였다.

나는 광고 대행사를 그린 드라마 <매드맨>에서 1960년대 광고회사를 묘사한 내용 말고는 카피라이팅이 뭔지 몰랐다. 그런 참에 하루는 서부 해안에서 제일 잘 나가는 광고회사 브리그만 스턴에서 일하는 이웃 친구가 밤에 나를 찾아왔는데, 자기가 맡은 일거리, 채식주의 베이글 홍보 문안 작성에 쩔쩔매고 있었다. 가짜 베이글인 페이글

제품에 적합한 캐치프레이즈를 찾는 일이었다. 나는 '페이글을 한번 접하면 베이글에 다시는 손이 안 간다'라는 캐치프레이즈를 제안했다. 바보 같은 글귀라서 백만 년이 지나도 우리 집 담장을 넘어가지 않을 것 같았다. 그런데 고객이 받아들였고, 이웃 친구는 수석 카피라이터로 곧바로 승진했다. 이웃 친구는 너무나 고마운 나머지 기회가 될 때마다 나한테 일을 시키고 수고비를 주었다. 나는 주로 상품 포장과 관련된 분야에서 일하며 '대체 식량 브랜드'를 홍보하는 캐치프레이즈를 작성했다. 천연 과일 감미료와 글루텐이 없는 수숫가루에 대해서 내가 알고 싶은 이상으로 많은 걸 배웠다. 그런데 시간이 지나면서 따분하다는 생각이 들었다. 그 절반만큼만 시나리오를 제대로 쓰면 좋겠다는 생각도 들었다. 코카콜라와 관련된 기업의 홍보 수석 책임자는 내 고민을 듣고는 '거품이 가득한 음료수를 팔지언정, 자신이 파는 제품을 못 믿는다면, 또한 자신이 세상을 바꾼다는 걸 못 믿는다면, 다른 사람을 설득해서 그 제품을 사도록 할 수 없다.'라고 말했다. 그래서 나는 믿는 법을, 혹은 믿는 척하는 법을 배웠다.

세스는 입술처럼 생긴 빨간 벨벳 소파에 나를 앉히고서 자기네 제품이 '공간을 파괴'할 거라 끊임없이 말했지만, 나는 그 '공간'이 뭔지 세스 말이 모호하게 느껴졌다. 세스는 입을 꼭 다물고 내 이메일을 한참 보더니, 다시 서둘러 진행했다. 나는 CBD 시장이 이미 포화 상태며, 가정주부부터 조그만 강아지까지 누구나 사용한다고 확신하면서도, 세스에게 사업 품목이 '매우 파괴적'으로 들린다고 말했다.

세스랑 동업하며 재무를 담당하는, 키는 작고, 나이는 젊고, 뾰족한 머리칼은 전기충격을 받은 것 같은 비고가 나타나서 세스 옆자리에 앉았다. 그는 아무 말 않고 눈길도 마주치지 않은 채 세스가 늘어놓는 호언장담을 열심히 들었다. 어린이 프로 <세서미 스트리트>(*Sesame*

Street)에 나오는 '버트'와 '어니'가 현실 세상에 나타난 것 같았다. 마음 한구석에는 두 사람이 사랑하는 사이라는 느낌마저 들었다.

"밤에 백포도주를 들이켜는 대신, 욕조에 엄마폭탄 하나를 집어넣고 마개를 떼세요."

세스가 말하면서 우스꽝스러운 미소를 머금었다. 비고는 딱딱한 얼굴로 가만히 앉아 있었다. 두 사람이 나란히 앉은 모습을 보니, <세서미 스트리트>에서 어니가 샤워용 비닐 모자를 쓰고 <고무 오리> 노래를 불러대는 영상을 머리에서 지울 수 없었다.

중요한 건 아니지만, 내가 보기에 CBD는 라벤더와 비슷한 용품 같았다. 개념은 대단하지만, 인간이 받는 스트레스에 진짜 효과를 낼 순 없을 것 같았다. 최소한 내가 느끼는 스트레스 유형에는. 나는 업무 목록을 말하는 명칭이길 기대하며 물었다.

"엄마폭탄이요?"

"내가 녹차 라테를 개발한 건 아시지요?"

세스가 물었다.

"아니요."

내가 대답했다. 그러면서 행여나 나에게 핀잔을 주는 건 아닌지 확인하려고 비고를 쳐다보았다.

"내가 개발하기 전까지는 모든 게 하나같이 차였어요. 찾아보세요. 내 위키피디아 페이지에 있으니까."

나는 개인이 위키피디아 페이지를 편집할 수 있다는 사실을 모르는 척하면서 고개를 정중하게 끄덕였다. 그리고 말했다.

"당장으로선 CBD 시장이 포화 상태라서요."

상대의 확신을 조금은 떨어뜨리는 게 좋을 것 같았다. 다른 카피라이터들이 이와 똑같이 해서 고객에게 추가 작업이 필요하다는 걸 깨닫게 하는 경우를 예전에 여러 번 본 적이 있었다. 한번은 혈당이 낮은 음식 섭취를 강조하는 '사우스 비치 다이어트' 이후로 모든 여성이 바나나를 두려워한다는 사실을, 그걸 이겨낼 방법은 과일 이미지를 완전히 새롭게 꾸미는 방법밖에 없다는 사실을 고객에게 납득시킨 유능한 카피라이터에게 말린 과일 홍보 작업 전체가 넘어가는 걸 본 적도 있었다.

"시장에는 비슷한 웰빙 상품이 충분합니다. 그죠? 그래서 제가 제일 먼저 묻고 싶은 건, '이 제품은 무엇이 다른가? 귀사 제품이 경쟁사 제품보다 훌륭한 이유는 무언가?' 하는 겁니다."

내가 말하자, 세스는 나한테 확신을 심어주려고 신나게 말하기 시작했다.

"잘 들어보세요. 여자들이 목욕 효과를 얻으려고 욕조에 가장 오래된 입욕제 엡솜 솔트와 함께 CBD 오일을 몇 방울 떨어뜨릴 수 있을까요? 당연하죠! 하지만 여자들은 그렇게 하지 않아요. 별다를 게 없기 때문에요! 사람들이 바라는 건 섹시한 기적의 약이에요. 흔해 빠진 건강식품 상점에서 파는 치료제가 아니라. 우리 프로젝트가 성공하느냐 여부는 마케팅 방식에 달렸답니다. 그건 당신이 누구보다 잘 알아요."

"계속하세요."

"기본 세팅에 산세리프 글씨체를 앉히고, 연한 분홍색을 배경으로 촬영해, 누구나 접근할 수 있는 가격에 럭셔리한 아이디어를 파는 거예요. 바로 이게 핵심이랍니다. 그렇지 비고?"

딱딱한 얼굴이 고개를 끄덕였다. 세스는 계속 이어갔다.

"우리 목욕폭탄은 시시하지 않기 때문에 우리가 한발 앞서가는 거예요. 정말 대단한 마법이거든요. 최고급 에센셜 오일에 최고급

CBD를 수작업으로 혼합해서 조금씩 생산한답니다. 포장이 대단한 건 말할 필요도 없고요."

"네?"

내가 물었다. 잘못 들은 게 분명하다고 생각한 것이다.

"하지만 나는 이 상품이 욕실 싱크대 고급 비누 옆에 놓여서 엉뚱하게 지위를 상징하는 상품이 되는 정도로는 만족하지 않습니다. 이 상품이 새로운 변화를 창출하길 바라니까요. 이쪽 산업 전체에 새로운 변곡점이 되는 거지요!"

세스는 로큰롤 교회의 카리스마 넘치는 펑키 머리 목사처럼 말을 계속 이어갔다.

"음료 브랜드 '더티 레몬', 이 녀석은 레몬 물을 섹시하게 만드는 방법을 찾아냈어요. 레몬 물을 만드는 게 얼마나 저렴하고 간단한지 아세요?"

세스가 싱크대로 걸어가서 수도꼭지를 틀었다. 그러고는 과일 바구니에서 레몬 한 알을 꺼내 반으로 자르더니, 수돗물을 담은 유리잔에 레몬 반 개를 멋들어지게 떨어뜨리고는 내 앞에 탁 내려놓으며 덧붙였다.

"자, 다 만들었습니다."

나는 빙그레 웃으며 유리잔을 입술에 대고 마신 뒤에 말했다.

"맛있네요."

세스가 고개를 끄덕이고는 내가 한 모금 더 마시는 모습을 지켜봤다.

"우리는 블랙 레인디어를 채용해서 이 일을 시킬까도 생각했지만……, 그들은 혼합물을 뒷면에서 앞면으로 넣도록 설득해 우리가 만든 질소 투입 초콜릿 밀크를 망쳐버린 적이 있답니다. 초콜릿 밀크에 지랄할 설탕이 얼마나 많이 들어가는지 아세요? 그 사실은 아무도 영원히 몰라야 한답니다!"

내가 힐끗 쳐다보니, 비고는 노트북을 집어 들고 미친 듯이 타이프를 치기 시작했다. 내가 보기에 사업을 꾸려가는 진짜 두뇌는 비고 같았지만, 그런 척하는 세스한테 내가 끼어들어 감 놔라 배 놔라 할 순 없었다. 그래서 물었다.

"홍보 담당은 있나요? 아트 담당은요? 제가 함께 일할 사람들?"

"없습니다. 우리가 전부입니다. 이 일은 사내에서 우리가 거의 다 합니다. 비고는 전략을 담당하고, 나는 홍보를 담당하지요. 사용하고 싶은 인턴 집단과 네트워크 전문가는 있습니다. 하지만 나한테 필요한 건 죽여주는 카피라이터로, 당신이 군계일학이라고 들었습니다. 우리가 설정한 임금 수준에서는 최고라고요."

"그렇게 말씀하시니 고맙습니다."

내가 불신이 가득한 투로 말했다. 이런 사람이 기업을 어떻게 경영할 수 있을까?

"우리는 여기에서 뭐든지 공동으로 만들어냅니다. 좋은 생각이 있으면 실행해서 어떻게 되는지 보는 겁니다. 중요한 건, 우리가 신선한 아이디어를 바라긴 해도 젊은 아이디어를 바라는 건 아니라는 겁니다. 아이디어가 그럴 싸 하려면 당신 나이 정도는 되어야겠지요."

"제 나이요?"

내가 웃었다.

"광고는 모델과 비슷한 측면이 있습니다. 서른살이 넘으면 전성기가 끝납니다. 우리 제품도 마찬가지랍니다! 우리가 만나고 싶은 사람은 현실적이면서도 열정이 가득한 사람입니다."

비고가 그렇다는 표시로 고개를 끄덕이더니, 각성제에 관해 기록하는 법정 속기사처럼 타이프 작업에 다시 몰두했다.

"으음, 기본적으로 옳은 말씀입니다. 고객에 대해서 깊이 숙고할 필요가 있습니다. 깔보는 게 아니라."

내가 말하자, 세스가 무슨 말인지 이해한다는 듯이 고개를 끄덕였다.

"맞습니다. 당연하지요. '우리 물건을 사용하면 이만큼 편리하다'라는 접근 방식 대신, 고객들한테는, 특히 엄마들한테는, 이해받는다는 느낌이 필요합니다. 그들 역시 알 만큼 아니까요. 특히 밀레니엄 세대는요. 그들도 허풍을 꿰뚫어 본답니다. 그래서 우리 자신이 고객이 돼야 합니다. 고객처럼 말하고, 고객처럼 입고, 고객처럼 행동해야 합니다. 바로 그게 유대감을 형성하는 방법입니다."

세스가 비고를 쳐다보았다.

"소름이 돋는군. 자네도 소름이 돋았나?"

비고가 고개를 저었다. 소름이 안 돋은 것이다.

"그래서 지금 취업을 제안하시는 건가요?"

내가 물었다. 대담한 성격은 아니지만, 당장은 평소보다 자신이 넘쳤다. 상대는 말도 안 되는 소리를 하고 있고, 나는 여기까지만 듣고, 혹은 목욕폭탄만 손에 들고 리퍼 테일러 면접으로 넘어가고 싶었다.

세스가 입술을 모았다.

"잠깐 실례해도 될까요?"

나는 세스와 비고가 유리 벽 건너편으로 가서 축구 경기에서 작전을 짜듯 머리를 맞댄 모습을 지켜보았다. 두 사람이 돌아와서 함께 일하자고 사정하면 나는 시원하게 행동하리라. 주말까지 대답하겠다고 말하려고 마음먹었다. 사람들은 주말까지 대답을 듣는 걸 좋아한다. 시간을 더 오래 끄는 건 노골적으로 거절하는 것과 마찬가지다. 하지만 '주말까지' 대답한다는 건 확실한 '승낙'이나 확실한 '거절' 대신 살짝 모호한 느낌을 준다. 면접을 멋들어지게 마무리하는 방법, 그래서 다음 면접으로 넘어가는 훌륭한 방법이었다.

핸드폰을 꺼내서 가벼운 마음으로 살피는데, 메일함에 면접이 취소되었음을 알리는 리피 테일러 이메일이 있었다. '내부에서 채용하기로 했습니다. 귀하를 만날 기회를 학수고대했으나, 다시 기회가 생기는 대로 곧바로 연락하겠습니다.' 내가 정신을 가다듬기도 전에 세스가 불쑥 들어왔다. 뺨에서 땀방울을 줄줄 흘리는 모습이 마치 냉각기에서 지금 막 꺼낸 금색 과산화수소 맥주처럼 보였다.

"좋습니다. 그렇다면…… 이메일로는 확신이 없었는데, 이제 이렇게 만나니, 비고와 나는 당신이 이 일에 딱 맞는 인물이라고 확신합니다. 당신은 우리가 할 수 없는 방식으로 대중에게 말할 수 있습니다. 게다가 우리는 세계관이 똑같습니다."

"그런가요?"

나는 당혹스러운 표정으로 쳐다봤다. 세스는 계속 말했다.

"목욕폭탄은 모든 엄마를 대변합니다. 아이들한테서 벗어나고 싶지만, 나이트클럽에 가고 싶은 건 아닙니다. 케이크를 먹고 싶지만, 저녁 아홉시에 칼로리를 섭취하고 싶지도 않습니다. '자신을 돌보는 건 이기적인 게 아니다.'라고 말하는 다수 군중에 속합니다. 권한은 있지만 남한테 미루지 않고, 능력은 있지만 성급하지 않고, 재미는 있지만 기능은……"

"미안합니다. 지금 저에 대해 말씀하시는 건가요, 아니면 저를 비유해서 말씀하시는 건가요?"

내가 중간에 끼어들자 세스가 툭 튀어나온 눈으로 신나게 말했다.

"당신……, 당신을 비유한 것도 되겠지요! 우리는 돈이 엄청나게 많은 게 아니니 넉넉하게 지급할 수는 없습니다."

세스가 헛기침하고는 눈길을 내리깔며 덧붙였다.

"육 개월에 이만 달러. 거기에다 지분을 제공할 수 있습니다."

"지분이요? 얼마나요?"

나는 최대한 포커페이스를 유지하며 물었다. 지분을 제안받은 건 처음이었다.

"계산기를 두드려봐야 하는데······"

비고가 끼어들었다. 비고가 말하는 건 처음 들었다. 나지막이 삐걱대는 목소리였다.

"그건 당신이 회사를 일으켜 세운 다음에 논의하는 게 좋겠지요."

세스가 말했다. 나는 눈을 껌뻑였다. 머리가 혼란스러웠다. '나는 일자리가 필요했다. 하지만 여기에 있는 두 사람한테 운명을 맡겨도 괜찮을까? 연봉 사만 달러를 받고서?'

"'이두 마차는 이제 달릴 준비를 마쳤다! 제왕절개 준비도 끝났다. 신나는 월요일이다. 월요일은 유모가 돌아오는 날이다.', 이건 비고가 낸 아이디어랍니다!"

세스가 비고를 돌아보자, 당사자는 신음 소리를 뱉어내고, 세스는 나한테 말했다.

"처음에는 다섯 명으로 시작하려고 했지만, 이 정도도 괜찮아요. 그죠?"

"네, 그렇게 보이네요."

내가 대답하면서 고개를 끄덕였다. 하지만 정말 그런 건지, 아니면 일자리가 필요해서인지는 불확실했다.

제 5 장

    첼시하우스에 들어설 때면, 대형 슈퍼마켓에서 파는 가짜 향수 가운데 하나같다는 느낌을 항상 받았다. 조르지오 향수도 아니고 캘빈 향수도 아니었다. 에어로졸 깡통에 들어 있는, 그래서 접촉성 피부염에 걸릴 것만 같은 느낌이 드는 그런 향수였다. 딱딱한 얼굴로 현관문을 열어주는 힙스터, 머리털을 꼬아서 길게 늘어뜨린 모습으로 프런트 데스크 안쪽에 앉아 있는 감시원, 균형을 완벽하게 깨뜨린 벨기에 디자이너 유니폼 안으로 필라테스로 단련한 몸뚱이를 쑤셔 넣은 종업원 등 첼시하우스 특유의 분위기 때문인 것 같았다. 그곳에서 일하는 사람들 이름을 대부분 아는데도, 나는 그곳 사람들 모두가 특징이 없어서 그냥 쫓겨날 것 같다는 느낌을 떨쳐낼 수 없었다.

    첼시하우스는 영화 상영, 무료 와이파이, 실내 수영장, 제대로 만든 채소 샐러드 등을 끝없이 제공하며, 극히 세련된 분위기 속에서 각종 아이디어와 에너지를 주고받으려고 지상으로 내려온 최고로 훌륭한 예술가와 몽상가 집단이라는 느낌을 회원들에게 주려고 했다.

    런던에서 시작한 첼시하우스 클럽은 넥타이를 매는 직장인은 누구라도 회원으로 받지 않는다는 이유로 명성을 떨쳤다. 어퍼 이스트 사이드부터 배터리 파크 시티까지의 모든 은행가가 회원 가입을 간청하고 사정했지만, 현재 일리야가 이끄는 회원자격위원회를 통과하는 건 정말이지 너무나 어려웠다. 일리야는 '코니아일랜드' 산책로 밑에서 성장했을 정도로 엘리트주의자와는 거리가 멀었다. 그런 그에게는 첼시하우스가 정말 흥미로운 선택이 아닐 수 없었다. 비공식적으로는, 일리야는 첼시하우스 클럽 개념 전체를 헛소리로 여겼다. 하지만 첼시하우스 클럽은 일리야를 좋아했다. 그는 작업 윤리가 강했으며, 겉모습도 흉하지 않았다. 첼시하우스 클럽은 자신들이 고르고 선택한 공동체 내부 인물 모두에게 이사 회원권을 주었지만, 윙, 소호하우스, 노우드, 웰, 원더, 더('클럽'이 아니라 '집단'이라고 부르라고 주장하는 차별 개념) 등 다양한 클럽이 새롭게 문을 열면서 첼시하우스는 그 특권은 물론 패권까지 잃어가는 중이었다. 그래서 첼시 세상을 소유한 사로 스타크는 일리야야말로 그 업무에 맞는 유일한 인물이라고 확신했다. 그리고 그 확신이 완전히 틀린 건 아니었다.

육층에 있는 룸으로 들어가자, 뒤쪽 부스에 일리야가 있는 게 보였다. 슬픔에 빠진 여종업원을 위로하는 분위기였다. 여종업원이 흐느끼는 소리를 가만히 들어주는 정도지만 건너편에서 일리야를 부르던 나는 뒷머리 털이 서는 걸 느꼈다. 여종업원은 그 의도가 아무리 순수하다고 해도 결국에는 일리야와 잠자리를 할 게 너무나 뻔했다. 누구나 그랬다. 동성을 좋아하는 여종업원까지도.

"일리야."

최대한 맑고 차분한 말투로 불렀다. 일리야가 고개를 들고 쳐다보았다. 그에게 당황하는 기색은 조금도 없었다. 두려워하는 느낌이 아니었다. 건전한 분위기였다. 상대가 매혹적인 여성이든, 위스키 한 잔이든,

유혹에 넘어가는 건 연약한 사람이라고, 자신은 그보다 강하다고 생각하는 것 같았다.

"어서 와, 메그."

일리야가 말했다. 깜짝 놀라긴 해도 불편해 보이지는 않았다. 여종업원은 일리야가 일어나서 나를 껴안을 때 블라우스를 고쳐서 입었다.

"로건, 이쪽은 우리 마누라, 메그."

일리야가 소개했다. 약간 뻣뻣한 어투였다.

일리야가 처음 보는 사람한테 나를 소개할 때마다 나는 그 사람의 시선이 내 얼굴에 약간 오랫동안 머무는 걸 느낀다. 상대가 여성일 경우에는 특히 더했다. 나는 그들의 머릿속 생각을 읽을 수 있었다. 일리야랑 나랑 사이가 어떤지 알고 싶다는 것이었다.

내 나이는 서른다섯살로 젊지도 않고 늙지도 않은 나이이다. 아직도 청색 반바지는 입을 수 있으나 남자들이 음악으로 유혹하는 나이는 지났다. 까만 단발머리에 여전히 스포츠용 브라가 필요 없는 가슴을 가진 평범한 여자였다. 여자가 남자처럼 보여도 섹시할 수 있는 프랑스 같은 곳이라면 나도 주가가 훨씬 높았을지도 모른다. 하지만 내가 자라난 곳에서는 내가 군화 같은 닥터 마틴을 신고, 기타 연주가 애니 디프랑코 음악을 듣고, 머리칼을 어깨까지 내려오도록 기르지 않는다는 이유로 나를 자살할 것 같은 야만인, 혹은 전투적인 레즈비언이라고 비난했다. 나는 아무래도 상관없었다. 나 같은 여자는 생존할 가능성이 훨씬 높다는 사실을 알 만큼 공포 영화를 많이 보았으니 말이다. 고등학교 졸업 무도회 여왕이나 치어리더는 결국에는 자신이 쓰던 헤어드라이어에 감전돼서 죽거나 살해당하는 걸로 끝나지 않던가!

토실토실한 이십대 여성이 미소를 머금으며 한 손을 내밀었다. 내 눈에 들어오는 건 팔뚝에 커다랗게 새긴 인어가 전부였다.

"인어가 보기 좋군요."

내가 다정한 말투로 말하며 불안감을 씻어내자, 상대가 토를 달았다.

"그리스신화에 나오는 바다의 요정, 사이렌이랍니다."

"더 보기 좋네요."

내가 어색하게 웃자, 일리야가 눈총을 주었다. 내가 심했다는 뜻이다. 나는 일리야 어깨를 장난스럽게 툭 치면서 반발했다.

"왜? 나는 여성이 남성을 유혹해서 죽음으로 몰아가는 사이렌을 정말 좋아한다고. 당신도 알잖아."

일리야가 한숨을 내쉬었다.

"그래, 알지."

일리야를 처음 만날 때만 해도 나는 스물다섯살로 게이코에서 바텐더로 일하고 있었다. 미투 운동이 활발히 일어나기 훨씬 전에 직원 복장 규정을 확립한 일본식 스테이크하우스였다. 나는 일리야랑 실제로 말을 주고받기 전에, 늘 깊은 생각에 잠긴 야간 매니저에 대해서 다른 종업원이 충분히 말해준 터라 그 사람하고는 볼일이 하나도 없겠다고 여러 번 다짐했었다. 물론, 이 말은 볼일이 정말 많기를 바란다는 뜻이기도 했다.

나는 일리야를 보는 것 자체로 긴장했다. 내가 보기에 일리야는 무언가 은밀하게 약속하는 건 둘째고 답장 전화를 할 사람도 아니었다. 러시아 악센트가 살짝 묻어나고 새까만 의상을 입어 표정이 늘 어둡고 신비로웠다. 나는 주간 작업조로 고용되었고, 일리야는 야간에만 일했다. 낮에는 석관에 들어가서 깊이 잠들 것만 같았다.

그곳에 취직하고 처음 두 달 동안, 우리는 서로 마주칠 일이 없었다.

하지만 내가 초저녁 작업조로 옮겼을 때 거기에 일리야가 있었는데, 뱀파이어 소설가 앤 라이스풍의 포르노에 등장하는 뱀파이어 같았다. 오토바이를 몰고, 가늘고 작은 시가를 태웠으며, 중국식 목깃이 달린 가죽점퍼를 입고 있었다. 나는 중국식 목깃이 정말 싫었다. 하지만 그 패션 감각은 내가 일리야보다는 조금 더 우월하다고 느낄 수 있는 몇 가지 안 되는 요소 가운데 하나였다. 정으로 조각한 듯한 광대뼈는 더없이 매혹적이긴 해도 일리야는 중국식 목깃을 한 멍청이에 불과했다. 그러나 그 사실을 알려줄 용기를 지닌 사람은 아무도 없었다.

일리야는 매니저라서 직원과 얽히면 문제가 된다. 그러나 나는 칵테일 여종업원들과 외투 보관소에서 관계를 맺곤 했다는 사실을 그곳에서 일하기 훨씬 전부터 알고 있었다. 일리야가 술을 끊기 전에, 그리고 승진하기 전에 있던 일인데 소문은 사라지지 않았다.

일리야는 잡일 하는 종업원을 마주할 때마다 늘 똑같은 스페인어 세 마디를 사용하는 식으로 느긋한 성격인 척하는 것 말고는 정말 차분하고 강렬했다. 모든 일에 섬세하게 관심을 기울이고, 약간 신경질적인 데다, 농담 식으로 가볍게 넘기곤 하던 주간 작업 매니저와 달리 나한테 엄격했다. 그러다 끝내 나를 해고할 때는 정말 꼼꼼하게 하나씩 짚었다. 내가 일하는 시간 절반은 매장 뒤에서 자신이 선택한 의상에 대해 종업원들과 잡담을 주고받고, 나머지 절반은 설탕에 절인 마라스키노 체리를 먹으며 낭비한다는 사실을 지적하더니, 장기적인 비전을 갖고 레스토랑 사업을 바라보지 않는다고 지적하면서 마무리했다.

"사람들이 정말로 여기서 장기적인 비전을 갖고 일한다고 생각하세요?"

내가 반문했다. 그러면서 중국식 목깃에 대한 내 생각을 지금 말하는 게 좋지 않을까 궁리했다.

"네, 그렇습니다."

단호한 대답이었다. 나를 쳐다보는 시선은 내가 창피한 줄 알아야 한다는 느낌이 강렬했다.

당시에 내가 몰랐던 건 일리야가 게이코에서 매니저가 되려고 정말 열심히 일했다는 사실이었다. 그런데 내가 레스토랑 업계 전체를 조롱하는 투로 말하자 이것이 일리야를 한층 더 화나게 했다. 나는 그날 오후에 창피한 나머지 화끈화끈한 얼굴로, 그리고 일리야랑 두 번 다시 마주치지 않길 바라는 마음으로 그곳을 떠났다. 그곳을 떠나면서도 일리야 사무실 창문 바깥의 거대한 광고판에 안착하고 싶은 마음도 없진 않았다.

그리고 2주 뒤에는 그로브에 있는 실내 장식용품 가게 코스트 플러스 월드 마켓을 정처 없이 떠돌다 일리야랑 마주쳤다. 실제로!

우울한 일요일 오후였다. 부모님이 이혼한 걸 소재로 시나리오를 쓰다가 몰려드는 좌절감에, 페덱스 킨코스에서 프린트하는 데 이백 달러를 쓸까 하다, 차라리 마지막 남은 신용카드로 최대한 많은 돈을 빼내서 내가 묵는 방을 다시 꾸미는 걸로 결정했다. 마켓에서 양철통에 든 조그만 양초와 종이 별 전등, 오랫동안 보관할 수 있는 소시지로 가득한 바구니를 들고 있는데, 누군가 씩씩대며 다가오는 소리가 들렸다. 내가 도둑질하는 줄 알고 누군가 쫓아온다는 생각이 얼핏 들어 불안한 눈으로 뒤를 돌아보았다. 일리야였다. 형광등 불빛 덕분에 우중충한 느낌이 많이 사라져 보였다. 가죽점퍼는 어디에도 보이지 않고 옷차림 색상도 평범했다. 청바지에 목이 브이 자로 깊게 파인 얇은 적갈색 스웨터 차림이었다. 스웨트는 헤어진 애인이 입었음 직했다. 나는 화들짝 놀라며 뒤로 물러나다 소시지 하나를 땅에 떨어뜨렸다. 일리야는 대뜸 달려와서 그걸 집었다. 일리야가 다가오는 사이에 나는 아무런 관심도 없다는 듯, 상대편 페이스북 계정을 둘러본 적도 없다는 듯, 차분하게 행동하려 애썼다. 그러다 불쑥 물었다. 나를 몇 주나 쫓아다니며 괴롭힌다는 말투였다.

"왜요?"

"늘 그렇게 화내는 이유가 뭔가요?"

일리야가 얼굴을 찡그리며 두 손을 올렸다.

"맙소사, 나를 해고했잖아요."

내가 대답하며 소시지를 낚아채서 바구니에 쑤셔 넣었다.

"미안해요. 기분이 좋아질지 모르겠지만, 위에서 경영진이 삼 개월 전부터 그렇게 하라고 지시했어요."

부드러운 목소리였다. 나는 어깨를 으쓱하고는 지금 막 들은 사실에 마음이 상하지 않도록 최대한 애쓰며 바구니 내용물을 정리했다. 그러자 일리야가 다시 말했다.

"머리 스타일을 바꿨군요."

"아니에요. 조금 전에 빗은 것뿐이에요."

내가 대꾸했다. 상대가 내 머리 스타일에 관심을 보이다니, 충격이었다.

"그래, 레스토랑 경력 쌓는 일은 잘 되나요?"

내가 물었다. 겸손함이 묻어나오는 목소리였다.

일리야가 고개를 끄덕였다.

"네, 당신도 하는 일이 잘 되나요?"

나는 침을 꿀꺽 삼켰다. 그리고 상대가 어떻게 생각하든 관심 없는 척하면서 대답했다.

"네, 광고 카피를 쓰면서 대학 친구가 찍은 샘플 필름 편집을 도와주고 있어요. 당신도 찍어 보지 그러세요? 드라큘라 역할을 하면 좋을 텐데."

내가 쌀쌀하게 말하자, 일리야가 억지로 웃으면서 무슨 말을 하려다 말고 멈추더니, 바구니에 든 다양한 쇠고기 종류를 살피다 머리를 긁적이며 물었다.

"여기에서 파는 소시지가 정말 맛있나요? 정말이지 소시지 종류가 다양하군요."

나는 숨을 훅 들이마시며 바구니를 가슴에 안았다. 그리고 쏘아붙였다.

"무얼 사러 오셨나요? 무얼 찾는 중인가요?"

"당신이요."

일리야가 조금도 주저하지 않고 말했다.

나는 롤러코스터를 탈 때 그런 것처럼 심장이 내려앉는 걸 느꼈다.

"창문 너머로 당신을 발견하고는 우리 사이에 나쁜 감정은 없다는 걸 확인하고 싶었어요."

일리야가 하는 말에 나는 침을 꿀꺽 삼켰다. 우리 사이에 좋은 감정이 있기를 바라는 마음이 굴뚝같았다.

"당연하지요. 아무런 감정도 없으니까요."

내가 대답하자, 일리야가 고개를 끄덕이고는 떠나려 하다 주저하며 말했다.

"어차피 이렇게 왔으니…… 저도 필요한 게 있을 것 같군요. 커피 내리는 기계나 일회용 테이블보 같은 거? 물론 오랫동안 보관할 수 있는 소시지도 꼭 사야 하겠고요!"

그럴 마음은 없었지만 웃음이 절로 터져 나왔다. 그는 내가 생각한 이상으로 재미있었다. 게다가 특유의 여성스럽고 섬세한 감각도 있었다. 나는 눈알을 굴리면서 마음을 강하게 다지려 애썼다. 하지만 이미 엉망진창으로 빠져들고 말았다. 그가 이대로 떠나간다 해도, 두 번 다시 마주치거나 별다른 소식을 못 듣는다 해도, 나는 그를 끊임없이 떠올리며 빠져들고, 그의 계정을 둘러보고 이번 만남을 머릿속으로 그리며 삼 개월은 허비할 게 분명했다.

"나를 볼 때마다 눈알을 굴리는군요! 나한테만 그러는 겁니까, 아니면 모든 사내한테 그러는 겁니까?"

일리야가 물으며 깊은 생각에 잠긴 듯했다. 우리가 통로 쪽으로 걸어갈 때였다.

"모든 사내한테 그런답니다."

내가 대답하고는 다른 복도로 접어들며 상대가 쫓아오길 기도했다. 그리고 그는 계속 쫓아왔다.

내가 할 수 있는 건 차분한 척하는 게 전부였다. 그러고는 나이 많은 계산대 여직원에게 러시아어로 말하면서 내가 산 물건을 종이부대에 넣도록 돕는 일리야를 지켜보았다. 그다음에 깨달은 건, 함께 저녁 식사를 하자는 데에 내가 동의했다는 사실이었다. 우리는 글렌데일에 있는 러시아 음식 전문점으로 갔다. 나는 초라한 오토바이 뒷좌석에 올라타고, 보드카를 두 잔이나 마시고, 나중에는 일리야한테 내 방에 들어와도 좋다고 허락했다.(뱀파이어한테는 절대로 하지 말아야 할 행동이었다.)

나는 당신은 내 타입이 아니라서 우리 사이에 아무런 일도 일어나지 않을 거라고 일리야에게 말하는 것으로 그날 초저녁을 시작해, 일리야의 중국식 목깃에 내 머리통을 넣도록 해달라고 사정하는 거로 그날 저녁을 끝냈다. 그리고 일 년 뒤에 결혼했다.

"오늘 면접이 있다고 하지 않았나?"

일리야가 물으며 내 뺨에 점잖게 키스했다. 나는 입을 삐죽이며 대답했다.

"리피 테일러는 취소됐어."

"안 됐군. 괜찮아?"

일리야가 물으면서 내 손을 잡았다.

"응, 괜찮아. 첫 번째 면접에서 됐거든."

내가 대답하고는 웃는 얼굴로 좋아하는 척하자, 일리야도 좋아했다.

"첫 번째 직장을 구했군. 정말 잘됐네."

나는 고개를 끄덕였다.

"엄마용 대마초 목욕폭탄을 만드는 회사야. 아, 미안, CBD."

"녹차 회사인 줄 알았는데……. 당신한테 이상하게 잘 어울리는 것처럼 보이는군. 아니야?"

일리야가 눈을 가늘게 뜨며 묻자, 내가 대꾸했다.

"당신한테 이상하게 잘 어울리는 거겠지. 나는 CBD에 아무런 관심도 없어. 엄마용으로 만드는 거라고."

"마약 하는 엄마들? 그런 일에 관여해도 괜찮겠어?"

일리야가 내 표정을 살폈다. 노골적이었다.

"먹는 게 아니잖아. 물에 넣고서 몸을 담그는 용도라고. 그러면 좋은 효과가 있을지 누가 알겠어?"

"으음, 나는 아니야. 회사에서 당신한테 임금을 제대로 줄까?"

일리야가 물었다. 나는 거짓말했다.

"당연하지. 회사 지분도 일정하게 받을 수 있어."

일리야가 눈살을 찌푸렸다.

"그건 임금을 제대로 안 준다는 뜻이잖아."

"아니야, 준다고 했어! 이제 막 취업 제안을 받았다고! 세세한 걸

따지기 전에 잠시나마 기뻐하면 안 돼?"

"미안해."

일리야가 사과하며 느릿느릿 웃었다. 그러다 양보했다.

"당신한테 좋은 일이 생겨서 다행이야. 내가 잘될 거라고 했잖아."

"나도 알아. 당신 말이 늘 맞으니까."

내가 말했다. 하지만 화난 건 여전했다.

"점심 먹고 싶어?"

일리야가 물었다. 긴장을 풀려는 의도였다.

"우리 둘이?"

내가 반문하면서 머리를 한쪽으로 기울였다. 무슨 말인지 알기 때문이다.

"나는 지금 안 돼. 일이 너무나 바빠."

일리야가 대답하고는 엘리베이터 버튼을 누르자마자 핸드폰을 다시 들여다보며 이메일을 보내기 시작했다.

"인어 종업원이 귀엽더군."

이 말이 저절로 튀어나오고, 일리야는 눈알을 굴렸다.

"나중에 집으로 올 거야? 아니면⋯⋯"

내가 묻자, 일리야가 대답했다.

"모르겠어."

그러고는 핸드폰을 다시 들여다보며 고개를 저었다. 지금 읽는 내용에 짜증이 난다는 표정이었다. 일리야가 그렇게 핸드폰만 들여다보고 있을 때 엘리베이터 문이 열렸다.

"나는 이 일부터 처리해야 해. 바비가 옥상에 있어. 바비가 당신을 접대할 거야."

"접대할 사람이 있다니 다행이군."

나는 쌀쌀하게 말하고는 일리야가 작별 키스를 하기도 전에 엘리베이터로 들어갔다.

문이 닫히자 나는 숨을 깊이 들이마시며 중얼거렸다.

"울지 마. 메그."

"아! 가끔은 사람들 머리로 벼락이 떨어지길 바랄 때가 있죠. 아닌가요?"

뒤에서 소리가 들렸다. 뭐라고 특정할 수 없는 악센트가 희미하게 묻어나오는 목소리였다. 나는 깜짝 놀라며 뒤를 돌아보았다. 분노에 휩싸인 나머지 바로 뒤에 커다란 선글라스를 쓴 금발 여성이 있다는 걸 알아채지 못한 것이다.

나는 창피해 눈물을 닦고는 억지로 웃으며 대답했다.

"맞아요. 그런 것 같아요."

"감정은 강력하지요. 굳이 숨길 필요가 없답니다."

여자가 말하더니 커다란 손가방에서 휴지를 꺼내 나한테 건네며 덧붙였다.

"저 사람이 당신을 접대하면 좋았을 텐데요."

여자가 선글라스를 벗고는 내 손을 다정하게 움켜잡았다. 한쪽은 파란 눈이고 한쪽은 녹색 눈인 게 너무나 매혹적이었다. 하지만 나를 사로잡은 건 강렬한 시선이었다. 너무나 노골적이었다. 시선을 피해야 할 정도였다. 문이 열리자 여인이 말했다.

"당신은 누구도 거절할 수 없는 매력이 가득한 여인이에요. 다음부터는 절대로 양보하지 마세요. 알겠죠?"

"고맙습니다."

내가 대답했다. 그러고는 높고 까만 전투용 부츠에 분홍색 풍성한 아기인형 드레스 차림을 한 여인이 걸어가는 걸 가만히 바라보았다.

그 여인의 모습이 마치 여자아이 모습처럼 보였다.

일리야 대역으로 뽑힌 바비가 나를 발견하고는 구찌 바지와 캐시미어 스웨터 차림으로 급히 다가왔다. '좁은 우물 바깥에서 생각하라'라는 글귀가 적힌 스웨터였다.

진짜 이름은 제이미인데, 아침에는 레몬을 넣은 뜨거운 물에다 속을 파낸 롤빵만 먹고, 뉴욕 사교계의 스물일곱살 독재자가 아니라 보카에서 온 일흔세살짜리 과부처럼 좌골신경통 때문에 늘 투덜대서 일리야가 바비라는 별명을 붙인 직원이었다. 옥상 너머로 엘리베이터를 쳐다보니 아쉽게도 매혹적인 여인은 이미 사라진 다음이었다.

"메그, 내가 접대할게요."

바비가 명랑하게 말하면서 내 팔꿈치를 잡았다.

제 6 장

바비는 나한테 모퉁이 자리를 잡아주었다. 옥상 풀장은 짧은 수영
팬티 차림의 근육질 남성으로 가득하고, 일상생활을 촬영해서 웹사이
트에 올리는 블로거들은 그들이 매니큐어 칠한 발로 물속에 들어가는
모습을 남몰래 찍어대고 있었다.

첼시하우스 클럽은 허락받지 않고 사진 찍는 걸 엄격하게 금지했다.
셀카라도 찍다가 걸리면 바로 퇴장이었다. 첼시하우스 클럽은 주 의회
만큼이나 엄격했다. 옥상에 들어오려면 어린애도 회원권이 있어야
한다는 최근 정책에는 회원들이 크게 반발하기도 했다. 일리야가 설명
한 바에 따르면, 그 정책은 더위가 기승을 부리는 철에 수영장이
거대한 여름 캠프로 바뀌는 걸 막으려는 조치였다. 호텔 손님과 특정
가족은 최선을 다해서 기쁘게 받아들이지만, 클럽을 탁아소로 만들
생각은 없다는 의미였다. 하지만 지난여름에 회원들이 단결해서 반기
를 들었다는 게 문제였다.

"그동안 잘 지내셨어요?"

바비가 물었다.

"응. 더할 나위 없이. 일자리를 찾은 것 같아. 녹차를 파는 찻집 알지?"

"아니요, 몰라요."

바비가 대답했다. 내가 쌓아온 경력에 대해 세스보다 약간 더 관심을 보이는 정도였다. 그러다 물었다.

"저기에 있는 두 사내가 지금 당장 섹스라도 할 것처럼 보이지 않나요?"

나는 운동선수처럼 보이는 사내 두 명이 따뜻한 풀장 안에서 구릿빛으로 물들인 피부가 벗겨질 만큼 서로를 정열적으로 문질러대는 모습을 쳐다보았다.

"옥상에서는 누구도 섹스할 수 없거든요."

바비가 새삼스럽게 말했다. 내가 그럴 생각이라도 한 것처럼.

"내가 보기에 두 사람은 단지……"

내가 말하는데 바비가 끼어들었다.

"학교 문제로 고민이 많지요?"

"그걸 네가 어떻게 알아?"

"구월이잖아요. 자식을 둔 엄마들이 학교 문제로 하나같이 고민하는 시기. 로만이 유치원에 들어가야 하잖아요?"

"이제 곧 들어가겠지."

내가 대답하며 고개를 끄덕였다. 그걸 기억한다는 사실이 놀라웠다. 바비가 웃으며 다시 말했다.

"그렇다면 고민이 정말 많겠네요. 하지만 걱정하지 마세요. 누구나 똑같은 처지니까. 이런 시련은 뉴욕에서는 통과의례랍니다. 이번 달 클럽 수입이 많이 올라갈 거예요."

바비가 빙그레 웃었다.

"너무 좋아하지 마."

"어떻게 안 좋아할 수 있나요? 정말 좋아요! 미쳐서 펄쩍 뛸 정도로. 목구멍이 포도청이잖아요. 세상에서 자신의 위치를 파악할 수 있는 결정적인 증거. 아이가 없는 사람으로서 얽힌 매듭이 하나하나 풀리는 모습을 지켜보는 건 정말 재밌거든요."

"아아, 내가 지금까지 해온 이상으로 매듭을 잘 풀 수 있을지 모르겠어."

"맙소사, 당연히 잘 풀 수 있겠지요. 내 말을 믿어요. 사립학교에 넣을 거지요?"

"솔직히 말해서 우리한테는 그럴 여력이 없어. 사립은 학비가 터무니없이 비싸거든."

"방법을 찾으세요. 나도 매일 왕복 두 시간 거리를 통학하며 스펜서에서 다니고, 그래서 인생이 바뀌었답니다."

"공립학교랑 그렇게 다른가?"

"교육이 확실히 훌륭해요. 하지만 더 중요한 건 인맥 연결이에요. 뉴욕에서는 사람들이 어느 학교에 다녔느냐고 물을 때, 고등학교부터 말하거든요. 겁주려는 건 아니에요."

"괜찮아. 평생을 겁먹고 살았으니까."

나는 말을 이어가려다 멈췄다. 엘리베이터 금발 여성이 모습을 드러낸 것이다. 지금은 신발을 벗은 채 맨발을 물속에 철렁거렸다.

"저 여자를 알아?"

이 말이 불쑥 튀어나왔다.

"그럼 모르세요?"

바비가 웃음을 참으려고 애쓰며 되물었다.

나는 여인을 다시 쳐다보았다.

"아니…… 저 여자가 누군데?"

다시 묻자, 바비가 믿을 수 없다는 듯 머리를 가로저으며 되물었다.

"광고 분야에서 일하시는 거 아니세요? 뉴욕은 정말 처음인가 보네. 저 사람은 다프네 콜, 인스타그램에서 Sweaterweather365로 알려진 사람이에요."

"사실 나는 패션을 잘 몰라. 패션은 뉴욕 거잖아."

"패션이 뉴욕 거요? 분명히 말하지만, 엘에이에도 패션은 있다고 요."

바로 그때 다프네와 내가 시선이 마주쳤다. 나는 당혹감이 몰려들어 시선을 재빨리 피했다.

"저 여자는 패션 인플루언서였으나, 지금은 아이를 낳았으니 '맘플루언서'에 가까운데 패션 감각이 대단해요. 최고지요."

나는 지금까지 웰빙 권위자나 DIY 전문가나 얼음 음료 예술가와 작업을 많이 했지만, 이쪽은 완전히 새로운 분야였다.

"맘플루언서가 뭐야?"

"인플루언서의 하위 장르예요. 가령, 저 여자는 최고급 패션을 다루는 전문가지만, 아기가 방귀를 뀌게 하는…… 윈디라고 하는 조그만 호루라기나 기저귀도 취급한답니다."

바비가 다프네를 쳐다보면서 머리를 옆으로 숙인 채 이마를 찡그렸다. 다프네는 물살 꼭대기에서 머리칼을 떨어뜨리고, 부츠를 옆으로 밀어놓은 채 발가락을 물속에서 섬세하게 첨벙이고 있었다. 심하게 마른 체형은 아니었다. 엉덩이나 각선미는 물론, 갈라진 부분이나 들어간 부분도 또렷했다. 무엇보다 대단한 건 고급스러운 느낌인데, 그게 무언지 콕 집어서 말할 순 없었다. 정말 화려하고 매혹적이었다. 눈이 부실 지경이었다.

"스타일이 죽여요. 그죠? 저 가죽 명품 보테가 부츠는 여기저기서 완전히 매진이에요. 그리고 아기 인형 스타일 세실리에 반센 드레스는요? 말도 못해요! 드라마 <킬링 이브> 분위기가 정말 강해요. 저 여자 옷장은 실내 장식 최고 회사 허쉬필드스 옷장 같을 게 분명해요."

바비가 말하더니, 조그만 목소리로 덧붙였다.

"부자는 패션 리스크를 감당해도 괜찮아요. 까만 의상에 집착할 필요가 없어요."

"저 여자는 어디 출신이래?"

내가 물을 수 있는 말은 이게 전부였다.

"알바니아나 보스니아, 아니면 발칸 반도에 있는 국가 가운데서 온 이민 일세대 같아요. 저 여자 악센트에 밀려갔다 밀려오는 느낌이 있거든요. 저 여자 엄마는 가정부 아니면 관리인인데, 모든 방을 열 수 있는 마스터키를 들고 다니는 사람을 뭐라고 하죠?"

"여자 집사?"

내가 못 믿겠다는 듯이 반문했다. 바비는 머리를 끄덕였다.

"소문에 따르면 저 여자 엄마는 전통적인 상류층이 사는 고급 주택 두세 곳에서 일했대요. 다프네는 소매점에서 일할 나이가 되기 전부터 옷장 정리를 거들었고요. 패리스 힐튼이 그 유명한 모델 킴벌리 카다시안을 옷장 청소부처럼 다루었다는 거 아세요? 다프네가 한 게 바로 그 일이었어요. 아무것도 없는 집에서 태어나 한 발씩 올라오더니 이제는 모든 벽을 허무는 거예요. 프렌치토스트로 에펠탑을 쌓을 수 있고, 샤넬 백을 선물 받고, 머리 스타일이 헝클어지는 날은 하루도 없을 것처럼. 이번에 쇼핑몰 리볼브 의상 컬렉션을 디자인한다는 발표도 했더군요. 자녀와 함께."

나는 헛웃음이 나왔다. 불안했다. 자녀까지 있는 사람이 그렇게 많은 일을 할 수 있다는 사실에 좌절감마저 몰려들었다.

"자녀는 몇 명인데?"

"두 명. 쌍둥이. 비비안과 허드슨. 이런 것까지 안다는 사실이 창피하지만, 알고 있답니다. 저 여자한테 두 아이는 아주 중요한 소품이거든요. 남편도 가끔 활용한답니다. 킵이라고 하던가? 금융 전문가처럼 생겼어요. 당연히 고지식한 남학생 타입······. 귀엽지만, 아무런 합의 없이 기숙사에 묵는 것 같은."

나는 눈을 가늘게 뜨고서 그 말이 의미하는 장면을 떠올려 보았다.

"어쨌든, 네······ 저렇게 완벽한 사람은 나는 정말 싫어요. 아닌가요?"

바비가 다프네 뒷모습을 노려보았다. 구릿빛은 아니지만 광채가 번뜩였다.

"그럼, 당연하지."

나는 미소를 머금었다. 내가 너무나 부족하다는 인상을 주는 것을 숨기고 싶었다.

이윽고 바비가 볼일을 보러 떠나자 나는 핸드폰을 꺼내서 세스와 비고한테 취업 제안을 받아들이겠다는 글을 썼다. 원래는 주말까지 기다릴 계획이었으나, 나는 기다리는 걸 잘 못 하는 데다, 그즈음이면 두 사람이 마음을 바꾸지나 않을까 불안하기도 했다. 뉴욕의 사교육비를 감당할 수 없는 불안한 직장이긴 해도 나한테 직장이 있다는 느낌이 필요했다. 나한테 또렷한 목표가 있다는 사실을 주변 사람과 가족에게 알리고 싶었다. 스스로 자수성가해서 모성애 게임을 깨부수는 패셔니스타는 아닐지언정, 나는 여전히 소중한 사람이었다. 이걸 확실히 깨달을 필요가 있었다.

나는 점심 식사를 마친 뒤 엘리베이터로 가면서 다프네가 앉아 있던 곳을 지나려고 일부러 먼 길을 돌아갔다. 텅 빈 유리잔에서 얼음 조각이, 로만 옷장에 쑤셔 넣은 못 쓰는 장난감처럼, 불안한 균형을 이루고 있었다. 묘한 감정이 일었다. 후회하는 마음과 행복한 마음이 뒤섞인 감정이었다. 다프네는 오래전에 떠났지만 나는 연약한 모습을 여태껏 드러내고 있었다. 우리는 짧은 순간을 공유했다. 이것은 절대로 사라질 수 없는 진실이었다. 나는 입가에 어리는 미소를 질끈 깨문 후 집으로 갔다.

제 7 장

마리나는 우리 집에서 세시 십오분에 떠났다. 단 일 초도 머뭇거리지 않았다. 나는 저녁 식사를 준비하고, 주방을 청소하고, 레드에게 먹이를 주고 산책시킨 다음에 두 아이를 씻기고, 바퀴벌레 세 마리를 죽이고, 일리아에게 지청구를 늘어놓은 문자 네 개를 보냈다. 그리고 바퀴벌레 문제를 내 손으로 해결하려고 집에서 박멸하는 방법을 인터넷으로 조사해, 설탕과 붕사를 섞어서 벽과 마주한 바닥을 비롯해 찬장 밑과 싱크대 주변에 발랐다.

"마음이 놓이지 않아!"

로만이 몸을 뒤척였다. 오후 여덟시가 훨씬 지난 시각이었다. 내가 로만 방에 들어간 것도 한 시간이 거의 지났다. 귀여운 펠릭스는 바로 옆 요람에서 잔뜩 긴장한 상태로 누워 있었다.

나는 묵직한 담요를 로만에게 다시 씌워주고 방에서 나가려고 한 번 더 시도했다.

"그래, 이제 엄마는 정말로 나갈 테니……"

"엄마?"

로만이 나를 붙잡았다. 내 허리춤을 단단히 움켜잡았다.

"왜?"

내가 속삭였다.

"무서워요."

"뭐가?"

내가 물으면서 조그만 보라색 조명을 쳐다보았다. 버섯 배양실에 들어온 느낌이었다.

"엄마가 나보다 먼저 죽나요?"

로만이 눈을 껌뻑였다. 더없이 심각한 표정에 나는 심장이 쿵 내려앉았다.

"아니야. 아무도 안 죽어."

나는 거짓말을 했다. 밖으로 살그머니 나가야 하는데 오히려 로만 곁으로 다가가고 있었다.

"아니, 내 말은 나중에 엄마가 죽고 아빠도 죽고 펠릭스도 죽고 ……"

로만이 하는 말을 내가 재빨리 막았다.

"아니야, 아무도 안 죽어! 엄마는 너를 사랑해. 너도 건강하고 엄마도 건강하고 아빠도……"

내가 말하는데 로만이 손가락으로 내 팔목을 휘감으며 끼어들었다.

"제일 먼저 죽을 거야. 아빠는 엄마보다 나이가 많으니까. 나는 엄마 아빠를 엄청나게 사랑해. 그래서 엄마 아빠가 케빈네 집으로 가면 정말 슬플 거야."

"케빈네 집?"

내가 어리둥절한 눈으로 쳐다보니 로만이 차분하게 말했다.

"사람이 죽으면 케빈네 집으로 올라가잖아."

4세용 '말 전달 게임'을 하다 로만이 '헤븐(하늘나라)'을 '케빈'으로 받아들였다는 생각이 들었다.

"그런 말을 누가 하디? 마리나 고모? 학교?"

내가 묻자 로만은 대답하는 대신 말을 흐리기 시작했다.

"아, 엄마…… 나이를 먹지 마."

"너는 진짜로 괜찮아. 엄마는 너랑 영원히 함께 살 거니까."

내가 속삭이며 달래자, 로만이 몸을 구부리면서 잠옷 윗도리를 끌어올리더니, 애교를 떠는 고양이처럼 나한테 등을 들이밀었다.

"솔질 좀 해줄래요?"

나는 집중력을 키우려고 하루에 두 번, 로만 몸에 솔질을 해주는데, 자극이 너무 강해 잠자리에서는 피하는 편이었다.

"마사지를 조금 해주는 건 어때?"

내가 제안했다.

"많이요."

로만이 말했다. 나는 차마 거절할 수 없었다.

"밑에. 등에 조금 더. 조금 더. 앞으로. 옆구리. 얼굴."

"얼굴도?"

내가 웃자 로만이 졸린 투로 대답했다.

"아빠는 얼굴이랑 귀도 해줘요."

나는 로만 잠자리 마사지를 교대로 하며 내 부담을 덜어주는 남편이 그리웠다. 그리고 남편은 우리 모두의 행복을 위해 지금도 일하는 중이며, 종업원을 달래고 이끌면서 밤 시간을 보내는 걸 좋아하는 건 아니라는 사실을 마음속에서 받아들이려고 애쓰고 있었다.

로만이 잠들자, 나는 레드를 껴안아 들어서는 로만 발밑에 내려놓았다. 나는 레드가 침대 발치에서 자는 걸, 그래서 영화 속 강아지처럼 고통에 휩싸인 어린애랑 특별한 유대감을 형성해 아이의 삶을 건강하게 바꾸어 놓기를 바랐다. 하지만 레드는 그렇게 하지 않았다. 내려놓자 내 발 옆으로 곧장 다가왔다.

개를 키우다 아이를 낳는 건, 마음이 떠난 애인과 살면서 새로운 사람과 사랑에 빠지는 것과 똑같다고 나는 늘 확신했다. 레드 역시 같은 생각일 것 같았다. 레드는 로만이 소파에서 곡예 하는 모습을 자주 보았기 때문에, 로만 근처에서 눈을 감고 있기만 해도 내가 강아지 휠체어 가운데 하나에 자기를 앉힌다는 걸 당연히 안다. 하지만 실제는 그 이상이었다. 레드는 나만 주인으로 여긴다. 오로지 나만 주인이다. 두 아이는 침입자일 뿐이다.

내가 아이들 침실에서 미 해군 특수부대 '씰 팀 식스' 작전으로 빠져나오는 순간, 레드가 따라왔다. 결국 나는 레드를 한 팔에 안고 다른 팔에 노트북을 낀 상태로 침대에 올라갔다.

나는 할 일이 있었다. 바비도 그렇고 새로 알게 된 엄마 사리도 그렇고, 행여나 내가 애빙턴을 검색이라도 하지 않으면 아동보호 팀에서 찾아올 것처럼 말하지 않던가!

애빙턴 웹사이트에 따르면, 학교 투어를 이미 시작한 상태였다. 아이 몇 명을 선별해서 장학금을 주었다. 학교는 켄네 바퀴벌레 여관에서 일 킬로미터 거리에 있었다. 최소한 시도라도 했다고 자위하는 이유 이상은 아닐지언정 나는 투어에 참가하겠다고 신청했다. 그런 다음에는 내가 아무런 생각 없이 손을 뻗어서 핸드폰을 움켜잡고 인스타그램 탐색 페이지를 쳐다본다는 사실을 깨달았다. 그리고 천천히 타이프를 쳤다.

"S-W-E……"

단어를 다 치기도 전에 Sweetgreen 계정 바로 밑에 다프네 얼굴이 나타났다. 다프네가 살아가는 모습이 떠오르면서 점차 흥분되는 걸 느꼈다. 전용 해변, 최고급 호텔 방, 이국적인 과일로 가득한 룸서비스 쟁반 등이 보였다. 프랑스 요리로 꽉 찬 디저트 접시, 종이로 천장까지 닿을 정도로 높고 화려하게 만든 성, 맛있는 디저트가 가득한 어린이용 도시락도 있었다. 회전목마도 있고, 코스튬 무도회도 있고, 시원한 샴페인 병도 있고, 화려한 자동차도 있고, 아, 망토와 드레스, 신발과 핸드백 등 다양한 의상도 있었다. 소매용 포르노도 있고, 평범하게 살아가는 포르노도 있고, 휴가용 포르노도 있고, 음식 포르노도 있고, 진짜 포르노에 버금갈 정도로 욕실에서 비키니 차림으로 찍은 셀카 포르노도 있었다. 사진 속 몸매가 옥상 풀장에 있을 때보다 조그맣게 보였다. 얼굴에 난 모공은 아예 없었다. 거대한 지우개로 완벽하게 지운 것 같았다. 나는 다프네가 한 말에 대해서 깊이 생각하지 않으려 고 했지만, 책상 캘린더에 있는 '오늘의 명언'에서 곧장 튀어나온 것처 럼 생생하게 다가왔다.

그만 나가려고 할 때, 다프네처럼 유명한 인플루언서한테서는 보기 힘든 마음속 고민을 날것 그대로 토해낸 게시물을 우연히 발견했다. 우울증에 맞서는 싸움, 인체에 대한 불만, 갑상선 자가 면역 결핍증, 아이들에게 저지른 실수, 남편과 섹스하는 것보다 넷플릭스를 더 좋아 하는 데 대한 죄책감 등 여자들이 쉽게 털어놓지 않는 내용들이었다.

나는 인플루언서들의 세계가 조금도 낯설지 않다. 브랜드 기업과 작업할 때, 나는 기업 측에 고용되어서 그들이 할 말을 대신 작성하는 일을 했다. 나는 당연히 게시물 뒤에 있는 음모를 알기 때문에 조금도 흥미롭지 않았다. 그런데 다프네는 달랐다. 무시할 수 없는 무언가가 있었다. 다프네가 보여주는 명품 발렌시아가 가방이나 어설픈 보톡스 나 근무지 점심 식사 도전에 관심이 가든 안 가든 상관없었다. 다프네는 사람을 완전히 빨아들였다. 댓글을 다는 사람들도 인정하는 듯했다. 한 사람은 '이렇게 솔직한 모성애가 어디에 또 있겠어요?'라고 썼다. 또 한 사람은 '사랑스러운 빛을 당신에게 보냅니다. 나의 여왕이시여!'라고 동조했다. 또 다른 사람은 '당신이 나를 살렸어요!'라고 덧붙였다.

프라다에서 영유아용 상표 팸퍼스에 이르는 브랜드 후원 게시물과 자서전 콘텐츠에는 이란성 쌍둥이 사진이, 로만보다 나이가 살짝 많은 것처럼 보이는 사내아이와 여자아이 사진이 가득했다. 고해상도 카메라로 눈을 크게 뜨고 달을 바라보는 모습을, 모든 각도에서 찍어, 단 오 분만 보아도 수많은 사람 사이에서 두 아이를 확실하게 골라낼 정도였다. 우리 아이를 그런 식으로 드러내고픈 마음은 없지만, 그 사람들은 구체적인 모든 현실을 브랜드라는 관점으로 바라보았다. 다프네가 올린 콘텐츠는 헬리콥터를 타고서 에르메스 버킨 백을 게시하는 걸 두려워하지 않을 정도로 대체로는 매우 화려했지만, 한편으로는 보통 엄마들과 똑같은 고통을 겪으면서 힘들어하는 어쩔 수 없는 엄마들이 쓴 내용과 같았다.

다프네가 올린 게시물을 뒤로 쭉 돌려보면, 마치 색다른 트렌드는 거의 모두 다프네가 만들어낸 것처럼 보였다. 팔십년대 의상으로 보이는 커다란 정장에 큼지막한 어깨 패드를 대고, 발까지 감싸는 나일론 속옷을 입고, 투명한 망사 티셔츠에 에나멜가죽 트렌치코트를 입고, 높은 모자, 중산모자, 납작한 모자, 멕시코 모자 등을 썼는데, 하나같이 몇 년 전이었다.

다프네를 바로 코앞에서 만나본 나는 다프네 페이지를 객관적으로 보는 게 어려웠다. 나는 내가 직접 마주친 여인을 찾으려고 노력했지만 헐렁한 옷차림 말고는 어디에도 다프네는 없었다. 완전히 다른 인물이었다.

현실 세상에서 만난 다프네는 풍자와 장난을 좋아하며 공격적인 성향도 다분했다. 그런데 온라인에서는 훨씬 부드럽고 여성스러웠다. 게시물을 보다 보니 다프네가 장난을 친다는 느낌이 들어 그만큼 더 마음에 들었다. 다프네는 대중에게 장난을 쳤다. 사과는 조금도 하지 않고서. 다프네는 대중이 누구인지 찾아내고 그걸 화려하게 비틀어서 대중에게 돌려주었다. 내가 한 것과 똑같은 행동을 하고 있었다. 다른 게 있다면 다프네는 브랜드를 위해서 일하지 않는다는 사실, 다프네 자신이 브랜드라는 사실이었다.

게시물 사천 개를 대략 둘러본 뒤에도 나는 더 많은 걸 보고 싶었다. 그래서 이메일을 열어 입력하기 시작했다. 비고와 세스에게 보내는 편지였다.

"두 분한테는 제품을 띄울 얼굴이 필요합니다. 내가 그 얼굴을 찾았습니다."

제 8 장

"Sweaterweather365라고요? 그게 이름인가요? 하지만 날씨가 더우면 어떻게 하나요?"

일주일 뒤에 세스가 물었다. 이십 분이나 걸려서 정교하게 만든 차를 나에게 건넨 다음이었다.

"너무 앞질러 나갈 생각은 없는데, 정말이지 이 여자는……"

내가 말하다 멈추고 숨을 훅 들이마셨다. 거품과 초콜릿 가루로 만든 삼색 고양이가 머그잔에서 올려다보는 모습이 보였기 때문이다.

"'뜨거운 차'랍니다."

세스가 웃으며 말하고, 나는 못 믿겠다는 듯 머리를 가로저으며 대답했다.

"네, 하지만 고양이요. 실제로 사진 같아요!"

"아니에요. '뜨거운 차'는 고양이 이름이에요."

비고가 침묵을 깨면서 설명하자 세스가 고백했다.

"나는 고양이 아빠랍니다. 앤키모, 보위, 레이첼 이야옹이 있지요. 하지만 뜨거운 차가 제일 예뻐요. 보위는 눈이 하나밖에 없고, 다른 두 마리는 영국산 코니시 렉스 종이라서 기본적으로 수염이 꽂힌 닭가슴살처럼 보인답니다."

"그렇군요."

내가 대답하고는 비고를 쳐다보았다. 두 사람이 어떻게 함께 일하게 됐는지 궁금했다.

오전 아홉시를 조금 넘긴 시각이지만 마추픽추 본사에서는 여전히 이른 시각이었다. 아래층에서 오픈 준비를 하는 바리스타 두 명을 제외하면 사방이 텅 비어 있었다. 세스는 새로운 혼합 비율을 찾아내려고 밤새도록 일하다 나에게 최대한 빨리 만나서 '다음 단계'를 논의하자고 요청한 상태였다. 순면 파자마 바지에 <세서미 스트리트>의 빨간 엘모 슬리퍼를 신고 머리는 어린이 축구장으로 사용한 듯한 모습을 보면 세스는 만날 때마다 더 많이 망가지는 것처럼 보였다.

비고가 다프네 인스타그램을 노트북에 띄워서 세스에게 보여주었다. 내가 일주일 넘게 작업한 결과물이었고, 두 사람에게서 간신히 관심을 끌어낸 첫 번째 일이었다. 프랑스 남부에서 다프네가 요트 뱃머리에 무릎을 꿇고 있는 사진에 세스가 관심을 보였다. 사진 밑에는 이런 글이 있었다.

'배를 몰고 싶은데 배를 안 준다.'

"글귀가 마음에 들어요."

세스가 감탄했다.

"내 눈에는 끔찍해요."

비고가 나지막하게 말했다.

나는 입술을 꽉 깨물며 설명했다.

"나도 그렇게 생각했답니다……, 처음에는. 하지만 아닙니다. 다프네는 지금 장난을 치는 겁니다. 게다가 이 도시에서 영향력이 가장 탁월한 엄마입니다. 저 밑에는 엄마라는 자의식이 있습니다. 바로 그게 다프네의 비법입니다.”

세스는 흠흠 대면서 다프네 페이지를 계속 읽고, 비고는 자기 핸드폰에 무언가를 적으며 투덜댔다.

“스타슛 프로그램으로 저 여자를 검색하는 중이에요. 스타슛은 마케팅 담당자들이 사용하는 수학 플랫폼이에요. 인플루언서 영향력 계산기라고 할 수 있죠. 기본적으로 ‘좋아요’에 댓글 수와 재게시 수를 더해서 팔로워 총수로 나눈 다음에 게시물 총수로 다시 나누는 거예요.”

비고가 천천히 설명하는 게, 외국인 교환학생 두 명에게 말하는 것 같았다. 그러다 얼굴이 밝아졌다.

“나쁘지 않군요. 평균 점수가 1.97이나 나왔는데, 유명 인사가 아닌데다 내가 들어본 적이 없다는 사실을 고려하면 꽤 높은 점수예요.”

내가 말했다.

“다프네가 홍보할 대상은 당신이 아니에요. 엄마들이지!”

비고가 눈꺼풀을 묵직하게 내린 눈으로 나를 바라보며 다시 말했다.

“한 가지 문제는 이만한 인물이 요구할만한 돈이 우리한테 없다는 사실입니다. 이 여자 정도라면 게시물 하나당 삼만 달러는 달라고 할 거예요. 따라서 본격적으로 홍보하려면 이삼십만 달러는 있어야 하겠지요.”

세스가 입을 쩍 벌리며 중얼거렸다.

“정말? 차라리 나도 인플루언서나 할까?”

“내가 ‘좋아요’를 눌러드리죠.”

내가 대답했다.

분홍색 풍선껌으로 만든 벽 앞에서 자세를 취하거나 마시멜로를 가득 채운 욕조에 들어가는 행위가 이십일세기에 합법적인 직업이라는 게 나한테는 미친 것처럼 보였다. 하지만 평범한 사람들이 한 발씩 한 발씩 앞으로 나아가며 조그만 제국을 세우는 광경을 나는 수없이 보았다. 대기업에서 인터넷으로 활동하는 인물에게 게시물 하나당 일 년치 연봉에 해당하는 액수를 주겠다고 계약하는 장면을 내 눈으로 직접 본 적도 있었다.

"쌍둥이는 이 여자 자식인가요?"

비고가 물었다. 나는 웃으며 대답했다.

"두 아이가 배우는 아닌 것 같네요."

"나는 쌍둥이가 무서워."

세스가 중얼댔지만 비고는 받아들였다.

"그렇군요. 알겠습니다. 하지만 여기에 있는 글귀는 형편없군요."

"다프네를 잡을 수 있다면 내가 우리 목적에 맞도록 글귀를 고치겠습니다."

내가 약속하자, 비고는 세스를 쳐다보고 다시 나를 쳐다보며 계속 검토했다. 그러다 입가에 미소가 천천히 어렸다.

"이 여자를 잡죠."

다프네 에이전트를 일주일 동안 쫓아다닌 끝에 우리는 다프네가 관심을 보이는 것 같다는 대답을 들었다. 운이 따랐는지 다프네는 목욕폭탄이나 CBD에 대해서 아무런 편견이나 반감이 없었다. 하지만 반나절 사진을 찍고, 언론 인터뷰 두 개를 하고, 인스타그램에 정적인 게시물 하나와 프레임 세 개짜리 스토리 하나를 올리는 비용으로 에이전시는 십오만 달러를 요구했다. 비고는 마추픽추 투자자들과 상의하고, 부모에게 일만 달러를 더 짜내고는 나중에 나올 총수입 오 퍼센트를 팔아서 오만 달러를 장만했다. 비고로서는 최선을 다한

셈이었다.

다프네는 제안을 정중하게 수락했다.

제 9 장

로만을 애빙턴 사립학교 문턱까지 가까스로 데리고 오면서 나는 아드레날린이 마구 솟구쳤다. 로만을 제시간에 데려오려고 온갖 난리를 피웠지만, 그다음에는 해리포터풍 건물 입구로 몰려드는 빈틈없는 엄마들과 마주쳐야 했다. 감당하기가 힘들 정도였다.

나는 안으로 들어가서야 심장 박동이 안정되기 시작했다. 애빙턴은 외관은 소박해도 내부는 화려하고 따뜻했다. 복도에서는 버터 바른 토스트 냄새와 막 사들인 책 냄새가 났다. 창문이 큼지막해서 교실 내부가 훤히 보였다. 우리 부모님이 내 교육에 제대로 투자했더라면 지금 내가 어떤 인생을 살아갈까 하는 생각이 절로 떠올랐다.

"어서 오세요. 반갑습니다!"

조그만 여자가 커다란 돋보기안경 차림으로 말했다. 뒤에는 큼지막한 현수막이 있는데, '꿈꾸지 말라, 행동하라'라는 내용이었다.

"영화 <로키 호러 픽처 쇼>인가요?"

내가 크게 말했다. 머리가 어지러웠다.

"플랭클린 루스벨트 대통령 부인 엘리너 루스벨트가 한 말이랍니다.”

상대편이 반박했다.

나는 <로키 호러 픽처 쇼>의 주연 배우 팀 커리가 한 말이라고 확신했으나 굳이 반박하지 않았다.

“이 아이는 로만 체르노프라고 합니다. 놀이 약속을 왔고, 나는 부모 탐방을 하러 왔습니다.”

내가 말하자 그녀가 카랑카랑한 목소리로 나무랐다.

“으음……, 예비 부모님에게 자주 말하지만, 우리가 놀이 상대는 아닙니다. 우리는 ‘어린이 방문’이라 부릅니다.”

“아, 당연히 그렇지요.”

나는 얼굴을 붉혔다. 애빙턴 입학사정관이 전화 통화 때 사용한 전문용어가 떠올랐다.

“약속을 몇 시로 잡으셨나요?”

상대가 물었다. 한쪽 눈으로는 내 허리춤을 바라보았다. 최대한 정중하게 행동하려고 애쓰긴 해도, 롤렉스 등 고귀한 신분을 상징하는 제품을 내가 착용했는지, 학교에 연간 기부금을 넉넉하게 낼 수 있는지 등의 여부를 살핀다는 걸 알 수 있었다.

“저는 매릴린이라고 합니다. 저학년 학교 교장입니다.”

상대가 단추를 끼우는 셔츠와 캐시미어 카디건 밑에 소박하게 착용한 진주 목걸이를 손가락으로 비비 꼬면서 웃었다.

“괜찮으시다면 노마에게 연락 번호를 남기세요.”

매릴린이 구석에 앉아서 외롭게 보이는 백발 할머니를 가리켰다.

“그런 다음에 만델라방으로 가세요.”

매릴린이 이번에는 인형처럼 조그만 손가락으로 복도 끝을 가리켰다. 미 해군 범죄 수사 시리즈 <NCIS 로스앤젤레스>에서 팀원들에게 할 일을 늘 지시하는 조그만 여성이 떠올랐다.

접이의자에 딱딱한 얼굴로 앉아 있는 부모들이 가득한 마룻바닥 회의실로 들어설 때, 로만이 날카롭게 소리쳤다.

"놀이 상대를 찾고 싶지 않아!"

내가 차분하게 로만의 말을 고쳐주었다.

"어린이 방문이야."

그러고는 그렇지 않냐는 표정으로 다른 부모들을 쳐다보자, 로만이 반박했다.

"내가 누굴 방문하는 건데?"

"너도 알다시피…… 사실 나도 잘 몰라."

내가 대답하며 웃었다. 누구든 다가와서 도와주길 바랄 뿐이었다.

사람들은 가족계획 대기실에서 기다리는 열다섯살 소녀들 무리처럼 서로 시선을 피한 채 하나같이 조용히 앉아 있었다. 회색 스웨터에 남색 정장, 마릴린 먼로가 좋아하던 진주 목걸이풍으로 코디한 부모들 모두 하나같이 초조하게 긴장한 모습이었다.

유치원에 빈자리는 열두 개 정도에 불과한 데다, 그 학교에 형제자매가 다니는 아이한테 우선권을 주는 학교 정책 때문에 모든 부모가 전쟁 준비를 하는 중이었다. 나도 마찬가지였다. 그렇게 심한 건 아닐지언정.

"메그?"

귀에 익은 목소리가 나를 불렀다. 고개를 돌리니 모퉁이에 앉아 있는 사리가 보였다. 대형 핸드백은 까만 샤넬 백으로 고급스럽게 바뀌고, 곱슬머리는 영화배우 헤더 로클리어 스타일로 볼록하게 손질한 상태였다. 헤어 숍에서 머리를 올리려고 일찍 일어난 것처럼 보였다. 그런 사리가 옆자리를 가리켰다.

"헤어 숍에서 머리를 올리려고 일찍 일어났어요. 머리가 잘 올라왔나요?"

사리는 조그만 목소리로 물으며 자기 머리를 만졌다. 나는 그런 사리를 안심시켰다.

"네, 멋있게 올라왔네요."

사리가 웃었다.

"웨이버리도 이렇게 해주고 싶었는데, 머리칼이 너무 가늘어서 잡아줄 수 없어서요."

사리가 숨김없이 말하고는 옆에 있는 딸을 힐끗 쳐다보더니, 딸에게 말했다.

"인사드려, 우리 딸."

웨이버리가 차갑고 딱딱한 얼굴로 쳐다보더니, 손가락 총을 쏘는 척했다. 가상의 총알이 귀를 스쳤다. 나는 로만한테 충분히 승산이 있다고 느꼈다.

"불안하세요? 나는 온몸이 떨립니다."

사리가 말하더니 내가 대답하기도 전에 얼굴을 바싹 들이밀며 속삭였다.

"학년이 올라가면 학비가 두 배로 올라가는 거 아세요? 게다가 해마다 기부금을 받는답니다."

사리가 회의실 내부를 쭉 훑어보고는 경쟁 규모를 어림잡으며 덧붙였다.

"학교 측에서 외부 조사관을 고용해 학부형의 재산 규모를 파악한다는 사실을 아세요? 전쟁이랍니다. 전쟁. 여기 말고 또 어디를 보세요?"

나는 자신 있다는 미소를 억지로 떠올리며 "지금까지는 여기가 전부예요."라고 대답하다 엉뚱한 대답이라는 사실을 단번에 알아챘다.

"맙소사! 지난번에 내가 뭐라고 했습니까? 그물을 넓게 던져야 한다고요. 이런 식으로는 어디에도 못 들어가요. 누구나 마찬가지예요. 엄청난 백만장자가 아닌 한. 당신은 엄청난 백만장자가 아니잖아요. 그죠?"

사리가 말을 멈추더니, 예전 어느 때보다 나한테 많은 관심을 보였다. 나는 웃으며 대답했다.

"당연하지요."

"아, 다행이에요. 여기에는 평범한 사람이 더 많아야 해요."

사리가 잠시 입을 다물다가 덧붙였다.

"내가 말한 평범하다는 건, 가령 평범한 부자라는 뜻입니다. 당신이 가난하다고 말하는 건 아니에요. 보세요. 나는 브루클린에 살아요."

사리가 말했다. 지역 전체가 성병에라도 걸렸다는 듯한 말투였다.

바로 그때 매릴린이 머리를 디밀고 들어왔다. 젊은 여자 두 명이 클립보드를 들고서 양옆에 자리했다.

"자, 부모님들, 이제 어린 학자들과 작별할 시간입니다. 우리는 학교를 둘러보고, 아이들은 학교를 방문하는 겁니다. 우리는 아이들을 세 그룹으로 나누니……"

나는 매릴린이 로만을 기록하면서 말끝을 흐리는 모습을 지켜보았다. 로만은 사진에서 삭제당한 듯 몸에 걸친 이름표가 두 눈을 가린 상태였다. 나는 심장이 빨리 뛰고 매릴린은 연설을 다시 이어 나갔다.

"따라서 우리는 삼십 분 뒤에 다시 만납니다."

매릴린은 재잘대는 학부모를 이끌고 완벽하게 암기한 내용으로 멋들어지게 설명하며 오층 건물을 일일이 안내하다, 초상화와 명판과 트로피가 나올 때마다 일부러 걸음을 멈추었다. 그러더니 웅장한 계단으로 올라가면서 이렇게 말했다.

"자, 여기가 유치원부터 오학년까지 사용하는 건물입니다. 업타운 캠퍼스에는 육학년부터 십이학년까지 있습니다. 이 건물은 업타운 건물에 비하면 소박하지만 그래도 체육관이 두 개, 수영장이 하나, 견과류를 빼고 모든 음식을 제공하는 식당이 있습니다. 우리는 알레르기 문제 때문에 외부 식품은 허용하지 않습니다. 옥상 정원에서 최대한 많은 채소를 유기농으로 생산해 처음부터 모든 걸 학교 안에서 만든답니다. 이제 옥상 정원을 구경하지요."

대리석 계단을 오를 때 사리가 귀에 대고 속삭였다.

"모든 게 돈이랍니다. 친구가 있는데…… 부모가 모두 게이 아빠고 인종도 둘인데…… 아이비리그 교육을 받았고, 할머니는 렉손 힐에 이름을 새긴 건물이 있는데…… 이들은 나이로비에서 돌아오는 비행기가 연착해서 면접도 못 보고, 시월 일일에 신청했답니다. 그래서 모든 학교에 대기자 명단으로 올랐답니다."

사리가 말도 안 된다는 표정으로 고개를 가로젓기 직전에 깜짝 놀라면서 헉하고 숨을 내쉬었다. 나는 그녀가 새빨간 피라도 본 줄 알고 놀라 그 시선을 쫓아갔다. 뜻밖에 다프네 콜이었다. 친구들에게 말하는 중이었다.

다프네는 무릎까지 올라오는 뱀 가죽 부츠와 청바지, 대중 의류 매장 가프(Gap)에서 만들지 않은 게 분명한 하얀색 평범한 티셔츠 위에 붕대처럼 생긴 일종의 허리 벨트를 걸친 차림이었다. 머리칼은 내가 기억한 것보다 길고, 뿌리는 짙은 노란색 염색이 뒤섞여서 진하게 보였다. 나는 갑자기 호흡이 가빠지는 걸 느꼈다.

"말로 안 돼. 정말 말도 안 돼. 다프네 콜이 왔어요."

사리가 중얼거렸다. 투어 그룹은 앞으로 나아가는데, 우리는 불행한 폼페이 시민 두 명처럼 제자리에 그대로 얼어붙었다.

다프네는 까만 머리칼과 짙은 피부가 햇빛에 알레르기가 있음 직한 조그만 여인에게 말하는 중이었다. 그런데 고등학교를 같이 다닌 사람만큼이나 눈에 익었다. 유나이티드 항공사 안전벨트 착용 안내 영상에 나오는 승무원 같기도 했다. 그렇다고 제일 앞자리에서 설명한 사람처럼 확실하게 기억나는 인물은 아니었다. 산소마스크를 쓰고서 캥거루 옆에 앉은 두 번째나 세 번째 승무원 같았다.

"다프네 사촌 로렌이에요."

사리가 속삭였다. 엄청나게 좋아하는 팬은 아니라는 투로 말했다.

"예전에 본 것 같아요."

내가 대답했다. 데자뷔 현상이 일어나는 이유가 궁금했다.

"그럴 수도 있겠지요. '엄마 곰 트리베카? 인스타그램에 사진을 띄우려고 돈을 낸답니다."

사리가 눈알을 굴렸다.

돈 내고 광고하는 로렌은 긴장한 듯 보였다. 손에 닿을 듯 말 듯한 젊음을 발산하려고 필사적으로 애쓰는 느낌이었다. 틱톡 댄스를 배우려 애쓰고, 미키마우스 여자 친구 미니마우스 모양의 귀마개를 쓴 채 디즈니랜드에 가는 모습이 또렷하게 떠올랐다.

"어서 가요."

사리가 말했다. 우리는 매릴린을 비롯한 일행을 급히 따라잡았다. 매릴린 일행은 복도를 따라가다 목공 작업장에 다다랐다. 케블라 앞치마를 가슴까지 걸친 아이들이 합판을 톱질하고 샌드페이퍼로 문질러 대는 중이었다. 학교에 있는 배불뚝이 돼지 '토푸'를 혁신적으로 조각하는 학기말 프로젝트의 일부였다. 학교에 돼지가 있다는 사실을 알면 로만이 깜짝 놀랄 것 같았다.

"그래서 두 사람이 친척인가요?"

내가 사리에게 물었다. 로렌과 다프네 주변을 떠난 지 몇 분이 지났는데도 사리는 내가 누굴 말하는 건지 알고 있었다.

"결혼을 통해서요. 원래는 룸메이트였는데……. 두 사람 남편이 사촌이랍니다. 로렌은 대략 스물두살 때 뉴욕으로 이사를 왔어요. 그래서 다프네를 만났답니다. 두 사람 모두 패션 잡지 ≪보그≫(Vogue)에서 만든 청소년 잡지 ≪틴 보그≫(Teen Vogue)에서 인턴으로 일했거든요. 그러다 로렌은 남편 셸던을 만나고, 셸던 사촌 킵을 다프네한테 소개했답니다."

"근친상간처럼 들리네요."

내가 속삭였다.

"두 사람이 바로 합친 건 아니었어요. 다프네가 그래머시 벽돌 아파트에서 사는 유부남 은행가하고 열심히 데이트하는 중이었거든요."

우리 그룹은 또 다른 모퉁이를 돌았다. 이번에 나타난 복도에는 공작용 색 판지에 강낭콩을 붙인 추상적인 바다 풍경과 과학 프로젝트로 가득했다. 촉감 자극이 좋았다. 두뇌가 바쁘게 돌아가는 우리 아들한테 꼭 필요한 것이었다. 아, 우리 아들한테 완벽한 학교가 될 것 같았다.

"그래서 인스타그램 작업은 어떻게 시작한 건가요? 어떻게 그리 엄청나게 컸나요?"

내가 물었다. 매릴린은 발이 작은 사람치고 놀라울 만큼 빠르게 걸어갔다. 나는 마음이 다프네로 다시 쏠렸다.

"먼저 시작한 사람은 로렌이었답니다. 스스로 무도회 복장을 하고 해안을 달리는 사진을 올렸지요. 하지만 별다른 반응은 없었어요. 할 말이 특별히 없었거든요. 스타일 감각도 끔찍하고요. 로렌이 아마간세트 해안 저택을 리모델링하면서 나를 불렀지요. 하느님께 맹세하건대, 너무나 화려한 마이애미 분위기에 머리가 빙글빙글 돌았답니다."

우리 그룹이 멈춰 섰다. 매릴린은 우리를 나란히 세워서 과학실을 차례대로 둘러보게 했다.

"내가 말하는 건 지난 세기의 마이애미가 아니라는 말입니다. 내가 말하는 건 벽마다 걸린 야자수 잎사귀 거울과 대리석 욕조랍니다."

사리가 말했다. 나는 고개를 끄덕였다. 무슨 말인지 구체적으로 떠올릴 수 있다는 듯이.

우리 줄은 앞으로 조금씩 나아가고, 사리는 속삭이는 목소리로 계속 설명했다.

"맨해튼 엄마를 상대로 인류학적 연구를 한다면 로렌은 접촉하기 제일 어려운 사람 가운데 일등으로 뽑힐 거예요. 내 친구 한 명이 로렌 집에서 유모로 일했답니다. 그 집에는 일하는 사람이 정말 많거든요. 그런데 로렌은 돈을 제대로 안 줄 뿐 아니라, 눈을 마주치는 경우조차 없답니다. 게다가 아이들 옷은 하나같이 자연 건조하고 다림질하라고 강요한대요. 유모한테 그렇게 하라고 시키는 걸 상상이라도 할 수 있겠습니까?"

"당연히 아니지요."

나는 유모와 다리미가 바로 눈앞에 있기라도 한 듯이 머리를 가로저었다.

매릴린이 우리를 만델라방으로 안내해 아이들을 다시 만나게 하는 거로 투어는 별다른 행사 없이 끝났다. 매릴린이 웃으면서 작별 인사를 했다.

"자, 여기까집니다. 여러분 모두에게 행운이 깃들기를 바랍니다."

매릴린이 말하는데, 우리 그룹에는 입학 신청서를 낼 자격을 지닌 사람이 하나도 없다고 마음속으로 결정한 듯한 목소리였다.

로만이 환하게 웃는 얼굴로 달려오면서 소리쳤다.

"젤리 곰을 먹었어요!"

로만이 나랑 삼십 분 이상 떨어져 있어도 그렇게 흥겨워하는 모습을 본 건 처음이었다.

"이제 끝난 건가요?"

내가 사리에게 조그맣게 물었다. 매릴린을 옆으로 불러서 재정 지원에 대해 자세히 물을 기회를 놓친 게 아쉬웠다.

사리가 낙담한 표정으로 어깨를 으쓱했다.

"우리에게는 누구한테도 기회가 없었던 것 같아요."

로만이 고과당 옥수수 시럽을 잔뜩 먹고는 앞에서 달려 나갔다. 나는 그 뒤에다 대고 소리쳤다.

"로만, 기다려!"

행여나 로만이 넘어져 잘못될까 염려스러웠다.

"엄마가 올 때까지 기다리렴, 꼬마야."

누군가가 로만을 타일렀다.

나는 고개를 들다 숨을 훅하고 들이마셨다. 다프네가 학교 정문 옆에서 로만이 밖으로 곧장 달려가는 걸 막고 있었다.

"또 당신이군요. 그동안 잘 지냈나요?"

다프네가 말했다. 엷은 미소가 얼굴에 번졌다.

"더할 나위 없이요! 단지…… 아시겠지만, 학교를 알아보는 중이랍니다!"

내가 쾌활하게 대답하자, 사리가 어리둥절한 표정으로 바라보더니, 지금껏 아무 말도 안 한 내가 못마땅한 듯 항의했다.

"그런 게 아니고……, 내 말은, 어쩌다 보니. 나는……"

내가 뭐라고 설명해야 좋을지 몰라 하자, 다프네가 한 손을 들더니 사실대로 설명했다.

"예전에, 엘리베이터에서 낚아채려고 한 적이 있답니다."

제 10 장 ·

　다프네 옆에는 로렌과 섬세하게 차려입은 여자가 있었는데, 머리칼은 나선형으로 정교하게 꼬았고 두 팔은 플랭크 자세로 자기라도 한 것처럼 구부리고 있었다. 먼저 로렌이 눈을 가늘게 뜨고 한 손을 내밀며 말했다.

　"우리는 만난 적이 없네요. 로렌이라고 합니다."

　"타냐라고 해요."

　다른 여자도 인사하며 손을 흔들었다.

　"그리고 이쪽은……, 아직 이름을 모르네요."

　다프네가 미소를 보냈다. 나는 대답했다.

　"메그 체르노프."

　"다프네 콜이에요."

　다프네가 말하며 한 손을 내밀고, 나는 불쑥 대답했다.

　"알아요."

　그때 로렌이 두 눈을 동그랗게 뜨고 헛기침을 뱉어내는데, 숨이 막히는 것 같았다.

"로렌, 괜찮아?"

타냐가 로렌의 등을 힘껏 때리기 시작했다. 로렌을 만나는 내내 그렇게 때릴 기회만 엿본 사람처럼.

내가 시선을 돌리니, 다프네는 오색 눈동자로 나를 바라보고 있었다. 그래서 말했다.

"나는 당신이 누군지 압니다. 당신을 홍보에 활용하려는 회사에서 일하거든요. 입욕제 만드는 회사."

나는 말하면서 정신을 가다듬었다. 그리고 다프네는 머리칼 몇 가닥을 귀 뒤로 넘겨 귓불에서 별처럼 반짝이는 다이아몬드를 드러내 보이며 대답했다.

"아, 네. 잘됐네요."

"안녕하세요, 로렌. 나는 사리에요. 아마간세트 해안 저택 리모델링에 참여했지요. 리모델링이 정말 잘 됐어요. AD에서 촬영하면 정말 좋을 거예요!"

사리가 끼어들자, 로렌이 어리둥절한 표정을 지었다. 사리는 다시 말했다.

"≪건축 다이제스트≫(*Architectural Digest*)!"

"나도 AD가 뭔지는 알아요. 우리 아이들이 벌써 엉망으로 만들어놓았답니다. 두고 보면 알겠지요."

로렌이 웃었다. 사리한테 관심이 조금도 없다는 표정이었다.

"뉴욕에 온 지 얼마 안 되나요?"

다프네가 나를 바라보며 한쪽 눈썹을 추켜세웠다.

"티가 나나요?"

내가 되묻자, 타냐가 웃었고, 다프네는 위압적인 시선으로 그 입을 다물게 했다. 다프네가 그 그룹에서 리더 역할을 하는 건 의심할 여지가 없었다.

"남편이 첼시하우스 클럽에서 회원권을 관리하는 터라, 한 달 전에 엘에이에서 이사를 왔답니다. 남편은 이곳 출신이에요. 사실, 이 근처에서 성장…… 로만!"

아들이 창문 옆 조그만 수족관에 두 팔을 집어넣은 채 테마공원 씨월드에서 범고래를 풀어주려는 동물 권리 수호자처럼 물을 퍼내고 있었고, 웨이버리는 짜증 나는 눈으로 그 광경을 바라보고 있었다.

내가 당황한 눈으로 주변 여자들을 다시 쳐다보자, 로렌이 불쑥 말했다.

"물고기를 보니 생각나서 하는 말인데, 우리 아이한테 첼시하우스 수영장 회원권을 구해줄 수 있나요?"

그러고는 주위를 둘러보며 물었다.

"다음 달부터는 아이들이 수영장에 들어가려면 각자 회원권이 있어야 한다는 거 알고 있어요?"

"들은 적이 있어요. 미쳤죠. 그죠? 내가 알아볼……"

내가 말하는데, 로렌이 다시 불쑥 끼어들었다.

"다프네는 아이들이 그곳에 못 들어가도록 해야 한다고 생각한답니다."

"딱 한 번 말했어. 딱 한 명에 대해서!"

다프네가 핀잔을 주자, 타냐가 풀이 죽어 말했다.

"그래, 우리 집 아이!"

다프네는 나를 힐끗 쳐다보더니 일행을 둘러보며 물었다.

"이제 십 분 뒤면 문신 새기는 작업을 시작하는데, 우리 뭐 하고 있어? 빨리 가야지."

"문신은 어떤가요? 꼭 한번 해보고 싶었어요."

사리가 끼어들었다. 나는 사리가 옆에 있다는 걸 깜빡 잊고 있었다.

"그걸 하면 몸이 완전히 바뀐다고 들었거든요."

사리가 다시 말해도 아무런 대답은 돌아오지 않고, 다프네가 나를 쳐다보며 물었다.

"회사에 인스타그램이 있나요?"

"네, 이름은 마추픽추랍니다. 제품은 아직 출시하기 전이고요."

"당신은요?"

나는 침을 꿀꺽 삼켰다.

"나요?"

나는 다프네가 핸드폰을 꺼내 내 이름을 천천히 입력하는 모습을 지켜보았다. 당혹스러웠다.

"메그 체르노프, 맞죠? 당신은 비공개예요."

가벼운 전율이 양쪽 무릎까지 내려갔다.

"나는 두 아이가 있어요. 겁날 거예요. 팔십년대 출신에다 방과 후 활동을 너무 많이 했거든요."

내가 웃긴 했지만, 웃음 소리는 허망하게 사라지고, 다프네는 이렇게 말했다.

"네, 알겠어요. 으음, 무어든 도움이 필요하면 말씀만 하세요."

나는 미소를 머금었다. 학교 문제를 돕겠다는 건지, 뉴욕 문제 전체를 돕겠다는 건지 모호했다.

"아이를 키우려면 온 마을이 몽땅 다 필요할지 몰라요."

다프네가 말하자, 내가 불쑥 대답했다.

"최소한 포도밭이라도!"

이번에는 모두가 폭소를 터트렸다. 로렌도 웃었다.

"재밌는 분이로군요."

다프네가 머리를 한쪽으로 기울이더니 나를 다시 쳐다보았다.

"그럼 다시 만나요."

사람들이 떠나자 사리가 입을 쩍 벌린 채 나를 바라보며 감탄했다.

"정말 대단했어요. 그렇지 않나요?"

하지만 나는 이번 만남을 어떻게 받아들여야 할지 혼란스러웠다. 그래서 살짝 당혹스러운 느낌으로 로만을 불러댔고, 사리는 다시 말했다.

"로렌은 이 학교 이사에요. 타냐 아이가 여기에 들어온 건 오로지 로렌 덕분일 거예요. 아이가 전에 다니던 애버뉴에서 주판으로 수학 선생님 코를 부러뜨리고 쫓겨났거든요. 타냐 남편은 뉴욕에서 제일 잘 나가는 성형외과 의사예요. 수학 선생한테도 잘된 일이었죠. 부러진 코? 대단한 게 아니었거든요."

사리가 눈살을 찡그리며 덧붙였다.

"어쨌든, 오늘 투어는 다 잊어버리세요! 저 여자들이 도와주기만 하면 당연히 합격이니까요! 정말 잘됐어요!"

사리는 이렇게 말하면서도 금방이라도 눈물을 터트릴 것 같았다.

제 11 장

그날 밤, 로만은 켄이 두고 간 고물 전기오븐에서 두 시간이나 걸려 데운 닭가슴살 요리를 잘도 집어 먹었다. 펠릭스는 마룻바닥에서 아기 의자 주변을 엉망으로 어지럽혀 놓았다. 일리야는 열한시까지는 집에 못 들어간다고 문자를 보냈다. 내가 알기로 이 말은 자정을 의미했다. 새로운 표준이었다. 나는 일리야가 언제나 약속보다 늦게 집에 온다는 사실에 화를 내고 싶었으나 그러기에는 너무 피곤했다.

나는 일리야 대신 다프네에게 집착했다. 그러다 다프네가 한 말을 다시 떠올렸다. 완벽한 사립학교에, 전문가가 가득하고 채식하는 배불뚝이 돼지까지 있는 학교에 우리 아들이 들어가도록 정말로 돕겠다는 말이었을까? 그렇게 믿는다면 내가 바보일 것이다. 그렇긴 해도, 새로운 요정 대모가 나타나서 참나무 판자로 만든 대문을 활짝 열어줄 수도 있겠다는 백일몽이 절로 떠오르는 건 어쩔 수 없었다.

"그래, 학교에서 면접할 때 뭘 물어보던?"

나는 로만을 쳐다보며 말했다. 로만은 음식 접시 옆에 놓은 공작용 색판지에 무언가를 끼적대고 있었다.

"기억이 안 나요."

로만은 투덜대면서 하던 일에 집중할 뿐이었다. 나는 이런저런 입욕제 이름이 가득 적힌 메모 공책을 옆에 내려놓고 로만에게 집중했다.

"으음, 면접이 좋았니, 나빴니? 그런 학교에 다니면 좋을 것 같아?"

로만이 나를 쳐다보고 눈을 껌뻑이며 물었다.

"'죽인다'는 단어는 철자가 어떻게 되나요?"

"뭐라고? 왜?"

나는 로만이 무얼 그리는지 보려고 목을 길게 뺐다.

"마리나 고모는 언제 와요? 펠릭스 혼자만 고모랑 노는 건 안 공평해요."

어린 동생이 손 전체를 입안에 쑤셔 넣었는데 새끼손가락이 삐져나왔다.

"왜 저렇게 시끄러워요?"

로만이 두 귀를 막았다.

"이가 나는 중이라서 그래. 그만큼 아프다는 뜻이야. 너도 이렇게 시끄러웠어."

내가 설명해주고는 냉동실에서 얼린 칫솔을 꺼냈다. 레드가 뒤에서 바싹 다가왔다. 내가 움켜잡은 게 햄으로 만든 먹을거리이길 바라면서.

펠릭스는 이가 나는 중이고, 마리나에 따르면 온종일 '매우 성가시게' 굴었다. 미열이 살짝 있는데 병원에 갈 정도로 심각한 건 아니었다. 이가 날 때 씹는 화학제품 젤은 사용하기가 겁나고, 슬프게도 캐머마일 방울은 효과가 없었다.

"네가 마리나 고모랑 단둘이 실컷 놀도록 해줄게. 마리나 고모도 너랑 단둘이 노는 걸 좋아할 거야."

내가 말하면서 펠릭스 옆에 앉아 한 손으로 펠릭스 잇몸을 마사지해

주었다. 그리고 다른 손으로 핸드폰을 집어서 '이가 나는 아기'라는 글자를 쳤다.

"쿠키 하나만 줄래요?"

로만이 소리치며 기다란 속눈썹을 톡톡 쳤다.

"쿠키? 저녁 식사를 여태껏 안 드셨네?"

내가 음식 접시를 가리키자 로만이 협상을 걸어왔다.

"먹을게요. 쿠키 하나만 주면."

그냥 웃어야 할지, 그냥 포기해야 할지 결정하기도 전에 핸드폰이 울리기 시작했다.

"'이가 나는 아기' 천재로군! 해시태그 정말 마음에 들어. 해시태그 노팬티 댄스!"

세스가 감탄했다.

맙소사! '엄마 머리'는 정말 한심했다. 하지만 이번에는 나한테 유리하게 작용했다.

"엄마! 쿠키!"

로만이 텅 빈 요리 접시를 공중에 올려서 흔들었다.

이번에는 비고가 전화기를 장악했다.

"세스가 하려는 말은 지금 기분이 좋다는 거예요. 그리고 팬티도 안 입었고요."

나는 그것까지 알고 싶은 생각이 없었다.

"그래, 나머지는 뭔가요?"

세스는 간절하게 묻고, 로만은 더 커다랗게 소리쳤다.

"쿠우우우키!"

나는 로만에게 한 손으로 신호를 보낸 다음, 헤드폰을 머리에 쓰고 계속 통화하며 냉장고를 뒤졌다.

"마지막 폭탄? 아직은 모르겠어요."

대답하면서 쳐다보니, 펠릭스가 아기 의자에 침을 질질 흘렸다.

나는 미리 만들어놓은 쿠키 반죽을 대충 기름칠한 프라이팬에 동그랗게 서너 개 아무렇게나 던지며 말했다.

"하지만 브랜드에 대해서 전체적으로 생각했는데, 엄마폭탄은 여전히 싫어요. 충분히 섹시하지 않아요."

아직 내 역할이 규정된 건 아니지만 그래도 마음은 점차 편안하게 적응하는 중이었다.

"그래서 내 생각은 이래요. 제품 이름을 NBD로 바꿔야 한다는 거요."

"NDA랑 비슷한 건가요?"

세스가 이해를 못한 채 묻자, 내가 대답했다.

"NO BIG DEAL. 별거 없다는 뜻이에요."

"마음에 들어요."

비고였다.

두 사람이 좋아하니 나도 기분이 좋았다.

"그렇죠? 그리고 마지막으로 목욕폭탄은……"

나는 아직도 머리를 짜내야 한다는 사실이 부담스러웠지만 그래도 머리를 짜내는데, 세스가 끼어들었다. 생각나는 대로 지껄이기 시작한 것이다.

"마법. 이름에 '마법'이 들어가면 좋을 것 같아요. 마법의 여인, 마법 주스…… 마법 여인의 주스……"

그때, 내 핸드폰에 빛이 들어왔다. 누군가 연락한다는 표시였다. 나는 핸드폰을 들여다보자마자 소리쳤다.

"다프네 콜이 팔로우 요청을 보냈어요."

아드레날린이 마구 솟구쳤다. 그와 동시에 문득 떠올랐다.

"여러분……, '트로피 맘'으로 해요."

이렇게 말하는 순간, 바로 이거라는 확신이 몰려들었다. 세스는 환호했다.

"정말 대단한 이름이에요!"

"괜찮네요."

비고도 동의했다.

나는 CBD보다 훨씬 좋은 이름에 취한 채 핸드폰을 끊었다. 쿠키 원반을 미니 오븐에 넣고 거실로 돌아왔다. 그러고는 잠든 아기를 아기 침대로 옮기고 로만 옆에 앉아, 베개로 전화기를 조심스럽게 가린 채 내 프로필 사진을 눌러서 인스타그램을 열었다. 다프네가 요청한 팔로우를 수락하기 전에 내 게시물을 대충 둘러보고 싶었다. 석양이 지는 사진 여러 장이랑 코미디언 제이 레노처럼 턱이 기다랗게 보이는 사진 두세 장을 지웠다.

"뭐 하세요, 엄마?"

로만이 물었다.

"아무것도 안 해."

내가 안심시키면서 목뒤를 문질러주었다. 바로 그때 편지함에 메일 하나가 들어왔다.

'내가 한 친구 요청을 받아줄 건가요, 안 받아줄 건가요?'

너무나 솔직한 소통 방식에 나는 깜짝 놀라기도 하고 감탄스럽기도 해, 로만에게 <퍼피 구조대>를 틀어주고 화장실로 슬그머니 물러났다.

'문제는 나는 팔로워가 하나도 없다는 거예요. 이미 눈치챘겠지만'

'그렇더군요. 그래서 들어가려는 거예요. 나는 내가 없는 클럽에

가입하는 걸 좋아하거든요.'

다프네 입술에 어리는 미소가 보이는 것 같았다.

다음 메시지는 훨씬 길었다.

'말이 나와서 말인데…… 내 친구 로렌이 개최하는 가식적이고 우스꽝스러운 만찬 클럽에 당신을 초대하고 싶었어요. 정말 끔찍한데, 계속 참여하게 되더라고요. 자동차 사고 같기도 하고 끔찍한 성형수술 같기도 해서 안 볼 수가 없거든요.'

'정말 그렇겠네요.'

내가 웃으면서 답신하자 다프네가 이런 글을 보냈다.

'이번 달에는 우리 집에서 만찬을 연답니다. 안 오면 절대로 용서하지 않겠어요.'

다프네가 초대장 사진과 함께 전화번호를 보냈다.

나는 '엄지척' 이모티콘과 함께 내 전화번호를 보낸 뒤에 숨을 깊이 들이마셨다. 이제는 돌이킬 수 없었다.

'그래, 지금은 뭐 하세요?'

다프네가 계속 대화하길 원했다.

'네살짜리 아들과 함께 <퍼피 구조대>를 보고 있어요. 당신은요?'

나는 타일 바닥에 너덜너덜하게 깐 터키산 욕실 매트에 철퍼덕 앉았다.

'우리 아이들 몰래 옷 방에 숨어서 술을 마신답니다.'

나는 농담인지 아닌지 분간할 수 없어 이렇게 답했다.

'나도 옷 방에 숨고 싶은데, 그럴 공간이 없군요.'

다프네가 웃는 이모티콘과 함께 문자를 곧바로 보냈다.

'뉴욕에 온 걸 환영해요.'

'나는 비상탈출이라도 하고 싶지만, 우리 큰아이가 영화 <미저

리>(Misery)에 나오는 여주인공 캐시 베이츠 같아요. 행여나 내가 숨기라도 하면 내 다리를 분질러서 그 앞을 두 번 다시 못 떠나게 할 거예요.'

'정말 재밌는 분이로군요!'

다프네가 대답하더니, 뭔가 다른 걸 쓰기 시작했다. 화면에서 춤추는 조그만 점 세 개를 지켜보는 사이에 불안감이 점차 늘어났다.

'갑자기 생각났는데, CBD 회사에서 어떤 일을 하죠?'

'홍보 문구를 쓰고 브랜드 개발을 돕는 일요.'

나는 다소 중요하게 보이도록 썼다.

'그러면 작가로군요.'

아니라고 대답하려다 손가락을 멈췄다. 나는 작가라는 표현에 가면 증후군이 있었다. 나 자신을 작가로 규정하면 안 된다는 느낌이었다. 그래서 그 단어가 나오면 그 자체로 마음이 불편했다. 실제로는 고급 기술이긴 했다. 하지만 나는 극작가 노라 에프런이 아니며, 그렇다고 대충 넘어가는 모양새 역시 너무나 뻔뻔할 것 같았다. 그래서 펠릭스가 불편한 표정으로 방귀 뀌는 것처럼 보이는 이모티콘과 함께 '카피라이터'라고 써서 보냈다. 대단하지도 않은 직업을 주제로 삼는 대화에서 빨리 벗어나고 싶었다. 그래서 덧붙여 보냈다.

'지금 막 승낙했습니다.'

나도 모르는 사이에 대화는 우편함에서 문자로 이동했다. 나는 일어나서 얼굴에 물을 뿌린 다음, 로만을 살피려고 몸을 돌렸다. 그 순간, 진동이 다시 울렸다.

'당신이 올린 사진을 훑어보았습니다. 정말 대단하더군요.'

나는 하마터면 핸드폰을 싱크대에 떨어뜨릴 뻔했다. 다프네는 이렇게 덧붙였다.

'민망한 모습이라도 상관없어요. 그냥 말하고 싶었어요.'

'지금 제 계정을 보는 거 맞아요? 크로아티아 사진으로 가득한 계정?'

내가 되묻는 문자에 다프네가 날카롭게 받아쳤다.

'그룹 픽시스 재결합 기념 콘서트가 재밌네요.'

맙소사. 2007년에 할리우드 그리스 극장 앞에서 여자 친구와 키스하는 사진을 본 것이다. 나는 화장실 문을 철커덕 열어서 로만이 원래 자리에 그대로 앉아 있는 걸 확인했다. 그런 다음에 답신을 썼다.

'예전 생활이 그리워요.'

'지금보다 좋았나요?'

'지금이랑 달랐어요. 지금은 콘서트가 없어요. 빨리 자도록 설득해야 하는 아이와 몸뚱이를 창피하게 만드는 옷장 하나가 전부에요.'

'헐, 당신 몸은 정말 멋져요. 좋아요, 그렇다면 당신은 콘서트가 보고 싶군요. 또 뭐를 하고 싶나요?'

다프네가 물었다. 나는 다프네가 재미있어 한다는 사실을, 그리고 진심이란 사실을 느낄 수 있었다. 나 역시 마찬가지였다. 애빙턴에 대해, 그리고 추천서를 써줄 가능성을 물어야 한다는 생각이 들었으나, 가벼운 마음으로 즐기고 싶은 마음도 강했다.

'내가 또 뭐를 하고 싶을까요? 으흐흠…… 콘서트, 코카인, 컬트 영화, 결과에 대한 책임이나 두려움 없이 살아가던 유아 생활.'

'그럴싸하군요.'

나는 미소를 머금었다. 지난 몇 년 동안 다른 사람과 농담 따먹기를 즐긴 적이 없었다. 오랜만에 하니 재미있었다. 내가 아직은 농담 따먹기를 제대로 할 수 있는 것 같아서 기분도 좋았다. 레드가 문틈으로 머리를 들이밀고 내가 무얼 하는지 살폈다. 그러다 나를 한 번 더 살피더니, 못마땅한 표정으로 나가고, 다프네는 문자를 다시 보냈다.

'세상일에 그렇게 무관심한 사람은 정말 오랜만에 보네요.'

'아니에요. 나는 세상일에 관심이 정말 많답니다.'

내가 고백했다. 그러고는 레드가 돌아와서 다 안다는 시선으로 나무라지 못하도록 문을 닫았다.

'애빙턴에서도 신선했어요. 다른 여자랑 달라 보였거든요.'

다프네 글에 나는 미소를 머금으며 입력했다.

'당신도 마찬가지예요. 하지만 사람을 다루는 모습은 정말 대단했어요.'

'그래요? 어떻게요?'

'학교에 있던 엄마들만 그런 게 아니라, 모든 엄마, 당신은 엄마들이 바라는 걸 엄마들한테 줘요. 엄마들에게 바라는 걸 줄 때 엄마들은 당신과 자신을 하나로 느껴요. 끝없이 과시하며 풍자하는 데도, 정말 교묘해요.'

다프네가 일 분 동안 아무런 답변을 하지 않았다. 영원처럼 기다랗게 느껴지는 일 분이었다. 나로선 내가 주제넘게 말한 게 아니길 바랄 뿐이었다. 마침내 다프네가 글을 보냈다.

'당신이 보기엔 어떻던가요? 우리 둘이 도망쳐야 하는 건가요?'

나는 가볍게 받아넘기고 싶었다.

'나는 자동차가 없어요. 뉴욕시 자전거로 만족할 수 있겠어요?'

'귀염둥이.'

다프네가 입력을 멈추고, 글자가 화면에 저절로 떠오르게 했다. 나를 유혹하는 중이었다. 그런데 나도 마음에 들었다.

'그렇다면 나를 따라올래요?'

다프네가 덧붙인 글에 나는 대답했다.

'사실 나는 업무용 앱만 쓴답니다. 누굴 팔로우하지 않아요.'

'휴가 목록도 짜고, 옛날 여자 친구 목록도 짜고.'

다프네는 계속 놀리고, 나는 옛날 여자 친구에 대한 언급을 피한 채 이렇게 대답했다.

'나도 멋진 휴가를 가고 싶어요! 유럽에 간 적이 한 번도 없거든요.'

'그럼, 나랑 약속해요. 그대가 따라오면 나는 다른 누구도 안 따라갈게요. 그대가 관심을 보인다면 나 역시 기꺼운 마음으로 사백 명을 물리치겠다는 거예요.'

'좋아요.'

나는 너무 환하게 웃어서 뺨이 아플 지경이었다. 밤이 꼬박 지나도록 그렇게 웃으면서 지낼 것 같던 찰나에 갑자기 연기감지기가 시끄럽게 울어대면서 나를 퍼뜩 정신 차리게 했다. 나는 숨어있던 공간에서 달려 나갔다. "하느님 맙소사(Jesus Christ)!"라는 말이 절로 나왔다. 쿠키가 탄 것이다. 쓰디쓴 연기가 실내에 가득했다.

"엄마! 이제 우리가 죽을 거예요! 우리가 죽을 거예요!"

로만이 울부짖었다. 실제로 두 귀를 손바닥으로 막고 두 눈을 감은 채 죽음에 대비한 모습이었다.

"괜찮아, 로만! 괜찮아!"

나는 로만을 달래면서 오븐을 열어 까맣게 탄 밀가루 반죽을 꺼냈다. 그리고 창문을 모두 열고, 이리저리 뛰어다니며, 시끄럽게 울어대는 기계장치에서 배터리를 모두 뺐냈다. 이번 사건 때문에 로만이 고막을 다쳐서 불구가 된다면 나 자신을 용서할 수 없을 것 같았다.

마침내 주변이 조용해지자 나는 로만을 쳐다보고 숨을 헐떡이면서 당당하게 말했다.

"얘야, 로만. 이제 잠자리에 들 시간인 것 같아."

로만보다는 나한테 더 필요한 말이었다.

제 12 장

내가 묵직한 담요를 덮어주자 로만이 물었다.

"엄마? 예수님이 뭐라고 소리쳤어? Jesus Cries?"

"뭐라고?"

갑작스러운 사건에 나는 여전히 심장이 떨리고 머리가 어지러웠다.

"화장실에서 나올 때 소리쳤잖아. 집에 불이 붙을 때."

로만이 말하자, 나는 엄마 모드로 재빨리 돌아와서 분명히 말했다.

"집에 불난 적은 없어. 나는…… 청바지(jeans)…… 그리고 파리들 (fries)이라고 말했어."

나로선 로만이 지쳐서 대화를 마무리하기만 기도할 뿐이었다. 이윽고 로만이 졸린 목소리로 속삭였다.

"사랑해요, 엄마."

"나도 많이 많이 사랑해, 로만. 온 세상 무엇보다 많이."

나는 입을 다문 채 어여쁜 로만을 가만히 바라보며 감탄했다. 그러자 로만이 물었다.

"펠릭스보다 많이?"

내가 설명했다.

"그건 아니야. 다른 거잖아."

둘째 아이가 생겼다는 건 내가 두 사람을 동시에 사랑할 수 있다는, 한 사람을 더 사랑하는 게 아니라 두 사람을 똑같이 사랑할 수 있다는 증거였다. 펠릭스가 생겼을 때 나는 마음이 부풀어 올랐다. 로만이 생겼을 때 레드한테 약속한 방식 그대로였다. 마법과 같은 방정식에서 밀린 건 딱 하나, 레드밖에 없었다. 진짜 아이가 생기는 순간 레드는 진짜 강아지가 된 것이다.

"엄마는 네가 로만이라서 사랑하고, 펠릭스는 펠릭스라서 사랑해. 하지만 예전에 있던 그 무엇보다, 그리고 앞으로 있을 그 무엇보다 너희 둘을 사랑해."

나는 여기에서 마무리했다. 사랑스러운 천사가 깊은 잠에 빠져든 것이다.

나는 아이들 방에서 나오자마자 '어떻게 그럴 수 있느냐'는 표정으로 레드를 쏘아보았다. 하마터면 집에 불이 날 뻔했는데 경고할 생각조차 하지 않았으니 말이다. 그런 다음에 핸드폰을 찾아서 다프네한테 문자를 보냈다. 우선, 갑자기 문자를 멈춘 것부터 사과했다.

'미안해요, 주방에 불이 났거든요.'

다프네는 대답하지 않았다. 나는 내가 쓴 글을 읽고 또 읽으면서 이상한 글이 없는지 살피기 시작했다. 양치질할 때는 이런저런 생각이 머릿속에 빙글빙글 떠올랐다. '아마 잠자리에 들었을 거야. 어쩌면 나를 저울질하는 중일 수도 있어. 애빙턴 매릴린 교장한테 전화할 수도 있어. 경찰한테 전화할 수도 있고.' 구강세척제로 가글할 때는 이런 걱정이 떠올랐다. '애초에 우리는 친구가 될 수 없어. 아이들을 위험에 빠뜨렸다는 건 내가 선을 넘었다는 뜻, 다시는 되돌릴 수 없다는 뜻일 수도 있다고.' 나는 거실로 들어서면서 핸드폰을 확인했다. 답신은 여전히 없었다.

'다프네가 보낸 초대장은 포기해야 할 것 같아. 다프네를 싫어하는 사람들은 다프네가 나를 싫어한다는 소식을 듣고서 나를 받아줄 수도 있겠군. 이렇게 세월이 흐르다 어느 날 갑자기 누군가 다프네란 이름을 꺼내면, 나도 우리가 거의 십오 분 동안 이상한 농담 따먹기 문자를 주고받았다는 사실을, 그래서 하마터면 오리건 가도의 아파트에 불이 날 뻔했다는 사실을 아무렇지 않게 인정할 수 있을 거야.'

그렇게 삼십 분 정도가 지나고, 복도에서 쨍그랑대는 열쇠 꾸러미 소리가 들렸다. 일리야가 완전히 지쳐서 녹초가 된 표정으로 들어왔다.

"뭐가 탔어?"

일리야는 코를 킁킁대며 이리저리 둘러보았다.

"아파트가 우릴 죽이려고 작정했나 봐."

나는 그럴싸하게 표현했다.

"미니 오븐이 닭 다리를 데우는 데는 두 시간이나 걸리더니, 초콜릿 쿠키 반죽을 태우는 데는 이 분밖에 안 걸려. 말도 안 돼."

다프네랑 잡담한 게 2분보다야 길었겠지만 세세한 설명은 빼고 말했다.

일리야가 눈살을 찌푸렸다.

"타이머를 켰어야지."

내가 변명했다.

"타이머는 아무런 도움이 안 돼."

"스프링클러를 작동시킬 수도 있었다고."

일리야가 머리를 가로저으면서 주방 싱크대에 올라가 연기감지기에 배터리를 다시 끼우며 물었다.

"레드는 산책시켰어?"

"아니, 아직. 애들 때문에 여유가 없었어."

나는 뒤를 살그머니 돌아보았다. 내 핸드폰에 알림 표시가 안 떴다.

'그래, 이걸로 끝이야. 다프네는 나를 싫어해.'

"거기에 있는 플라스틱 건네줄래?"

일리야가 말하면서 싱크대에 놓여 있는 연기감지기 뚜껑을 가리켰다. 내가 팔을 내밀고 뚜껑을 집어서 일리야에게 건네는데, 핸드폰에서 '뿅'하고 알리는 소리가 났다. 다프네였다. 다프네가 보낸 건 키스하는 얼굴 이모티콘이 전부였지만, 그걸로 충분했다. 나는 숨을 다시 제대로 쉴 수 있었다.

"당신이 여태껏 안 잔다는 사실을 믿을 수 없군."

일리야가 말하면서 싱크대를 내려오더니, 일리야 특유의 표정으로 나를 쳐다보았다. 무슨 의미인지 뻔했다.

"레드를 데리고 산책하러 나갈 줄 알았는데?"

내가 묻고는 다가오는 일리야를 쳐다보았다.

"그럴 거야."

일리야가 가만히 대답했다. 그리고 내 손에서 핸드폰을 빼내 소파로 던지고는 야릇한 눈으로 쳐다보며 웃었다.

"여보, 당신이 자랑스러워."

"왜?"

내가 물었다. 나는 일리야가 다프네한테 통화버튼을 누르는 실수를 했는지, 안 했는지 그 여부를 확인하고픈 마음이 굴뚝같았다.

"당신이 다시 일하잖아. 당신이 하고 싶던 일."

일리야가 내 목에 입술을 댔다.

"나는……"

내가 입을 열자 일리야가 입술로 덮어버렸다. 두 손이 내 몸을 천천히 더듬으며 내려왔다. 일리야가 나를 미니 냉장고로 밀어붙이더니 무릎을 꿇고는 내 넓적다리 사이로 머리를 들이밀었다. 나는 이를 꼭 깨물고 두 눈을 퍼덕거리다 꼭 감았다. 일리야는 두 손으로 엉덩이를 파고들면서 나를 들어 올려 주방 식탁에 앉혔다. 그러고는 러시아어를 나지막이 중얼대면서 내 몸으로 천천히 들어왔다. 가만히 젖어 드는 가운데 이런저런 사진과 소리가 머릿속을 스치고 지나갔다. 나는 일리야를 생각했다. 하지만 다프네도 생각했다.

제 13 장

우리는 평소보다 늦게 일어났다. 레드는 우리에게 복수하듯이 양탄
자에 오줌을 싸놓았다. 내 핸드폰은 소파에 그대로 있었는데 거의
방전된 상태였다.

나는 로만을 데려다주려고 서둘렀다. 학교에 가는 동안, 쿠키를
태운 걸 사과하고 나중에 충분히 보상하겠다고 약속했다. 로만은 기꺼
이 용서하는 분위기였다. 내 손을 꽉 잡는가 하면, 학교 정문 앞에서는
나를 꼭 껴안기도 했다.

나는 여태껏 풀지 않고 그대로 둔 가방에서 억지로 꺼내 신은 빈티지
부츠에다 슬프게도 다프네가 티셔츠에 척추 받침대처럼 두른 이상한
굴레는 없는 하얀 티셔츠 차림으로 교차로에 서 있는데, 세스가 전화해
서 잔뜩 흥분해서 말했다.

"지금 무슨 일이 있었는지 절대로 못 믿을 거예요."

"파산이라도 했나요?"

나는 이렇게 되묻고 머릿속으로 비즈니스 네트워크를 떠올리기
시작했다.

"아니에요, 멍청이 아줌마. 다프네 콜이 우리 브랜드를 홍보하겠대요."

에이전시가 전한 말에 따르면, 다프네는 NBD가 '정말 재미있게' 들린다며 마음을 바꿨다는 것이다. 사용한 적은 한 번도 없었을 텐데 '제품을 믿겠다'라고 하고, 본 적 역시 없었을 텐데 '미적인 브랜드에 완전히 반했다'라고 하면서 말이다. 그건 NBD와 아무런 상관이 없는, 온전히 나 때문인 게 분명했다. 하늘을 날 것 같은 기분이었다.

다프네는 '패션 위크'에 참여하고, 캡슐 컬렉션을 직접 디자인하고, 십이월 중순에 파리로 '조이(Zoe)'를 홍보하는 여행을 가야 해서 스케줄이 빡빡했다. 그런데도 NBD 브랜드 홍보에 관심을 보이는 건 물론, 비용을 낮춰, 에이전트에게 10% 수수료를 주면 충분하다며 자신이 받을 출연료를 기꺼이 깎아주었다. 인터뷰하거나 출연할 의사는 없으나 세 시간 사진 촬영은 동의했다. 사진 두 장을 골라서 회사 웹사이트에, 그리고 다프네의 개인 인스타그램에 올려서 홍보하는 것도 허락했다. 그런 다음에는 다프네의 페이스북 계정에 연계해서 홍보 범위를 확대하기로 했다. 이것은 내가 제안했다. 그동안 경험한 바에 따르면 돈을 들여서 범위를 확대하지 않으면 스폰서 포스트는 그대로 묻혀버리기 때문이다. 예전에는 이렇게 사소한 부분까지 신경 쓸 필요가 없었지만, 이번에는 세스와 비고가 제대로 처리할 것 같지 않았다.

일주일에 걸쳐서 자금과 작업팀과 장비를 준비한 다음, 세스와 비고는 다프네와 그 일행을 마추픽추 본사로 불러서 사진 촬영을 진행했다. 우리한테 돈이 충분하다면 진짜 좋은 장소를 임대하도록 몰아붙이겠지만, 직원에게 줄 돈과 제품 생산 비용과 다프네에게 줄 비용으로도 자금 사정이 빡빡했다. 이런 자금 사정 덕택에 나머지 임금을 분기 말에 주겠다는 두 사람 제안에 나 역시 동의할 수밖에 없었다. 그게 언제일지 모르면서도. 세스가 가운데를 겹치면 병원 가운으로 돌변할 것 같은 기모노를 걸치고 맨발로 회의실을 이리저리 거닐며 말했다.

"우리가 다프네를 진짜로 섭외하게 될 줄은 몰랐어요. 다프네한테는 적은 돈이겠지만 우리한테는 정말 많은 돈이거든요. 만약 당신한테 오늘 임금을 주어야 한다면, 나로선 이번 작업 전체를 취소할 수밖에 없었을 거예요. 알겠어요?"

나는 조금도 놀라지 않았다. 회사 재정 상태는 물론, 촬영 비용이 얼마나 드는지 알기 때문이다. 하지만 나는 신경 쓰지 않았다. 다프네는 그럴만한 가치가 충분히 있었다.

세스는 얼굴이 밝아졌다.

"CM송으로 이게 어떨까? 하루에 한 번 담그면 아이들이 귀찮게 하지 않아요."

세스가 노래하는 목소리로 읊조리면서 스프렌다 상표 사탕 꾸러미에 든 내용물을 회의 탁자에 한 줄로 뿌렸다. 그러고는 주머니에서 조그만 빨대를 꺼내 기다랗게 깔린 가루를 코로 단숨에 들이켰다. 나는 놀랐는지, 소름이 끼쳤는지 모르겠는데, 세스는 "살짝 긴장한 것 같아서요."라고 가볍게 말했다.

나는 제대로 생각할 수 없었다. 욕실에서 다프네랑 야릇한 문자를 주고받고 일주일이 지난 다음이었다. 다프네를 직접 만나는 기분은 어떨지 감을 잡을 수 없었다. 다른 사람이랑 흔히 그렇듯 작업을 함께 하는 동료 사이로 끝날 건데, 야릇한 문자를 내가 너무 깊이 받아들인 건 아닐까도 생각했다. 아니, 그녀는 내가 누군지 모르는 척할 수도 있었다. 계약을 마무리할 때 문자를 보내고 싶은 욕구를 억눌렀다. 다프네가 답장을 안 할 수 있겠다는 두려움 때문이었다. 다프네가 나를 무시하리라고 생각할 이유는 하나도 없었다. 내 능력을 포기하거나 거절당할 위험을 감수하는 게 불편할 뿐이었다. 그래, 인정한다. 나는 다프네를 좋아했다. 좋아하고, 또 좋아했다. 다프네가 여자라는 건, 그리고 내가 아들 둘과 남편과 함께 행복한 가정을 꾸리는 가정주부라는 건 문제가 안 됐다. 나는 다프네를 좋아하는 감정이 영원히 이어지길 바랐다.

이제 한 시간이면 다프네가 도착할 터인데, 준비는 전혀 안 된 상태였다. 잡역부 몇 명은 커다란 도자기 욕조에 비눗방울과 거품을 채우는 연습을 하고, 조수 두 명은 우리가 배경으로 준비한 커다란 종이를 어디에 걸까를 둘러싸고 다투었다. 나는 빛을 환하게 밝힌 삼각대를 설치하는 걸 도왔다. 비고가 코스트코에서 사온 콩이랑 세스가 마지막 심판 날에 쓰려고 지하실에 비축한 쌀을 가져와서 만든 모래주머니로 삼각대 하단을 받쳐놓았다.

사진작가 제드는 작가 테리 리처드슨을 먹어 치운 테리 리처드슨처럼 보였다. 그는 배꼽이 드러난 티셔츠에 '아픔은 이제 안녕'이라는 글씨가 있는 스무살 정도로 보이는 비서를 데리고 왔다. 광고 웹사이트인 크레이그리스트에서 비고가 찾아내, 반나절 촬영하는 대가로 현금 이백 달러와 백 달러짜리 녹차 상품권을 주기로 하고 고용한 사진작가였다. 기존에 찍은 사진 작품을 본 적은 없지만, 비서를 많이 찍을 것 같다는 느낌이 강하게 들었다.

"그래, 우리 계획은 뭔가요?"

세스가 멍청한 표정으로 쳐다보았다. 우리가 계획을 수없이 검토한 적이 없기라도 한 것처럼.

나는 그런 세스를 물끄러미 쳐다보며 대답했다.

"다프네를 욕조에 집어넣고 정오가 되기 전까지 최대한 많은 사진을 찍는 겁니다. 정오에 나가야 하니까요. 그게 계획 아닌가요?"

제드와 비고는 우리를 쳐다보았다. 세스는 두 팔을 공중에 올리며 중얼거렸다.

"무어든 마음을 열고서 즐기다 보면……"

제드가 고개를 천천히 끄덕이며 중얼거렸다.

"욕조에 집어넣자. 마음에 들어…… 아니면 욕조 안에 코가 있나요? 욕조에 주름을 드리우나요? 아니면 욕조 밑에?"

나는 마음 상태를 차분하게 유지하려고 애쓰며 말했다.

"욕조를 준비했으니까 욕조를 사용해요. 엉뚱한 생각은 그만두고."

나는 카피라이터 역할만 하면 충분하나 나도 모르는 사이에 모든 일에 관여하고 있었다.

소파에 앉아서 다프네 페이지를 열어 다프네가 글을 새로 올렸는지 확인했다. 나 자신을 억누를 수가 없었다. 도저히 멈출 수가 없었다. 다프네 글 절반은 돈을 받고 올리는 거란 사실을 알면서도 나는 여전히 더 많은 글을 갈망했다. 다프네가 사용한다는 '스펀지 화장품' 신제품을 알고 싶었고, 다프네가 두 아이에게 점심으로 무얼 싸주고, 두 아이는 그걸 얼마나 먹는지 알고 싶었다. 다프네가 제일 멋있다고 생각하는 바지 스타일은 무엇이며, 아이들한테 자존감을 키워주고 아이들이 북극성을 찾도록 도와주는 서적은 어떤 책이라고 생각하는지 알고 싶었다. 작가가 작성한 대답과 다프네가 생각하는 진짜 대답도 알고 싶었다. 다프네가 징을 박은 가죽 스커트에 조그만 가방을 가슴에 두른 모습으로 무단으로 그라피티를 낙서한 담벼락에 기대어 서서 찍은 사진에 눈길이 갔다. 나도 조그만 가방을 가슴에 둘러야 하는 건 아닌가 하는 생각을 골똘히 하는데, 비고가 불렀다.

나한테 다가오는 사람들을 비고가 가리켰다. 다프네 일행이었다. 다프네는 헤비메탈 밴드 메탈리카 같은 티셔츠에 찢어진 청바지 차림으로, 덩치는 조그맣고 얼굴은 납작한 강아지를 들고 있었다. 그런 다프네가 나만 쳐다보며 말했다.

"안녕하세요. 낯선 친구?"

분명하지 않은 느낌이 어느 때보다 강한 말투였다. 그러더니 나한테 다가와서 뺨에 키스하며 덧붙였다.

"이 아이는 차차, 내가 제일 좋아하는 아이랍니다."

강아지가 무관심한 표정으로 쳐다보더니 자기 엉덩이에 머리를 처박았다.

"강아지가 사랑스러워요. 어떤 종인가요?"

내가 할 수 있는 말은 이게 전부였다.

"페키니즈예요. 사육사 말에 따르면. 하지만 누가 알겠어요? 그 사람은 구속되고, 사육장은 폐쇄되고, 나는 아무런 서류도 못 받았는데."

"정말요?"

"메그, 아직 나를 잘 모르는군요. 이보다는 잘 알거라 생각했는데."

다프네가 수줍게 웃었다.

로렌이 형식적으로 웃어 보이며 다프네 비위를 맞추더니, 나를 쳐다보며 말했다.

"우리 아이 신청서를 첼시하우스에 보냈답니다."

내가 대답했다.

"잘하셨네요. 내가 남편한테 신경 써서 잘 처리하라고 할게요."

다프네는 함께 온 일행한테 나를 소개했다. 미용사 마이클은 혈기 왕성한 남성으로 다프네와 똑같이 파도치는 금발이었다. 바로 뒤에서 대역을 해도 될 것 같았다. 메이크업 아티스트 니키는 영양이 부족해 보였다. 에이전트 수잔은 모퉁이에서 핸드폰에 대고 소리를 질러대는 중이었다. 나는 굳이 소개할 필요가 없었다. 일행 모두 다프네 인스타그램을 열심히 보는 사람들이었다.

마이클과 니키가 나를 물끄러미 쳐다보더니, 마이클이 물었다. 선글라스를 벗지 않은 상태였다.

"어디에서 준비하나요?"

흐릿한 전면 거울과 옷장 선반을 설치한 구석 한쪽으로 비고가 사람들을 데려갔다.

나는 한 시간이 족히 지난 다음에 끼어들기 시작했다. 결국에는 다프네 일정을 확인하러 다가갈 수밖에 없었던 것이었다.

니키가 떠들어대는 소리가 들렸다.

"프랑스는 정말 재미있을 거예요! 크리스마스 무렵에는 특히나. 파리 패션쇼에 꼭 가고 싶었거든요."

"가을 패션쇼가 훨씬 좋아. 하지만 뉴욕 패션위크 다음이라 내가 너무 힘들어서……. 일곱 시간이나 비행기를 타고 가서 여행 가방 일만 개를 들고 유럽 전역을 돌아다닐 수 없거든. 파리는 늘 붐비는 데다 좋은 레스토랑은 자리가 없어. 십이월은 그만큼 더 춥기도 하고."

다프네가 말했다.

나는 선반 너머를 살펴보았다. 다프네는 머리를 숙인 채 핸드폰을 쳐다보고, 니키는 손수건으로 한쪽 눈을 문질렀다.

"작업은 잘 되나요?"

내가 물었다. 초조한 말투였다.

"잘될 겁니다."

마이클이 헤어드라이어를 마이크처럼 입에 대고 대답했다.

"잘 됐군요."

내가 미소를 머금자, 니키가 말했다.

"이제 속눈썹만 붙이면 돼요."

다프네가 손을 뻗어서 내 손을 꼭 움켜쥐었다.

"미안해요. 당신이 다가오길 바라고 있었답니다."

나는 미소로 답례했다. 노골적인 관심이 당혹스럽기도 하고 우리가 손을 잡고 있다는 사실이 미덥지 않기도 했다. 마이클이 안 본 척하면서도 반감이 이는지 실수인 척 헤어드라이어를 내 얼굴에 겨냥했다. 차차를 안고 다시 나타난 수잔은 당혹스러운 표정으로 쳐다보았다.

수잔은 단단하면서도 아담한 체격에 등이 살짝 굽은 게, 균형이 맞지 않는 평행봉에서 이제 막 내려온 사람처럼 보였다. 최소한 스물다섯은 넘었겠지만 열다섯밖에 안 됐다고 해도 믿을 것 같았다.

다프네가 일어나서 두 손을 닦으며 물었다.

"여기에 얼마나 머물러야 하지?"

"두 시간이요."

수잔이 사무적인 말투로 대답하자, 내가 끼어들었다.

"그렇다면…… 좋아요. 그러시면, 오늘 작업은 편하게 하는 게 좋겠어요. 여러분이 이곳을 최대한 빨리 벗어나도록 하겠다고 약속드리지요."

나는 전문가 같은 말투로 말하면서 다프네의 향수를 들이마셨다. 호박과 바닐라를 비롯해 내 가슴에 불을 지르는 향내가 느껴졌다. 온몸이 따뜻하게 달아오르고 목이 따끔거리는 느낌이었다. 하지만 나를 자극한 건 향내 말고 또 있었다.

다프네는 매혹적이라고 부르는 정도로는 부족했다. 도시 블록 전체를 감싼 벽화, 바로 앞에서 눈앞에 있는 것만 보느라 전체 그림을 못 보는 것, 그래서 대단히 훌륭한 작품을 볼 수 없는 것과 비슷한 느낌이었다. 다프네는 매혹적인 모습을 훨씬 뛰어넘었다. 아름다운 모습이 원색적이면서도 복잡 미묘했다. 눈이 아플 지경이었다. 한 번도 보지 못한 느낌과 동시에 오래전부터 알고 지낸 느낌이 혼재했다. 그런 다프네가 거울에 비친 머리칼을 만지작거리면서 말했다.

"이쪽에 곱슬머리가 너무 심한 것 같아. 숨을 약간 죽여야겠어. 동창회 여왕처럼 촌스럽게 보이잖아."

다프네가 나를 쳐다보며 물었다.

"당신은 동창회 여왕을 한 적이 없지요? 그죠, 메그?"

"뮤지컬 극장만 열심히 다녔답니다."

내가 머리를 끄덕이며 대답하자, 다프네 얼굴에 익살맞은 미소가 떠올랐다.

"하마터면 믿을 뻔했잖아요."

다프네 말이 맞았다. 내가 과장한 것이다. 나는 영국 밴드 포티스헤드와 싱어송라이터 토리 에이머스를 즐겨 듣고, 패션 잡지에서 모델 사진을 오려 침실 천장에 붙여놓던 외톨이였다. 고등학교 합창단에서 노래하는 건 둘째고, 혼자 샤워하면서 노래할 용기조차 없었다.

'인기가 많으면 어떤 기분일까?', '정식으로 결혼한 부모가 계신다면, 그래서 자동차를 사준다면 어떤 기분일까?' 등을 혼자서 상상하곤 했다. 가족끼리 모여서 브라우니 빵도 만들고 만찬도 들고 싶었다. 옷 가게 '바나나 리퍼블릭'에서 사 온 옷장을 방에 설치하고, 그래서 다이애나 왕세자비를 기념하며 만든 '비니 베이비'가 밤에 잠자는 나를 지켜보는 느낌을 즐기고 싶었다. 그러면 정말 재미있을 것 같았다. 하지만 그런 사치품이 있다고 해서, 내가 실제로 인기를 누릴지는 미지수였다. 인기가 있으려면 갓난아기처럼 천진난만하게 아무것도 몰라야 한다. 좌절을 겪은 사람은, 모든 게 덧없음을 깨달은 사람은 절대로 인기를 누릴 수 없다. 외로움을 느낄 뿐이다.

"이번 쇼를 도로변으로 끌고 나갑시다! 점심을 맛나게 먹고 싶으니까."

수잔이 요구했다.

먹는 얘기가 나오자 로렌이 핸드폰을 보다 고개를 들었다. 로렌 말은 아들이 '승차공유서비스'를 제대로 받으며 여행하는지 살펴본다는 거였는데, 실제로는 엔터테인먼트 사이트 버즈피드에 실린 '발톱을 깎고서 양말을 신은 강아지 23마리'라는 기사를 읽는 게 내가 선 자리에서 보였다. 그런 로렌이 "여기는 와이파이 비밀번호가 어떻게 되나요?"라고 물었다. 나는 기분이 상해 대답했다.

"네, '자녀를 숨겨요 와이파이를 숨겨'."

로렌이 얼굴을 찡그리면서 다시 물었다.

"와이파이를 숨겨?"

"강아지를 키우세요?"

내가 물으면서 핸드폰을 가리키자, 로렌이 "아니요"라고 퉁명스럽게 대답하고는 핸드폰을 주머니에 쑤셔 넣었다.

다프네가 접이식 칸막이 뒤로 사라지더니 홀치기 염색을 한 비단옷 차림으로 다시 나타나며 물었다.

"어때?"

"멋있어요."

수잔이 황홀한 표정으로 말하자, 로렌이 어깨를 으쓱하고는 살며시 쳐다보며 동조했다.

"귀여워."

"솔직히 말해도 돼요?"

내가 묻자, 다프네 측근이 하나같이 입을 다물었다. 나는 고개를 숙여서 신발을 내려다보았다. 시선을 돌리고 싶었기 때문이다.

"굳이 그런 옷을 입을 필요까지는……"

내가 말끝을 흐리자 다프네가 혼란스러운 표정으로 고개를 저었다.

"그런 옷? 이건 그냥 옷이야."

"홀치기 염색한 옷을 말하는 거예요. 그 옷차림으로 CBD를 찍으면 아이스크림 '체리 가르시아' 느낌이 너무 많이 날 것 같아요."

내가 설명하자, 마이클이 입술을 깨물었다. 수잔은 불안한 표정으로 눈을 동그랗게 떴다. 다프네는 침을 꿀꺽 삼켰다. 패션 감각이 엉망이란 말을 듣는 데에 익숙하지 않은 게 분명했다.

"그래도 멋져요!"

수잔이 달랬다. 마이클도 동조했다.

"맞아요. 멋있어요. 이번 작업엔 아닐지도 모르지만, 정말 멋있어요."

로렌이 킥킥 웃으며 물었다.

"지금 저 여자가 너를 '벤 앤 제리' 아이스크림 맛이랑 비교한 거야? 디자이너가 누구야?"

"이름 없는 사람이야. 엣시 플랫폼에서 아르바이트하는 학생이거든. 커다란 진주 단추가 재미있다는 생각이 들었어."

다프네가 퉁명스럽게 대답하고는, 목둘레를 잡아당겼다. 살짝 기분 나쁜 표정이었다.

측근들은 계속 아부하고, 다프네는 그 옷을 벗는 것으로 대답했다. 비단옷이 바닥에 떨어졌다. 다프네가 입은 건 하얀 레이스 브라와 팬티가 전부였다.

"그래, 메그가 홍보하는 건데, 메그가 싫어하니 나도 싫어. 그럼 무얼 입는 게 좋을까? 옷을 많이 가져오지 않았거든."

다프네가 물었다.

나는 침을 꿀꺽 삼키고는 가슴골을 안 보려고 애썼다. 그러다 내가 무슨 말을 하는지조차 모른 채, 이렇게 물었다.

"그것만 입어도 편안한가요?"

"이거요?"

다프네가 되물으며 미소를 살짝 머금었다. 나는 한술 더 떠 진지한 투로 말했다.

"브라는 벗어요. 누가 목욕할 때 브라를 하나요?"

다프네가 나를 쳐다보고는 머리를 한쪽으로 기울였다. 대담한 말에 깊은 인상을 받은 듯 보였다. 솔직히, 내 느낌은 그랬다.

"나는 아니죠."

다프네가 어깨를 으쓱하고는 두 팔로 가슴을 가린 채 팬티만 입고 욕조로 다가가더니, 비고와 세스가 입을 쩍 벌리고 쳐다보는 가운데 비누 거품 안으로 들어갔다.

세스가 나를 쳐다보며 물었다.

"최고 수위로 가는 거 맞나요?"

내가 말했다.

"욕조에 들어갔잖아요. 어떤 최고 수위를 원하세요?"

제드가 비고를 쳐다보며 어깨를 으쓱하고는 "내가 캐낼게요."라고 말하더니 촬영을 시작했다. 카메라 셔터를 누르는 순간, 다프네는 자신감이 사라지는 것 같더니, 갑자기 당황하며 어색한 표정을 지었다. 그러고는 욕조에 얼음이 가득한 듯 제드를 향해 굳은 표정으로 웃으면서 카메라로 빠르게 다가갔다. 동작은 너무나 갑작스럽고 얼굴은 살짝 겁먹은 표정이었다. 내가 끼어들고 싶지는 않았지만, 다프네가 많이 불안해한다는 걸 느낄 수 있었다.

"다프네가 약간 불편해하는 것 같아요. 욕조 밖으로 꺼내야 하는 거 아닐까요?"

비고가 걱정스러운 표정으로 쳐다보자, 세스가 나지막한 어투로 대답했다.

"인플루언서라서 그래. 진짜 모델이 아니잖아."

"당신네 사진사가 성범죄자처럼 보여서 그래요. 다프네가 무서워하잖아요."

수잔이 날카롭게 반박했다.

비록 제드는 트럭 중량 검사소에서 여성을 납치할 듯한 인상이긴 하나 문제는 제드가 아니었다. 다프네가 얼어붙은 데는 다른 이유가 있는 게 분명했다. 나는 예전에 본 다프네 사진을 떠올리다 대부분 셀카였다는 사실을 깨달았다. 그래서 커다란 목소리로 다프네에게 물었다.

"모니터를 보면 괜찮겠어요?"

"그래요! 그렇게 해주세요!"

다프네는 어색한 미소를 머금은 채 대답했다. 나는 모니터를 욕조 옆으로 끌어당긴 다음에 다프네 옆에 앉았다.

"사람들 눈에 내가 통통하게 보일까요? 솔직히 대답하세요. 충분히 받아들일 수 있으니까."

다프네가 묻는데 자신이 하나도 없는 목소리였다.

"뭐라고요? 전혀 그렇지 않아요. 아주 보기 좋아요. 숨을 깊이 들이마셔요."

내가 달래도 다프네가 긴장을 풀지 않자 나는 커다랗게 소리쳤다.

"십 분만 쉽시다. 옷을 입으면 기분이 풀리겠어요?"

내가 물었다. 촬영 팀은 흩어졌다. 그러자 다프네는 불안하게 웃으면서 대답했다.

"저 옷은 당신이 싫어하잖아요. 나는 뚱뚱한 아이였어요. 언니와 나는 하루에 두 번씩 체중을 쟀어요. 벌거벗은 채 저울 두 개에 올라서서. 하나는 디지털이고 하나는 구식. 행여나 체중이 많이 나가면 엄마는 우리한테 지하실에서 실내 자전거를 타게 한 다음에 저녁을 주었어요. 음식을 앞두고 감사기도를 하는 대신, 우리는 손을 맞잡고 '얼굴 살을 빼주시고, 엉덩이 살도 빼주시고……'를 읊조렸어요. 엄마는 내 몸이 '우람하다'라고 말씀하시곤 했죠. 이 말이 나를 여태껏 괴롭힌답니다."

"좋아요. 그만 해요. 그 생각을 머릿속에서 깨끗하게 지우세요. 내가 인생을 걸고 맹세하는데 당신은 정말 매혹적이에요. 이번에 찍은 사진은 당신이 찍은 그 어떤 사진보다 멋지게 나올 거예요. 당신이 지금까지 찍은 사진은 거의 다 보았거든요."

내가 고백하자 다프네가 미소를 머금으면서 내 얼굴에 흘러내린 머릿결을 쓸어주었다. 나는 두 뺨에서 보랏빛 솜털이 일어서는 걸 느낄 수 있었다.

"당신은 머릿결이 정말 아름다워요. 까맣게 반짝이는 모습은 정말 사랑스럽고."

다프네 말에 나는 우쭐한 마음으로 빙그레 웃다가 속으로 내 얼굴에 귀싸대기를 날리면서 정신을 차렸다. 시간이 없었다. 어서 사진을 찍어야 했다.

"어떤 음악을 좋아하세요? 즐겨듣는 목록이 있나요?"

"핸드폰에."

다프네가 대답하고는 수잔한테 눈길을 주자, 수잔은 다프네 핸드폰을 제드 조수한테 건네고, 제드 조수는 그걸 블루투스에 재빨리 연결했다. 비욘세 목소리가 실내에 가득 들어찼다.

"≪포메이션≫(Formation)."

내가 중얼거리면서 고개를 끄덕이자 다프네가 덧붙였다.

"내가 유일하게 좋아하는 비욘세 앨범."

"제일 좋은 비욘세는 경멸당한 채식주의자 비욘세였지요."

내가 동의하자, 다프네가 웃으면서 말했다.

"비욘세는 잔뜩 굶주릴 때, 그래서 남편을 증오할 때만 그럴싸하지요."

제드는 내가 촬영 구역을 떠나기도 전에 촬영을 시작하고, 비고는 모니터를 보면서 소리쳤다.

"킥킥 웃는 모습이 정말 보기 좋아!"

"메그, 그대로 있어요."

세스가 요구했다.

"나는 전문가한테 촬영을 안 맡기는 게 보통이랍니다."

다프네가 솔직하게 털어놓자 내가 대답했다.

"걱정하지 마세요. 저 사람들은 전문가가 아니니까."

다프네가 웃었다.

"내 사진을 찍는 사진사가 있는데, 크레이그리스트에서 고른 사내랍니다."

"저 사람도 마찬가지예요."

내가 속삭이자 다프네가 능글맞게 웃었다.

"당신도 알다시피, 저 사람은 약간 음흉한 것 같아요. 지금껏 살면서 최소한 포르노 한 편은 찍은 게 분명해요."

"지금도 포르노를 찍는다고 생각할 거예요."

내가 말하고는 주변을 둘러보며 소리쳤다.

"정말 멋지지 않나요, 여러분?"

"네! 정말 멋져요!"

모두가 환호하자, 세스가 요청했다.

"메그, 물을 조금 뿌려줄 수 있나요? 비누 거품을 이리저리 뿌리면서……"

세스가 말을 끝내기도 전에 다프네가 내 셔츠를 잡고 나를 옷 입은 그대로 욕조 안으로 잡아당겼다. 나는 완강히 저항하며 물을 튕기고, 다프네는 나를 수면 아래로 밀어 넣으려 힘을 썼다. 우리가 멍청한 바보처럼 정신없이 몸부림치는 동안 사방에서 폭소가 미친 듯이 터져 나왔다.

"대단해! 다 찍었어!"

마침내 제드가 선언했다. 그리고 마이클과 니키는 장비를 모두 챙겨서 밖으로 나갔다. 수잔은 "정말 화끈했어요!"라고 말하며 다프네에게 핸드폰을 건넸다. 핸드폰이 손가락에 닿는 순간, 다프네는 두 눈을 동그랗게 뜨고 얼굴에 황홀한 미소를 떠올렸다. 그러고는 핸드폰을 머리 위로 높이 추켜들고는 내 머릿속에 오랫동안 남을 표정을 한 채 자기 계정을 검색했다.

다프네가 고개를 돌리더니, 지금 막 찍은 사진을 나한테 슬쩍 보여주며 중얼거렸다.

"여기에 글을 어떻게 달면 좋을까?"

그러면서 이메일 임시보관함에 저장한 글을 읽기 시작했다.

"다시 보여줄래요?"

내가 부탁했다. 머리칼과 눈망울이 촉촉하게 젖은 데에다 속옷만 입은 사진이 더없이 요염하게 보였다.

"'갑자기 흘러내린 모습이 보기 좋나요?'가 어때요?"

내가 제안하자 다프네가 사진을 다시 쳐다보며 끔찍하다는 듯 비명을 질렀다.

"그래도 될까? 이제 죽었네!"

심지어 로렌조차 건너편에서 폭소를 터트릴 정도였다.

"그래요. 정말 요염하게 보이잖아요. 그렇게 안 적으면 멍청이처럼 보일 거예요."

내가 말했다. 노골적으로 말할수록 다프네는 나를 높이 평가한다는 사실을 깨달은 것이다.

"당신 말대로 하지요."

다프네가 웃으면서 글자를 입력했다. 그러더니, 나를 다시 쳐다보며 물었다.

"만찬 파티에 올 거죠? 온다고 대답해요. 당신이 취한 모습을 보고 싶으니까."

로렌이 살짝 충격받은 표정이었다.

"어쩌면요! 우선 상의부터 해야 해요……. 가족이랑."

내가 대답했다. 왠지, '남편이랑' 상의한다는 말은 하고 싶지 않았다.

다프네는 아무런 눈치도 못 챈 표정이었다.

"운동은 주로 무얼 하나요?"

나는 어깨를 으쓱했다.

"스트레스. 그게 기본 운동이랍니다."

"내일 아홉시 반에는 뭐 하나요?"

"보통 때라면 여기에서 일하겠지요."

내가 대답하며 세스와 비고를 쳐다보았다. 여태껏 땡전 한 푼 받은 게 없다는 사실이 떠올랐다.

"'평평 뛰기(Tramp Stamp)'를 들어본 적이 있나요?"

다프네 말에 나는 머리를 가로저었다. 웹사이트에서 본 내용이지만, 트레이시 앤더슨 피트니스 전직 교관 아미가 옆길로 빠져서 댄스와 트램펄린을 결합해 여성들이 마음껏 뛰놀며 노래하도록 춤 동작을 새롭게 만들어냈다는 사실을 아는 척하고 싶지 않았다.

"나한테 한 시간만 주세요. 그러면 당신 인생을 완전히 바꿔 놓을 테니까."

다프네가 약속했다. 이미 그렇게 바꿔 놓지 않은 것처럼.

제 14 장

다음 날 아침에 나는 '펑펑 뛰기'의 트리베카 연습실에 들어서며 온몸에서 일어나는 기대감을 억누르려 애썼다. 다프네는 어디에도 없었다. 하얗게 칠한 카운터에는 무료로 주는 사과가 가득한 사발과 머리 끈이 있고, 옆에서는 촛불이 타오르며 건포도 향을 내뿜었다. 그 뒤에 나이를 알 수 없는 여인이 요정처럼 앉았는데, '스왜'라는 이름표를 달고 있었다. 내가 무슨 수업을 들으러 왔는지 얘기하자 상대가 물었다.

"아홉시 삼십분 수업은 회원용입니다. 회원이신가요?"

"아니요……, 하지만 다프네 콜 친구입니다."

"메건?"

스왜는 나를 위아래로 다시 훑어보았다. 나는 빙그레 웃었다.

"네, 그렇습니다."

스왜는 별다른 반응이 없었다. 이렇게 말한 게 전부였다.

"저쪽에서 기다리세요."

나는 하얀 소파로 걸어가서 핸드폰을 꺼냈다. 어색하거나 불편할 때마다 꺼내는 기기였다. 내가 마지막으로 검색하고 몇 분밖에 안 됐는데 다프네가 그날 아침에 세 번째 포스트를 올렸다. 두 아이가 엄마 침대에서 베개 싸움을 하는 동안 다프네는 한쪽 구석에 앉아서 화장하는 사진이었다.

'날개를 펼치세요. 내 인생과 아이라이너의 모토랍니다.'

나는 속으로 웃었다. 다프네는 제목을 다는 실력이 정말 촌스러웠다.

"아침, 햇살!"

내가 고개를 드니 다프네가 환하게 웃는 얼굴로 쳐다보았다. 빛나는 보라색 레깅스에 쌍둥이 아이 가운데 한 명이 입을 것처럼 조그맣게 보이는 민소매 차림이었다.

"이 문장."

내가 게시물을 살짝 보여주며 웃자 다프네가 수줍게 물었다.

"이번에는 괜찮아요? 아니면 여전히 촌스러운가요?"

내가 가만히 쳐다보자, 다프네가 일 달러짜리 지폐를 스트립 바에 있는 모든 사람에게 한 장씩 나누어주듯 두 손 손가락을 비비며 말했다.

"이제 엉망진창으로 만들자고요. '펑펑 뛰기' 수업에 들어가서."

다프네는 나를 데리고 복도를 지나다 창문 사이로 누군가에게 손을 흔들었다. 창문 너머로 조그만 트램펄린에서 펄쩍펄쩍 뛰는 여자들로 가득한 연습실이 굽어 보였다. 타냐는 연습실 제일 앞에 돋아놓은 단상에 하나 올려놓은 트램펄린을 혼자서 펄쩍펄쩍 뛰느라 땀에 흠뻑 젖은 상태였다. 타냐는 '펑펑 뛰기' 강사의 심복으로, 강사가 연습장을 돌아다니는 동안 머리에 낀 헤드셋 마이크로 구령을 외쳐서 훈련생 전원을 이끄는 역할을 담당했다. 타냐가 우리를 보고서 평화 신호 브이 사인을 보내더니, 추켜올린 손가락 사이로 혀를 쑥 찔러 넣었다.

"저년은 믿을 수가 없어! 아홉시 반 수업만 맡겠다고 하고서는 여덟시 십오분 수업까지 맡아. 운동 벌레야.”

다프네가 비웃는 말을 하고 내가 재미있는 대답을 떠올리는 찰라, 뒤에서 스왜가 다가와서 감정이 조금도 없는 말투로 말했다.

“오늘 수업에 참석하실 거라면 먼저 적어야 할 게 있습니다.”

다프네는 나한테 행운을 빌어주고 탈의실로 사라졌다. 나는 스왜를 따라 조그만 사무실로 들어섰다. 레몬 소독제와 반쯤 먹다 만 ‘사카라’ 도시락 샐러드 냄새가 나는 곳이었다.

“수업 한 번으로는 아무런 도움도 안 된답니다. 모든 동작을 배워서 우리가 보기에 가장 바람직한 몸매로 조각하는 데는 오랜 시간이 걸리니까요. 오늘은 어떤지 봅시다.”

결혼 상태부터 마지막 배란일까지 모든 걸 묻는 디지털 칸을 가득 채운 다음에, 나는 아이패드를 돌려주고, 스왜는 그걸 읽으면서 말했다.

“좋아요, 좋아. 이제 옷을 벗고서 자신이 싫어하는 부분을 모두 말하세요.”

나는 잠시 망설였다. 스왜가 충분히 진지하다는 확신이 없었다. 스왜는 디지털카메라를 집어 들고서 내가 대답하길 기다렸다. 표정만큼은 정말 진지했다. 내가 파란 벽 앞에서 어색한 자세를 취하는데, 내 몸매에 대해서 변명하고픈 생각이 들었다.

“이제 막 아기를 낳았답니다. 그래서 몸매 곳곳이 살짝 늘어졌어요.”

“돌아서세요. 두 팔은 옆으로. 지금 그 엉덩이가 마음에 드세요?”

스왜가 물었다. 교통순경처럼 사무적인 어조였다.

스왜가 내 인체 부위에 관해서 묻는다는 건 그 부분이 마음에 안 든다는 표시가 분명했다. 그래서 대답했다.

“내 눈으로 엉덩이를 본 적이 없어 그런 생각조차 한 적이 없답니다.

하지만 축 늘어졌겠죠.”

나는 뭔가 공통분모를 찾고픈 마음이 간절했다. 스왜는 인정했다.

“최적은 아닙니다. 걱정하지 마세요. 아미는 수학 선생 엉덩이를 깨끗이 지워주는 프로니까요. 아미에 대해서는 들으셨죠?”

“수학 선생 출신인가요?”

내 말에 스왜가 대답하는데, 웃지는 않았다.

“정말 재밌군요. 아미는 이 방법을 만들어낼 때 다양한 곳에서 영감을 받았답니다. ‘트레이시 앤더슨’, ‘시몬 에어로빅’, ‘더 클래스’ 같은 곳요.”

스왜가 두 손을 모으고 상체를 앞으로 기울이며 이어갔다.

“아미는 가수 저스틴 틴버레이크 밑에서 백업 댄서로 오랫동안 활동했답니다. 따라서 이 운동은 힙합 에어로빅에 뿌리를 두고 있지요. 하지만 아미는 근육을 늘씬하고 가냘프게 만드는 데만 관심이 있는 게 아니랍니다. 전리품이 생긴다고 믿거든요.”

“수학 선생 전리품은 아니겠지요?”

스왜는 미소를 머금지 않았다.

“그래서 우리가 펄쩍펄쩍 뛰는 겁니다. 좋아요, 체지방 수치를 봅시다.”

스왜가 멋들어진 저울을 가리켰다. 내가 조심스레 올라가서 가만히 있는 사이에 스왜는 전선을 내 몸 곳곳에 부착했다.

“하느님 맙소사!”

“왜요?”

“체지방이 35퍼센트나 돼요! 이런 몸매로 어떻게 서 있나요? 여성 평균 체지방은 대체로 25에서 31퍼센트 사이랍니다. 당신은 구루병이 있는 것 같아요.”

"내가 이제 막 아기를 낳았다고 했잖아요. 아닌가요?"

내가 변명했다. 약간의 자비를 기대하는 말투였다.

하지만 스왜는 벽보판에 테이프로 붙인 아미의 사진을 가리켰다. 곱슬머리는 찰싹 달라붙었고, 청바지 반바지에 밑을 잘라낸 민소매 차림은 정으로 조각한 듯한 몸매를 그대로 보여주었다.

"저 사진을 찍은 게 아기를 낳고 2주 뒤랍니다. 지금은 원래 몸매로 완전히 돌아왔지요……. 말 그대로."

스왜가 웃는 소리를 들은 건 그때가 처음이었다. 그러더니 원래 모습으로 돌아가서 유머라곤 하나도 안 보이는 표정으로 다시 말했다.

"그래, 우리는 인플루언서에게 무제한 수업을 제공하는 대신, 수업 하나당 영상 스토리 하나와 고정 포스트 하나를 매달 제공받습니다."

"나는 인플루언서가 아니랍니다."

"다프네가 그렇다고 했는데요. 으음, 그렇다면 천오백입니다."

스왜 이마에 주름살이 깊어졌다.

"달러로?"

내가 묻자, 스왜가 농담을 했다.

"그럼 페소겠어요? 카드 번호만 주시면 우리가 매달 갱신할 수 있답니다. 생각할 여유가 필요한가요?"

다시 짜증이 어리는 목소리였다.

"네……, 한 번 생각해봐야 할 것 같아요."

"최고급 코스는 모든 게 무료입니다."

소매가가 한 병에 삼십 달러나 하는 음료수를 스왜가 건네더니, 묵직한 방음문과 연습실로 나를 밀어 넣었다. 커다란 저음 스피커 두 개에서는 랩 음악이 꽝꽝 터져 나오고, 아기사슴 밤비처럼 날씬한 강사는 불자동차처럼 빨간 입술과 그물망 같은 옷차림으로 섹시한 모습을 불태우다 엉덩이를 찰싹 때리며 상체를 앞으로 숙였다.

"목이 말라요! 목이 말라! 목이 마알라! 그래요, 숙녀 여러분! 온몸이 뜨거워요. 온몸에서 연기가 피어올라요!"

강사가 소리치면서 무릎을 꿇더니, 공기 역학에 적합한 천 인형처럼 공중으로 펄쩍펄쩍 뛰는 중년 백인 여성들한테 소리 질렀다.

다프네는 땀으로 흥건하게 젖은 가슴과 두 팔을 번뜩이며 속된 말이 가득한 래퍼 아질리아 뱅크스 노래를 모조리 따라 불렀다.

"저 성기를 먹어야 해, 저 성기를 먹어야 해, 저 성기를 먹어야 해."

왠지 원색적인 느낌과 호전적인 느낌이 강하게 몰려들었다. 나는 펄쩍펄쩍 뛰는 데 집중했다. 다프네한테서 눈길을 떼는 방법은 그것밖에 없었다.

삼 분도 안 돼서 나는 온몸이 땀으로 흥건하고 숨을 쉴 수가 없었다. 수업을 마친 뒤에 다프네가 친구들과 함께 탈의실로 들어가서 구석 자리를 차지했다. 셀카를 찍기에 햇빛이 충분한 자리였다. 로렌이 레몬 워터를 한 모금 들이켜고는 수건으로 땀을 닦더니, 죽어가는 물개처럼 바닥을 기어 다니기 시작했다.

"지금 무얼 하는 겁니까?"

타냐가 로렌 엉덩이 사진을 찍다가 멈추고 물었다. 어이가 없다는 표정이었다.

"이러니까 어떤 것 같아요? 척추 하단부를 쭉 펴니까!"

로렌이 받아치고, '펑펑 뛰기'를 하는 여성들은 조금도 망설이지 않고 로렌을 넘어서 샤워실로 들어갔다.

다프네가 나한테 시선을 고정하며 물었다.

"어때요? 마음에 드나요? 스왜한테 당신도 인플루언서라고 했답니다. 거기에 맞춰주었나요?"

"으음, 아니에요. 나는 영향을 주는 사람이 아니라 영향을 받는 사람이니까요."

다프네가 콧방귀를 날렸다.

"지금껏 당신을 낚아채려고 애썼답니다. 다음번에는 조금 더 빨리 생각하세요."

"이제 충분히 낚아챈 거 아니야?"

바닥에서 로렌이 묻자 다프네가 받아쳤다.

"도대체 무슨 말을 하는 거야?"

로렌이 일어나서 레몬 워터를 한 모금 더 마시며 말했다.

"우리 아들 실라스한테 어린이 수영장 회원권을 구해주는 게 다프네 집으로 초대하는 것보다 어려울 거란 생각은 조금도 못 했어."

다프네가 불끈하기에는 충분한 말이었다.

"내가 누구를 어디에 초대한다는 말이 당신 입에서 한 번만 더 나오면, 그 물그릇을 당신 목구멍에 처박아 버리겠어."

탈의실에 있는 그 누구도 감히 움직일 수 없었고, 로렌은 뒤로 물러서려고 애썼지만 아무런 소용이 없었다.

"그런 뜻은 아니었어."

"사과해."

다프네가 요구했다. 나는 다프네가 그렇게 화난 모습을 본 적이 없었다. 무서웠다. 약간 흥분이 되기도 했다.

"미안해. 맙소사, 농담이었어."

로렌이 더듬거리더니 소지품을 챙겨 들고 밖으로 나가자, 타냐 입에서 이런 말이 절로 흘러나왔다.

"정말 강렬했어, 다프네. 나라도 그것보다 가볍게 반응하지 않았을 거야. 로렌 옷장에 '개 같은 년'이라고 칼로 새겨놓지."

"조심해."

다프네가 경고했다. 타냐는 상황을 가볍게 풀려고 딴말로 돌렸다.

"운동이나 더 해야겠어. 아홉시 반 수업에 들어가면 충분히 운동할 수 있겠지."

다프네가 나를 쳐다보았다. 두 눈에 다정한 느낌이 그득했다.

"미안해요. 괜찮아요?"

나는 고개를 끄덕였다. 마음은 아팠지만, 감동도 받았다. 다프네 콜은 나를 지키는 보호자였다.

"로렌도 진정할 거예요."

다프네가 장담하고 나는 아들 문제를 도와주기 전까지 로렌이 나를 편하게 대하지 않을 걸 알기에 이렇게 말했다.

"수영장 문제부터 해결해야겠어요."

"실라스가 수영을 하든 말든 무슨 상관이라고. 그나저나 만찬 파티에 꼭 참석해요."

제 15 장

　레몬 워터 하나로 사람을 옴짝달싹 못 하게 할 정도로 유명한 패션 인플루언서가 무언가를 시키면 우리는 그대로 한다. 그래서 다프네가 사는 고급 아파트 트리베카에서 여성 전용 만찬 클럽에 참가하려면 모임 분위기에 맞는 의상부터 사게 된다. 하지만 불행하게도 나한테는 그럴 여유가 없었다. 아직껏 임금을 못 받은 데다, 설사 받았다 하더라도 훨씬 중요한 일에, 우리 아이들이 고급스럽게 살아가는 데 필요한 현금을 모으는 일에 써야 했다.

　일리야에게 이 이야기를 하면, 일리야는 공짜로 일한다는 사실에 핀잔을 줄 게 뻔하고, 낯선 사람들에게 잘 보이려 한다는 사실에 한층 더 핀잔을 줄 터였다. 일반적인 상황이라면 나 역시 다분히 그렇게 생각했으리라. 만찬 클럽은 나로선 상상조차 하지 말아야 할 대상이었다. 하지만 끊임없이 생각나는 대상이기도 했다.

　나는 '늦도록 일해야 한다'라는 구실을 만들어 마리나에게 목요일 밤에 아이들을 늦은 밤까지 봐주도록 간신히 설득했다. 그 대가는 추가 수당 오십 달러와 '블루리본'의 생선튀김을 곁들인 새콤한 참치 롤 한 세트였다. 내가 방문 옆 전신 거울로 내 모습을 마지막으로 한 번 더 살필 때 마리나는 이렇게 투덜댔다.

"늦도록 아이들을 보려면 라스트렐 연구에 그대로 빠져야 한다는 건데, 그 대가가 새콤한 참치 롤 한 세트가 전부야? 최소한 활어 모둠회를 한 접시 더 받아야 하는 건데……."

핸드폰으로 친구들과 노닥거리지 않거나, 섹스팅 하지 않거나, 우리 아이들을 돌보지 않거나, 간호사 학교에 아직껏 다닌다고 자기 엄마한테 거짓말하지 않을 때면, 마리나는 부당한 돈벌이를 열심히 쫓아다닌다. 제약회사부터 아침 식사용 시리얼까지 거의 모든 분야에 평가원으로 참여하는 실력이 정말 탁월했다. 어떤 평가단에는 18세에서 25세 사이의 여성으로 등록하고, 다른 평가단에는 35세에서 45세 사이의 여성으로 등록했다. 고양이를 오랫동안 키운 척도 하고, 밀가루 알레르기가 있는 척도 하고, 목표를 달성하는 데에 필요하다면 요실금에 시달리는 척까지 했다. 일리야와 내가 보기에는 마리나는 돈만 된다면 무엇이든 할 것 같았다. 설사 '미래의 최고 모델'까지는 아니더라도 최소한 '미래의 최고 평가원'은 따 놓은 당상이었다.

"라스트렐 연구에 가더라도 수당은 이십오 달러밖에 안 되잖아. 이게 훨씬 좋은 거래야……. 모둠회가 없더라도."

나는 이렇게 말하면서 새끼손가락으로 화장품을 발라서 눈 밑 주름살을 가렸다.

"내 말은 그게 아니잖아, 언니. 오늘 참석하겠다는 약속을 했다고. 내 평판에 문제가 생기는 거라고."

마리나가 반발하더니 잔뜩 찡그린 얼굴을 찍어서 스냅챗 공유 앱에 올렸다.

"좋아. 참치 롤 두 세트. 하지만 모둠회는 안 돼!"

나는 이렇게 말하며 거울에서 물러나 행여나 주름이 있으면 펴지도록 손으로 옷을 쭉 훑었다. 옷장을 몇 시간 뒤진 결과 허리춤 높은 곳에 허리띠를 하는 임산부용 까만 바지로 마음을 정한 상태였다. 그 위에 일리야가 제일 좋아하는 와이셔츠를 입고, 로스앤젤레스에서 팔십년대 분위기로 생일파티를 할 때 산 빈티지 점퍼를 걸쳤다. 그리고 만화처럼 보이는 어깨 패드 하나를 날이 무딘 켄의 빵 칼로 무지막지하게 잘랐다.

"왜 나가야 해? 엄마 없이 잠자리에 들고 싶지 않아!"

로만이 소파에서 찡얼댔다. 짜증이 난 건 맞지만 텔레비전조차 안 볼 정도는 아니었다. 마리나는 주방으로 가서 참치 롤이 오기 전에 먹을 간식을 찾기 시작하고, 나는 "그렇게 오래 걸리지는 않아."라며 로만을 달래고는, 내 침실에서 레드를 꺼내어 펠릭스의 흔들 침대 옆에 앉혔다. 레드는 딱 2초 동안 가만히 기다리다, '엿이나 먹어라!'라는 표정으로 나를 빤히 바라보더니, 재빨리 도망쳤다.

"그런데 치과 의사를 한다는 그 남자, 정말로 마음에 들어. 게임을 하는데, 내가 좋아하는 게임이야."

마리나가 땅콩버터를 한입 가득 물고 말하면서 방문까지 따라왔다. 마리나는 연애할 남자가 절실하게 필요하면서도 자신을 좋아할 만한 남자를 좋아하는 법은 결단코 없는 것 같았다. 너무 점잖거나 너무나 정상이면 마리나가 곧바로 퇴짜를 놓았다. 감성적으로 얽힌 자국이 있거나 눈에 안대를 두른 사내만 좋아하는 것 같았다.

"나한테 딱 맞는 사람인 것 같아. 나한테는 사진조차 안 보낼 테니까."

마리나가 갈망하는 표정으로 머리를 가로저으면서 문고리에 등을 기대는데 땅콩버터가 셔츠로 줄줄 흘러내렸다.

"잠깐, 지금껏 그 사람을 못 본 거야?"

내가 물었다. 마리나가 말하는 사내가 아이 살해범이라 우리 아이를 해칠 수도 있다는 생각이 갑자기 떠오른 것이다.

"아직은 이혼하기 전이라서 사진을 온라인에 올릴 수 없거든."

"개인적인 문자로 사진을 보내라고 하면 안 되는 거야?"

나는 이렇게 물으면서 복도로 나갔다. 시간이 늦어서 마리나랑 더 깊이 대화할 여유가 없었다.

마리나는 어깨를 으쓱하며 "이런 식이 더 재밌잖아."라고 말하고, 나는 "나중에 다시 말해!" 하면서 현관문을 뛰쳐나가 엘리베이터로 달려갔다.

현관문이 쾅 닫히는 소리가 나더니, 마리나가 "요새를 쌓고 싶은 사람 누구냐?"라고 묻는 소리가 들렸다. 로만이 좋아하는 소리도 잇따라 들렸다. 그 순간, 로만이 짜증을 내는 게 실제로 어느 정도고, 내가 걱정하는 게 어느 정도며, 그걸 내가 로만한테 투사하는 게 어느 정도인지 궁금하다는 생각이 일었다.

바깥은 여전히 따뜻했다. 허드슨강에서 미풍이 불어왔다. 나무마다 가을을 화려하게 뽐내느라 새빨간 색이랑 샛노란 색이 머리 위에서 이글이글 타올랐다.

다프네는 베스트리가와 그리니치가가 만나는 모퉁이 아파트 건물에서 살았다. 꽃꽂이 장식은 늘 신선하고 도어맨 세 명 이상이 항상 지키고 있는 아파트였다. 도어맨들은 행여나 내가 프런트 데스크 앞을 어슬렁대며 지나기라도 하면 철퇴를 가하기로 무언의 약속이라도 한 것 같은 표정들이었다. 몸에 딱 맞는 새까만 정장 차림의 경비 책임자는 내가 다프네 아파트를 찾아왔다는 말을 듣고서는 깜짝 놀란 표정을 그대로 드러냈다.

엘리베이터를 타고 올라가자 벽마다 흑백 결혼사진으로 가득한 휴게실이 나왔다. 나는 파티 소리에 귀를 기울이고 숨을 깊이 들이마셨다.

"어서 오십시오!"

남색 바지에 흰색 폴로셔츠를 갖춰 입은 통통한 여인이 인사하고는 웃옷을 벗겠느냐고 물었다.

나는 잠시 망설이다 괜찮다고 대답했다. 윗도리를 임시변통으로 수선한 흔적을 드러내고 싶지 않았다.

"저는 로자미라고 합니다. 필요한 게 있으신가요? 저쪽에 손님용 화장실이 있습니다."

통통한 여인은 상냥하게 말하고, 나는 상대가 모욕감을 안 느끼도록 조심스럽게 고개를 가로저으며 대답했다.

"저는 자주 화장하는 사람이 아니랍니다."

나는 로자미를 따라서 리히텐슈타인에 관한 예술사 수업에서 배운 적이 있어 눈에 익은 2미터 높이의 흐느끼는 여인 조각상을 지나, 지금껏 본 어떤 거실보다도 웅장한 거실로 들어섰다. 새하얀 가죽 소파는 눈 덮인 철로처럼 거실 주변을 감싸며 돌아가고, 한 가운데는 대리석 커피 테이블을 놓고서 이국적인 과일과 치즈를 가득 쌓아 올려놓았다. 선반에는 미술책과 조그만 귀중품들이 가득해, 언제든 마구 휘두르며 폭력을 행사할 수 있을 것 같았다. 실내는 따뜻하고 시끌벅적했으며, 잔뜩 모여든 여인네들은 황홀한 재즈 음악 너머로 목소리를 키우며 서로 경쟁하듯 대화를 나누고 있었다.

테라스로 나가니 브루클린 다리부터 엠파이어스테이트 빌딩까지 한눈에 보였다. 나는 탁 트인 경관을 넋 놓고 바라보며 평정심을 유지하려 애썼다. 그러자 누군가 말하는 소리가 들렸다.

"오늘 레스토랑에서 내 앞에 묘하게 섹시한 사내가 서 있더군. 나이는 내 나이 절반인데, 왠지 우주의 기운이 우리 둘을 섹스로 묘하게 연결하는 느낌이었어. 그러다 사내가 치킨 샐러드를 들고 다른 데로 가더군. 나한테 눈길 한번 안 준 채."

이렇게 말한 여자는 바비 인형 같은 몸매에 밤색 머리칼, 발렌시아가가 명품이라는 사실을 세상에 알리는 상징이 달린 스웨터 차림으로 이렇게 한탄했다.

"열 살만 젊었어도 그 사내가 내 몸에 샐러드드레싱을 뿌리겠다고 사정하면서 달려들었을 텐데. 하지만 지금은 우리를 그런 대상으로 삼을 사내가 없어. 그래도 투명 인간 취급을 당하는 것보다는 낫지 않아?"

약간 나이 많은 여자가 헐렁한 비단 파자마에 깃털 장식이 달린 의상 차림을 하고서 열심히 고개를 끄덕이며 맞장구쳤다.

"어제는 내 얼굴 사진 보정을 너무 많이 했더니 우리 딸이 보고서 자기 사진이냐고 묻더군."

나는 절로 터져 나오는 웃음을 억누르면서 모퉁이 너머를 살폈다. 로렌이 꽃무늬 작업복 차림으로 소파에 앉아서 담배를 태우고 있었다. 그쪽보다는 바비 인형 쪽이 훨씬 마음에 들어서 나는 그쪽을 다시 쳐다보았다. 바비 인형은 커다랗게 소리쳤다.

"아, 기운 내자고! 아직은 우리 모두 섹시하니까. 얼굴을 깨끗하게 뜯어고치려면 최소한 십 년이 남았잖아."

살짝 나이 많은 여자가 동조했다.

"사람들 말이 얼굴을 깨끗하게 뜯어고치기에 제일 좋은 나이는 마흔살이라고 하더군. 지금 미드타운에 있는 병원에서 성기 회춘 시술을 받는 중인데, 시술을 마치면 성적 충동이 크게 는대. 질 안에 삽입하면 콜라겐을 주입하는 금속 탐침이랑 부딪힐 것 같아. 우리 친구 다이나는 지난번에 시술을 마치고 오르가슴을 느끼자 간호사가 그 느낌에 몸을 맡긴 채 가만히 젖어 들라고 했다는 거야.”

나이 든 여자가 음료수를 쭉 들이켜며 말을 이어갔다.

“나는 간호사가 멀뚱멀뚱 쳐다보는 앞에서 오르가슴을 느낄 수 있을지 모르겠어.”

그때 로렌이 다가와서 두 여인 사이에 앉았다. 그러더니 ‘다이아몬드가 가득한 길에 들어선 엄마’라고 적힌 목걸이를 끌어당긴 채 나를 물끄러미 쳐다보았다. 나는 어떤 식으로 대화에 끼어들어야 할지 몰라 화폭에 담을 경치를 구경이나 하는 것처럼 바쁜 척하고 있는데 로렌이 이렇게 물었다.

“다이나 사코스키 얘기를 하는 건가요? 여섯 문장 시인? 나랑 잘 아는 사이랍니다! 마법을 부리는 의사한테 시술받는 얘기를 한 적이 있지요. 다이나가 시술을 마치면 나 역시 시술을 받을 예정입니다.”

“다이나가? 말도 안 돼. 다이나는 당신 얘기를 한 적이 없어요.”

나이 많은 여자가 머리를 곧추세웠다.

“내 말은, 우리가 실제로 만난 적은 없지만, 나는 다이나를 꽤 가까운 친구로 여긴다는 뜻이에요. 늦은 밤에 이메일을 주고받을 정도로요. 실제로 다음 달에는 블로그에 다이나 프로필을 올릴 생각이고요.”

로렌이 어조를 살짝 바꾸며 말하더니 나를 곧장 쳐다보며 물었다.

“메그, 마실 것 좀 갖다줄까요?”

옆에서 가만히 엿듣던 나를 세 여자 모두 바라보았다. 나는 속이 뒤틀렸다.

“다프네는 여기에 있나요?”

내가 물었다. 이보다 적절한 말을 떠올릴 순 없었다.

"아니요."

파자마를 입은 여인이 내 옷을 물끄러미 보는 게 어려운 수학 문제라도 쳐다보는 표정이었다.

"이쪽은 다프네의 새 알렉이랍니다."

로렌이 소개했다. 알렉이 누군지 모르겠지만 말투로 보건대 로렌이 경멸하는 상대가 분명했다.

"메그 남편은 첼시하우스에서 회원권을 담당한답니다."

로렌이 덧붙이자, 두 여인은 얼굴이 환해지더니, 파자마 차림 여자가 자신을 소개했다.

"좋은 클럽이지요. 나는 타비타라고 한다오."

"나는 칼라에요."

발렌시아가 바비 인형이 손을 흔들며 미소 짓더니 타비타가 손에 든 조그만 가방에 관심을 보였다.

"'치키토'인가요? 그렇게 조그만 가방에 뭐를 넣나요?"

"아무것도 안 넣어요. 다음 시즌에는 더 조그맣게 나온다고 들었어요! 눈에 안 보이는 크기까지 줄어드는 걸 빨리 보고 싶어요."

타비타가 아무렇지 않게 대답했다.

"다프네는 타냐랑 위층에 있어요. 타냐가 여기에 오고 십오 분도 안 돼서 핸드폰을 잃어버렸거든. 그래서 진동 소리라도 들으려고 애쓰며 샅샅이 뒤지는 중이라오."

로렌이 알려주더니 눈알을 굴리며 물었다.

"그런데 수영장 회원권은 잘 되나요? 여름에 맞춰서 못 나오는 건 아닐까 걱정스럽네요."

"이제 시월이에요. 신청 절차를 막 거치고, 지금은 적당한 단계에서 대기하는 중일 거예요. 사립학교가 그런 것처럼요. 말이 나왔으니 말인데……, 애빙턴 이사진이라고 들었습니다. 우리 아들 입학 지원서를 애빙턴에 제출할 계획이랍니다."

로렌은 나를 싫어하는 게 분명했다. 하지만 그렇다고 로만이 누릴 멋진 기회를 포기할 순 없었다. 내가 말을 마치자 이번에는 타비타가 끼어들 차례였다.

"우리 아들은 콜리지에이트에 다녔는데, 남녀공학을 다니고 싶었다면 훨씬 수월한 애빙턴에 다녔을 거예요. 옥상 정원!"

타비타가 말끝을 흐리면서 당혹스러운 표정으로 텅 빈 유리잔을 쳐다보는 게, 그 내용물을 마신 게 자신인지 기억을 더듬는 것 같았다.

"네, 정원이 매우 인상적이더군요."

내가 환한 표정으로 동조하자 타비타가 중얼거렸다.

"으흠, 그 가격이면 그 정도는 되어야 하겠지요."

"콜리지에이트도 학비는 똑같아요."

로렌이 상기시켰다.

"그래요? 기억이 안 나네요. 벌써 일 분이나 지났군."

타비타가 중얼거리고는 웨이터한테 칵테일 한 잔 더 가져오라며 손짓했다.

"네, 학비는 우리가 방법을 찾아내야 한답니다."

로렌이 듣는다는 사실을 깜빡 잊은 채 내가 말했다.

"그럴 형편이 안 될 거예요. 그렇지 않나요, 메그?"

로렌이 대뜸 말하면서 악의 가득한 미소를 머금고, 나는 화들짝 놀란 채 더듬거렸다.

"네? 뭐요?"

"그럴 여유가 있느냐 그런 생각이 들었어요. 당신도 알다시피…… 모든 걸…… 여러 가지를 볼 때."

로렌이 경멸하는 손짓으로 내 몸을 가리키며 이어갔다.

"그래도 상관없어요. 어느 쪽이든 내가 기꺼이 도와줄 테니까. 극소수 가정에 제공하는 장학금이 있거든요. 하지만 그러려면 수영장 회원권이 필요할 거예요."

로렌은 얼굴에 머금은 미소가 환하게 번졌다.

"말도 안 돼!"

교활한 말투에 칼라가 반발하자, 로렌이 웃었다.

"당연히 농담이에요. 아닌가?"

로렌이 나한테 윙크했다.

책임자가 되려면 앞으로 두 시즌은 이렇게 보내야 할 것처럼 보이는 웨이터가 은쟁반을 들고 우리 옆에 나타났는데, 쟁반에는 '미슐랭 별'을 받은 활어회와 초밥이 가득했다. 쟁반 전체를 가방에 넣어서 집에 있는 마리나에게 갖다주고 싶은 유혹을 느끼면서, 나는 초밥 한 점을 집어먹었다.

타비타가 손목시계를 보고는 슬픈 표정으로 말했다.

"지금 나는 간헐적 단식을 하는 중입니다. 아홉시까지는 아무것도 먹을 수 없어요."

"저기에 오시는군! 여왕벌께서."

로렌이 허리를 숙이며 인사하는 척하고, 다프네는 야외 계단을 내려왔다. 새까만 스웨터 드레스를 몸에 꽉 끼게 입고서 엉덩이 양쪽을 살짝 열어젖힌 모습이 매혹적이었다. 타냐는 가죽 레깅스에 짧은 체크무늬 점퍼 차림으로 바로 뒤에서 따라오다, 핸드폰을 공중에 들어서 흔들며 자랑스럽게 알렸다.

"찾았어요!"

나는 다프네 곁으로 가고 싶었으나, 구찌 로고와 뱀 문양으로 뒤덮은 정장을 몸에 꽉 끼게 차려입은 대머리 사내가 먼저 다가가며 소리쳤다.

"안녕하세요, 매력이 넘치시는 분!"

뒤로 물러난 내 눈에 대머리 사내가 어깨에 걸쳐놓은 글이 절로 들어왔다.

'나는 대단히 유명한 인물이다'

다프네는 사내한테 몇 분 동안 관심을 보인 다음, 사람들 속에 파묻혀 서로 키스하며 덕담을 주고받았다. 그러다 마침내 목소리를 키워, "이제 먹을까요?"라고 말하더니, 식당으로 가자고 손짓을 했다.

천으로 벽을 휘감은 식당에 들어서서 식탁마다 이름표를 깔끔하게 접어서 내려놓은 순면 냅킨을 발견하는 순간 나는 마음이 놓였다. 내가 앉을 자리를 선택해야 하는 압박에 시달리고 싶지도 않았고, 그렇다 해서 식탁 끝자리로 밀리다 못해 주방에 앉아야 하는 당혹스러운 사태에 시달리고 싶지도 않았다.

"당신은 내 옆자리예요. 메그."

다프네가 크게 말했다. 순간, 나는 현기증과 동시에 공포까지 느끼며 멍청하게 대답했다.

"좋아요."

'내가 다프네 옆자리라니! 하느님 맙소사, 좋아. 하지만 그래도, 하느님 맙소사, 안 돼! 다프네 옆자리에 앉는다는 건 모서리로 살금살금 피해서 숨을 수 없다는 의미였다. 항상 정신을 바싹 차려야 한다는, 재미있는 말을 해야 한다는, 일찍 빠져나와 참을성은 부족해도 활어회는 누구보다 좋아하는 시누이를 풀어줄 수 없다는 의미였다. 내가 침을 꿀꺽 삼키면서 옆자리에 앉자 다프네가 다정하게 말했다.

"고마워요. 이렇게 참석해줘서. 정말 아름다워요."

나는 당황해서 머리를 가로저으며 대답했다.

"입을 게 없었답니다. 여기에 참석하는 사람들을 따라잡는 건 불가능하다는 건 알지만……. 와! 여기에 온 여성들은 차원이 달라요."

"당신은 종이 가방만 걸쳐도 이 자리에서 가장 섹시할 거예요."

"맨해튼 전역에서 가장 섹시하다고 하시지요."

내가 대답했다.

웨이터가 끼어들어 다프네 앞에 조그만 접시를 내려놓을 때 다프네가 물었다.

"채식주의자는 아니지요? 그죠?"

"당연히 아니지요! 고기를 좋아한답니다!"

내가 대답했다. 비용이 적게 드는 손님처럼 보이고 싶었다.

"나는 고기를 안 먹는답니다. 생선만 먹어요."

다프네 말에 나는 더듬거렸다.

"저도 마찬가지예요. 제 말은, 선택권이 있다면 생선을 고르겠다는 뜻입니다."

"생선은 언제나 좋은 선택이지요."

다프네가 짓궂게 웃었다. 나는 시선을 돌려 내 앞에 놓인 훈제 연어를 내려다보았다. 연어 조각을 접어놓은 모습이 여성의 성기처럼 보였다. 내 생각을 읽은 듯 다프네가 연어 조각을 쳐다보면서 킥킥거리기 시작했다. 그러고는 웨이터를 쳐다보며 말했다.

"여성을 최고로 여기는 만찬이네요. 펜트하우스 애완견이 모이는 자리가 아니라 여류 화가 조지아 오키프 정도 분위기는 될 것 같네요."

"주방장한테 말하겠습니다."

웨이터가 대답하자, 다프네가 다시 말했다.

"그럴 필요 없어요. 재미있으니까."

"왜 그래요, 다프네? 나는 당신이 성기를 먹는 줄 알았어요."

구찌 대머리가 놀라자 다프네가 받아쳤다.

"나는 당신은 안 먹는 줄 알았어요."

다프네는 바로 옆에서 상체를 기울인 채 만찬에 참석한 사람들 약력을 소개했다. 진짜 기업을 운영하는 경영자는 아닐지라도, 뉴욕 중심가에 고급 매장을 운영하는 기업 정도는 가지고 있는 사람들이었다.

"당신도 알다시피, 보석 매장을 소유하거나 실내 장식을 하는 정도는 이제 조금도 신선하지 않아요. 숙녀들끼리 모여서 점심을 함께 먹는 건 우리 부모님 세대에요. 우리는 사회에 진출하는 세대랍니다."

다프네가 말했다. 그녀는 그 자리에 참석한 여자들이 젊을 때 보조 사원을 하고 스타일 조수를 하면서 서민층이 사는 지역의 원룸에 살던 모습을, 동료나 연애 상대와 의자 앉기 게임을 하던 모습을 재미있게 이야기해 주었다.

"로렌은 남편을 만나기 전까지 저 여자 할리하고 플로랑 레스토랑에서 종업원으로 서빙을 했어요. 툭하면 마약에 취해서 끈적끈적하게 지내면서. 나는 두 부부가 한자리에 모일 때마다 이런 이야기를 한답니다. 그러면 로렌 남편이 질색하는 게 재밌거든요."

다프네가 깔깔대며 웃다가 이어갔다.

"아, 칼라는 남편을 만나서 고속도로 남쪽 브릿지햄프턴에 궁궐을 짓기 전에 술집 타오에서 술병을 날랐고요. 그때부터 돈 많은 남자를 쫓아다녔답니다. 그러다 한번은 돈 많기로 유명한 윙클보스와 데이트도 했지요. 아, 그리고 마흔 살을 맞는 생일에는 남편이 지그펠트 극장을 빌려 칼라가 줄에 매달린 채 천장에서 파티장으로 들어왔답니다."

나는 칼라를 쳐다보고 공중을 날아가는 광경을 떠올리며 대답했다.

"정말 대단했겠어요."

내가 감탄하자 다프네가 놀리는 말투로 말했다.

"아, 그래요. 당신은 뮤지컬 극장을 열심히 쫓아다녔지요! 두 사람이 함께 공중에 매달리는 건 어때요? 사람들한테 멋진 노래를 불러주면 서."

내가 뭐라고 대답하기도 전에 로렌이 샴페인 잔을 두드리기 시작했다.

"여러분, 모두 조용! 숙녀 여러분, 여신 여러분, 엄마제국(Mompire)에 오신 걸 환영합니다. 여기는 세 번째로 강력한 엄마 만찬 클럽으로, 앞으로 계속 발전하길 바라는 바입니다! 이번 자리는 다프네와 제가 세심하게 신경 써서 마련했으며, 우리 모두 여러분 한 분 한 분을 마녀 대장으로 여기는 덕분에 이 자리에 함께하게 되었다는 사실을 알아주시기를 바랍니다. 바라건대, 오늘 밤에 멋진 대화와 아이디어를 마음껏 꽃피워, 평범한 일상을 풍요롭게 만들면 좋겠습니다. 그럼, 먼저, 신뢰하기 연습을 살짝 해보겠습니다. 여러분 모두 찬성하시나요?"

사람들은 하나같이 불안한 표정으로 고개를 끄덕였다. 로렌은 계속 이어갔다.

"그렇다면 핸드폰을 꺼내세요. 이제 문자 메시지를 연 다음 오른편에 있는 여성에게 핸드폰을 넘기세요."

로렌의 눈동자가 동그랗게 변하는 모습이 마치 카나리아를 삼킨 만화 속 고양이 같았다. 불편한 기운이 실내에 가득 들어찼다. 손님마다 서로를 쳐다보며, 어떤 내용이 눈에 띨지 마음의 준비를 하는 것 같았다.

"숙녀 여러분! 우리 모두 상처를 안 받겠다고 약속해야 합니다.

어떤 내용이 나오더라도…….”

로렌이 말하는데, 타비타가 잔뜩 화난 표정으로 소리쳤다.

“칼라! 고약한 암컷 같으니라고!”

“당신 몸을 흉볼 생각은 없었어요! 몸이 풍만하다는 말은…… 좋은 쪽으로……. 그래서 얼굴이 훨씬 젊어 보인다는 의미였어요!”

칼라는 숨을 헐떡이며 변명하고, 타비타는 두 손을 들어 올리며 한탄했다.

“아, 그렇다면 지금은 내가 늙어 보인다는 거야?”

다프네가 혀를 쯧쯧 차며 나에게 시선을 돌리더니, 자기 핸드폰을 건넸다. 그리고 손바닥을 내밀어 내 핸드폰을 받을 자세를 취했다. 나는 최근에 누구한테 어떤 문자를 보냈는지 떠올리려고 머리를 쥐어 짰으나, 성스러운 핸드폰을 다프네한테 넘길 수밖에 없었다.

내가 지켜보는 가운데, 다프네는 내가 죽는다는 사실에 로만이 집착하는 걸 걱정하며 일리야랑 주고받은 문자를 읽고, 그다음에는 세스가 설익은 내용으로 호언장담하며 이모지를 날린 문자를 읽고, 마지막으로 우리가 뉴욕에 제대로 적응하는지 궁금한 척하는 내용을 엄마하고 짧게 주고받다 답변은 못 들은 문자를 읽었다. 다프네라는 이름을 언급한 내용이 하나도 없다는 사실에 너무나 안심한 나머지, 나는 내 손에 다프네의 핸드폰이 있다는 사실을 까마득히 잊고 있었다. 그 핸드폰을 다프네가 가리키며 말했다.

“읽어보세요.”

첫 번째 문자는 내가 앉을 자리를 두고 로렌이 투덜대는 내용이었다. 다프네가 마지막 순간에 앉는 순서를 바꾸는 식으로 모멸감을 안긴 ‘훨씬 중요한 인물’이 있는 게 분명했다. 두 번째 문자는 고객이 ‘모델 크리시 티건의 엄마 같은 유명인’을 원했기 때문에 목표한 거래가 깨진 사실을 둘러싸고 수잔과 설왕설래하는 내용이었다. 세 번째 문자를 볼 때는 동작이 얼어붙었다. 다프네가 남편 킵과 싸우는 내용이었다. 다프네는 혼외정사를 분별없이 벌인다며 남편을 비난하고, 남편은 완전히 사기꾼이라며 다프네를 비난했다.

나는 가슴이 철렁했다. 그러다 이렇게 말했다. 다른 말은 생각조차 할 수 없었다.

"보여줘서 고마워요."

"분명히 말하지만, 그것 때문에라도 나는 당신을 내 옆자리에 앉혀야 했답니다."

다프네가 말했다. 다른 문자는 존재하지 않는다는 듯.

"그래, 다프네 문자는 어떤 내용인가요?"

로렌이 식탁 너머에서 소리쳤다. 많은 손님 앞에서 다프네를 곤경에 빠뜨리려는 거였다.

"맞아! 나도 알고 싶어요!"

구찌 사내가 가볍게 동의하는데, 단추를 풀어서 셔츠가 갑자기 배꼽까지 흘러내렸다. 칠십년대에 우리 아빠가 그랬던 것처럼.

내가 다프네를 쳐다보니 다프네 역시 나를 쳐다보았다. 내가 자기 핸드폰에서 어떤 내용을 보았는지 알지만 조금도 걱정하지 않는다는 표정이었다. 일종의 테스트 같았다. 그래서 순진무구한 척하며 대답했다.

"당신이 나 때문에 투덜댄 문자인데, 읽어줄까요?"

"아뇨. 괜찮아요."

로렌이 물러났다. 자신이 한 방 먹은 걸 깨달은 것이다.

"따분하군요! 다음 단계로 넘어갑시다."

구찌 사내가 투덜대자, 로렌이 대답했다.

"좋아요, 여러분. 지금 건 깨끗하게 잊어버리세요! 이제 차례대로 돌아가면서 자신을 소개하는 시간이에요. 하지만, 자랑스러운 내용을 말하는 대신 힘든 내용을 말하는 거예요. 이 자리는 완벽하게 안전한 공간이라는 사실을, 따라서 마음을 활짝 열어도 된다는 사실을 여러분 모두 명심하시기를 바랍니다. 제가 먼저 시작하지요."

로렌은 마이크 대용으로 버터 칼을 들더니, 고별 콘서트를 하는 바브라 스트라이샌드처럼 머리를 숙이고 숨을 깊이 들이마셨다.

"그래요, 여러분 대부분은 저를 아십니다. 저는 로렌입니다. '엄마 곰 트리베카'를 운영하지요."

로렌이 입을 다물고는 일어나지 않는 환호성을 기다리다 이어갔다.

"집안일을 하면서 사업을 하는 게, 피팅과 슈팅과 축구 연습 사이를 바쁘게 오가는 게, 쉽지 않다는 건 말할 필요도 없겠지요. 하지만 우리 모두 그렇게 하고 있습니다. 툭하면 장식 손톱을 붙이고 삼십 분 동안 유산소 운동을 하면서……. 우리 모두 그렇게 하면서……. 지금 저를 힘들게 하는 건, 사업이 번창하고 놀라운 기회가 몰려드는 걸 지켜보면서도, 균형 감각을 유지하는 거랍니다. 그래, 맞아요. 균형 감각."

로렌이 자기에 대해 말하는 게 대리석에 새길만한 말이라도 되는 듯이 말했다.

다프네는 로렌이 하는 말을 듣는 척하면서 나를 이따금 쳐다보았다.

"빵을 드릴까요?"

웨이터가 옆으로 다가와서 롤빵 바구니를 내밀었다. 맛있는 냄새가 났다. 나는 침이 절로 흘러내리는 걸 꾹 참으며 머리를 가로저었다. 빵 바구니를 탐닉하지 않는 건 여자로 살아가는 데 꼭 필요한 핵심 원칙이었다. 콘서트에 갈 때는 단화를 신고 예비용 탐폰을 늘 지니고 다니는 다음으로 중요한 원칙이었다.

로렌이 이제 비로소 자신의 고통을 털어놓기 시작했다.

"지난 주말에 우리는 아마간세트 집에 머물렀답니다. 제가 추수감사절 때 사용할 칠면조를 두고 메콕스에서 일하는 해리랑 전화로 논쟁을 벌이는데, 우리 집 사내아이 두 명이 싸우는 겁니다. 전화기를 내려놓는 순간, 나는 조각가 로건 그레고리 장식 가운데 하나는 깨져서 바닥에 나뒹굴고 아이들 아이패드 가운데 하나는 수영장에 둥둥 떠 있을 줄 알았습니다. 하지만 그렇지는 않았습니다. 두 아들한테 싸우는 이유가 뭐냐고 물으니 나중에 어른이 되면 나랑 결혼하고 싶기 때문이라고 두 아들 모두 대답하더군요."

로렌이 까르륵 웃는 소리를 뱉어내며 이어갔다.

"나는 아빠랑 이미 결혼했으니 그럴 수 없다는 사실을 납득시켜 주고 싶었습니다. 하지만 그러면 안 될 것 같았습니다. 두 아이가 더 심하게 싸울 것 같아서요. 두 아이 모두 자기네 아빠랑 똑같답니다. 안 된다는 대답은 받아들이질 않거든요."

로렌이 콧바람을 뿜어가며 덧붙였다.

"그래서 결국 나는 크게 화를 낸 다음, 테니스코트에서 조그만 결혼식을 올렸답니다. 두 아들에게 꽃다발을 주고, 제한에게 기차를 타고 도시로 가서 내가 입을 웨딩드레스를 가져오도록 한 다음에요. 결혼 드레스가 아직도 저한테 맞는지 살펴볼 좋은 기회였답니다."

로렌이 입을 다물며 잠깐 기다리면서 극적인 효과를 내고는 이야기를 다시 이었다.

"실제로 딱 맞더군요!"

연지를 이미 빨갛게 칠한 두 뺨이 빨갛게 달아올라 있었다.

"우리는 사진을 정신없이 찍으면서 마냥 재미있게 지냈답니다. 실라스는 내 사진을 찍고 실루엣을 뿌리더니, '엄마, 사진이 너무 멋있어요. 사이트에 올려야겠어요!'라며 좋아했고요. 지금까지 말한 내용 전체를 다음 주, 블로그에 올릴 예정이랍니다. 정말 황홀했어요. 으음, 지금 저는 남편을 여럿 거느린 느낌이거든요."

로렌이 말하고자 하는 핵심을 그곳 사람 모두가 외면하는 듯했지만, 환호성까지 막을 순 없었다. 로렌은 만찬을 공동 주최한 당사자였기 때문이다.

버터 칼이 좌중을 천천히 돌아가는 동안 나는 불안감이 쌓여갔다. 여자로서 그리고 엄마로서 할 수 있는 말도 많았고, 부적절할 것 같다는 느낌이 드는 내용도 많았다. 하지만 무엇보다 사람들이 과연 내 말을 알아들을 수 있을까 하는 의문이 들었다.

디자이너가 만든 고급 의상, 사립학교, 도심지 아파트, 교외 별장, 평일에 일하는 유모, 주말에 일하는 유모, 인테리어 디자이너, 정원 관리인 등, 다양한 이야기가 쌓이는 사이에 나는 창피하다는 감정만 늘어났다. 나는 그런 게 하나도 없다는 사실이 너무나 싫었다. 하지만 그 환경을 부러워하는 나 자신은 더더욱 싫었다.

부적절하다는 느낌은 내가 부를 누리지 못하고 있다는 정도로 끝나지 않았다. 가장 아파한 것은 내가 되고 싶었던 내가 아닌 또 다른 내가 되어 있다는 사실이었다. 아이를 낳고 오 년째가 되는 동안 나는 더 멍청하게 변하기만 했다. 내가 꿈에 그리던 여자가 되는 법은 물론 내가 한 번도 가본 적이 없는 엄마가 되는 법을 나는 아직껏 몰랐다. 두 주인을 섬기는 노예라는 함정에 영원히 빠져들 뿐이었다.

버터 칼은 맞은편에 있는 하이디 글릭이란 여자 손으로 넘어갔다. 뒷머리를 말아서 빵 모양으로 깔끔하게 붙인 모습이 호사스러운 뉴욕 만찬 파티보다는 법률 사무소에 훨씬 잘 어울릴 것 같은 여자였다.

그런 하이디 글릭이 천천히 입을 열었다.

"내일 병원에 가서 자궁 확대 및 임신 중절 수술을 받아야 한답니다. 임신했거나 이제 막 임신한 것 같거든요……. 밤새도록 화장실을 들락날락한 걸 보면. 어쨌든 산부인과 주치의는 자궁에 아무것도 없어서 기술적으로는 임신이 아니라고 하지만, 내 몸은 임신이라 말하니……."

눈물이 두 뺨을 타고 흘러내리자 구찌 선생이 그 등을 쓰다듬어 주었다.

"난자가 약해요. 이런 사례는 많지만 저는 이번이 두 번째 유산이랍니다. 세 번째로 임신할 희망은 마냥 줄어들기만 하고요."

하이디가 눈물을 훔치다 덧붙였다.

"초심으로 돌아가야 할 것 같아요."

사람들은 침술과 체외수정에 대한 말을 늘어놓고 하이디는 말없이 고개를 끄덕였다.

하이디 이야기는 앞에서 나온 어떤 이야기보다도 마음을 뒤흔들었다. 내가 하이디를 따라잡을 가능성은 없었다. '쓸데없는 이야기만 나오더니, 내 앞에 앉은 여자 입에서 모든 사람이 눈물짓게 하는 이야기가 어떻게 나올 수 있단 말인가?' 하이디가 버터 칼을 넘기기 전에 다프네가 상체를 기울이고는 살그머니 빠져나가고 싶으냐고 물었다.

"네, 제발!"

내가 간절하게 쳐다보며 사정하자, 다프네는 옆에 앉은 여인에게 "금방 돌아올게요. 비상사태랍니다."라고 말하고는 나를 데리고 살그머니 빠져나오더니, 계단 위로 인도할 때는 음모꾼 같은 말투로 물었다.

"내 룸메이트를 볼래요?"

"물론이죠."

내가 대답했다. 두 자녀를 소개할 것 같았다. 나는 다프네를 쫓아, 이탈리아에서 만든 빈티지 촛대를 쭉 늘어놓고 유럽 해안에서 사람들이 해수욕하는 거대한 예술사진을 걸어놓은 복도를 따라 걸어갔다.

다프네가 머리를 절레절레 저으며 말했다.

"하이디가 실내 분위기를 압도했어요. 그죠? 내 말은, 오해하지 마세요. 정말 대단한 내용에다가, 남들 버금가는 가족을 만들려면 아기부터 가져야 하니까요. 세 번째는 다를 수도 있고요."

체념한 표정으로 눈알을 굴리는 말투였다.

"하지만 이야기가 너무나 슬프더군요. 버터 칼로 내 몸을 찌르고픈 충동마저 일 정도로."

"네, 정말 슬펐어요."

내가 동의했다. 우리는 위층으로 올라가서 모퉁이를 돌아 얼룩 하나 없는 놀이방과 모든 게 새하얀 사무실을 지나 마침내 다프네 침실로 들어섰다. 한가운데는 담황갈색 캐시미어를 늘어뜨린 기둥 네 개짜리 웅장한 침대가 있었다. 바닥에 나뒹구는 과자 봉지나 줄무늬 파자마는 없었다.

"이해가 안 되네요. 이 집에는 어린애들이 없는 것 같아요."

내가 감탄하자, 다프네가 방문을 닫으며 '지금 막 하녀들이 다녀가서 그런다'라고 설명했다. 다프네는 만찬장을 벗어나서 마음이 훨씬 편안한지 두 발을 내차며 하이힐을 벗어던지고 말을 이어갔다.

"로렌은 사람들이 식사를 즐기는 대신에 언제나 이상한 놀이를 하도록 강요해요. 지난달에는 의료 전문가를 고용해, 만찬에 참석한 사람 가운데 어떤 사람이 악성 바이러스에 감염되었는지 찾아내도록 했답니다. 로렌은 그러면서 유대감을 쌓는다고 생각하는데 실제로는 이상하게 끝날 때가 많답니다. 우리는 평범한 만찬을 즐깁시다. 부부

동반 어때요? 어서 만나보고 싶거든, 당신 남편⋯⋯"

"일리야. 우리 남편 역시 당신과 만나길 고대한답니다."

내가 말했다. 어색한 느낌이 겉으로 드러나지 않기를 바랄 뿐이었다.

"내가 제일 좋아하는 방을 보여드리지요."

다프네가 말하더니 침실 끝에 있는 문으로 들어갔다. 옷을 보관하는 커다란 공간으로, 프랑스 패션하우스 스타일의 거실처럼 아름답게 꾸민 방이었다. 호박단, 명주, 비단 등으로 만든 옷이 가지런하게 걸려 있었다. 핑크빛 가루를 뿌린 벽에 최고급 소파를 비치한 공간이 초자연적인 패션의 신을 섬기는 신전 같기도 하고, 패션저널리스트 애나 윈터의 지혜와 헤르메스의 말 천 마리를 동원해서 우아하게 꾸민 사원 같기도 했다. 명품 가방을 세다 중간에 까먹을 정도였다.

"제일 친한 친구들이랍니다."

다프네가 말하면서 가볍게 웃었다.

다프네가 말한 룸메이트는 두 자녀가 아니라 의상이라는 생각이 문뜩 떠올랐다. 다프네는 살짝 당황한 말투로 인정했다.

"그래요, 정말 많지. 하지만 돈을 주고 산 건 없답니다."

"그래서 더 친근하게 느껴지나요?"

내가 놀리자 다프네는 이렇게 대답했다.

"옷장을 정돈하는 일은 어릴 적 직업 가운데 하나였어요. 그래서 이곳이 조그만 피난처로 여겨지곤 한답니다."

"조그만?"

나는 이렇게 물으며 여전히 황홀한 눈빛으로 둘러보았다. 캐시미어 스웨터와 바지, 인간이 상상할 수 있는 모든 색상에 굽 높이도 다양한 신발로 가득한 궁전이었다.

"내가 비밀 한 가지를 알려드리지요. 공짜로 받는 순간에 흥미는 깨끗하게 사라진답니다."

다프네가 말했다. 그럴싸했다.

"친구 한 명이 사치를 섬기는 종교를 주제로 논문을 썼는데, 그 주장에 따르면 사치품을 사는 데 쓰는 엄청난 비용은 사실 사치의 신에게 바치는 공물이며, 그 제품은 종교적으로 중요한 의미를 내포한다더군요."

내가 말하자 다프네가 쓸쓸하게 웃으면서 대답했다.

"그래서 내가 종교를 잃었나 보군요. 사실, 나는 물건을 사는 데 돈을 쓰는 성격이 아니랍니다. 정말 가난한 집에서 태어났거든요. 이렇게 화려한 세상에서 태어나지 않았어요, 메그."

다프네가 잠시 입을 다물고 내 눈을 쳐다보다 다시 말했다.

"나는 당신이랑 비슷한 처지랍니다. 당신이 생각하는 이상으로."

"그렇다면 정말 놀랍네요. 이렇게 크게 성공했다는 사실이."

"고마워요. 내가 누리는 모든 것은 내가 지금껏 뼈 빠지게 일했기 때문이에요. 남편은 그런대로 무난한 정도고. 하지만 우리가 누리는 이 삶은 하나같이 내가 이룩한 거예요. 당신도 알다시피 나는 대학에 다닌 적도 없고."

목소리가 흔들리기 시작했다. 감정이 압도한다는 증거였다.

"대학이 전부는 아니니까요."

내가 말하자, 다프네가 잠시 망설이다 대답했다.

"맞아요. 그래서 나도 브롱크스과학대학원을 졸업했다고 사람들한테 말합니다. 브롱크스에서 학교에 다녔다는, 과학 과목을 들었다는 뜻이지요."

다프네가 사악한 미소를 머금었다.

"여기에서 성공하려면 그럴싸한 스토리가 필요해요. 뉴욕은 스토리가 그럴싸한 사람을 대우하거든요.”

정말 놀라웠다. 다프네가 자신의 성장 배경을 살짝 비틀어서 거짓말하는 게 더 놀라운지, 모든 걸 솔직하게 털어놓는 게 더 놀라운지 헷갈릴 정도였다.

“죽은 사람이라도 본 것 같군. 내가 싫으세요?”

다프네 말에 나는 말을 더듬으며 최대한 좋게 표현하려고 애썼다.

“아니에요. 내 눈을 믿을 수 없어서. …… 당신은 기본적으로 ‘위대한 개츠비’예요. 자기 스토리를 스스로 쓰는 방식이 정말 사랑스러워요.”

내 말에 다프네가 날카롭게 소리쳤다.

“아, 하느님 맙소사, 메그. 정말 사랑스럽군요. 스토리 이야기가 나왔으니 말인데, 애빙턴 에세이를 다 썼나요?”

“세 번 시도하다 멈췄습니다.”

내가 고백했다.

“창조성을 발휘해요. 내가 하고픈 충고는 바로 그거라오.”

다프네가 말하면서 가까이 다가오고, 나는 손바닥에 땀이 나기 시작했다. 내가 어색함을 이겨내는 방법은 하나밖에 없었다. 새롭게 질문하는 거였다.

“이 옷은 모두 어떻게 된 건가요? 현관문 앞에 마법처럼 나타나나요?”

다프네가 웃었다.

“이렇게 된 과정을 알고 싶으세요? 광고 분야에서 일했으니 당신도 웬만큼 알 거예요.”

다프네가 말하면서 허리를 숙여 디올 가방을 집었다.

“화려한 명품 브랜드는 돈이 안 된답니다. 광고비로 돈을 낼 필요가 없거든요. 하지만 나는 세상 곳곳에 흩어져 있는 '케이트 스페이드'와 '리복'과 거래를 했답니다. 그들은 나한테 엄청난 돈을 주지요. 임신 테스트기 '클리어블루 이지'로 임신한 사실을 알리고 십만 달러를 받았고요. 비법은 여러 요소를 적당하게 뒤섞는 거예요. 그래서 너무 비싸서 살 수 없는 명품 브랜드를 모두 보여주는 거예요."

다프네가 말하고는 행거에 걸린 물건을 꺼내서 나한테 던지며 이어 갔다.

"그런 다음에 깜찍하긴 하지만 예산 범위 안에서 생각하지 않는 뉴 발란스 반바지를 게시하는 거예요. 그러고 나서 장바구니에 넣는 거예요!"

나는 갑자기 창피한 생각이 들어서 이렇게 말했다.

"NBD 제안에 기분이 상한 적은 없었길 바라요. 출연료가 너무 적어서."

"내가 출연하고 싶었어요. 그게 아니라면 어떻게 당신을 다시 만나 겠어요?"

다프네가 잠시 입을 다문 채 나를 물끄러미 쳐다보다 물었다.

"스스로 계정을 만들어 볼 생각을 한 적은 없나요? 당신이라면 정말 잘할 거예요."

내가 웃었다.

"내가 올린 글을 보려는 사람은 어디에도 없어요."

"비평을 하는 거예요. 당신은 정말 사랑스럽잖아요."

하느님 맙소사! 진심이었다. 게다가 내가 사랑스럽다니.

다프네가 대략 오 킬로그램 무게는 나갈 것 같은 가운을 나에게 건넸다.

"입어보세요."

나는 당혹스러운 눈으로 바라보았다.

"지금요?"

"당신한테 클 거예요. 나는 사이즈가 당신 두 배는 될 테니까. 나이도 그렇고."

"아니에요, 그렇지 않아요."

다프네가 가운을 만졌다.

"나는 이걸 왕실 결혼식 때 입었어요. 교회에 간 건 아니고 결혼 축하연에 간 거예요. 축하연과 피로연이 수없이 열렸거든요. 셀 수 없을 정도로 많이. 주최 측에서는 우리 핸드폰을 모두 압수하고, 촬영을 못 하도록……. 안타깝게도."

다프네가 웃더니, 술을 진열한 곳으로 가서 아르데코 유리병에 있는 갈색 액체를 유리잔 두 잔에 따랐다. 그리고 기다리는 사이에 나는 가운을 입었다. 기본적으로 커다란 트렌치코트인데, 내 사이즈보다 십이 센티미터는 길었다.

"야, 멋져요."

다프네가 핸드폰을 꺼내서 사진을 찍더니 나한테 보여주고는 술잔을 벌컥벌컥 들이마시며 물었다.

"그래, 이 사진에 어떤 글을 붙이겠어요?"

나는 머리를 한쪽으로 기울인 채 가만히 생각했다. 내 모습이 멍청하게 보였다. 그러면서도 귀여웠다.

"나라면 '맥도날드 마스코트 햄버글러가 패션을?'이라는 글을 붙이겠어요."

다프네가 술을 내뿜었다.

"당신처럼 재밌는 사람은 왜 아무도 없을까?"

다프네 말에 나는 아래층을 가리키며 말했다.

"기회를 주어서 고맙긴 한데, 지금은 로렌이 건넨 버터 칼을 누가 들고 있는지 궁금하네요."

다프네가 눈알을 굴리며 대답했다.

"좋은 지적이에요. 정말이에요. 하지만 당신은 신선한 바람을 일으킬 거예요. 재능이 있거든. 진짜 아티스트답게."

나는 아티스트라고 불린 적이 한 번도 없었다. 그래서 그 느낌을 최대한 오래 즐기려 했다. 다프네가 다시 말했다.

"로렌을 보세요. 이제 조그만 인플루언서 정도는 될 거예요. 팔로워가 대략 사만 정도는 되니까. 당신은 훨씬 대단할 거예요. 하느님, 그러면 정말 좋을 거예요. 내가 오만 명을 만들어드릴까?"

나는 일리야가 이 말을 들으면 뭐라고 할까 떠올리며 대답했다.

"미쳤군요."

"미친 건 당신이에요. 내 말을 진지하게 받아들이지 않으니."

다프네는 전신 거울이 삼면을 둘러친 받침대에 나를 올리고는 뒤로 한 발 물러나며 감탄했다.

"하느님 맙소사!"

"왜요?"

"정말 아름다워."

슬픈 느낌이 갑자기 몰려들었다. 일리야 이외의 인물이 나를 매혹적으로 느낀 건 정말 오랜만이었다. 이런 문제에 관심을 기울이면 안 된다는 건 나도 잘 알고 있었다. 엄마로서 아이들을 보살피는 게 무엇보다 중요했다. 하지만 남의 눈에 돋보이던 시절이 구슬프게 느껴지는 것까지 억누를 수는 없었다.

거울을 쳐다보았다. 무도회 가운은 가슴에 편안하게 걸쳐야 하지만 브이 자로 너무 깊숙이 판 목 부분이 축 늘어지면서 배꼽까지 내려왔다.

그런데도 너무나 우아했다.

"이 가운은 메트 갈라쇼에 사용하려고 일회용으로 만든, 생산라인에 투입한 적이 없는 작품입니다. 조이에서 만들었지요. 이번 십이월에 내가 파리로 날아가는 이유도 조이에요. 살바토레 피렌제가 최고책임자로 부임한 뒤로 전망이 좋아졌거든요. 하지만 약을 너무 많이 하는 것 같아요. 앞으로 잘 입어요. 당신한테 주는 거니까."

"맙소사, 이걸 받을 순 없어요!"

"파파라치가 사진을 마구 찍어대 나는 두 번 다시 입을 수 없답니다."

"다프네, 그럴 순 없어요. 추억이 어린 가운이잖아요. 왕실 결혼식 피로연에 입고 간 가운."

"피로연을 기념하는 피로연. 가운을 안 가져가면 이 방에서 내보지 않을 거예요. 조금만 수선하면 될 거예요. 내가 좋은 사람을 소개할게요."

다프네가 나를 거울 쪽으로 돌리더니 두 손으로 가운을 잡아주었다. 거울 속에 비친 눈이 마주치는 순간, 뒤에서 어떤 사내 목소리가 들렸다.

"진짜 파티는 여기에서 열리는 것 같군."

나는 뒤를 돌아보았다. 다프네 남편 킵이, 섹스 상대로 안 내키는 여자랑 마주칠 때 흔히 그러하듯, 나를 외면하는 눈빛으로 쳐다보았다. 사진 속 모습보다 작은 키에, 두 눈은 파란색이 감돌고, 코는 장난꾸러기처럼 동글동글했다. 체육복이 땀으로 흠뻑 젖은 상태였다.

"나를 얽어맨 족쇄라오, 메그."

다프네가 말하더니, 남편한테 시선을 돌리며 이어갔다.

"자전거에 미친 사람."

남편이 눈살을 찡그렸다. 킵은 다프네가 올린 사진에서 웃은 적이 한 번도 없었다. '아무런 생각 없이 멍 때리는 표정'이라고 늘 생각했는데, 지금 보니 부인이 싫어서 떠올리는 표정임을 한눈에 알 수 있었다.

"가운 입기 놀이라도 하는 중인가?"

킵이 관심이라곤 조금도 없는 표정으로 묻고는 서랍을 열어서 대마초로 가득한 커다란 비닐봉지를 꺼내더니, 다시 물었다.

"아래층에 손님이 가득하지 않나?"

"맞아. 가서 인사라도 하지 그래."

다프네가 말하자 킵이 다프네를 노려보면서 대마초에 불을 붙였다. 그러다 나를 가만히 쳐다보면서 한 모금 길게 빨더니, "조심하세요. 저 여자가 좋아하는 타입이니……."라고 말했다. 그러고는 담배 연기를 동그랗게 말아 뱉어내며 밖으로 나갔다.

"너무 늦었네요. 내일 아침에 아이들을 일찍 깨워야 한답니다. 당신역시 당신을 그리워하는 팬이 잔뜩 기다리잖아요."

"후식도 안 먹고?"

"어쩔 수 없어요."

이상한 일이 하룻밤 사이에 너무 많이 벌어졌다.

"당신은 좋은 사람이에요. 당신 때문에 좋은 사람이 되고픈 마음마저 들 뻔했으니까."

다프네가 말하면서 미소를 머금었다. 실망한 표정이 또렷했다.

나는 시끄러운 소리를 안 내려 애쓰면서 큼지막한 선물을 들고 아파트로 살그머니 들어섰다.

"그래, 만찬은 어땠어?"

일리야가 물었다. 침대에 앉아서 핸드폰에 열중하고 있었다.

"좋았어. 그래, 정말 잘 간 것 같아."

나는 이렇게 대답하고, 내가 들고 있는 물건을 일리야가 보고서 묻기 전에 한쪽 모퉁이 옷장 선반으로 살그머니 다가가며 덧붙였다.

"그곳에 참석한 사람 모두가 자기네 자녀한테 수영장 회원권을 만들어주길 바라더군."

"어디에 가든 그런 사람이 가득해."

일리야가 대답하며 고개를 들더니, 이렇게 물었다.

"그건 뭐야?"

"뭐가?"

"당신이 죽은 시신을 품에 안고 있잖아, 메그. 사람이라도 죽인 거야?"

"옷이야."

내가 기분 좋게 말하자, 일리야가 믿을 수 없다는 표정으로 쳐다보며 물었다.

"옷이라고? 뭐에 입는 옷? 대관식?"

"두 번째 결혼."

"재밌군. 우리 고향에서는 여자가 남편 곁을 떠나려고 하다간 돌에 맞아서 죽어."

남편 말에 나는 웃으며 대답했다.

"당신이 예전에 말했어."

"그 옷을 서랍에 쑤셔 넣었으면 좋겠어. 걸어놓을 자리가 충분치 않으니까."

"내가 알아서 할 테니까 당신은 잠이나 자."

"알았어. 하지만 그 전에 할 말이 있어. 중요한 일이 벌어졌거든."

나는 바싹 긴장했다. 행여나 바람이라도 피웠다는 말이 나오면서 다프네한테 당장 달려갈 것 같았다.

"켄이 죽었어."

일리야가 말하고는, 스트레스를 받을 때 그러하듯 머리칼을 잡아당겼다.

"켄이 죽어?"

내가 믿을 수 없다는 표정으로 물끄러미 쳐다보니, 일리야가 힘겹게 대답했다.

"켄이 아니라, 그 계획이 완전히 죽어버렸어."

"이질에 걸린 거야?"

나는 여전히 충격에 쌓인 표정으로 쳐다보고, 일리야는 고개를 가로저었다.

"장티푸스."

"그래서 언제 돌아온대?"

나는 머리가 돌기 시작했다.

"십이월…… 혹은…… 모르겠어. 크리스마스가 지난 직후에. 여자를 만났거든. 둘이 코나에 가서……"

내가 중간에 끼어들었다.

"일리야, 지금은 시월이야. 앞으로 어떻게 하지?"

"다른 집을 찾아야지. 당신이 취업한 회사는 아직 임금을 안 주나? 여동생한테 애를 맡기고서 당신이 실제로 일하는 건 하나도 없는데 돈을 주는 건 말이 안 되잖아."

이 말을 듣는 순간에 오랫동안 묵힌 분노가 가슴속에서 터져 나왔다.

"실제로 일해. 지금도 일로 만찬에 다녀온 거고!"

잔뜩 화난 상태로 화장실에 들어가서 문을 쾅 닫았다. 이를 닦고 세수한 뒤 마음을 진정시키려고 다프네가 올린 글을 살폈다. 새로 찍은 사진을, 바싹 가까이 찍은 셀카를, 이제 막 올렸는데 그 배경이 눈에 들어왔다. 명품을 가지런히 진열한 방이었다. 두 눈에 실망한 표정이 가득한 걸 보면 내가 떠난 직후에 찍은 사진이 분명했다. 밑에는 '피로연을 기념하는 피로연이 당신을 그리워하네.'란 글씨가 있었다. 나한테 보내는 메시지였다. 얼굴이 빨갛게 달아올랐다.

나는 샤워실로 들어가 뜨거운 물이 등을 타고 흘러내리게 했다. 타일 벽에 등을 기대고는 호흡을 가다듬었다. 두 눈을 감고 멋진 상황을 떠올리면서 마음을 달래려 했다. 보라색 꽃, 해변, 거울 속에서 우리 눈이 마주칠 때 다프네 표정……. 그 순간, 나는 다리 사이로 손이 내려가며 천천히 문질러 김이 하얗게 이는 절정으로 치달았다.

이름: 로만 체르노프

학년: 유치원

자기소개서

우리 아들 로만은 언제나 놀라운 감성지수를 보입니다. 단호하면서도 열정적이며, 사교적이고 설득력이 훌륭합니다. 집에서 러시아어와 영어를 구사하는 이중 언어 환경에서 성장한 데다, 걷기 전부터 피아노를 배우고, 정식으로 배운 적이 없는데도 체스 게임을 이해하는 것 같습니다. 저는 엄마라서 우리 아들 로만이 천재라고 주장하는 건 너무 과장되게 들리겠지만, 소아과 주치의 역시 로만을 보고 천재라고 말한 적이 있답니다.

우리는 최근에 로스앤젤레스에서 이사를 왔으며, 로만은 새로운 환경에 적응하는 능력을 유감없이 보여주었습니다. 그리고 부모가 풀타임으로 일한다는 사실을 반기는 건 아닐지언정 부모가 고위직으로 일하는 덕분에 제공받는 기회와 환경을 고맙게 받아들이고 있습니다.

로만은 나이는 어려도 야심이 있습니다. 뉴욕에 온 지 몇 개월밖에 안 됐는데도 25번 부두에서 사과주스 가판대를 장악했으니까요. 로만은 원래 레모네이드를 팔려고 했으나 저는 그건 비수기라고 알려주었답니다. 로만은 그 정보를 받아들이고 새로운 방향으로 선회하는 걸 두려워하지 않았습니다. 어린애한테 뜨거운 음료를 팔 때 일정한 책임이 따른다는 사실을 로만이 너무나 잘 알고 있어 그 사과주스는 미지근하게 했답니다.

로만은 사업하는 능력 말고도 음악을 사랑하며, 뉴욕시 메트로폴리탄 미술관과 휘트니 미술관과 자연사 박물관을 떠받치는 꼬마 후원자이기도 하답니다. 올해는 더 많은 전시회에 참석하는 건 물론, 첼시 부두에 있는 '어린이 펜싱 클럽'에 가입하길 바라고요.

저는 대학을 우등생으로 졸업한 뒤에 석사 과정을 폭넓게 선택할 수 있는 축복을 누렸습니다. 하지만 할머니가 아파서 웨스트코스트에 머물고 싶었기 때문에 하버드에 입학할 기회를 포기했지요. 저는 제가 받은 교육에 충분히 만족하며 지금 하는 일에 큰 자부심을 품고 있으나, 다른 길을 갔더라면 지금 즈음에는 어떻게 됐을까 항상 궁금하기도 합니다.

저한테 육상을 가르친 감독 선생님은 '인간은 함께 어울리는 사람으로 평가받는다.'라고 늘 말씀하셨습니다. 우리는 로만이 좋은 친구와 어울리길 바라며, 로만이 마땅히 누려야 할 기회를 모두 제공하려고 합니다.

저는 우리 아들이 주변 사람을 사귈 때 커다란 약점을 보인다고 느낍니다. 다른 사람이 좋아하기를 바라고 다른 사람을 먼저 생각하느라 자신의 욕구를 포기할 때가 잦으니까요. 로만은 세상을 구하길 바라며, 그 이상주의는 설득력이 강합니다. 제가 볼 때, 로만은 우리 가족과 가까이 지내는 톰 행크스와 리타 윌슨 부부를 그대로 닮았답니다. 말로 형용할 수 없을 만큼 이타적이며, 진정한 인도주의자거든요. 로만은 좋은 일을 하려는 욕구역시 강하답니다. 그래서 사과 주스 판매 수익금 반을 자선가 제시카 사인펠드의 'Good+' 재단으로 보냅니다.

저는 애빙턴이 학문적 깊이를 제공하는 건 물론, 세계는 점차작아지니, 지구촌 공동체에 참여하는 건 꼭 필요하다는 사실을충분히 납득시키길 기대하고 있습니다. 현시대를 살아가려면다른 사람에 대한 호기심과 동시에 사물을 완전히 새로운 각도에서 바라볼 의지, 국경선 너머로 확대 가능한 지혜와 자비가 있어야 합니다.(이런 지혜와 자비가 우리 집으로 - 조금 더 구체적으로말해서, 갓난아기 동생 펠릭스는 손대면 안 되는 로만의 장난감상자로 - 확대될 수 있다면 금상첨화겠습니다!)

큰 감사와 따뜻한 소망을 담아서
메건과 일리야 체르노프 부부

제 16 장

　자기소개서를 제출하고 일주일 뒤에 애빙턴은 가능성이 높은 신청자로 일리야와 나를 초대해서 매릴린을 만나게 했다. 모든 신청자가 학교에 초대받아 여왕벌과 면담하는 행운을 누리는 건 아니었다. 이런 저런 상담원한테 배정된 학부모는 물론, 사리가 말한 바에 따르면, 학교 간호사 치키한테 배정된 학부모까지 있었다.

　매릴린과 면담한다는 건 두 가지 가능성 가운데 하나를 의미했다. 애빙턴에서 우리한테 높은 관심을 보여서 실제로 커다란 논쟁까지 일어났을 가능성, 혹은 다프네가 영향력을 발휘하고 매릴린은 그 뜻대로 움직일 가능성이 바로 그거였다. 어느 쪽이든 나는 잔뜩 기대했다. 그래서 약속 장소에 입고 갈 의상을 고르느라 엄청나게 많은 시간을 보낸 뒤에 마침내 까만 바지, 그리고 건조기를 잘못 돌려서 약간 줄어들긴 했어도 그런대로 입을 만한, 목이 헐렁한 스웨터로 마음을 정했다.

　"자소서가 정말 인상적이었다는 말부터 해야겠군요. 정말 인상적이었어요."

매릴린은 이렇게 말하면서 기록을 넘기고, 나는 숨을 죽인 채, 내가 쓴 자소서를 크게 읽는 일이 없기를 간절하게 빌었다. 그러면서 일리야를 힐끗 쳐다보았다. 일리야는 내가 자소서에 창조적으로 쓴 내용을 조금도 몰랐고, 나는 그 내용을 비밀로 묻어두고픈 마음이 간절했다.

"두 분 모두 저한테 물어보실 내용은 없나요?"

드디어 진실의 순간이 왔다. 그동안 나는 학교 게시판을 충분히 봤기에 이 순간에 우리가 묻는 내용이 우리 자신을 규정하고 로만의 운명을 결정한다는 사실을 알고 있었다. 좋은 쪽으로든 나쁜 쪽으로든. 나는 재빨리 생각하려고 애썼으나 일리야가 더 빨랐다. 내가 입을 열기도 전에 먼저 말을 시작했다. 껄껄 웃으면서 이렇게 말한 것이다.

"저는 고급 클럽에서 일하는데, 여기에서 선생님이 하시는 일과 크게 다르지 않습니다. 제가 궁금한 건, 선생님들이 아이들을, 굳이 말을 돌리지 않겠습니다만, 특권만 누리는 얼간이로 가르치는 건 아니라는 사실을 우리가 어떻게 확신하느냐는 겁니다."

너무나 솔직하고 무례한 질문에 매릴린이 깜짝 놀라서 눈을 껌뻑이며 되물었다.

"얼간이요?"

내가 재빨리 뛰어들었다. 심장이 쿵쾅거렸다.

"우리 남편은 공립학교에 다녔습니다. 저도 마찬가지고요. 그래서 우리가 이번에 기회를 누리게 된다면, 정말 놀라운 일이겠지만, 우리 아이가 가치관을 제대로 갖춘 인물로 성장할지 그 여부를 확실히 알고 싶은 겁니다. 하지만 저는 애빙턴이 가치관을 정말 중시한다는 사실을 잘 알고 있답니다."

일리야가 망쳐놓은 걸 제대로 돌려놓으려고 내가 최선을 다하며 빙그레 웃으니, 매릴린이 목청을 가다듬으며 조그만 두 손을 책상에

겹쳐놓았다.

"우리는 교육하는 차원이 완전히 다르다는 사실부터, 주변 지역 공립학교에서 받게 될 교육과는 차원이 다르다는 사실부터 말씀드리지요. 우리는 교육 수준, 문화적 노출, 교사와 학생 비율이란 관점에서 차원이 완전히 다르답니다. 저는 사람들이 엄청나게 다양하다는 그런 거짓말을 하지 않겠습니다. 입학을 허가받는다면, 로만은 여기에서 장학금을 받는 몇 안 되는 아이 가운데 하나가 되겠지만, 여기에는 아스펜에서 겨울을 즐기고 요트에서 여름을 즐기는 아이도 많습니다. 하지만 우리는 모든 아이를 똑같이 대합니다. 우리가 세운 교육 목표는 원만한 성격에 오픈 마인드를 갖춘 미래 시민을 양성하는 거니까요."

나는 마음속으로 쾌재를 불렀다.

"정말 훌륭한 목표네요. 그렇지? 여보."

나는 일리야가 흔들리기를 바라며 물었다. 하지만 일리야는 조금도 흔들리지 않았다. 가만히 미소를 머금은 게 전부였다.

"학교 측에서 아이들을 정서적으로 충분히 지원한다는 말로 들리네요."

나는 매릴린에게 말하다 재빨리 덧붙였다.

"물론 로만에게 정서적으로 심각한 문제가 있다는 뜻은 아니지만, 로만만 한 아이들은 감각을 개발하고 자제력을 키우는 게 중요하니까요. 선생님 학교는 아이들 각자에게 충분한 관심을 기울일 줄 아는 곳이라는 느낌이 강해요."

매릴린이 고개를 끄덕였다.

"맞아요. 우리가 제일 잘하는 게 바로 그거예요. 아이는 누구든 강점과 약점이 있으니……. 제 말을 믿으세요. 우리는 모든 걸 다 겪어서, 저는 그 부분에 관해서는 로만을 조금도 걱정하지 않는답니다.”

“저희도 마찬가지입니다.”

내가 맞장구치며 일리야 손을 꼭 눌렀다.

면담이 끝나자, 매릴린은 우리를 데리고 핼러윈 분위기로 완벽하게 장식한 복도를 지나 다프네가 친구들과 함께 있던 입구까지 바래다주었다.

“재미있군!”

일리야가 웃으면서 마호가니 문틀에 스테이플로 붙여놓은 가짜 거미줄을 만졌다. 일리야가 관심을 보이는 건 언제나 이상한 것들이었다. 그러자 매릴린이 갑자기 대화에 다시 끼어들며 말했다.

“아, 그건 그렇고……, 입학금을 내셔야 합니다.”

“당연하죠.”

내가 대답하고는 일리야를 쳐다보았다.

“현금 가진 거 있어? 아니면 카드로 내도 괜찮나요?”

내가 묻자, 매릴린이 입술을 꼭 깨물며 대답했다.

“어떤 형태든 다 받습니다.”

일리야가 카드를 꺼내서 건네자, 매릴린이 빙그레 웃으면서 실밥이 터진 지갑 모서리를 힐끗 쳐다보고는, 카드를 긁으러 걸어갔다.

“대단하군! 이제 저 여자는 우리에게 이 학교에 다닐 여유가 없다고 생각하겠어!”

내가 숨죽인 목소리로 투덜대고는 매릴린이 가짜 경고용 테이프를 늘어뜨린 문으로 사라지는 모습을 지켜보았다. 일리야가 차분하게 대답했다.

“사실이야. 우리한테는 그럴 여유가 없어. 그런데 당신한테 현금이 왜 하나도 없지?”

일리야는 그가 외출용 신발을 신은 채 침실을 걸어 다니는 걸 내가 싫어하는 만큼이나 내가 현금 없이 다니는 걸 싫어했다.

"은행에 안 가서 그래. 그건 그렇고, 핼러윈을 어떻게 보낼까? 우리 모두 인크레더블 복장을 하게 되면 갓난아기 잭 재……"

내가 화제를 바꾸고 싶어서 얼른 말하는데, 일리야가 내 팔을 붙잡아서 말을 막았다.

"직장 때문에 그래? 사실대로 말해. 아직도 임금을 안 줘?"

"그냥 현금이 없는 거야! 여기서 이러지 않으면 안 돼?"

나는 당황하며 주변을 둘러보았다. 내가 일리야한테 여태껏 말하지 않은 건 비고와 세스가 지금까지 임금을 하나도 안 준 것 말고도 더 있었다. 비고와 세스가 요구하는 바람에, 촬영하는 날에 일하는 사람들 모두에게 피자를 사주려고 내 카드를 한도까지 사용한 것이다. 요금이 대략 350달러 정도 나왔으니 1,000달러 한도를 꽉 채운 셈이었다. 비고는 최대한 빨리 갚겠다 약속했고, 나는 그 말을 믿었다. 게다가 나는 NBD에 투자했다. 나는 그 제품을 믿었다. 목욕폭탄을 믿는 만큼. 그게 전부가 아니었다. 나는 다프네도 믿었다.

"나는 당신이 현금 한 푼 없이 돌아다니는 게 정말 싫어."

일리야는 팔을 그냥 놓을 수 없어 자기 지갑을 탈탈 털어서 나온 오십 달러를 내 지갑에 쑤셔 넣었다. 내가 십대 딸이라도 되는 것처럼.

마추픽추 사무실보다 첼시하우스가 훨씬 가까웠다. 이른 오후 시간에다 노트북도 가져온 터라, 나는 일리야 사무실에 가서 남은 일과시간 동안 원격으로 작업하자고 마음먹었다. '그런다고 해서 비고와 세스가 어떻게 하겠어? 내 임금을 깎기라도 하겠어?'

"그래, 당신이 보기엔 어때?"

나는 학교에서 밖으로 나서며 일리야 마음을 살폈다.

"생각보다 괜찮은 것 같군."

"핼러윈 장식이 마음에 들어서 그런 건 아니고?"

"로만한테 장학금을 준다면 고려할 가치는 충분한 것 같아."

일리야가 무난하게 좋아하는 모습을 보고서 나는 기분이 좋았다.

"그치? 학교 측 여자가 우리를 좋아하는 것 같지?"

나는 면담한 내용을 속으로 되새겨 보았다.

"당연하지. 우리가 제출한 자기소개서를 좋아하는 것 같더군."

일리야가 자소서 얘기를 꺼내는 순간, 나는 가슴이 철렁 내려앉았다. 일리야는 사람이 너무 떠벌이거나 교만하면 안 된다는 신념에 철두철미했다. 자소서를 쓰기 전에 나한테 한 충고도 모든 걸 있는 그대로 겸손하게 기록하라는 게 전부였다. 톰 행크스와 가깝게 지낸다는 거짓말은 생각도 할 수 없었다.

하지만 다프네는 옷으로 가득한 방에서 모든 걸 있는 그대로 말하는 건 사람들이 겉으로는 그렇게 주장할지라도 실제로는 그걸 바라는 게 아니라고 조언했다. 진실은 재미없었다. 이 나이가 되면 어린애는 누구나 똑같아 보였다. 그래서 나는 판매하고픈 제품을 설명하는 것처럼 로만을 설명했다. 과장해서 선전한 것이다.

돌풍은 지나갔다. 그리고 날씨가 쌀쌀맞게 변하기 시작했다.

"이제 진짜 외투를 입어야겠어."

일리야가 말하면서 한 팔로 나를 감쌌다.

"괜찮아."

나는 거짓말했다. 그리고 가끔 비추는 햇살을 즐기면서 길을 따라 급히 걷다 조이 판매점을 발견하고 걸음을 멈췄다. 창문 안에 있는 마네킹이 지퍼로 잠그는 헐렁한 드레스 차림을 한 채 머리 없는 아기 인형을 껴안고 있었다.

"마돈나 창녀 콤플렉스를 이 사람처럼 멋있게 표현하는 사람도 없을 거야. 약을 아주 많이 한다고 들었어."

다프네한테 들은 말을 그대로 읊조리자, 일리야가 물었다.

"훌륭하군. 여기에서 외투도 파나?"

"당연하지. 오천 달러 정도에."

내가 어깨를 으쓱하고는 부러운 눈으로 진열창을 구경하자, 일리야가 빙그레 웃었다.

"당신이 옷을 그렇게 뚫어져라 구경하는 건 몇 년 만에 처음인 것 같아."

나는 '그래?'라는 표정을 지어 보였다. 그러고는 커다란 컨베이어 벨트에 쭉 늘어서서 돌아가는 가방을 가리키며 "저 가방들 좀 봐!"라고 감탄하며 말했다. 뱀이 사과 먹는 모습을 수놓은 커다란 토트백이 제일 앞에서 행진을 주도했다.

"멋지군. 당신이 저걸 매고 있는 모습이 보이는 것 같아. 당신 노트북을 저기에 넣으면 딱 좋을 것 같아."

일리야 말에, 나는 "꿈속에서"라고 대답하고는, 다프네가 동네 잡화점이라도 되는 듯 조이 판매점으로 아무렇지 않게 들어가는 모습을 떠올리다 머리를 가로저었다. 내가 그런다면 물건을 훔치러 들어온 사람으로 오해받지나 않을까 두려울 것 같았다.

일리야가 손목시계를 보면서 다정하게 물었다.

"안으로 들어가고 싶어?"

나는 그러길 바라는 표정으로 대답했다.

"아니야. 구경만 하는 게 더 재밌어."

제 17 장

우리가 도착했을 때 첼시하우스는 사람들로 붐볐다. 탁자마다 카페라테나 노트북을 올려놓은 회원으로 가득했는데, 대체로 카페라테와 노트북 둘 다 있었다.

"바 앞쪽 의자에 앉아. 어차피 나는 함께 못 있어. 특별 회의가 있거든."

"특별 회의? 로맨틱하게 들리는군."

나는 이렇게 말하고 질투심을 일으킬만한 여자 종업원이 있는지 둘러보았다.

"대단히 로맨틱하지. 창립 멤버들이 왔으니까. 드디어 수영장 어린이 회원권을 결정하거든."

나는 눈빛을 번뜩였다.

"아, 해줄 거지?"

"뭘?"

일리야가 입술을 꼭 깨물었다. 내가 한 부탁을 들어주는 쪽으로 마음을 굳힌 게 분명했다.

"아니야……. 단지, 애빙턴 이사회에 있는 어떤 엄마를 우연히 만났는데, 그 집 아들이 수영장 회원권을 간절하게 바라거든."

"그래, 당신한테 들은 적이 있는 것 같군."

일리야가 싫어하는 것 같아 내가 덧붙여 말했다.

"으음, 우리가 도와준다면…… 그 엄마 역시 우리를 도와줄 거야."

"나는 그런 게 싫어."

이게 바로 일리야였다. 행여나 네 살짜리 아들이 카드 게임을 하다 속임수를 쓰도록 허용한다면, 그런 나를 창피하게 여길 인물 말이다.

"공식적으로는 그렇겠지."

내가 받아쳤다. 일리야는 다른 사람과 관련된 문제에 원칙을 중시하는 걸 좋아했다. 하지만 말리부 숙소 대기자 명단을 앞당겨주는 대가로 엘에이 레이커스 경기 입장권을 받기도 하고, 러시아 손님이 오면 호텔 스위트룸을 한 등급 업그레이드하는 등 그 원칙을 가끔은 바꾸기도 한다는 걸 나는 알고 있었다. 그래서 가만히 덧붙였다.

"제발 부탁해. 로만을 생각해서."

일리야가 눈살을 찡그렸다. 행여나 로만 이외의 말을 꺼냈더라면, 대화는 그걸로 끝났을 형국이었다.

"내가 들어가서 구두 추천하면 안 될까?"

내가 말하자 일리야가 깜짝 놀란 표정으로 대답했다.

"말도 안 돼."

"나도 회원이야. 다른 사람을 추천할 수 있다고."

내가 돌아보니 바 앞쪽 자리는 이미 사라지고 없었다.

"서면으로 추천해. 당신은 창립 멤버가 아니라서 이번 회의에 참석할 수 없어."

"으음, 이제 앉을 자리도 사라졌으니 당신을 따라서 안으로 들어가는 수밖에 없을 것 같군."

"당신은 들어오면 안 돼."

일리야가 강변하고, 나는 고집을 부렸다.

"점잖게 행동할게."

회의실은 어두웠다. 첼시하우스 수영장 신청자 얼굴을 스크린에 비추는 프로젝터 불빛이 전부였다. 창립 멤버 세 명이 노트북과 소다수가 놓인 기다란 탁자에 둘러앉아 있었다. 바비가 들어와서 나도 그곳에 앉아야 한다고 주장하자 일리야는 이렇게 대답했다.

"메그는 할 일이 있어. 인사나 하려고 들른 거야."

그러자 바비가 권했다.

"할 일이 있으면 여기에서 하세요. 식당에 앉을 자리는 말 그대로 하나도 없고 옥상은 너무 추우니까."

나는 '내가 그렇다고 했잖아'라는 듯이 미소를 일리야한테 쏘아붙였다. 창립 멤버 세 사람은 내가 그곳에 앉는 걸 허락했다. 그들은 스스로 만든 규칙을 깨는 성향이 강했다. 자기한테 주어진 권력을 행사하는 방식이었다.

나는 꽁지머리를 동그랗게 묶은 남자 창립 멤버 옆자리에 앉아 탁자 밑에 핸드폰을 놓고서 인스타그램을 확인했다. 타임라인 꼭대기에 다프네가 보낸 유료 게시물이 있었다. 생강빵으로 완벽한 유령의 집을 이제 막 만든 것이다. 세 개 층에 수영장, 스테인드글라스 창문, 심지어 자동차 두 대를 넣은 차고까지 있었다. 그리고 이런 글을 올렸다.

'핼러윈은 일 년 가운데 제가 가장 좋아하는 시기랍니다. 하지만 설탕보다 무서운 건 없지요! 모든 가족이 함께 즐길 수 있는 괴팍한 활동으로 꼬마들은 물론 꼬맹이 송장 귀신들까지 재미있게 해주세요!

이 아기들을 만드는 건 우리 가족의 전통이랍니다. 여기에다 사이다가 펄펄 끓는 커다란 솥이나 유령이 나올 것처럼 섬뜩하게 진열한 과자를 추가하면 사람이 죽어 나가는 핼러윈 밤을 보낼 수 있답니다! 이런 재미를 모두 구매하려면 스토리 안으로 들어오세요!'

나는 생강빵으로 만든 집을 다시 한번 쳐다보았다. 하버드 디자인대학원 졸업생이 만든 작품 가운데 하나였다. 다프네한테 이렇게 정교한 작업을 모두 해내어 팔로워들과 공유할 시간이나 인내심이 있다는 사실이 놀라울 뿐이었다. 능숙한 요리사, 꽃꽂이 전문가, 서예가, 풍선 예술가, 종이접기 전문가는 물론 초상화 화가까지 해낼 정도였다. 다프네 아이들이 떠올랐다. 엄마가 이렇게 많은 걸 할 수 있으니 그집 아이들은 얼마나 행복할까?

"귀여운 아이들은 다 어디에 있는 거야?"

바비가 말하면서 프로젝터 스크린에 비춘 페이스북을 하나씩 넘기는 순간에 나는 현실로 돌아왔다. 창립 멤버 몇 명이 회의실로 더 들어온 상태였고 바비는 이렇게 덧붙였다.

"무뚝뚝하게 말해서 죄송하지만, 바닥을 기어 다니는 아이들만 가득하네요."

"뭐야, 모델이라도 찾는 거야? 우리한테 신청한 아이는 이게 전부야. 부모가 회원이 아닌 아이는 신청할 수 없다고."

모나가 말했다. 손톱과 머리칼을 번뜩이는 녹색으로 물들이고 마치 그녀의 고양이가 자르기라도 한 듯 머리칼을 예술가처럼 꾸민 여자였다.

바비가 꼬마 신청자를 몇 명 더 클릭하며 중얼거렸다.

"저도 알지만, 멋쟁이 꼬맹이가 아닌 한, 그것들을 받아들일 수 없어요."

"그것들?"

일리야는 이맛살을 찡그리고, 바비는 고집을 부렸다.

"무슨 뜻인지 아시잖아요! 내가 이렇게 말한 게 아니라고요. 회사가 이렇게 말한다고요."

"우리는 조직을 갖춘 기업이잖아요. 함께 검토해서 결정하지 않을 거라면 여기에 모인 이유가 뭔가요?"

일리야가 한 말에 바비가 반발했다.

"저는 건강보험도 없어요. 악역을 하고픈 생각은 없지만, 아이들이 꼬맹이라는 이유로 우리 모두 미적 감각을 포기해야 하는 건 아니라고요. 우리 클럽에 가입한 훌륭한 어른과 분위기와 수준이 맞는 아이를 선별해야 합니다. 튜브를 타고 둥둥 떠다니면서 서로 물총으로 쏘아대는 뻔뻔한 아이를 선별할 순 없다고요. 우리는 지랄 같은 YMCA가 아니니까요."

"이런 말까지 하고 싶지 않지만…… 맞아요. 아이들을 제대로 선별하는 건 아주 중요해요."

철제 안경을 쓰고 부드럽게 말하는 사내 니르가 끼어들자 일리야가 믿을 수 없다는 표정으로 머리를 가로저으며 반발했다.

"이 아이들은 꼬맹이들이에요. 그 사실을 잊지 맙시다."

"말은 쉽지요. 매니저님은 어릴 적에 엄청난 개구쟁이였을 테니요."

바비가 말하고는 나를 힐끗 쳐다보았다. 나는 그렇다는 뜻으로 어깨를 으쓱했다. 나는 일리야가 속으로 러시아 말로 욕을 하는 걸 느낄 수 있었다. 바비는 어린애 사진을 계속 클릭하고, 나는 로렌 아들 실라스를 발견했다. 깜찍한 나비넥타이 차림으로 할아버지 소유가 분명한 요트 옆에 선 모습이었다.

"바로 저 애!"

내가 불쑥 말하자 일리야가 눈총을 주었고, 바비는 얼굴을 잔뜩 찡그렸다.

"으악! 맙소사! 정말 밉상이네요. 사고를 치다 못해 지붕을 뚫고 나와서 전봇대에다 자기네 아빠 포르셰를 걸쳐놓을 말썽꾸러기로 보여요."

"우와, 끔찍한 얼굴."

모나 역시 두 눈을 크게 떴다.

"사진이 정말 섬뜩하군."

꽁지머리를 동그랗게 묶은 남자도 같은 의견이었다.

"이스트빌리지에 펑크록으로 남자인지 여자인지 어중간하게 꾸민 십대 아이가 있어요. 아빠는 선데이 소스에서 콘트라베이스를 연주하는데, 우리 클럽 회원이랍니다."

에마뉘엘이 제안했다. '쓰레기통'이라는 별명으로 불리는 DJ로 통통한 프랑스인이었다.

"엄마는 무얼 하나요?"

모나가 묻자, 에마뉘엘이 대답했다.

"회원은 아니지만, 웰빙 관련 인플루언서랍니다. 꽃양배추 스무디를 적극적으로 홍보하지요."

"우리가 아침 식사 메뉴로 꽃양배추 스무디를 더는 제공하지 않는 이유를 아세요? 사람들이 엿 같은 꽃양배추 냄새가 난다고 투덜대기 때문이에요."

바비가 고개를 절레절레 젓자, 모나는 피보나치수열을 이제 막 발견한 듯한 표정으로 말했다.

"꽃양배추를 스무디에 넣어요? 내가 툭하면 방귀를 뀌는 것도 이상하지 않군.”

내가 행동해야 하는 순간이 있다면 바로 지금이었다. 그래서 불안한 표정으로 쳐다보니, 일리야는 내가 그 자리에 아예 없는 것처럼 행동했다.

“제가 하나만 말해도 될까요?”

내가 끼어들었다. 갈라진 목소리였다.

“그러세요.”

바비가 허락하자, 나는 거짓말을 늘어놓았다.

“좋아요, 나는 저 아이 엄마를 아는데……, 정말 멋진 분이거든요.”

“저 아이요?”

꽁지머리 사내가 못 믿겠다는 표정으로 물으며 실라스를 가리켰다.

바비가 신청서 더미를 내려다보며 읽었다.

“엄마 곰 트리베카? 이 여자는 창피한 걸 모르는 여자예요. 제가 그걸 어떻게 아는지 아세요?”

바비가 물었다. 나는 초조함을 가라앉히려 애쓰며 되물었다.

“어떻게요?”

“신청서에 말 그대로 엄마 곰 트리베카라고 서명했으니까요!”

로렌 때문에 나는 포기하지 않았다. 일리야가 나를 쳐다보고 나는 숨을 깊이 들이마셨다.

“처음에는 정말 그랬을 것 같아요.”

내가 말하고는 머리를 잠시 숙인 채, 전 세계에 널린 역겨운 연놈들을 보편적으로 변호할 말을 떠올리며 덧붙였다.

“지금은 많이 창피해한답니다.”

“내가 볼 때는 창피해하는 것 같지 않군요.”

꽁지머리 사내가 받아치고, 나는 이렇게 변명했다.

"지금 치료를 받는 중이랍니다. 고통이 심하거든요……. 트라우마가. 게다가 나를 많이 도왔답니다. 엄마 역할을 제대로 하도록. 개인적으로 알고 보면 겉보기와 달리 아주 좋은 사람이랍니다."

계속 말하다 보니 거짓말도 늘었다. 이웃을 해치자는 게 아니었다. 멍청한 사교 클럽 수영장에 불과했다.

"나는 저 아이를 직접 만나보았는데 정말 사랑스러운 아이입니다. 보기보다 똑똑하고 창조적이지요. 구십년대 힙합을 모두 아는 데다, 정말이지…… 자유형 실력이 탁월하답니다."

나는 로렌 아들 누구도 실제로 만난 적이 없는데, 이 순간에 자유형을 열심히 구사하고 있다니. 일리야는 회의실에 모인 사람한테 상기시켰다.

"메그는 위원회 소속이 아닙니다. 그러니 나중에 메그를 탓할 결정을 내리는 일은 없길 바랍니다."

바비가 회의 탁자를 둘러보며 물었다.

"저 아이를 받아들이나요? 대기자 명단에 넣나요? 대기자 명단에 넣는다는 건 탈락시킨다는 의미입니다."

"솔직히 말해서 나는 아무래도 상관없어요. 내가 바라는 건 회의를 빨리 끝내는 것뿐입니다. 저 아이에게 한 표 주는 걸 반대하는 사람 있나요?"

에마뉘엘이 좌중에 묻고, 나는 수줍은 어투로 덧붙였다.

"저 아이 동생도 있습니다. 제 말은 저 아이만 받아들이면 안 된다는 뜻입니다."

"좋아요. 두 아이 모두 받아들이지요."

바비가 말하면서 경매 의사봉이라도 되는 듯 주먹으로 탁자를 내려쳤다.

내가 승리감에 들떠서 빙그레 웃는 얼굴로 일리야를 힐끗 쳐다보니, 일리야는 눈만 깜빡거렸다.

나는 하늘로 치솟는 기분으로 탁자 밑으로 핸드폰을 내려서 다프네한테 문자를 보냈다.

'지금 막 누구를 수영장 회원으로 받아들였는지 아세요?'

제 18 장

"우리 또 이사가?"

로만이 물었다. 다음날, 학교에서 픽업할 때였다. 나쁜 소식을 로만한테 알릴 기회가 없어서 나 혼자 가슴에 담아두었는데, 간밤에 일리야가 인터넷으로 아파트 임대를 알아보면서 욕설을 뱉어낸 걸 엿들은 것 같았다. 로만은 이사하고픈 마음이 없었다. 지금 사는 집에 이제막 적응한 데다 기다란 장화도 벌써 걸어놓은 상태였다.

"그러면 내가 이사하는 곳을 산타가 알까?"

"산타는 우리가 이사하기 전에 와. 우리는 그다음에 이사해. 하지만 정말 멋질 거야. 모든 게 잘 풀리니까."

나는 이렇게 설명하면서 등에 멘 가방을 붙잡아 로만이 도로로 뛰어들지 못하게 막았다.

"아이스크림 먹으면 안 돼?"

푸드 트럭이 지나가는 걸 보고는 로만이 묻자 나는 머리를 가로저으며 대답했다.

"얘야, 저건 케밥 트럭이야. 게다가 아이스크림은 너무 차가워."

"좋아, 그렇다면 안 차가운 건 뭐가 있지?"

로만이 반박하는 눈길로 쳐다보았다. 뭐든지 반대만 한다는 표정이었다.

내가 갑자기 좋은 생각을 떠올리며 제안했다.

"좋은 생각이 있어. 생강빵으로 커다란 집을 만들고 싶지 않니?"

십오 분 뒤, 로만은 식재료 쇼핑 카트에 앉고, 나는 그 카트를 밀면서 다른 사람이 먹을 식료품을 열심히 찾아다니는 식료품 대리 쇼핑 전문가와 우울한 표정으로 샤르도네 포도주를 찾는 가정주부들 사이를 열심히 누볐다. 원래 나는 딸기 500그램을 7달러에 파는 가게에서는 물건을 사지 않지만, 오늘은 그곳이 제일 가까운 식료품점이었다. 유제품 코너에서 달걀 상자를 훑어보며 어떤 농장 그림이 휴양지 클럽 메드랑 가장 비슷하게 보일까를 살피는데, 뒤에서 나를 부르는 소리가 들렸다.

몸을 빙글 뒤로 돌리니 사리가 보였다. 바구니를 들고 있는데 유산균과 영양제가 가득했다. 사리가 감탄했다.

"아줌마, 내가 가는 곳마다 나타나네요!"

나는 빨간 비키니를 입은 암탉 그림이 있는 달걀 상자를 움켜잡고 방긋 웃으며 인사했다.

"안녕하세요!"

그런데 사리가 약간 어둡게 변한 얼굴로 말했다.

"축하해요. 어떻게 그런 거예요?"

"뭘요? 내가 매릴린이랑 면담한 걸 말하는 건가요?"

"다프네 콜을 말하는 거예요. 게시물."

사리가 대답하며 나를 뚫어져라 쳐다보고, 나는 당혹스러워서 머리가 빙글빙글 돌았다.

"무슨 게시물?"

"바구니를 여기에 내려놓고 얼른 가서 샤르도네를 가져와도 될까?"

사리가 웃는 얼굴로 말하자, 로만이 바구니를 받고, 사리는 '핸드폰을 살펴보라'는 말과 함께 사라졌다. 그래서 나는 핸드백에 손을 넣어서 핸드폰을 꺼냈다. 그러고는 눈앞에 나타난 내용에 입을 쩍 벌리니 로만이 물었다.

"왜 그래? 산타가 보낸 거야?"

다프네가 나를 자기 사이트에 게재한 정도가 아니었다. 내 사진을 그대로 올렸다. 나 혼자 있는 사진, 옷을 가지런히 진열한 방에 있는 나, 자기 옷을 입는 나, 내가 말한 '맥도날드 마스코트 햄버글러가 패션을?'이라는 내용까지 그대로 올려놓았다. 그 사진에 '좋아요'를 누른 게 사천 개 이상이며 댓글은 너무 길어서 훑어볼 수조차 없을 정도였다. 머리가 어지러웠다.

보그 액세서리 편집자 @PriceisnoSnobject는 '누구예요?'라 묻고, 유명한 핸드백 제작자 @Bagsforally는 '무슨 디자이너예요?'라 물었다. 또 다른 팔로워는 '당신 옷 방을 누가 디자인했는지 알려줄 수 있나요?'라고 적었다. 하나같이 그런 식이었다.

"차원이 달라요, 그죠? 그건 그렇고 우리 언제 술 한잔하죠?"

사리가 다시 나타나서 샤르도니 두 병을 내밀며 물었다.

나는 머리를 옆으로 살짝 돌렸다. 사리가 술을 마시자고 제안한 적은 없었다. 내가 커피 한 잔 마시자고 제안한 내용에 여태껏 답변이 없을 정도였다.

사리가 샤르도니 두 병을 자기 바구니에 넣으며 다시 물었다.

"지금 안 좋아요? 오늘 저녁 시간도 좋은데⋯⋯."

희망을 가득 품은 목소리, 아니, 간절한 목소리였다.

"오늘 밤에는 생강빵으로 집을 만들 예정이니 나중에 시간을 낼까요?"

"그래요, 그렇게 해요. 다프네 콜에 비하면 나는 중요한 인물이 아니지만, 그래도 재미있는 성격이랍니다."

사리가 빙그레 웃으면서 술병 두 개를 집더니 한꺼번에 꿀꺽꿀꺽 마시는 척했다.

로만을 데리고 집으로 돌아오니, 식료품 부대를 양쪽 팔목에 걸쳐놓아 피가 안 통해 두 손이 파랗게 변할 정도였다. 손가락이 찌릿찌릿한 상태로 현관문을 밀어 여는데 가득 쌓인 소포 더미가 우편함을 틀어막은 게 보였다.

"나한테 줄 선물을 주문한 거야?"

로만이 신난 목소리로 물었다. 하지만 나는 우편배달부가 실수했거나 마리나가 수면제를 우편 주문한 게 분명하다고 생각하고는 상자 하나를 들어서 살펴보았다. 그런데 수령인으로 적힌 사람이 나였다.

나는 엘리베이터를 타고 두 번이나 오르내리면서 소포 더미를 위층으로 간신히 옮겼다. 첫 번째 소포를 가위로 여는데 로만이 탁자에 앉아서 바라보다 물었다.

"새로 나온 만화 벤 10권이야? 아니면 케빈 11권이야?"

마리나가 두 아이 침실에서 펠릭스를 안고 나오더니 어리둥절한 표정으로 물었다.

"루미 전등이야? 킴 카다시안이 디자인한 거?"

나는 이 말을 무시한 채 종잇조각을 잔뜩 뜯어낸 다음에 비로소 다프네 에이전트 수잔이 보낸 쪽지를 찾아냈다.

'다프네는 당신이 좋아할 거라고 하더군요! 수잔과 함께 죽이는 팀이 됩시다!'

"비치 볼이야."

내가 외쳤다. 어리둥절했다.

상자 안쪽에서 테이프로 붙인 엽서가 나왔다.

'안녕하세요, 메그. @PlantainBaby에 대해 누구보다 먼저 알려주고 싶었어요. 100% 천연 자외선 차단제인데 환한 색상으로 재미있고 다양하게 만들기 때문에 어린이들이 좋아한답니다. 이걸 얼굴에 바르고, 비키니를 입고, 이 비치 볼로 기발하면서도 섹시한 사진을 찍어서 팔로워들에게 보여주세요. @PlantainBaby에 들어와서 재미있는 모습을 보여주는 걸 잊지 마시고요.'

다음 소포는 병아리콩 크래커 봉지 일곱 개가 들었는데, 쪽지에 이런 내용이 적혀 있었다.

'글루텐도 없고 견과류도 없고 유제품도 없고 설탕도 없는, 순식물성 유기농 크래커로 심장을 튼튼하게 다지세요. @TootChipsUSA에 들어오는 걸 잊지 마시고요.'

나는 봉지 하나를 뜯어 크래커 하나를 맛보며 중얼거렸다.

"나쁘지 않군."

"맛이 하나도 없어!"

로만이 불평하며 병아리콩 가루와 순식물성 치즈 혼합물을 단단한 마룻바닥 여기저기에 뱉어냈다.

마리나가 상자 하나를 뜯자 스티로폼 국수와 브랜드 물병이 가득 나왔다. 그러자 마리나가 잔뜩 흥분한 어조로 말했다.

"이런 일은 인플루언서한테 일어나는 일이야. 공짜 물건이 온종일 들어오는 거."

"나는 인플루언서가 아니야. 다프네가 여기로 보낸 거야."

내가 대답했다. 당혹스럽기도 하지만 재미도 있었다.

그러자 마리나가 콧방귀를 날렸다.

"이제 언니는 오빠한테 죽었어."

"왜?"

내가 물었다. 하지만 어떤 대답이 나올지 이미 알고 있었다.

마리나가 어느새 바닥에 널린 포장 종이에 파묻힌 펠릭스를 들며 대답했다.

"오빠는 이런 물건을 싫어하니까."

"어떤 물건? 병아리콩 크래커?"

내가 되물었다. 그러고는 로만이 비치 볼을 들고 소파를 빙글빙글 돌며 레드를 쫓아가는 모습을 지켜보았다.

"끈 달린 물건."

마리나가 말하더니, 내 손에 있는 편편한 돌을 가져가서 자기 이마에 대고 문지르며 덧붙였다.

"이건 '괄사'라고 해. 마사지하는 도구. 미용용품점 세포라에서 삼십 달러에 팔아. 내가 오늘 하루 일한 대가로 받는 수고비와 비교해 보라고."

나는 마리나를 가만히 쳐다보았다. 아직도 만족스러운 대답이 나오기 전이었다.

"정확히 어떤 끈이 달린 물건?"

"이 회사들은 언니가 게시물에 올리길 바라기 때문에 이 물건을 보내는 거야. 더 많은 물건을 받고 싶으면, 실제로 그런 마음일 텐데, 게시물을 더 많이 올려야 하고. 그게 시스템이 돌아가는 원리야. 그런데 내가 언니한테 왜 이런 얘기를 하지?"

"그래, 무슨 말인지 알겠는데, 나는 주변에 알려진 인물이 아니야!"

"흥! 언니가 제일 먼저 해야 하는 게 바로 그거야. 힘든 일을 해내는 것.”

마리나가 말하면서 눈알을 굴렸다.

밤 열시가 지나서야 드디어 일리야가 집에 왔다. 술이랑 향수 냄새가 났지만, 드문 일도 아니라서 내가 그 일로 스트레스를 받은 적은 없었다. 일리야가 욕실로 가서 몸을 씻었다.

일리야가 샤워하고 개운한 상태로 나오더니, 몸에 수건만 걸친 채 내 앞에 섰다. 그러고는 주방에 쌓인 상자를 가리켰다.

“저건 뭐야?”

“내 친구 다프네. 당신도 알잖아? 내가 예전에 말한 인플루언서.”

“누구?”

나는 시선을 피하다 다시 똑바로 바라보았다. 맙소사, 복근이 두 눈을 집어삼켰다.

“첼시하우스에서 만난 여자. 내가 다 말했잖아. 아니야?”

지금까지 나는 거의 삼 개월 동안 다프네라는 이름을 남편 앞에서 크게 말하는 걸 간신히 피했다. 입술에서 그 이름이 삐져나가면 남편이 마음속 생각과 느낌을 모조리 알아챌 것 같아서 신경이 많이 쓰였기 때문이다.

“자녀가 애빙턴에 다녀.”

내가 덧붙이는데 일리야가 아직도 못 알아듣고 물었다.

“수영장 회원권을 구한다는 아줌마?”

“아니! 그 사람은 로렌. 그 친구 사촌이야. 내가 NBD 홍보 작업을 함께한다고 말한 친구.”

나는 이렇게 말하고는 서랍을 불필요하게 뒤지면서 차분한 전문가처럼 보이려 애썼다.

“NBD?”

일리야가 어리둥절한 표정으로 물었다.

"엄마 목욕폭탄 몰라? 내가 이름을 바꾸게 했다고 말했잖아."

"아니야, 그 말을 한 적은 없어. 회사에서 여태껏 임금을 안 준다는 말도 한 적이 없고."

"당신한테 다 말했어. 당신이 제대로 안 들은 것뿐이야."

내가 고집을 부렸다. 사소한 일로 일리야랑 수없이 싸워봤다. 내가 계속 고집부리면 결국에는 일리야가 져준다는 사실을 충분히 알고 있었다.

"그래, 당신이 다 말했겠지. 나는 일이 너무 많아서 머릿속이 복잡하잖아."

"어쨌든, 괜찮아. 그 친구가 자기 에이전트에게 제품을 보내라고 한 거야. 이런저런 회사에서 인플루언서에게 마구 보내는 제품. 여분이 있었나 봐. 걱정하지 마. 모두 공짜니까."

내가 불안한 표정으로 덧붙이자, 일리야가 중얼거렸다.

"공짜는 없어. 그럼, 이제 당신도 인플루언서가 된 거야?"

"그건 아니지만, 홍보 문구를 작성하는 것보다 돈벌이가 많이 될 거야. 그런데 마리나 말이 내 사이트를 일반인한테 공개해야 한다는데."

나는 한숨을 내쉬며 말하고는 일리야 반응을 기다렸다.

"마리나 말이 만 명도 넘는 사람이 친구 요청을 했대."

일리야가 말했다. 나보다 두 발 앞선 대답이었다. 시누이가 비밀을 지킬 거로 생각한 내가 멍청이였다. 우리 집을 나서는 순간에 자기 오빠한테 전화한 게 분명했다.

"정말이지 전체 시스템이 어떻게 돌아가는지 모르겠어."

내가 말했다. 조금 전에 확인한 바에 따르면 친구 요청을 한 숫자는 정확히 11,220명이었다. 불과 오 분 전이었다.

일리야가 말했다.

"그 사람들을 모두 친구로 받아들일 생각이라면 우리 아이들 사진은 모두 지워야 할 거야."

단호한 목소리에 내가 대답했다.

"알았어! 그런데 당신 머릿속에 떠오르는 건 그 생각이 전부야?"

내 말에 일리야가 어깨를 으쓱하며 되물었다.

"그럼, 정말 그렇게 하겠다는 거야? 당신 자신을 공공의 대상으로 올려놓고……, 온갖 비판을 받고……, 온갖 비평을 받고……."

"유기농 크래커도 받고."

내가 가볍게 받아넘기며 대답했다.

"당신답지 않아."

일리야가 못 믿겠다는 표정으로 쳐다보았다.

"무슨 뜻이야? 나는 이미 다른 사람을 위해서 그런 일을 한다고."

"그래, 다른 사람을 위해서. 하지만 당신 자신을 위해서는? 내 눈에는 그게 안 보여. 당신은 그렇게 많은 관심을 받아야 하는 사람이 아니야. 이건 칭찬으로 하는 말이라고."

옷장에서 일리야 핸드폰이 울렸다. 안나라는 이름이 떴다. 일리야한테서 안나라는 이름을 들은 적은 한 번도 없었다.

"관심을 조금 더 받는 것도 좋겠지 뭐. 저거 받아야 하는 거 아냐?"

내가 핸드폰을 가리켰다.

"아냐, 퇴근했잖아. 나 없이도 잘 해낼 거야."

"안나 혼자서?"

내가 짓궂게 묻자 일리야가 당황했다.

"그래, 알았어. 한번 잘 해봐. 그 일을 하다 보면 안정감이 들 수도 있으니까. 여기에 앉아서 말도 안 되는 소리로 나를 비난하는 대신에."

"정말?"

나는 너무 신나서 질투하는 것조차 잊어버렸다. 일리야는 이렇게 대답했다.

"그래. 하지만 내 사진은 안 돼. 아이들 사진도 안 되고."

나는 일리야가 깨끗한 티셔츠를 머리 위로 뒤집어쓰는 모습을 지켜보며 말했다.

"당연하지. 우리한테 돈이 생길 수도 있어. 그러면 일월에 이사할 때 보태는 거야. 사립학교에 보내는 데도 보태고. 이런저런 일을 하는 데 많은 도움이 될 거야."

"맙소사, 이게 뭐야?"

일리야가 말을 자르면서 가슴팍을 내려다보았다. 셔츠 앞면에 '유기농 크래커를 먹나요?'라는 글씨가 적혀 있었다. 나는 웃지 않으려 애쓰며 대답했다.

"아, 그거? 우편으로 온 거."

나는 일리야가 짜증스러우면서도 살짝 재미있어 한다는 걸 느낄 수 있었다. 이런 말까지 할 정도였다.

"편리한 점도 있군."

나는 그런 일리야를 쳐다보며 빙그레 웃었다.

"물건을 더 많이 받으려면 어떻게 해야 하는지 내가 알지."

제 19 장

다음 날 아침, 일찍 일어나 내가 정말로 주변에 널리 알려졌는지 아니면 꿈을 꾼 건지 알아보려고 했다. 다프네가 보낸 문자, '당신이 자랑스러워. 사랑하는 사람아!'가 실상을 그대로 보여주었다. 다프네가 보낸 문자를 곱씹는데, 뱃속이 뜨겁게 달아오르는 느낌이 들었다. 다프네가 나를 '사랑하는 사람'이라고 불렀기 때문만은 아니었다. 상황 자체가 사람을 들뜨게 했다. 하지만 무섭기도 했다. 예전과 같은 상태를 벗어던지고 모든 특권을 누리고픈 마음은 굴뚝같았지만, 이렇게까지 많은 관심을 받을 줄은 미처 몰랐다. 이렇게 이른 아침에는 더더욱.

나는 침대를 쳐다보며 일리야를 깨워서 불안감을 달래볼까도 생각했다. 하지만 내가 불안한 걸 인정하면 일리야는 '그럴 줄 알았다.'라고 말할 게 분명했다.

나는 갑작스럽게 벌어진 일에 대해서 직장에 들어설 때까지 아무한테도 말하지 않았다. 세스가 회전의자에 처음 앉은 어린애처럼 몸을 빙글빙글 돌리며 말했다.

"친구를 하자는 사람이 이렇게 많으니 이제 우리한테도 인플루언서가 생겼네요."

"그 정도는 아니에요. 만 이천 명이면 팟캐스트를 하는 대학생 수준이에요. 나는 인플루언서가 절대로 아니에요."

내가 부정하자 세스가 눈을 동그랗게 뜨며 반박했다.

"아직은. 하지만 앞으로 그렇게 될 거예요. 완벽한 게시물을 우연히 건졌거든요. 어서 말해, 비고."

세스의 말에 비고는 다프네 촬영 장면을 노트북으로 보다가 세스를 바라보며 대답하는데, 사악한 미소가 얼굴에 스멀스멀 번져나갔다.

"당신은 우리가 미쳤다고 생각하겠지만……, 당신이 다프네랑 찍은 사진을 보면 음과 양이 멋들어지게 어우러져요."

"정말 좋아요."

세스가 동조하면서 초조한 표정으로 앞머리를 비비 꼬고, 비고는 이렇게 덧붙였다.

"홍보 사진으로."

나는 뱃속이 느글거렸다.

"내가 곁으로 간 건 다프네를 편안하게 해주려는 것뿐이었어요. 내 사진을 홍보에 사용할 순 없어요."

비고가 촬영 장면에서 건진 사진을 보여주었다. 나는 몸이 욕조에 절반쯤 들어가 있고 한쪽 다리를 양동이 옆에 걸친 상태였다. 머리칼은 촉촉하고 셔츠는 완전히 젖어 있었다. 다프네는 거품이 휘감았는데, 옷을 하나도 걸치지 않은 것처럼 보였다. 둘 다 재밌게 웃고 있었고, 다프네가 내 팔을 잡고 욕조 안으로 끌어당기는 중이었다.

나는 불편해서 몸을 꿈틀대며 반발했다.

"소프트 포르노네요."

"그죠? 완벽해요. 다프네는 트로피 엄마고 당신은……"

세스가 고개를 끄덕이며 신나게 말하자 내가 불쑥 끼어들었다.

"이제 막 이가 나는 아기?"

"분위기가 제왕절개 이상이에요."

비고가 말하면서 머리를 쫑긋 세웠다. 그러자 세스는 부드러운 말투로 덧붙였다.

"내 말 잘 들어요, 메그. 이건 누구도 예상하지 못한 놀라운 결과예요. 세상일이 돌아가는 방식이기도 하고요."

"다프네가 이 사진을 쓰는 걸 절대로 동의하지 않을 거예요."

나는 머리를 절레절레 가로저었다. 내 젖꼭지가 바싹 곤두선 걸 포스터에서 보면 일리야가 어떤 반응을 보일지 걱정스러웠다.

"이 광고가 전국으로 퍼져나가길 바란다면 뉴욕 사교계 인물을 대변인으로 삼지 말아야 해요. 우리가 쉽게 접근할 인물이 필요하다고요."

비고의 설명에 나는 믿을 수 없다는 표정으로 웃으며 반문했다.

"가난한 사람 말인가요? 말이 나왔으니 말인데…… 내가 여기에서 일한 대가를 제대로 받는다면 빈부격차는 그렇게 심하지 않을 거예요."

"이제 돈이 들어와요."

비고가 약속했다. 내가 다시 물었다.

"진짜? 그럼, 임금은 언제 받나요?"

"이 문제로 왈가왈부하지 맙시다."

세스가 두 손을 들어서 휴전을 요청했다. 이마에서 앞뒤로 펄럭이는 앞머리 매듭이 부러진 유니콘 뿔 같아 평소보다 경박하게 보였다.

"돈은 들어와요. 그러면 우리 도움이 어떻게 필요한지 말만 하세요,

메그. 우리는 당신이 행복하길 바란답니다.”

나는 눈썹을 치켜세우고는 신용카드 명세서를 지갑에서 꺼내 탁자에 내려놓으며 말했다.

“무엇보다 먼저, 우리 남편이 보고 광분하기 전에 이것부터 갚으세요. 둘째, 내가 일한 대가를 주세요. 셋째, 회사 브랜드 홍보 대사는 다프네예요. 내가 아니라. 다프네가 이번 광고의 얼굴이 되기로 계약했다고요. 일회성 계약. 그래서 십일월 초에 광고를 시작하고요. 지금 와서 그 내용을 바꾸자는 건⋯⋯.”

“그럴만한 가치가 있어요. 혼자 찍은 사진보다 당신과 함께 찍은 사진에서 다프네가 훨씬 날씬하게 보이는데, 그건 아주 중요해요.”

비고 말에 내가 반박했다.

“말도 안 돼요. 인체를 경멸하는 성차별주의자처럼 말씀하시네요.”

“다프네가 한 말을 그대로 하는 거예요. 나는 남이 하는 말을 잘 듣거든요.”

비고가 어깨를 으쓱했다. 나는 이를 꽉 깨물었다. 다프네와 함께 NBD 광고에 출연하고픈 마음이 없었다. 내가 맡은 역할은 시라노 드 베르주라크 역할, 다른 사람이 할 말을 짜내고, 바퀴에 기름칠해서 재능을 빛내주는 역할이 아니던가!

바로 그때, 핸드폰이 진동하기 시작했다. 나는 핸드폰을 노려보았다. 날씨는 바람이 너무 불어 한기가 있었지만, 나는 공짜로 나오는 뜨거운 음료를 여태껏 못 마신 상태였다. 나는 이 일을 하는 동안 최대한 많은 음료수를 마시는 걸 목표로 세워놓았다. 최소한 임금이 나올 때까지는. 핸드폰 화면에 뜨는 다프네 이름이 보이는 순간, 나는 두 사람한테 조용히 하라는 신호를 보내고 소심하게 대답했다.

“여보세요?”

"안녕, 이방인. 세상이 그대만 쳐다보는데 게시물은 언제 올릴 건가요?"

다정한 목소리였다.

"곧요. 어떻게 올려야 좋을지 생각하는 중이었어요."

"서두르세요. 그건 그렇고, 수영장 회원권을 구해준 걸 로렌이 고마워하네요. 정말 잘했어요."

"별일 아닌데요, 뭐."

내가 대답했다. 일리야 동료들한테 비난받을 걸 감수하면서까지 들어가면 안 되는 회의까지 들어갔다는 얘기는 언급조차 하지 않았다. 그러고는 세스와 비고한테 금방 돌아오겠다는 신호를 보낸 다음, 핸드폰을 들고 복도로 나갔다.

"미친 소리처럼 들리겠지만, 나 역시 마찬가진데 수잔이 제일 좋아하는 사진은 우리 둘이 찍은 사진이에요. 사진 다 보았나요? 정말 요염해요. 그 사진을 홍보에 사용하는 데 당신이 동의할 가능성은 얼마나 되나요?"

"꼭 그럴 필요가 있는지 모르겠어요. 당신 혼자서 찍은 사진이 훨씬 멋있거든요."

"그래도 나는 우리 둘이 함께 찍은 사진이 훨씬 마음에 들어. 내가 날씬해 보이거든. 행복해 보이기도 하고."

다프네가 부잣집 막내딸처럼 찡얼댔다. 비고가 수잔이랑 이미 통화한 게 분명했다. 내가 화제를 바꿀 말을 떠올리려 애쓰는데 다프네가 계속 몰아붙였다.

"자신을 세상에 내보이는 게 두려운 건 알겠는데, 당신은 충분히 섹시해. 그리고 이 사진은 당신이 지금껏 찍은 가장 섹시한 사진이고. 당신이 지금까지 찍은 사진을 모두 보았거든."

내가 한 말을 그대로 되풀이하면서 다프네가 말했다.

"비행기 태우지 마세요."

내가 웃자, 다프네가 다시 친근하게 말했다.

"나는 당신한테 재능이 있는 걸 알아. 마추픽추 사람들을 깔보는 건 아니지만 당신은 그 사람들한테 과분해. 당신은 거물이 될 수 있어. 이제 첫발을 내디딘 거야. 다른 사람을 돌보면서 평생을 보낼 순 없어. 이제 당신 스스로 이야기를 만들어서 주인공이 될 때가 온 거라고."

나는 두 사람을 힐끗 돌아보았다. 세스와 비고는 엄지손가락 레슬링에 열중하며 서로 우위를 차지하려고 악을 쓰고 있었다.

"생각해볼게요."

내가 대답하자, 다프네가 다시 말했다. 여전히 친근한 말투였다.

"생각해보라고. 하지만 정답은 하나밖에 없다는 사실을 명심하고."

제 20 장

다음 주, 주말에 다프네는 '콘텐츠 촬영'을 한다며 쿠키 박물관으로 우리 아이들과 나를 초대했다. 쿠키를 발명한 걸 기념하는 차원에서 테마별로 전시한 쌍방향 예술 박물관이었다. 구겐하임박물관에서 인기가 제일 좋은 티켓은 아니지만, 다프네의 세상에서는 인기가 제일 좋았다. 로만도 소문을 들은 적이 있었던 모양이었다. 그래서 그곳에 가자는 말을 듣고는 엄청나게 좋아했다.

우리는 문이 열리기 몇 분 전에 도착했다. 모퉁이 너머로 줄이 길게 뻗은 상태였다. 다프네가 말한 대로 우리는 도착하자마자 문자를 보냈다. 젊은 여자가 분홍색 실험복에 앞치마를 걸친 모습으로 급하게 나와 우리 아이와 나한테 자신을 소개했다. 그러고는 내가 레이디 가가라도 되는 듯, 펠릭스가 탄 유모차를 밀면서 사람들 사이를 밀치고 나아가, 우리 셋을 제일 앞줄로 데려갔다.

건물로 들어서니, 그 여자는 우리 셔츠에 이름표를 달고 미닫이문을 열었다. 벽마다 분홍색 벽지를 붙이고 천장에는 가짜 구름이 큼지막하게 걸린 방이 나타났다. 부루퉁한 십대 소년 한 명이 여배우 클레어

데인즈 대역을 하면 딱 좋은 모습을 하고 카운터 뒤에서 조그만 설탕 쿠키를 전기오븐에서 **뺴냈다**. 이름표에는 '시몬 밀가루 쿠키'라는 이름이 있었다. 그러더니 연습한 말투로 뜨뜻미지근하게 웅얼댔다.

"무지개를 건너오신 걸 환영합니다. 달콤한 슈퍼 설탕 쿠키를 맛보시겠어요? 조심하세요. 견과류를 다루던 시설에서 만들었답니다."

"네!"

로만이 소리쳤다. 게임 쇼에서 이제 막 이긴 목소리였다.

바로 그때, 또 다른 문이 스르륵 열리더니 다프네가 나타났다. 머리와 화장을 완벽하게 마치고, 파삭파삭한 호박단으로 보이는 다양한 색상의 천을 조각조각 붙인 정장을 입은 상태였다. 그런 다프네가 물결치듯 다가오며 말했다. 여전히 다정한 말투였다.

"메그! 이렇게 와줘서 정말 고마워. 할 말이 생각나질 않았거든."

"정장을 완벽하게 차려입었네요."

내가 말했다. 아무렇게나 입은 내가 창피했다.

"당신이 입을 만한 옷을 보낼 걸 그랬네."

다프네가 말하고는 내가 입은 짧고 헐렁한 바지와 밴드 너바나(NIRVANA) 티셔츠를 매만졌다.

"오늘 아침에 정말 바빴어요. 일리야가 일하러 나가야 했거든요. 그래서 정신이 없었답니다."

내가 말하자 다프네가 중얼거리는데, 살짝 가시 돋친 말투였다.

"일리야…… 우리가 부부끼리 만나서 데이트해야 한다고. 안 그러면 따로 노는 느낌이 들 거야."

"그렇겠지요. 그런데 아이들은 어디에 있나요?"

내가 주변을 둘러보며 묻자 다프네가 눈알을 굴리며 대답했다.

"아, 우리 아이는 다른 데 갔어. 하지만 당신이 아이를 데려와서 정말 기뻐."

다프네가 어색하게 무릎을 구부린 채 모로코 마라케시 메디나의 사슬에 묶인 원숭이라도 되는 듯 펠릭스 머리를 쓰다듬었다. 그러다 일어나서 전용 사진사 로드리고를 소개했다. 가운데 머리를 뾰족하게 세운 뉴욕대학 영화과 학생이었다. 그런 다음에 강아지처럼 불쌍한 눈으로 나를 쳐다보며 부탁했다.

"광고 문구를 도와줄 수 있어? 제발. 당신이라면 정말 멋진 문구를 떠올릴 거야."

내가 무슨 사진을 찍는 거냐고 묻기도 전에 다프네는 초콜릿 조각을 가득 채운 가짜 수영장으로 뛰어들었다.

그러자 로드리고가 "이거예요."라고 말하면서 사진 하나를 보여주었다. 다프네가 가짜 수영장에서 눈을 반쯤 감은 채 화려하게 움직이는 사진이었다.

나는 그 모습을 잠시 떠올린 다음, 다프네가 옆으로 다가오기를 기다리다 말했다.

"'이제 근육이완제가 효과를 발휘하네!'가 어때요?"

다프네가 로드리고 카메라에 찍힌 사진을 보더니 코를 씨근거리며 말했다.

"하느님 맙소사! 표시해 놔."

다프네는 제드와 함께 촬영할 때보다 로드리고와 촬영할 때 활력이 넘쳤다. 옷을 제대로 입었기 때문에 그런 것 같지는 않았다. 두 사람은 서로에 대한 믿음이 있었다. 다프네는 로드리고를 신뢰했다.

내가 지켜보는 가운데 사람들은 안으로 조금씩 흘러 들어오고, 다프네는 이런저런 자세를 취하면서 나한테 끊임없이 강의했다. 초콜릿 조각이 가득한 수영장 모퉁이에서 우아한 자세로 이렇게 말했다.

"나는 배경이란 관점에서 세상을 바라봐. 어디를 가든지 속으로 생각하지. 저 사진이 매력적으로 나올까 아니면 별 볼 일 없게 나올까? 지난번에 어떤 사진을 게시했지? 어떤 사진이 제일 많은 관심을 끌었지? 하나하나가 복잡한 방정식인데, 본능적으로 풀어야 할 때가 많아."

나는 토크쇼 <인사이드 디 액터스 스튜디오>에서 앤서니 홉킨스의 말을 듣고 있는 쇼 진행자 제임스 립턴처럼 열심히 들으면서 고개를 끄덕였다. 열심히 강의하는 모습에 자신감과 매력이 넘쳤다. 어떤 일에 깊이 빠져드는 방법으로 보였다. 게다가 그녀는 그 많은 사람 가운데서 나를 가르치기로 선택한 것이다.

"흉내 내는 사람은 사방에 널렸어. 일주일이면 비욘세의 '머리칼이 기다란 베카'를 하나도 빠짐없이 똑같은 사진으로, 그대로 찍는다고. 그래서 빨리 행동하는 게 중요해. 앞으로 나타날 문화 현상을 누구보다 먼저 파악해야 하는 거야."

"그래서 이번 주는 쿠키인가요?"

나는 희미하게 웃고, 다프네는 다시 말했다.

"그리고 핸드폰 거치대, 식물성 달걀, 셔킷(shacket)."

"셔킷?"

내가 묻자, 다프네가 물끄러미 쳐다보며 대답했다.

"셔츠도 되고 재킷도 되는 거."

"그런 건 어차피 셔츠 아니에요?"

"아니야. 직접 보면 알아."

다프네와 로드리고가 인내심과 동정심이 가득한 눈으로 쳐다보았다. 다프네가 만든 '호박 스파이스 라테'를 처음 소개받은 외국 교환학생이라도 바라보는 듯한 눈빛이었다. 다프네는 수영장에서 신나게 뛰놀면서 키스를 날리거나 초콜릿 조각을 공중에 던지고, 로드리고는 매 순간을 사진에 담았다.

밀가루 크래커로 만든 다이빙 판에 앉아 있던 인명 구조원이 우리한 테 이제 마무리해야 한다고 알려주었다. 로드리고가 마지막 사진을 열심히 찍는 동안 이런저런 인플루언서들이 안으로 들어와서 초콜릿 조각 수영장에 차례대로 뛰어들었다. 그들 역시 돈벌이 사진을 찍는 거였다.

성적으로 성숙한 모습으로 꾸민 채 틱톡에 열중하는 십대 초반, 머리끝부터 발끝까지 빨간 옷을 입은 이십대 로커빌리와 K-팝 공주, 셀카봉을 든 독일 남자도 있었다.

로만은 혼자서 재밌게 노는데, 가는 곳마다 과자가 가득했기 때문이 었다. 내가 펠릭스를 밀고 인파를 헤치면서 따라가고 있고, 다프네와 로드리고가 지하철 내부처럼 디자인한 어두운 공간으로 들어갔다.

나는 예전에 읽은 기사가 떠오른다고, 일본에 가면 변태 사업가들이 승객처럼 꾸민 채 가짜 지하철역으로 들어가서 노는 지하 섹스 클럽이 있다는 기사라고 다프네한테 말했다.

그러자 다프네가 나를 쳐다보며 물었다.

"나랑 함께 광고할래?"

내가 커다랗게 웃으면서 대답할 말을 떠올리는데, 다프네가 갑자기 내 머리 꼭대기를 바라보며 물었다.

"그래, 그 머리 스타일을 어떻게 생각해?"

"으음…… 별로 생각하지 않았어요."

내가 대답했다. 당혹스러웠다.

"나는 마음에 들어. 하지만 사진이 약간 거칠게 나오는 거 같지 않아?

"정말요?"

내가 물었다. 충격을 숨기고 싶었다.

"다가서는 걸 약간 어렵게 하는데, 당신은 절대로 그렇지 않거든. 그래서 생각했는데…… 머리를 살짝 잘라내는 게 어때?"

"그래도 되겠지요."

내가 대답했다. 비판에 완전히 무너지는 느낌이었다.

"그러면 정말 멋질 거야. 많이 잘라낼 필요는 없어. 조금. 살짝 기를 수도 있고 단발머리 앞머리를 영화 속 아멜리에 스타일과 다르게 하는 거야. 귀엽긴 하지만 2001년 스타일이거든."

우리가 탄 지하철 맞은편에서 어떤 여자가 시끄럽게 떠드는 아이들과 사진 찍는 광경을 보고 다프네가 속도를 줄이며 말했다.

"모르몬 신자들은 정말 대단해. 대체로 제휴 프로그램을 통하는 것 같은데, 인스타그램을 한 번 클릭해서 일 년에 백만 달러는 버니까. 하나같이 어린애 사진으로."

그러더니 로드리고를 쳐다보면서 걱정스러운 표정으로 물었다.

"우리도 어린애 사진을 찍어야 하는 거 아냐? 로만은 어디에 있지?"

우리 아들은 미끄럼틀 꼭대기에서 자기 차례가 오기만 기다리고 있었다.

"어린애 사진은 없어도 괜찮을 거예요."

내가 말했다. 펠릭스를 촬영 도구로 활용할 것 같은 걱정이 앞선 것이다.

다행히도 다프네는 곧바로 관심을 돌렸다. 한쪽 모퉁이의 유모차에 달린 배낭에 관심을 보이면서 말했다.

"저건 샤넬에서 만든 배낭이야. 입추 컬렉션! 저런 건 사진으로 찍어야 해. 이런 기회는 자주 오지 않아."

"이상하지 않겠어요? 내 물건도 아닌데……."

내 말에 다프네가 눈빛을 반짝이며 로드리고를 쳐다보았다. 그러자 로드리고는 머리를 가로저으며 킥킥 웃었다. 다프네가 다시 말했다.

"메그, 자기 걸로 완전히 소화할 때까지 자기 물건인 척하는 거야. 알겠어? 행여나 마음을 조금은 편안하게 해주지 않을까 해서 하는 말인데, 지금 들고 다니는 가방도 내 물건이 아니라고."

다프네가 모조 다이아몬드를 박은 오레오 쿠키 모양 가방을 들어 올리며 말을 이어갔다.

"'주디스 리버' 전시실에서 빌려온 거야. 이 정장도 샘플이고 오늘 오후 늦게 '앨리스+올리비아'에서 가져갈 예정이야."

말이 되는 것 같았다. 다프네는 하루에 최소한 세 번은 옷을 갈아입는데, 막스마라 코트 테디 외투 말고는 똑같은 옷을 입은 적이 없었다. 옷을 보관하는 방도 봤지만 이미 옷으로 넘쳐흘렀다. 그렇게 많은 옷을 보관하는 건 애초에 불가능했다. 아니, 그럴 이유조차 없었다. 새 옷이 계속 들어오니 말이다.

다프네가 내 눈을 사로잡으며 계속 말했다.

"사람들이 우리를 따르는 이유는 진실 때문이 아니라 환상 때문이야. 프랑스 셀린느 선글라스와 금딱지 롤렉스 시계를 지니고 있으면 라테는 훨씬 맛있고, 일요일의 공포는 깨끗이 사라지고, 일상생활은 낸시 마이어스 감독 영화에 나오는 마지막 십오 분처럼 좋게 변할 거라고 믿고 싶거든. 누구나 그런 걸 바라지 않겠어?"

다프네가 아무도 없는 유모차로 다가가서 핸들에 걸쳐놓은 샤넬 배낭을 집어 들며 말했다.

"우리를 따르는 여자들은 뉴욕이나 쿠키 박물관에 오지 못할 수도 있으니까."

다프네는 쿠키 박물관을 버킷리스트 목적지로 언급했다. 나는 진지한 표정을 지었다.

"우리가 할 일은 여자들을 그런 곳으로 데려가는 거라고. 우리를 따르는 사람들은 자기네 삶에서 놓친 모든 것을 우리한테서 찾으려 하거든. 별 볼 일 없이 단조로운 직업, 엉망진창으로 변한 결혼 생활, 콩가루 집안, 나이를 먹고 책임감이 늘면서 찾아오는 우울감 등을 우리가 깨끗하게 부숴버리길 바라거든."

남북전쟁에서 이제 막 이긴 북군 병사가 쭉 뻗어나간 미국 대평원을 바라보듯, 다프네가 먼 곳을 바라보며 덧붙였다.

"나는 내가 하는 일을 진지하게 받아들여. 내가 쿠키와 핸드백만 파는 건 아니라는 걸 잘 알거든. 전 세계 여성이 멋지게 살아가도록 돕는 거라고. 한마디로 인도주의자."

"코카콜라에서 당신을 좋아하겠어요."

나는 조그맣게 말했다. 다프네는 배낭을 앞으로 끌어다가 최면술 추처럼 대롱거리게 흔들었다. 나는 최대한 조심스럽게 다가가서 배낭을 어깨에 걸쳤다. 로드리고가 그 장면을 찍어대는 순간, 로만이 다른 조그만 아이와 함께 달려오는데, 두 손과 입술에 파란색 뭔가가 가득 묻은 상태였다. 로만이 펄쩍펄쩍 뛰면서 소리쳤다.

"저기에서 솜사탕 쿠키를 팔아!"

"이제, 그만 가야 해."

나는 머리를 가로저었다. 공포의 잠자리에 들 시간이었다.

"저건 우리 엄마 지갑이야!"

조그만 아이가 끈적끈적한 손가락으로 나를 가리켰다.

"하느님 맙소사!"

로만의 새 친구를 쫓아온 여인이 소리쳤다. 나는 심장이 철커덩 내려앉았다. 경비원을 부를 게 분명했다. 그러던 여인이 다프네 뒷머리를 물끄러미 쳐다보는데, 두 눈이 점차 커지는 게 아닌가! 그러다 다프네가 고개를 돌리는 순간, "그럴 줄 알았어요! 당신 팬이랍니다!"라며 탄성을 질렀다. 지갑을 걱정하는 기색은 조금도 없었다. 이렇게 말한 게 전부였다.

"<다프네 콜의 출산 후 복근>이라는 글을 다 읽었답니다. 말이 나와서 말인데 비비안과 허드슨은 어디에 있나요?"

"그야 두 아이를 돌보는 여인과 있겠지요."

다프네가 웃으면서 내가 들고 있는 배낭을 빼앗았다. 여인은 감탄했다.

"정말 멋져요!"

"이 배낭도 멋지네요."

다프네가 말하면서 양털을 만지다 그 주인에게 돌려주며 덧붙였다.

"사진만 보고는 느낌을 알 수가 없어서요."

여인이 고개를 끄덕였다.

"도시에서 사용하기에 편안해서 이 가방을 좋아한답니다. 제 말을 오해하지 마세요. 샤넬 크루즈 컬렉션 가방을 좋아했는데, 속셈이 들여다보이는 생명 보호용 가방을 어디에 들고 가겠어요? 화장품 케이스도 엄마가 되고 나면 아무런 쓸모가 없고요."

다프네가 갑자기 폭소를 터트리더니, 샤넬 가방보다 훨씬 좋은 물건을 주면서 능숙하게 맞교환했다. 그리고 이렇게 말했다.

"셀카를 찍는 게 어때요, 메그!"

제 21 장

나는 샤넬 배낭을 든 사진을 게시하고 '샤넬은 어린 영혼을 좋아한 다.'라는 글을 달았다. 모든 사람이 이해할 농담이 아니라서 몇 시간 동안 불안감과 회의감에 시달렸다. 샤넬 창업자 코코 샤넬 세상에서 너바나의 리더 커트 코베인식으로 말하는 잘못을 저질렀기 때문은 아니었다. 사진이 너무 천박한 나머지 글을 아무리 재치 있게 실어도 욕을 먹을 것 같은 기분이 들어서였다.

다프네는 게시물이 재미있다고 안심시키는데, 나는 다프네가 사실 대로 말한다는 확신이 들지 않았다. 다프네는 '세상을 살아가다 레몬이 생기면 보드카에 넣어라.'라는 식으로 격언을 비틀어 글을 다는 걸 좋아했다. 하지만 다프네는 이미 올린 게시물을 너무 많이 생각하면 활동 자체가 죽는다는 경고도 잊지 않았다. 게시물을 일정한 간격으로 끊임없이 올리는 게 무엇보다 중요하다는 거였다. 팔로어가 16,000명 까지 올라갔다. 나는 게시물을 더 많이 올리기 시작했다. 도시 곳곳에 보이는 멍청한 표지판, 바닥에 나뒹구는 브래지어 사진, 기저귀가 넘치는 쓰레기통 등등. 하나같이 재미있고 다른 엄마들이 충분히 공감

할 수 있는 사진이었다.

다프네는 몸에 착 달라붙는 발렌시아가 옷을 입고서 브루클린 다리 옆에 걸터앉거나 플라스틱 바지에 굽이 엄청나게 높은 하이힐을 신고 타임스 스퀘어 광장에서 왈츠를 추는 사진 같은 걸 주로 올리는데, 나는 그런 모습을 모방하고 싶은 생각이 없었다. 세상살이를 완벽하거나 편안한 모습으로 그리고 싶지 않았다. 세상살이가 그렇게 만만한 건 아니기 때문이다. 이번 연말에는 어느 집에서 살게 될지 그 여부조차 모르지 않는가!

나는 록그룹 키스의 진 시몬스처럼 어설프게 보이는 팬케이크를 든 사진을 게시하고서 '저는 여러분의 자녀가 여러분에게 조심하라고 한 엄마랍니다'라는 글을 올렸다. @Sheshootsforthemoon은 '정말 좋아요'라는 댓글을 달고, @Victorialovespolo는 '하느님 맙소사 엄마가 실패했어!'라고 한탄했다. @Apple234는 '내가 그랬답니다!'라고 달았다. '글루텐은 없나요?', '행주는 어디에서 사나요?', '그릇은 어디에서 사나요?', '팬케이크 가루는 어디에서 사나요?'라는 글도 달렸다.

하나같이 모르는 사람들이지만, 나는 그들을 치료하는 주치의처럼 대답할 의무감을 느꼈다. 사람들은 유기농 치약과 친환경 세제부터 스키장과 가슴 보형물까지 모든 걸 물었다. 내 의견을 알고 싶은 이유는 무엇이며 내 의견을 중요하게 여기는 이유는 무언지 나는 몰랐다. 그냥 그랬다. 그래서 나 역시 그냥 대답했다. 그러면서 팔로워가 20,000명으로 올라갔다.

내가 하는 일이 두 방향으로 갈라지면서 일상생활도 그렇게 갈라졌다. 가족과 함께 걸어가는 길이 있고, 다프네와 함께 걸어가는 길이 있었다. 두 가지 길 모두 상당한 시간과 관심을 들여야 했다. 모든 사람을 만족시키는 건 불가능에 가까웠다.

다프네는 마냥 바쁜 와중에도 내가 성공하도록 막대한 관심을 쏟아부었다. '옷을 왜 그렇게 입어?', '내 헤어디자이너한테 아직 전화를 안 했어?', '게시물을 더 올리지 그래?' 등 나한테 끊임없이 문자를 보냈다. 할 일이 아무리 많아도 내가 올리는 게시물 하나하나에 반응했다. 단 하나도 놓치는 법이 없으니 나 역시 운전대를 손에서 내려놓을 수 없었다.

핼러윈 날에는 일리야가 짜증을 냈다. 로만의 핼러윈 바구니를 검사하느라 '인크레더블 아빠' 가면을 벗더니, "핸드폰을 잠시 내려놓으면 안 될까?"라고 물은 것이다.

"미안해, NBD 문제야. 두 사람 모두 손이 정말 많이 가거든."

나는 이렇게 거짓말을 하고, 다프네가 함께 참여하길 바라는 '역겨운' 샘플 판매에 관해서 대답하는 글을 보냈다.

"아빠가 내 사탕을 훔쳐!"

로만이 소리치고는 아빠가 마을을 습격하는 괴물 그렌델이라도 되는 듯 아빠를 막았다.

우리는 <인크레더블> 가족 의상을 차려입고 마리나는 섹시한 해적 고양이로 꾸민 채 트리베카를 지나서 웨스트빌리지에 올라갔다. 다프네는 출연료를 받고 미드타운에서 영화 <오즈의 마법사>를 테마로 한 '하이디 클룸 이벤트'에 양철나무꾼 복장으로 참석하고 있었는데, 문자를 계속 보내는 걸 보면 끔찍하게 따분한 게 분명했다.

'저녁 음식을 직접 고르는 식당이 첼시에 생겼는데, 남편과 함께 가지 않을래?', '눈 밑으로 처진 살을 제거할 생각인데, 그대가 보기에 내 눈 밑으로 처진 살이 있는 것 같아?', '여기가 정말 따분하다는 거, 그리고 내가 남편을 증오한다는 거 알아?'.

문자는 계속 왔다. 몇 블록 간격으로 소변을 보는 척하며 식당 화장실로 살그머니 들어가서 답장을 보내야 할 정도였다.

바로우거리를 천천히 걸어갈 때는 일리야가 불쑥 말했다.

"우리가 지낼 집을 찾은 것 같아."

우리는 화려한 현관 입구 갈색 돌계단 밑에 있고 마리나는 로만과 함께 계단 꼭대기까지 오른 뒤였다. 나는 우리가 살 집을 찾으려고 클릭 한번 한 적 없다는 죄책감에 시달렸다. 하지만 무엇보다 먼저, 나는 뉴욕을 전혀 모르며 다른 문제는 내가 모두 처리한다는 식으로 합리화했다. 그래서 이렇게 물었다.

"정말? 어딘데?"

"롱아일랜드. 통근하는 게 어렵지 않아."

"롱아일랜드가 어딘데?"

내가 물었다. 두세 블록 거리 정도로 들렸다.

일리야가 모퉁이에 있는 건강식품점 방향을 손가락으로 가리키며 대답했다.

"퀸스."

"로만이 애빙턴에 입학하면?"

"통학하면 될 거야."

일리야 말에 나는 공포가 몰려들기 시작했다. 내가 멀리 이사하는 걸 다프네가 결단코 받아들이지 못할 게 분명했다.

"그게 이치에 맞는다고 생각해? 나는 우리가 이 지역에 머물길 바란다고 생각했어. 당신 직장도 그렇고."

"주변을 둘러봐, 메그. 우리 형편에 이 지역은 무리야."

나는 주변을 둘러보았다. 랜드로버 자동차, 1,200만 달러나 나가는 고급 주택, 최고급 화장품 가게가 사방에 가득했다.

내가 반박할 말을 떠올리기도 전에 계단 꼭대기에서 우리 사진을 찍는 마리나가 보였다. 사진을 찍고는 말했다.

"다투는데 끼어들어서 미안하지만, 핼러윈 의상이 너무 멋있어. 오빠랑 언니 모두한테 사진을 보낼게."

일리야는 내가 자기 사진을 온라인에 게재하는 걸 허락하지 않을 게 분명했다. 하지만 우리 둘 다 마스크를 쓴 데다 남편 때문에 짜증까지 난 터라 나는 그 사진을 내 사이트에 올리고 이런 글을 달았다. '남편과 내가 소통하는 멋진 사진. #핼러윈축하.'

핸드폰을 주머니에 다시 넣기도 전에 다프네가 문자를 보냈다.

'얼굴을 보여줘. 아마추어처럼 굴지 말고.'

'파티에 집중해야 하는 거 아니에요?'

내가 답변했다. 단호한 어조였다. 하지만 다프네 말이 옳았다. 내가 게재한 사진 대부분은 별다른 생각 없이 아무렇게나 찍은 것들이었다. 본격적으로 활동하려면 더 노력할 필요가 있었다. 내가 올린 게시물을 설명하는 해설자가 아니라 주인공이 되어야 했다. 그렇게 하려면 색다른 사진사가 필요했다.

그날 밤에 나는 로만이 이를 다 닦을 때까지 기다린 다음, 가능성이 많은 후보자에게 다가갔다.

"그럼 내가 어떻게 해야 하는 건데?"

마리나가 묻고, 나는 설명했다.

"사진을 찍는 것만 도와주면 돼."

일리야가 욕실 문으로 머리를 푹 밀어 넣으며 물었다.

"지금 들리는 소리가 진짜인지 확인하는 것뿐이야. 진짜라면 말도 안 되는 소리거든."

"이렇게 부탁하는 것도 쉽지 않아! 제발 어렵게 만들지 마. 나를 도와주겠다고 했잖아."

내가 나무라자 일리야가 눈썹을 꿈틀댔다.

"당신을 안 놀리겠다고 한 적은 없어."

나는 그 말을 무시한 채 마리나를 쳐다보며 계속 말했다.

"창의적인 프로젝트가 될 거야! 우리가 사용할 소품이 정말 많다고 다프네가 말했거든. 옷도 많고. 다프네가 촬영하면서 이미 입었던 옷. 지난 시즌에 나온 구찌, 프라다, 심지어 모양을 완전히 갖추었다는 마르니 의상까지."

"정말 대단해!"

마리나가 나를 멀뚱멀뚱 쳐다보았다. 최고급 디자이너 의상이 줄줄 나온다는 사실에, 그런 사람이 새언니라는 사실에 감동한 것이다. 나는 그런 마리나 팔을 꼭 잡으며 말했다.

"고마워. 후회하지 않을 거야."

제 22 장

마리나의 새하얀 메르세데스 벤츠 GLA 250이 와츠거리의 비좁은 주차장을 빠른 속도로 빠져나갔다. 꼭두각시 무리가 자동차를 몰고 도망가는 것 같았다. 나는 안전벨트를 단단히 맸는지 확인하고는 차창 밖을 쳐다보고서 앞에 주차한 차에 범퍼가 그대로 붙어있는지 확인하며 물었다.

"변속기가 지랄같이 수동이야? 지금까지 어떻게 우버 운전을 했지?"

마리나는 수없이 대답한 말을 다시 하면서 보행자가 득시글대는 거리에서 빠르게 유턴했다.

"여성 동반자라고 했잖아. 그리고 내 손님은 하나같이 술에 취한 상태라서 언니는 상대도 안 될 정도로 느긋하거든."

마리나는 나를 놀리면서 즐거워했으나, 신호등이 나올 때마다 쏜살처럼 핑! 지나느라 많이 놀릴 순 없었다.

"치과 의사는 어때?"

내가 묻고는 뒷좌석으로 팔을 뻗어서 깊이 잠든 아기 무릎에 손을 올렸다. 펠릭스가 너무 작으면서도 따뜻했다.

마리나는 뒷좌석에 아기가 없는 것처럼 대답했다.

"마침내 사진을 받았어. 대머리가 약간 있지만, 그건 돈이 많다는 뜻 아니겠어?"

"남성 호르몬 테스토스테론을 너무 많이 분비한다는 뜻에 불과할 수도 있겠지."

"어쨌든, 나한테 중요한 건 그게 아니야. 우리 사이가 뜨거워지고 있거든. 문자도 엄청나게 오가고, 다음 주까지 내 입에 주형을 떠달라고 했어."

"입에 주형을? 많이 뜨거운 사이네."

"상대가 얼마나 진지한지 확인하는 차원에서 최후통첩을 두세 차례 하는 건 매우 중요하거든."

나는 뭐라고 대답하기 전에 차창 밖으로 고개를 힐끗 돌리다, 수로 건물 벽에 다닥다닥 붙여놓은 NBD 포스터를 발견했다. 가슴이 철렁 내려앉았다.

바로 그때, 핸드폰이 진동하기 시작했다. 다프네였다. 이런 문자가 연달아 들어왔다.

'포스터가 올라갔어.', '내가 늙어 보여?', '내가 왜 당신보다 더 늙어 보이지?', '내가 뚱뚱해 보여?', '내가 왜 당신보다 뚱뚱해 보이지?', '나한테 두 번 다시 먹을 걸 주지 마.', '생선 전문 식당에서 더블데이트를 예약했어.', '제기랄, 또 먹겠군.', '어서 답신을 보내는 게 좋아, 안 그러면 내가 당장 찾아갈 테니까.'.

'으스스하군! 말 그대로 지금 나는 당신네 집으로 가는 중이라고, 썩을 년!'

내가 답신을 보냈다. 뜻밖에도 마리나한테 하던 어투를 그대로 한 것이다.

"나는 집에 없어."

다프네가 한참 만에 대답했다. 나는 사실대로 말하는 건지, 내가 썩을 년이라고 해서 토라진 건지 궁금했다.

"와인이 물건을 내리고 있어."

다프네가 다시 말했다. 와인 이야기는 처음 듣지만, 잘 됐다고 답장을 보냈다.

"하느님 맙소사, 자기 마누라가 젖꼭지 사진을 사방에 붙이고 다니는 걸 오빠가 좋아하길 바라야 하겠군!"

마리나가 한탄하는 바람에 나는 현실로 재빨리 돌아와서 이를 부드득 갈며 말했다.

"지금 나는 경력을 쌓는 중이야. 그리고 너는 내 오른팔이고. 너는 저건 예술이라 말해야 해. 그래서 오빠를 납득시켜야 해. 그래야 모든 일이 잘 풀린다고."

마리나가 자동차를 공원으로 몰면서 나를 쳐다보았다.

"저건 예술이고, 오빠를 납득시켜야 하고, 그래야 모든 일이 잘 풀린다?"

"그렇게 할 거지?"

"아니."

우리가 다프네 주소로 다가가자, 젊게 차려입은 삼십대 초반 여성이 건물 바깥에서 기다리고 있었다. 그러다 자신을 와인이라 소개하고는 두 팔에 가득한 상자를 나한테 가져왔다.

그리고 물었다.

"당신이 모두 가져간다고 다프네가 말하던데요?"

"당신만 괜찮다면."

내가 대답하고는 상대를 도와주려고 자동차에서 내렸다.

"나는 괜찮아요."

와인이 웃으면서 상자를 트렁크에 실었다.

마리나가 와인을 보고 또 보고는 말했다.

"내가 아는 사람이야!"

와인이 마리나를 보더니, 두 사람이 동시에 소리쳤다.

"라스트렐 연구!"

"하느님 맙소사! 아직도 연구 모임에 참여하세요?"

마리나가 물었다. 질투심이 살짝 묻어나오는 어투였다.

와인이 어깨를 으쓱했다.

"나는 얼굴에 피지선 염증이 있어서 유리하거든요. 라스트렐이 민감한 피부에 효과가 있는지 확인할 수 있어서요."

"효과가 있던가요?"

마리나가 묻자 와인이 인정했다.

"아니요. 하지만 사용 후기 영상에 효과가 있다고 대답해서 추가로 백 달러를 벌었답니다."

"축하해요."

마리나가 진지하게 고개를 끄덕였다. 워너 브라더스 신작 영화 주인공 역할에서 탈락한 사실을 이제 막 들은 여배우 같은 표정이었다.

"나는 거짓말을 싫어해요. 남자 친구가 국선변호인이 되려고 법학대학원에 다니고 있으니 그 형편이 어떻겠어요. 그런 자리에 참석하면 그쪽 사람들이 듣고 싶은 말이라도 해서라도 돈을 벌 수밖에 없답니다."

와인은 솔직하게 고백하고, 마리나는 고개를 끄덕였다.

"어쨌든, 그곳 사람들이 당신을 자른 건 멍청한 짓이었어요. 얼굴이 예뻐서 대변인 역할도 잘했을 텐데.”

와인이 덧붙이자 마리나는 빙그레 웃더니 나한테 시선을 돌리며 물었다.

“저 상자들은 언제 풀 거야?”

나는 자동차 트렁크를 쳐다보았다. 간신히 닫은 트렁크였다.

“빨리 가서.”

다프네가 준 상자를 처음 푸는 순간, 마리나는 설문조사나 섹스팅에 더는 관심이 없었다. 자기 별자리 말고 다른 것에 그렇게 집중하는 모습을 본 적이 없었다. 마리나에게는 새로운 목적이 생겼다. 나를 완벽하게 뜯어고치는 거였다. 이렇게 말할 정도였다.

“언니는 인생 최고의 시절을 헐렁한 바지와 청바지로 보냈잖아! 여기에 있는 의상을 제대로 안 입는 건 전 세계 여성을 모욕하는 거야.”

나는 팔로워를 늘리려면 그 욕구를 충족시켜야 한다는 사실을 빠르게 깨달았다. 수많은 사람이, 25,000명에 육박하는 숫자가 자기 말을 듣는다는 느낌을 바랐으며, 나는 사람들에게 열심히 듣는다는 걸, 관심을 기울인다는 걸 열심히 알려주어야 했다. 다프네가 그렇게 성공한 게 바로 그것 때문이었다. 예쁜 사진과 엉뚱한 영상만 찍는 게 아니었다. 사람들한테 친구가 되어준 것이다.

마리나가 돕는 내 사진은 다프네 사진처럼 진지하지 않았다. 그리고 내가 툭 던지는 설명은 나조차 웃음이 절로 나올 정도로 말이 안 되는 내용이 대부분이었다. 나는 ‘생 앰브로스’ 커피 바에서 커피를 홀짝이며 진지한 표정을 할 수 없고, 자갈이 깔린 거리를 건너며 길을 잃었다거나 외로운 표정을 지을 수 없었다. 그래서 ‘조가게(Trader Joe’s)’ 농산물 코너에서 놀거나 배터리공원 나무에 올라가고,

26번 교각에서 노 젓는 배에 올라탔다. 마리나와 나는 인형에 옷을 입히며 노는 여자아이 두 명에 불과했다. 나름대로 재미있다는 사실은 나도 인정할 수밖에 없었다.

팔로워가 30,000명에 달할 즈음, 세스와 비고는 마침내 돈을 긁어모아서 밀린 돈 절반을 나한테 주었다. 노동법을 말도 안 되게 어기는 내용을 내가 게시물로 올리지나 않을까 두려워하는 것 같았다. 두 사람은 신년 초까지 내 은행 계좌에 나머지 돈을 모두 넣겠다는 약속도 했다. 포스터가 붙고 목욕폭탄도 온라인에 올라갔다. 내가 할 일은 표면적으로 끝난 상태였다. 하지만 세스는 내가 크리스마스 시즌 이후까지 머물면서 '활동력 강한 트로피 엄마'한테 팔 만한 천연호르몬 아답토젠을 주입한 샤워 젤 제품라인 개발하는 걸 도와주길 바랐다. 그런데, 문제가 있었다.

비고가 두 번째 펀딩에 참여할 투자자를 찾고 있어서 회사가 발표할 제품을 구체적으로 설정하기 전까지는 나와 계약할 내용을 협의할 수 없다는 거였다. 짜증이 절로 나는 상황이었다. 내가 돈을 더 많이 끌어당기지 않는 한 우리는 일리야 엄마 집에서 가짜 러시아 황실 계란 컬렉션을 끼고 살아가야 할 판이었다.

나는 NBD 광고에 참여한 덕분에 인스타그램 지명도가 조금 올랐지만 그렇게 된 진짜 이유는 다프네였다. 다프네가 나를 계속 태그하고 자기 이야기에 다시 올려서 엄지를 추켜든 이모티콘과 조그만 스티커를 붙여준 덕이었다. 다프네는 온갖 노력을 다해 나를 만들어주고, 그런 나를 자랑하는 걸 좋아했다.

돈은 구경도 못 했지만, 제품은 계속 들어왔다. 야채 맛이 나는 아이스크림부터 돼지 태반으로 만든 혈청까지 다양한 물건이 우리 집 문 앞으로 몰려들었다. 다프네가 장 건강에 좋다고 난리 쳐서 나는 아몬드 우유를 호랑이 콩우유로 바꾸기도 했고. '구(Goo)'라는 회사에서 나오는 콜라겐 고무도 먹고, 레드한테는 드라이아이스에 쟁여 매달 보내오는 '곡물 없는 먹이'를 먹였다. 야간 화장 시간은 십 분에서 한 시간 반으로 늘었으며, 글리콜 껍질, 비타민 C 액체, 수산화물 알갱이, 빨간빛 마스크 등을 사용했다. 내가 게시물로 올리는 동안 하나같이 공짜로 배달되는 물건이었다.

팔로워가 40,000명에 달할 즈음에는 다프네가 다니는 미용실에서 다프네를 만났다. 공간은 널찍하고 바닥은 콘크리트를 통째로 부었으며 창문은 쇠로 만든 창틀이 그대로 드러난 미용실이었다. 미용사 보조는 목마른 고객이 마시도록 다이어트 소다수를 들고 이리저리 바쁘게 뛰어다녔다.

다프네는 내 의자 뒤에 서서 기다란 머리칼을 자세히 살피며 미용사 자비에한테 말했다.

"긴 머리칼을 망가뜨리지 말아요. 일부러 기르는 거니까. 그리고 색상은……"

다프네가 머리를 한쪽으로 갸우뚱하면서 뭔가 생각하는 표정을 떠올리는데, 실제로는 이미 마음을 정한 게 분명했다.

"조금 더 부드럽게. 내 머리칼이랑 비슷하게."

다프네가 쳐다보고, 자비에는 고개를 끄덕이며 대답했다.

"무얼 좋아하시는지 알아요."

"그렇겠지. 머리를 처음 만지는 게 아니니까."

다프네가 우리를 찍으려고 핸드폰을 들었다.

"자비에. 미안한데…… 그걸 다시 할 수 있겠어? 앞으로 무얼 할지 말하면 내가 거기에 맞춰서 사진을 찍을게."

"그럼 나는 무얼 하고?"

내가 어색하게 웃자, 다프네가 미소를 머금으며 핸드폰을 앞으로
내밀었다.

"가만히 앉아서 예쁘게 보여."

제 23 장

물건을 사러 온 사람들이 한밤중에 줄을 서기 시작했다. 일부는 접이의자를 가져왔으며, 텐트도 두세 동 보였다. 오전 열시, 기다란 줄은 블록을 끼고 꾸불꾸불 돌아가는데, 오랑주리 샘플 판매를 시작하는 순간에 마구 달려들려고 준비하는 여자들이 대부분이었다. 다프네랑 마리나랑 나는 창고 입구에 이미 들어선 상태였다. 다프네가 자리를 일찍 잡았기 때문이다. 다프네는 사람들이 몰려들어서 창고에 가득한 샘플을 고르기 전에 창고로 들어갈 수 있을 뿐 아니라, 무어든 원하는 만큼 가져갈 수 있었다. 무료로. 그래서 옆에서 도와줄 사람이 필요했다.

마리나는 잔뜩 흥분한 마음을 간신히 억누르며 물었다.

"우리는 아무거나 가져갈 수 있는 건가요?"

"당연하지. 지난 시즌에 만든 제품군이거든. 저들이 할 수 있는 건 히트를 쳐서 완판하거나 쇼핑몰에서 할인 판매하는 게 전부야. 어떤 점에서 보면 우리가 저들에게 호의를 베푸는 셈이지."

다프네가 설명하는 말에 내가 물었다.

"모든 명품 브랜드가 이렇게 하나요?"

"최고급 브랜드는 아니야. 구찌와 루이뷔통은 뉴저지 피스카타웨이에서 불 질러 버리거든."

너무나 태연한 목소리에 마리나가 숨을 헐떡였다.

"맙소사! 말도 안 돼! 도대체…… 왜요?"

마리나는 산타클로스는 진짜가 아니란 말을 이제 막 처음 들은 아이 같은 표정이고, 다프네는 복도를 따라 느긋하게 걸어가며 대답했다.

"두 가지 이유가 있어. 하나는, 시장에 물건이 넘쳐나서 자기네 브랜드의 독점권을 망가뜨리고 싶지 않은 거야. 두 번째는, 모두 수입품이라서 품목 하나하나를 들여올 때마다 세관에 세금을 내는데, 그걸 태워서 없애고 세관에 신고하면 세금 일부를 돌려받거든. 나름대로 머리를 쓴 거라 볼 수 있지."

"루이뷔통 가방이…… 뉴저지에서 불에 타다니."

마리나가 한탄하는데 목소리가 떨렸다. 금방이라도 울 것 같았다.

마리나가 다프네랑 어울리는 건 이번이 처음이었다. 두 사람은 유럽에서 넘어온 고급 자동차와 지방 흡입술 영상을 좋아하는 성향 말고도 모든 점에서 더할 나위 없이 비슷했다. 다프네는 무엇이든 원하는 물건을 건네주는 마법의 공간으로 느긋하게 올라갔다. 반면, 마리나는 뻔뻔하게 굴고 옥신각신하면서 최대한 많은 물건을 움켜잡는 걸 평생의 과업으로 삼았다. 두 사람 모두 짐승이지만, 완전히 다른 동물의 왕국이었다.

"공황 발작이 일어날 것 같아요."

마리나가 말하자, 다프네가 빙그레 웃었다.

"마음 편히 가져. 재미있잖아. 여기에 온 이유가 뭐야? 외출복?

휴가 때 입을 옷? 작업복?"

마리나가 입술을 오므렸다.

"세 가지 모두?"

다프네는 한 선반으로 가서 비행기 조종사용 가죽점퍼를 쇼핑 카트에 가득 싣고, 우리는 그 뒤에 물끄러미 섰다. 다프네가 돈을 낼 의사는 조금도 없이 온갖 의상을 우리 카트에 가득 집어넣는 광경을 지켜보자니, 열병에 걸려서 꿈을 꾸는 것 같기도 하고 환각 상태에 빠져든 것 같기도 했다. 한 마디로, 먹고 싶은 건 무엇이든 먹을 수 있는 라스베이거스 뷔페식당이었다. 다프네가 계속 사냥하면서 이러쿵저러쿵 말했다. "이건 대단하군!", "이걸 가져가!", "이건 필요하지 않지만, 오른쪽 윗부분은……." 그러는 동안 마리나한테 별다른 관심을 안 보이긴 해도, 내가 걱정한 것과 달리 깔보는 기색은 없었다. 한번은 다프네가 청록색 염소 털 스웨터를 집어 들며 이렇게 물은 적도 있었다.

"그동안 나는 당신이 청록색을 입은 모습을 보고 싶었어, 메그. 메그가 청록색을 입으면 어떨 것 같아, 마리나?"

다프네가 물었지만, 마리나는 제대로 들을 수 없었다. 윤기가 자르르 흐르는 가죽 바지를 코에 대고 냄새 맡느라 바빴기 때문이었다.

우리는 두 시간 동안 열심히 사냥하고, PR 담당자는 우리를 대충 확인했다. 그것도 확인이라고 할 수 있다면. 내 쇼핑 가방 한쪽 옆에 영수증을 스테이플로 박아놓았는데, 길이가 60센티미터에 달할 정도였다. 그리고 제일 밑바닥에 적힌 소계는 0달러였다.

우리가 집으로 돌아갈 즈음에 마리나는 더할 나위 없이 행복해했다. 그래서 자동차를 마구 밟으면서 중얼거렸다.

"나도 인플루언서가 되어야 할 것 같아."

"정말? 너라면 잘할 거야."

내가 말하자, 마리나가 대답했다.

"아직은 아니야. 언니 같은 인구층은 관심을 안 보일 거야. 나는 너무 젊고 매혹적이거든. 편지함에 남자 성기만 가득 들어찰 거야."

말은 조금 더 신경 써서 하는 게 좋겠지만 틀린 말은 아니었다. '성적 매력이 가득한 여자'는 인스타그램 하위 장르였다. 성적 매력을 발산하는 계정은 팔로워를 순식간에 끌어모을 수 있지만, 돈은 별로 안 됐다. 애초에 구매력 자체가 없는 터라 사업체에서 별다른 관심을 안 보였다. 음흉한 남정네만 가득 몰려들 뿐, 살 빠지는 녹차나 기저귀 가방을 사는 여인네는 없었다. 구매력을 갖춘 층은 엄마들이었다. 마리나 말이 옳았다. 엄마들은 마리나를 싫어할 게 분명했다.

"내가 아기를 낳는다면……"

마리나가 꿈꾸듯 중얼거리면서 자동차를 험한 구덩이 너머로 쏜살처럼 몰았다.

제 24 장

인플루언서가 되고자 하는 노력은 내가 생각한 만큼 일리야를 곤란하게 하지 않았다. 새로운 머리 스타일에 오히려 더 놀라면서 어둠 속에서 빛이 난다고 말하는 수준이었고, 골판지 상자가 사방에 가득해서 실내를 돌아다니는 게 어렵다는 사실이 일리야를 힘들게 하는 정도였다.

아니면 우리가 살 아파트를 찾느라 마음이 급한 나머지 내가 사진 찍는 일에 깊이 빠져든 사실을 여태 모를 수도 있었다. 일리야는 맨해튼에서 본 어떤 아파트보다 우리 형편에 잘 맞는 롱아일랜드 아파트를 여전히 목표로 삼고 있었다. 그래서 나한테 영상을 보여주었다. 아파트 내용도 좋긴 하지만 나는 아직껏 마음을 정할 수 없었다.

다른 도시로 이사하는 건 이상적이지 않았다. 그래서 다프네한테 그 가능성을 조금도 언급하지 않았다. 이산화탄소 레이저로 피부를 다듬을 때만 가는 버그도프보다 조금만 멀어도 다른 나라처럼 여기는 다프네가 아니던가!

나는 우리가 더블데이트를 할 때 일리야가 그 내용을 언급하지 않기만 바랐다. 오랫동안 질질 끌기만 하던 더블데이트를 마침내 약속한 것이다. 우리는 다프네가 제일 좋아하는 식당 가운데 하나인 마타도르를 창업한 사람들이 새로운 개념으로 개업한 페셰에서 다프네 부부를 만나기로 했다. 일리야가 일터에서 집으로 왔다가 그곳으로 갈 시간이 안 돼, 첼시하우스에서 만나, 그곳까지 걸어가기로 계획을 세웠다.

일리야를 만나서 길을 나서는 순간, 나는 우리 사이에 흐르는 긴장감을 느낄 수 있었다. 금방이라도 싸움이 일어날 것 같은 밤이었다. 그게 언제냐가 문제일 뿐이었다. 아침에 전초전도 치렀다. 크리스마스 휴가를 보낼 곳을 둘러싸고 다툰 것이다. 나는 어디든 아름다운 곳으로 멀리 떠나고 싶었다. 일리야는 이제 드디어 한 도시에 살게 된 어머니와 누이동생 곁에 머물길 원했다.

"하지만 당신네는 유대인이잖아! 당신 엄마는 크리스마스를 축하하지도 않는데, 그 집에서 크리스마스를 보내야 할 이유가 뭔지 모르겠어."

"우리가 살던 곳에서는 유대인으로 사는 자체가 불법이었어. 그래서 우리는 예수를 안 믿더라도 크리스마스는 제대로 기념해."

"우리를 뺀 다른 모든 사람은 어디든 멀리 여행을 떠나는 것 같아!"

내가 한탄했다. 구슬픈 말투였다.

"핸드폰 좀 그만 들여다봐! 그러면 그런 느낌도 안 들 테니."

묵직한 공격이었다. 열두 시간이 지난 지금까지 그 충격에 시달릴 정도였다. 나는 다프네가 준 끝이 뾰족하고 얇은 구두를 신은 채 일리야를 따라잡으려고 열심히 걸으면서 투덜거렸다.

"너무 추워. 온몸이 얼어붙는 것 같아."

"양말을 신으라고 했잖아. 지금은 겨울이라고."

"시간상으로는 아직은 가을이야. 그리고 나는 패션을 위해서 고통을 감수하는 중이고."

내가 말했다. 농담처럼 들리길 바라는 말투였다.

일리야가 걸음을 멈추고 고개를 갸우뚱하면서 웃지 않으려고 애쓰며 물었다.

"그 신발이 패션이야?"

"그래, 패션이야."

"당신한테 너무 큰 것 같은데?"

일리야가 말했다. 맞는 말이었다. 다프네는 발이 나보다 한 치수 크지만, 나는 그걸 사진으로 살짝 속여 넘기곤 했다. 내가 뭐라고 대답하기도 전에 일리야가 나를 번쩍 들어서 어깨에 걸쳤다.

"어서 내려줘!"

내가 소리치며 발을 굴렀으나, 일리야는 신경도 쓰지 않고 목적지까지 나를 썩은 감자 자루처럼 어깨에 걸쳐 메고 남은 길을 걸었다.

식당 입구는 아무런 특징도 없었다. 일리야가 초인종을 누르고는 기다리는 사이에 내 엉덩이를 찰싹 때렸다.

"아얏!"

나는 비명을 내지르며 밑으로 내려오려고 몸부림쳤다.

곤돌라 사공 모자를 쓴 사내가 문을 여는 순간, 나는 냉기를 떨쳐내려고 안으로 재빨리 들어가고, 일리야는 이렇게 말했다.

"예약을 했을 거예요."

"암호를 아십니까?"

사내가 묻는 말에 일리야는 눈을 가늘게 뜨며 되물었다.

"뭐라고요?"

"우리는 예약 손님에게 예약 시간 한 시간 전에 암호를 보낸답니다.

핸드폰을 열어보시겠어요?"

사내가 일리야 주머니를 가리켰지만, 일리야는 꿈쩍도 안 한 채 또렷하게 말했다.

"우리는 핸드폰을 열어보지 않아요. 오늘은 데이트하는 날이니까. 나는 체르노프라고 합니다. 일리야 체르노프."

이름을 듣는 순간, 사내는 갑자기 환영하는 표정으로 변하면서 대답했다.

"체르노프 선생님! 그렇군요. 저는 서지라고 합니다. 선생님이 오시니까 서빙을 잘하라고 데니가 특별히 당부하더군요. 재킷을 받아드릴까요?"

"이쪽은 와이프, 메그라고 합니다."

일리야가 말하면서 서지에게 재킷을 건네고, 나는 "다프네 콜을 만나기로 했답니다."라고 덧붙였다.

"네, 물론입니다. 그분께서는 아직 도착하지 않으셨지만 제가 안내하겠습니다."

"우리 와이프는 두 발이 시려서 얼어 죽기 직전이니, 두 발을 따뜻하게 데울 부스가 있으면 좋겠군요."

일리야가 말하자, 서지가 깜짝 놀란 표정으로 쳐다보며 물었다.

"부스요? 데니가 아무 말 안 했나요? 두 분은 오늘 밤을 보트에서 지내십니다."

"뭐라고요?"

일리야가 헛기침하고, 우리는 서지를 따라, 자리를 가득 채운 은행가들에게 그달의 주방 특선 요리를 내주는 카운터를 지나고 해초와 수직 채소밭이 뒤덮은 기다란 복도를 지났다.

"저 앞으로 가면 저녁 식사를 편안하게 들 수 있는 해산물 전문점이 있습니다."

서지가 설명하면서 우리를 안내했다. 우리는 인공 동굴처럼 보이는 곳으로 들어갔다. 동굴 가운데에는 커다란 연못이 있었다.

"이곳이 메인 이벤트를 하는 곳이랍니다."

서지가 사방에 널린 곤돌라를 가리키는데, 곤돌라마다 식도락가들이 가득 모여 저녁 식사로 먹을 생선을 열심히 낚는 중이었다. 그래서 낚싯배가 둥둥 떠서 사방으로 떠다녔다.

"두 분께서는 생선만 낚으시면 됩니다. 요리사가 뒤따라가며 생선을 손질해서 맛있게 요리할 테니까요."

서지가 설명하자 나는 감탄하며 말했다.

"자연산이로군요!"

"사실은 모두 양식이랍니다."

서지가 조그맣게 속삭였다.

"비밀은 꼭 지키지요."

내가 고개를 끄덕이는데 파파로티를 노래하는 굵직한 바리톤 목소리가 동굴에 울려 퍼졌다.

우리가 보트에 오르는 동안 일리야는 입을 꾹 다물더니, 서지가 멀어지자, 나를 쳐다보며 나무랐다.

"지금 나를 놀리는 거야, 메그? 이게 뭐야? 얼간이들이 디즈니랜드에 온 거야?"

"내가 이런 건 아니야. 이곳을 고른 건 다프네고. 당신은 사전에 데니를 만났잖아. 데니한테 아무 말 못 들은 거야?"

일리야가 노를 열심히 저어 기슭에서 멀어지며 대답했다.

"우리가 범퍼 보트에 타게 될 줄 어떻게 알았겠어? 이런 상태로 다른 사람과 어떻게 식사하지? 2인승 보트잖아."

일리야가 지적했다. 당황한 표정이었다. 바로 그때 목에 문신을 가득 새긴 조그만 사내가 노를 저어서 우리 옆으로 다가오더니, 일리야에게는 녹차를 따라주고 나한테 프로세코 포도주 한 잔을 건네고는, 미끼와 조그만 대구가 가득한 낚시 도구 통과 낚싯대를 건넸다.

"휴가 여행을 가자고 그렇게 노래하더니, 마침내 여기까지 왔군. 눈을 살짝 감으면 이탈리아에 온 느낌이 나겠어."

잠시 뒤에 일리야가 말했다. 나는 반박했다.

"밤새도록 놀릴 거야?"

"메그!"

동굴 맞은편에서 나를 부르는 소리가 들렸다. 다프네였다. 어깨끈이 없는 브래지어에 스프레이 페인트를 뿌린 청바지 차림이었다. 킵은 바로 옆에서 핸드폰에 대고 누군가와 통화를 하는 중이었다. 두 사람 모두 아직은 육지였다.

"이리 와!"

다프네가 우리한테 손짓했다. 선원들이 탄 배를 죽음으로 몰아가는 요정 사이렌처럼.

일리야가 노를 저으며 조그맣게 말했다.

"어이가 없군. 두 사람 모두 머리 스타일이 똑같아."

다프네는 일리야를 한눈에 파악하고 아는 척했다. 잘생긴 외모에 깊은 인상을 받은 게 분명했다.

"안녕하세요. 드디어 경쟁자를 만나네요. 팔씨름 같은 거라도 해야겠어요."

"힘이 저보다 훨씬 세겠더군요. 트램펄린 운동하는 영상을 봤거든요."

일리야가 말했다. 처음 듣는 말이었다. 그것 말고 또 무얼 봤는지 궁금했다.

다프네가 웃었다.

"야, 셔츠가 마음에 들어요. 하지만 부인과 함께 있는 모습이 훨씬 보기 좋네요."

나는 일리야를 다시 쳐다보았다. 입을 꼭 다문 독특한 표정이었다. 내가 맘파이어(엄마제국) 만찬 때 떠올린 바로 그 표정이었다. 일리야가 나를 쳐다보았다.

"안녕하세요, 친구. 공식적으로 만나서 반가워요."

킵이 일리야를 쳐다보며 말했다. 두 사람이 어디선가 마주친 적이 있다는 걸 느낄 수 있었다.

"만나서 반갑습니다."

일리야가 동조했다. 선창 종업원이 다프네와 킵을 도와서 곤돌라에 태우더니 우리 보트 두 척을 하나로 묶었다.

이번에는 시간이 얼마나 지나야 킵이 나를 아는 척할까 궁금했다.

일리야가 내 무릎에 한 손을 올리며 말했다.

"그래! 이제 낚시나 할까요?"

"정말 멋진 곳이에요!"

내가 웃으면서 다프네에게 말했다. 내 관심사는 오로지 다프네라는 걸 알려주고 싶었다.

"뭐라고? 미안. 정신이 약간 없어서. 인스타그램 측에서 나한테 이메일을 보냈는데 내가 올린 사진이 인스타그램 지침에 어긋난다는 거야. 그런 사진을 계속 올리면 내 계정을 정지시키겠다는군!"

킵이 떠올린 표정으로 판단하건대, 이건 킵이 싫어하는 주제였다.

"말도 안 돼요. 지금까지 부적절한 사진을 게시한 적은 없잖아요."

내가 말하자, 다프네는 핸드폰을 꺼내서 사진을 쭉 훑으며 갑자기

사라진 사진을 떠올리려 애썼다.

"으음, 사진 일부가 갑자기 사라진 걸 보면 그런 적이 있는 게 분명해. 인스타그램 측에서 내린 거야. 그거 알아? 제기랄! 그럼 더 부적절한 사진을 본격적으로 올려볼까?"

다프네가 말투를 바꾸더니, 내 얼굴에 핸드폰을 갖다 댄 채 웃으라는 신호를 보내고, 킵은 남자들끼리 하는 형식적인 대화에 빠져들었다.

"그들이 나를 정지시키겠다는 경고를 한 번만 더 보내면, 나는 완전히 빨가벗은 사진과 함께 '잘 먹고 잘살아, 썩을 년'이라는 글을 게시하겠어."

다프네가 킥킥대며 웃고, 나도 웃으며 동조했다.

"본때를 보여주세요."

"게시물 얘기가 나왔으니 말인데, 수잔이랑 진지하게 얘기해보는 게 좋을 것 같다는 생각이 들었어."

다프네가 말하면서 핸드폰 카메라 렌즈로 낚시 도구 통을 겨냥했다.

"왜요?"

내가 물으며 끈적끈적한 오징어 조각을 꺼내서 낚싯바늘에 끼웠다.

"에이전트 문제를 상의하는 거야. 수잔이 관심을 보여. 개 사료 회사는 돈이 있는데 차차가 그 사료를 싫어해서 내가 관두거든. 누군가 당신을 대신해서 협상한다면 그쪽에서 당신한테 광고비를 주는 거잖아."

"하지만 우리 개 레드는 너무 늙었어요. 표지 모델감이 아니에요."

내가 말했다. 하지만 다프네가 상의하고픈 대상은 레드가 아니었다.

"어차피 당신은 이미 그 회사를 홍보하고 있어. 공짜 사료 이상을 받아내야 한다고. 지금 팔로워가 어느 정도지? 오만 오천 명?"

다프네가 모르는 척하면서 물었다. 나는 대답했다.

"비슷해요."

"이제 당신은 초보자가 아니야, 메그. 오만 명을 넘었잖아. 수수료를 요구할 수 있다고. 그런 머리 스타일로는 더더욱."

나는 얼굴을 붉히면서 다프네가 낚싯대를 잡고 애쓰는 모습을 지켜보았다. 그러던 다프네가 결국에는 포기하고 킵이 쓰던 낚싯대를 빼앗았다.

"이봐! 입질을 하는 중이었다고!"

킵이 큰소리를 내고, 다프네는 일리야가 듣는지 확인하려고 힐끗 쳐다보며 이어갔다.

"팔로워가 있으니, 이제 돈을 벌고 싶다면 에이전트를 구해야 하는 거야. 맙소사! 뭔가 걸린 것 같아!"

다프네가 낚싯대를 너무 힘껏 당기는 바람에 하나로 묶은 보트 두 척이 흩어졌다.

"속도를 늦춰!"

다프네는 계속 소리치고, 킵은 성가신 목소리로 받아쳤다.

"그러고 있어!"

나는 킵과 다프네가 둥둥 떠가는 모습을 지켜보았다. 두 사람은 왠지 귀여운 구석이 있었다. 너무 많은 시간을 함께 보낸 형제 같기도 하고, 서로 무진장 싫어하지만 크게 성공한 텔레비전 드라마에서 사랑하는 연기를 해야 하는 배우들 같기도 할 만큼 비슷한 측면이 많았다.

"맙소사, 정말 재미있군."

일리야가 재미있다는 표정으로 말했다.

"우리가 따라잡아야 해."

내가 재촉하자 일리야가 쳐다보며 반박했다.

"우리가? 나는 미국 풋볼 선수 얘기에 다시 빠져들고픈 생각이 조금도 없어. 내가 미국 스포츠를 싫어하는 거 잘 알잖아."

"나도 알아. 하지만 여태껏 아무것도 못 먹었잖아."

내가 상기시키자 일리야는 투덜대며 노를 저어서 동굴 건너편으로 돌아갔다. 다프네와 킵이 다른 곤돌라에 묶인 게 보였다. 그 안에 타냐가 남편과 있는 걸 보고서 나는 깜짝 놀랐다. 두 부부가 하는 더블데이트라고 생각했을 뿐 파티라고 생각한 적은 없었기 때문이다.

우리가 다가가자, 타냐가 자기 보트 옆으로 상체를 내민 채 킵의 손바닥을 읽으며 말했다.

"생명선이 길군요."

그 옆에 있는 다른 보트에서는 요리사가 그릴 위에 농어를 굽고 있었다.

"그것만 긴 건 아니야."

타냐의 남편 호위가 끼어들었다. 피부는 햇볕에 많이 타고 곱슬머리는 회백색이고, 한쪽 팔에는 카발라 고리 팔찌를 잔뜩 한, 대략 쉰다섯 살로 보이는 사내인데, 술에 취한 상태였다. 타냐는 창피하다는 표정으로 쳐다보고, 호위는 반박했다.

"뭐? 나랑 저 친구는 나란히 서서 소변을 본 적도 있다고. 훔쳐보면 안 되지만, 나는 의사라서 그냥 살짝 쳐다보기만 한 거야. 킵, 언제든 준비만 하면 내가 축 처진 고추에 보톡스 주사를 공짜로 놔줄게, 친구."

"당장이라도 토할 것 같아."

타냐가 반발했다.

다프네는 내가 불편해하는 걸 알아채고 크게 소리쳤다.

"메그! 킵이 농어를 잡았어! 그리고 저길 봐, 나는 게를 잡았거든!"

다프네가 타냐를 가리키며 웃었다.

"나는 게가 아니야. 식사하는 동안 고추 얘기를 하고 싶지 않을 뿐인걸."

호위가 굳센 형제애를 과시하듯 일리야 손을 잡고 흔들며 소리쳤다. 술에 취한 목소리였다.

"여기 잘생긴 친구는 누구야?"

"여봇!"

타냐가 나무라며 팔찌 없는 손을 때리자, 호위가 굽은 손가락으로 자기 마누라 얼굴을 가리키며 꾸짖었다.

"조심해, 공주마마. 그쪽은 주사를 놓는 손가락이라고! 나는 이성을 좋아하는 성향이 또렷해. 매력적인 사내를 보면 칭찬할 수 있는 거야."

그러더니 일리야 얼굴을 가만히 쳐다보며 물었다.

"그런데 한 가지만 물어봅시다. 당신 코, 칼로 깎은 거요, 아니면 그렇게 타고난 거요?"

"이래서 내가 술자리에 안 가려는 거야."

타냐가 짜증스러운 표정으로 다프네를 쳐다보았다.

나는 일리야가 분개하는 걸 느낄 수 있었다. 술주정을 누구보다 싫어하는 일리야였다. 그런데 사방에 술꾼이 가득한 곳으로 온 것이다.

"두 사람이 함께 어울려도 괜찮겠지?"

다프네가 말하면서 속눈썹을 떨고, 나는 "당연하지요."라고 대답하며 일리야를 팔꿈치로 찔렀다.

"이렇게 만나서 정말 기뻐요! 정말로!"

타냐가 웃더니, 일리야를 쳐다보며 덧붙였다.

"그래, 부인이 인플루언서가 되는 걸 어떻게 생각하나요?"

"마스크랑 잠옷이 많이 생기더군요."

일리야가 대답하는데 점차 가늘어지는 목소리였다. 타냐 부부와 더는 상대하지 않겠다는 뜻이었다.

"당신은 잠잘 때 내가 가져온 잠옷을 안 입는 이유가 뭐야, 킵?"

다프네가 묻고는, 핸드폰을 꺼내서 사진 찍을 순간을 포착하고 있었다. 킵은 매력을 최대치로 끌어올리며 반문했다.

"당신 옆에서 자는데 잠옷을 입을 이유가 뭐 있어?"

두 사람은 카메라 앞에서는 완전히 다른 부부로 변신했다. 반사회적 인격 장애 같았다.

"아, 여보! 사랑해!"

다프네가 말하고, 두 사람은 카메라 앞에서 키스하더니 식사하는 분위기로 말없이 돌아갔다.

"무슨 일을 하시나요, 일리야?"

호위가 물었다. 일리야는 얼버무리듯 대답했다.

"고급 사교 클럽에서 일합니다."

"스트립 클럽 같은 곳? 뉴욕에서 춤추는 여자 절반은 내가 젖통을 키워주었다오. 금융지구에 있는 '해피 엔딩스'에 가본 적 있소? 젊고 매혹적인 아가씨로 가득하다오."

"여봇!"

타냐가 소리쳤다.

"왜!? 정말이라고! 하나같이 탁월한 무용수야. 아주 유연하다고."

"남편 때문에 미안해요. 자주 만날 일은 없을 거예요."

타냐는 잔뜩 화난 목소리로 말하면서 머리를 가로젓고, 나는 미소를 머금으며 대답했다.

"괜찮아요."

티라미수를 주문할 차례가 오기 전에 일리야가 계산서를 요청하자, 다프네가 말했다.

"아, 아니에요. 무료예요. 우리가 게시물을 올리거든요."

일리야는 고개를 끄덕이더니, 우리가 탄 보트를 선창으로 몰고 가서 내가 내리도록 도와주었다. 나는 급히 서둘러서 빠져나오는 게 당혹스러웠지만, 그렇게 하지 않으면 일리야가 폭발한다는 걸 아는지라 어쩔 도리가 없었다. 일리야는 우리 주변에서 보트를 타는 사람이나 다프네가 뭐라고 생각하든 조금도 관심이 없었다. 기회만 주어진다면 그런 사실을 조금도 주저하지 않고 통보할 기세였다.

우리는 웨이터에게 팁을 건넨 다음, 생선 냄새도 나고 눅눅하기도 한 택시에 올라탔다. 택시 미터기가 돌아가는 순간, 저녁 내내 가슴 졸이던 싸움이 마침내 벌어졌다. 일리야가 머리를 가로저으면서 모멸감을 드러낸 것이다.

"저런 사람한테 수영장 회원권을 만들어준 거야?"

"아니야! 그 여자는 여기에 오지도 않았어!"

"그 여자는 내가 지금 막 만난 사람들과 다르다는 거야?"

일리야가 반발하며 잔뜩 화난 표정으로 오랫동안 쳐다보았다. 지금은 로렌이 이제 막 함께 식사한 사람들보다 나쁜 여자라는 사실을 알려줄 때가 아니었다. 그래서 이렇게 대답했다.

"당신은 저 사람들이 술에 취한 걸 보고 화가 났을 뿐이야. 저 사람들을 제대로 아는 건 아니라고."

"알 만큼은 알아. 저 사람들이 나를 어떻게 평가하는지 봤어? 내가 먹고살려고 무슨 짓을 하는지 알고 싶다고? 미안하지만 신분에 집착하는, 거만한 술꾼 멍청이하고 어울리는 건 거절하겠어."

"으음, 미안하지만 저 사람들하고 술을 좋아하는 당신의 러시아 친구들은 아무런 차이가 없어. 내 친구들은 에르메스 허리띠를 사서 몸에 걸칠 여유가 있다는 사실이 다를 뿐이라고!"

일리야가 무시한 채 계속 반발했다.

"그리고 저 킵이란 친구? 저 사람이 클럽에서 다른 여자들하고 놀아나는 모습을 내가 얼마나 많이 본 줄 알아? 당신 친구는 그 사실을 모르는 거야? 아니면 당신네 세계에서는 인터넷에 올릴 사진만 중요한 거야?"

이 말에 나는 기선을 빼앗기고 말았다. 제대로 대답할 말이 떠오르질 않았다.

"진지하게 묻는 거야, 메그. 그쪽 세계는 어떻게 돌아가는 거야? 이제 당신도 전문가잖아."

"와, 일리야. 내가 새로 사귄 친구를 소개하려고 함께 나갔더니, 뉴욕으로 이사한 뒤로 이런 적은 처음인데, 굳이 이런 반응을 보여야 하는 거야? 지상에 있는 모든 인간보다 우월해서 기쁘겠어. 정말 대단해. 그것 말고 또 대단한 게 뭔지 알아? 정말 다정하게 엿을 먹인다는 거야!"

눈물이 앞을 가려서 아무것도 보이지 않았다.

제 25 장

지구상에서 풀쩍풀쩍 뛰는 것보다 짜증 나는 운동은 없다. 무릎이 아픈데다 펄쩍 뛸 때마다 오줌이 살짝 새는 것 같았다. 하지만 '펑펑 뛰기'는 다프네와 간 곳이었다. 그래서 우리가 헤어지고 이틀 뒤에 나는 그곳으로 찾아갔다. 운동이 끝나서 다프네와 대화를 나누기 전에 로렌이 다가와서 한쪽 구석으로 데려갔다.

"학교로 걸어가는 내내 당신 얼굴이 보여요, 메그. NBD를 제대로 홍보한 걸 축하해요. 정말 예쁜 BD에요!"

로렌이 웃으면서 이어갔다.

"당신을 내 블로그에 올려야겠어요. 당신네 집에서 아이들과 남편을 촬영해도 괜찮을까요? 남편이 멋있다고 들었어요. 나중에 기회가 된다면 당신 남편한테 수영장 회원권을 구해주어서 고맙다고 사례도 하고요."

로렌이 나한테 그렇게 다정하게 군 건 처음이었다. 그러는 사이에 다프네와 타냐가 다가왔다. 나는 로렌한테 미안해하는 말투로 말했다.

"나는 인터넷에 아이들 얼굴을 올리지 않아요. 일리야가 사생활을 중시하거든요."

로렌은 수건으로 땀이 잔뜩 흐르는 머리를 감싸더니, 뒤를 돌아 두툼한 수건으로 얼굴 절반을 가린 상태로 말했다.

"으음, 당신과 나, 단둘이서 무언가를 할 수 있을 것 같아."

그리고 다프네를 바라보았다. 승낙하길 바라는 표정이었다.

"너랑 메그가?"

다프네가 머리를 한쪽으로 갸우뚱했다. 의심스러운 표정이었다.

"그래, 엄마 기업가들이 난롯가에서 나누는 한담 같은 거……"

로렌이 생각나는 대로 말하다 뒷말을 이어가기도 전에, 뒤에서 누군가 내 어깨를 두드렸다.

분홍색 스판덱스 운동복 브래지어 차림에 땀으로 번뜩이는 이십대 여성 한 명이 바로 뒤에 있었다.

"그럴 줄 알았어요! 뒤에서 보고 다프네가 분명하다고 확신했어요."

"머리 스타일 때문이야!"

로렌과 타냐가 동시에 말하고, 다프네는 손을 흔들며 말했다.

"나는 여기에 있어요!"

"알아요. 두 분이 쌍둥이 같다고 말하려는 거였어요."

스판덱스 소녀가 말하더니 나를 다시 쳐다보며 물었다. 겁먹은 말투였다.

"메그 체르노프, 맞죠? 우리 친구들과 나는 당신이 올린 게시물에 푹 빠졌답니다. '샤넬은 어린 영혼을 좋아한다?' 죽도록 웃겼어요! 셀카를 찍어도 될까요?"

"물론이죠."

내가 대답했다. 자신 없어 하는 말투였다.

"미안해요. 땀이 너무 많이 흘러서."

빙그레 웃으면서 한 손으로 스판덱스 소녀 허리춤을 감으니 상대가 덜덜 떠는 걸 느낄 수 있었다. 사람들이 내 계정을 팔로우하는 건 알았으나, 팬이랑 마주친 건 이번이 처음이었다. 현실이 아닌 것 같았다.

"고맙습니다! 하시던 일 계속하세요. 그런데 다프네 님, 저는 당신도 사랑한답니다!"

"고마워요, 아가씨."

다프네는 손을 흔들고, 스판덱스 여자는 껑충껑충 뛰며 사라졌다.

로렌은 눈이 동그랗게 변했다. 내가 그만큼 성장한 걸 보고 충격을 감출 수 없었던 것 같았다. 팔로워가 60,000명이나 되는 것도 대단한데, 운동하는 체육관에도 팬이 있다니……!

로렌이 조금 전보다 빠른 말로 이어갔다.

"그래, 난롯가에서 나누는 한담 얘긴데, 이번 추수감사절에는 동쪽으로 여행가니 어쩔 도리가 없고, 십이월 중순이 어떨까?"

"그때는 안 돼. 나랑 파리에 가거든."

다프네가 끼어들었다. 후덥지근한 체육관에서 나온 다음, 주스 판매대로 우리를 데려갈 즈음이었다.

"뭐라고요?"

내가 걸음을 멈추고 쳐다보니, 다프네가 대답했다.

"2주 뒤에 나랑 파리에 가는 거야. 내가 말하는 걸 깜빡했나?"

로렌이 나를 쳐다보았다. 질투심이 펄펄 끓어오르는 게 분명했다.

"지금 처음 들어요."

내가 대답하자, 다프네가 밝혔다.

"수잔한테 말했어, 한번 알아보고 수고비를 챙겨보라고!"

"수고비? 무슨 수고비?"

로렌이 자기도 모르게 물었다. 얼굴은 한층 더 빨갛게 달아오르는 것 같았다.

"메그가 고생한 수고비. 로렌. 네 블로그를 끌어올리는 데 메그를 활용하려면 너 역시 메그한테 수고비를 줘야 해. 요새는 메그네 강아지도 수고비를 받거든. 그렇지, 메그?"

다프네가 우리 각자에게 완두콩 건강 음료를 한 잔씩 건넸다. 로렌은 금방이라도 배탈이 날 것 같은 표정이었는데 건강 음료 때문은 아닌 것 같았다.

제 26 장

트리베카의 추수감사절은 조용했다. 내가 올린 게시물을 보면, 햄프턴스 사람들 대부분은 캐시미어 담요 속에서 뒹굴거나 북부 지방을 돌아다녔다. 일리야는 주방 시설조차 부족한 우리 집에서 만찬 파티를 열자고 고집을 피웠다. 그래서 음식을 주문하고 시어머니 다샤를 초대했다. 우리는 뉴욕에 이사 온 뒤로 그녀를 한 번도 마주치지 않게 하는 데 성공했지만, 이번에 뉴욕으로 온 이후 처음으로 마주하게 되었다.

만찬은 삼십 분 전에 준비되었으나, 우리는 마리나를 계속 기다렸다. 우리 집으로 오는 중인 건 분명한데 전화를 받지 않았다.

"레드한테 저 역겨운 사료를 계속 먹일 순 없어. 변에서 이틀 동안이나 피가 묻어나왔다고."

일리야가 말하고는 칠면조 고기 조각을 잘라서 레드 먹이 사발에 던지고, 나는 그 광경을 지켜보다 반발했다.

"나도 알아. 하지만 회사에서 돈을 이제 막 주기 시작했으니 계속 먹이는 척해야 해. 그런데 고기를 왜 또 주는 거야? 단백질이 효과를

발휘하는 게 분명하다고. 앞으로 며칠 동안 호박이랑 쌀밥만 먹여야
해.”

나는 레드 먹이 사발에서 고기를 빼내서 핑계 삼아 화장실로 들어갔
다. 다프네가 미친 듯이 보내는 문자가 기다리고 있었다.

“인스타그램 측에서 ‘좋아요’를 없애고 있어. ‘좋아요’가 아직도 있
어? 내 페이지를 확인해볼래?”

내가 대답하기도 전에 다프네가 문자를 다시 보냈다.

“어떤 계정에서는 ‘좋아요’가 완전히 사라졌어. 으아악! 나를 목표로
삼는다는 묘한 기분이 들어.”

인스타그램 측에서 ‘좋아요’를 없앤다는 글을 읽은 적이 있는데,
아이를 기르는 부모로서 나는 그게 이치에 맞는다고 생각했다. 아이들
은 자기네 사진에 얼마나 많은 사람이 ‘좋아요’를 올리느냐에 따라
웃고 울었다. 하지만 다프네는 그런 쪽으로 바라보지 않았다. ‘애초에
아이들은 인스타그램에 머물 공간이 없다!’라는 거였다. 그런데 생각
을 바꾸더니, 자기네 쌍둥이 자녀가 ‘자율 감각 쾌락 반응’ 비디오를
하거나 쌍둥이 잠옷을 입은 모습을 게시하곤 했다.

“‘좋아요’는 아직 그대로 있어요.”

내가 안심시키자, 다프네가 대답했다.

“하느님 고맙습니다.”

그러더니 잠시 뒤에 킵이 친구들과 함께 해변에서 인간 피라미드를
쌓는 영상이 ‘칠면조를 쌓아보세요! #해피칠면조데이’라는 글과 함께
올라왔다.

나는 거실로 돌아가기 전에 거울을 보며 기분을 새롭게 다졌다.
그런 다음 캐비닛에서 반쯤 먹은 태반 알약 병을 꺼내, ‘나는 이걸
먹어야 한답니다!’라고 쓰고 다프네가 그런 것처럼 ‘#해피칠면조데이’

라고 해시태그를 했다.

나는 그걸 보며 크게 웃다가 행여나 다프네가 자길 놀린다고 생각할 수도 있을 것 같아서 해시태그를 재빨리 지웠다.

"엄마! 똥 싸? 어서 나와! 선물을 받았어!"

로만이 소리쳤다.

"마리나 고모는 아직 안 왔니?"

내가 물었다. 마리나가 늦는 김에 핸드폰을 몇 분 더 붙잡고 있을 시간을 벌고픈 마음이 간절했다.

화장실 문 건너편에는 가족이 있고, 지금은 명절이며, 아이들과 지내는 순간은 극히 짧다는 걸 나는 잘 알고 있었다. 아이들이라고 해서 영원히 어린 건 아니었다. 결국에는 아이들이 어린 순간 하나하나를 제대로 못 즐긴 걸 후회하고 말 것 같았다. 그런데도 검색을 멈출 수 없어 화면이 슬롯머신이라도 되는 것처럼 밑으로 쭉쭉 끌어당기며 내용물을 파악했다.

그러다 마침내 화장실을 나와서 일리야한테 맹목적인 시어머니를 발견했다. 소파에 치질 베개를 놓고 앉아 구세군 천 가방에서 나이에 걸맞지 않은 선물을 꺼내고는 로만에게 투덜대고 있었다.

"케빈 선물은 없어. 죽을 때가 되면 죽는 거야."

"지금 무슨 말씀을 하시는 거야? 아무도 안 죽어. 저건 어른끼리 하는 말이지, 학교도 안 간 꼬맹이 앞에서 할 말은 아니라고."

내가 일리야를 쳐다보았다. 일리야는 내가 없는 동안 자기 엄마를 지켜보지 않은 게 분명했다.

"엄마, 페레스탄 고보리드 오!"

일리야가 주방에서 소리쳤다.

"죽는 얘기는 하지 마라? 좋아. 내가 먼저 죽을 테니까."

시어머니가 말하더니, 단숨에 덧붙였다.

"그런데 네 마누라는 몸이 왜 저러냐?"

"무슨 말씀이세요?"

내가 겁먹은 표정으로 묻자, 시어머니가 얼굴을 찡그렸다.

"몸이 깡말랐잖아!"

"저기서 내가 보이시나?"

나는 일리야한테 조그맣게 물으면서 샐러드에 호두를 뿌렸다.

"당연하지."

일리야가 대답했다. 두 손에 버터를 가득 묻힌 상태였다.

"이렇게 멀리서?"

내가 주방 식탁 너머에서 곁눈질로 살피는데, 시어머니가 다시 소리쳤다.

"소리도 들린다!"

사실이었다. 나는 살이 조금 빠졌다. 다프네가 하는 다이어트를 따라 한 부작용이었다. 어떤 날에는 유제품을 하나도 안 먹고, 어떤 날에는 글루텐을 하나도 안 먹고, 어떤 날에는 '지지 크래커'라는 걸 먹는데, 기본적으로 고섬유질 호밀가루 비스킷으로 나무껍질 같은 맛이 났다.

"야! 총이다! 정말 고마워요, 할머니!"

로만이 좋아하면서 권총을 동생한테 곧바로 겨누었다. 나는 바로 나무랐다.

"잠깐! 총은 안 돼! 우리는 총을 사용하는 집안이 아니야."

그러자 시어머니가 해명하며 짜증을 냈다.

"총이 아니야! 물총이야! 너무 뻣뻣하게 굴지 마. 살살해. 하느님 맙소사!"

"하느님 맙소사? 우리 집에 불났을 때도 엄마가 그렇게 말했어!"

로만이 말했다. 복수할 순간이 온 것이다.

"집에 언제 불이 났는데?"

시어머니가 물으면서 펠릭스를 놀이 매트에서 집어 들어 무릎에 앉혔다.

일리야가 머리를 열심히 가로저으면서 끼어들지 말라고 간청하다, "크리스마스 파티는 안 할게, 오케이?"라고 조그만 목소리로 협상했다.

아이들이 생기기 전부터 나와 시어머니는 투쟁하는 관계였다. 나는 시어머니가 오랫동안 감수한 모든 고통과 자녀 때문에 희생한 모든 시간을 존중했다. 하지만 시어머니는 함께 어울리는 게 쉽지 않은 사람이었다. 어떤 상황에서든 자신을 희생자로 삼는 독특한 방법을 찾아내는 데 귀재였다. 억지로 웃으면서 입을 삐죽 내민 채 노려보는 실력은 아무도 따라갈 수 없었다. 한번은 식당에 갔는데, 시어머니는 '무게 감시' 저울을 꺼내서 쇠고기 무게가 240g이 맞는지 확인하기도 했다. 그래서 2g이 모자라자 식사를 마칠 때까지 투덜댔다. 자신이 돈을 내는 것도 아닌데 말이다.

마리나가 몇 년 전에 독립하자, 시어머니는 혼자 외롭게 살면서 툭하면 인생살이가 괴롭다고 투덜댔다. 우리가 달래고 위로할 방법은 하나도 없었다. 때로는 우리 아이들을 보면서 웃거나 미소를 머금다 정신을 차리고, 우울한 표정으로 침실로 살그머니 물러나서는 담배를 태우며, 남편은 평생에 걸쳐 담배를 하루도 안 태웠는데 어떻게 폐암으로 죽었을까 하는 생각만 골똘히 했다.

"이제 먹을 시간이야!"

일리야가 소리치자 로만이 말했다.

"하지만 마리나 고모가 아직······"

"그래도 먹을 시간이야."

일리야가 자기 엄마한테서 펠릭스를 받아 식탁에 앉혔다.

바로 그 순간에 다프네가 문자를 보냈다.

'그래, 프랑스에 갈 거야 안 갈 거야?'

다프네는 '펑펑 뛰기'에서 만난 뒤로 파리 얘기를 한 번도 안 하고, 나 역시 얘기를 안 하고 있었다. 내가 가족에게 관심을 기울이는 걸 텔레파시로 느끼고 원래대로 되돌리려고 애쓴다는 느낌마저 들었다.

'진담이 아니잖아요. 그죠?'

나는 답신을 보내고, 일리야는 나를 쏘아보았다.

"여보?"

'티켓 두 장이 있는데, 당신도 알다시피 킵을 데려갈 순 없잖아. 프랑스 말을 끔찍하게 못 하거든. 적포도주 메르로를 말할 때 메르로트 라고 티(T) 음을 발음할 정도라고.'

"여보?"

일리야가 목소리를 키웠다. 다정한 느낌이 줄어든 목소리였다.

'생각해봐도 돼요?'

타이프를 최대한 빠르게 치며 물었다.

'무얼 생각해? 패션 브랜드 조이가 초대하는 거라고!'

다프네가 생각하기에, 조이가 초대하는 것 이상으로 대단한 영광은 없었다. 나 역시 거기에 다녀오면 차원이 다른 인플루언서로 등극할 게 분명했다. 뉴욕의 엄마 인플루언서 정도가 아니라, 국제적인 명품 시장에 참여하는 것이다.

"메간! 이제 만찬을 들어야 할 시간이야. 지랄 같은 전화기 좀 내려놓을 수 없어?"

일리야가 화를 냈다.

고개를 들고서 온 가족이 식탁에 둘러앉은 모습을 바라보았다. 로만이 눈을 껌뻑이며 쳐다보았다. 시어머니는 근엄한 표정으로 쳐다보았다. 펠릭스는 유아용 높은 의자에 앉아서 혼자 웅얼대고, 레드는 살금살금 기어나가는 게, 식구를 새로 구한다는 구인 광고라도 붙이려는 것 같았다.

"미안해."

내가 수줍은 표정으로 말했다.

전화기는 다시 진동하고, 나는 눈길을 주지 않으려고 무진장 노력했다.

그날 밤, 늦게, 아이들이 잠든 다음, 나는 아직도 정리 정돈을 하는 일리야를 찾아서 주방으로 들어가며 말했다.

"다프네가 나를 파리로 초대했어."

"그래서? 갈 거야?"

일리야는 조금도 놀란 말투가 아니었다. 나를 쳐다보지도 않았다.

"그래도 돼?"

나는 일리야가 쳐다보기만 기다렸다.

일리야가 까만 빵 한 덩이를 움켜잡고 칠면조 피클 샌드위치를 만들면서 대답했다.

"무엇이든 하고 싶은 대로 할 수 있잖아. 며칠 동안?"

"대략, 삼 일!"

"내가 물은 건 대략 며칠이 아니야. 구체적으로 며칠이냐고 물었지."

"다음 주 목요일 밤에 출국했다가 일요일에 돌아오는 거야."

"다음 주 금요일에 첼시하우스 명절 파티가 있어. 투자자가 모두 참석하는 자리야. 내가 빠질 순 없다고."

"으음, 그렇다면 당신 여동생이랑……."

내가 입을 열자 일리야가 어깨를 으쓱하며 말을 끊었다.

"그럴 수도 있겠지. 하지만 너무 늦은 시각이라……."

"당장으로선 부담이 크다는 거 나도 알아. 레드는 쌀밥이 안 맞으면 수의사한테 가야 하겠지. 거기에다 아이가 둘이나 있으니……."

나는 죄책감이 들어서 말끝을 흐렸다. 무슨 일이 있어도 가고 싶긴 한데, 그러면 이 집은 지옥으로 변하고 말 터였다.

일리야가 나를 빤히 쳐다보았다. 끓어오르는 감정을 가라앉히려고 최선을 다한다는 걸 알 수 있었다.

"그 여자랑 가고 싶어?"

"당연하지, 파리잖아! 내가 평소 유럽에 가고 싶어 한 거, 당신도 알잖아. 우리 힘으로 언제 그런 곳에 갈 수 있겠어?"

"당신이랑 그 여자랑 단둘이?"

나는 일리야가 이를 부드득 가는 걸 느낄 수 있었다. 그런 일리야가 우편 더미로 손을 뻗었다.

"당신이 다프네를 왜 싫어하는지 모르겠어. 나한테 정말 잘하는데 말이야."

"나는 그 여자를 싫어하지 않아. 그 여자가 당신한테 하는 행동을 싫어하는 거지."

"다프네가 나한테 무슨 해를 끼쳤는데? 다프네는 나한테 재능이 있다고 생각해. 다프네가 아니면 내가 지금, 이 순간 어디에 있었을지 모르겠어."

나는 머리를 가로젓고, 일리야는 무뚝뚝하게 대답했다.

"이 자리에 있겠지."

그러면서 내 이름이 적힌 우편 봉투 하나를 내밀었다. 신용카드

명세서였다. 나는 숨을 가라앉히고 봉투를 뜯었다. 당연히, 비고는 나한테 빌린 돈을 안 갚은 상태였다. 두 사람은 나한테 아무런 관심이 없었다. 나는 쓸모가 있지만 대체할 수 있는 톱니바퀴에 불과했다. 삶을 바꾸고 싶으면 내 힘으로 바꿔야 했다. 그래서 일리야한테 통보했다.

"고마워. 파리에 가겠어."

제 27 장

에어프랑스 A380호 비행기는 드골 공항을 향해서 오후 9시 55분에 JFK를 이륙했다. 나는 공짜 샴페인을 처음 마시는 순간까지 비행기에 올라탄 게 잘한 결정인지 의심했다. 일리야가 그렇게 반기는 상황이 아니라는 걸 잘 알지만, 이런 기회는 평생 한 번 올까 말까 했다. 일리야가 금요일 밤에 중요한 모임에 집중할 수 있도록 나는 마리나한테 그 시간에 아이들을 돌보도록 단단히 부탁했다. 그리고 일리야와 마리나 두 사람 모두한테 레드 상태가 나빠지면 수의사를 바로 찾아가겠다는 약속을 받아냈다.

비고는 밀린 임금을 비서가 해결할 거라 장담하고 신용카드 대금도 지급하겠다고 약속했다. 연체료까지 책임지겠다는 맹세조차 했다. 불행히도 나는 계좌를 노트북으로 확인할 수 있을 뿐이었고, 두 아들에게 조그만 선물을 사 갈 돈이라도 들어오기를 바랄 수밖에 없었다.

담갈색 말가죽은 부드럽고 불빛은 온화한 분홍이었고 캡슐에 둘러싸인 일등석 좌석은 고요했다. 다프네는 구찌 운동복 바지에 커다란 명품 운동화 차림으로 오른편 좌석에 앉아 있었다. 에르메스 핸드백에는 얼굴에 축축하게 뿌리는 장미수, 효소 소화제, 비단 눈가리개, 패션 잡지, 아이폰 충전기, 콜라겐 단백질 바 등이 빼곡했다. 나는 다프네가 준 캐시미어 후드 티에 하이킹용 배낭과 생아몬드가 가득한 지퍼백을 들고 있었는데, 그 모습이 마치 누에고치에 틀어박힌 협잡꾼 같았다.

다행히도 칸막이가 우리 좌석을 차단해 나는 온종일 쌓이기만 하던 불안감을 덜어낼 수 있었다. 앞으로 일곱 시간 동안 계속해서 기가 막히게 재미있는 잡담을 하면서 갈 방법이 내게는 없었다. 앞에 있는 텔레비전 화면을 보며 영화를 검색하는데, 칸막이 너머로 다프네 머리가 불쑥 올라왔다. 내 사진을 찍고 있었다.

"자연스럽게 앉아."

다프네가 말했다. 실망한 목소리였다.

"알았어요."

나는 이렇게 대답하고 다프네가 바라는 자세를 취했다.

"머리 스타일이 좋아 보여. 내가 이미 말했지?"

"네, 이제 나도 이 스타일에 적응했어요. 자비에가 손질을 정말 잘했어요."

내가 웃자, 다프네가 기분 좋은 듯 대답했다.

"자비에는 실력이 최고야! 다음에는 조금 더 밝은색으로 해도 될 것 같아."

다프네가 칸막이 너머로 팔을 뻗었다. 수면제 약병이었다.

"한 알 먹을래? 나는 음식이 나오기 전에 먹을 거야."

나는 바싹 긴장했다.

"기장한테 무슨 일이 생겨서 내가 비행기를 착륙시켜야 할 경우를 대비해 나는 안 먹는 게 좋겠어요."

"비행기를 착륙시킨 경험이 많은가 보지?"

다프네가 재미있다는 표정으로 머리를 쫑긋 세웠다.

"목숨이 달린 문제라면 어떻게든 착륙시킬 방법을 찾아내겠지요."

"반 알만 먹어."

다프네가 이로 깨물어서 알약을 잘라 절반은 자신이 먹고 나머지는 나한테 주었다. 나는 숨을 깊이 들이마시고 알약을 삼켰다.

나는 오리 간 요리, 다프네는 토스트, 나는 스테이크와 리소토로, 다프네는 리소토로 저녁 식사를 한 뒤에 조그만 올리브 오일 병과 발사믹 식초 병이 정말 예쁘다는 말로 대화를 나누고 싶었다. 그래서 이렇게 말했다.

"산제나로 축제 점심 식사 때 사용하면 완벽하겠어요."

다프네가 반쯤 웃는 얼굴로 물었다.

"무슨 점심? 내가 실제로 요리하는 건 아니라는 거 알지? 그지?"

"정말?"

내가 빤히 쳐다보았다. 혼란스럽기도 하고 정신이 아득하기도 했다.

"내가 요리할 수 있을 것처럼 보여? 나는 요리가 무서워!"

다프네가 웃으면서 덧붙였다.

"요리는 요리사가 다 해. 우리 주방도 아니고, 있어. 대리석을 확대해서 본 적 있어? 차이가 확 나잖아."

나는 믿을 수 없다는 표정으로 쳐다보고, 다프네는 상체를 가까이 기울이며 속삭였다.

"이제 내가 나쁜 사람처럼 보여?"

"네? 전혀 아니에요."

내가 대답하고는 당황한 표정을 안 보이려 애썼다. 모범생이 나쁜 짓을 하라고 제안받은 기분이었다.

"당신은 참 순진해, 메그. 나는 큐레이터야. 주방에 앉아서 밀가루 반죽이나 만드는 게 아니라고. 나한테 그럴 시간이 어디에 있겠어? 당신한테도 그럴 시간은 없어."

나는 억지로 웃었다. 공격으로 받아들이지 않았다. 그 대신 다프네가 생강빵으로 만들었다는 멋진 집에 관해서 물었다. 하지만 어떤 대답이 나올지 알 것 같았다.

"당신도 보지 않았어? 그건 먹을 수 없는 거라고. 물이 나오고 전기가 흐르거든. 당신은 내가 누구라고 생각해? 빌어먹을 주택 개조 진행자 '밥 빌라'?"

"그럼…… 골판지로 만든 <퍼피 구조대> 자동차는? 아이들이 '사탕을 안 주면 장난을 칠 테다'라고 소리치며 트리베카를 돌아다닌?"

내가 다시 묻자, 다프네가 눈높이를 맞추며 대답했다.

"메그! 그건 '마이클스' 문구점에서 협찬한 거야. 그래서 게시물에 '#협찬'이라고 썼잖아. 지금껏 내가 가르쳐준 게 그렇게 없는 거야?"

다프네가 가짜로 실망한 척하면서 머리를 가로젓다 덧붙였다.

"당신은 내가 제일 좋아하는 사람이니……"

"아이들을 잊지 마세요."

내가 강조했으나 다프네는 못 들은 척 계속 말했다.

"이번 여행은 당신한테 정말 좋을 거야. 아주 많은 사람을 만날 테고, 모든 사람이 당신을 사랑할 테니까."

다프네가 미소를 머금으며 이어갔다.

"가을 패션쇼만 빼면 이번 행사는 조이한테 가장 중요한 행사야. 여기에 참석하는 자체로 당신은 자신이 원하는 모든 걸 가질 수 있어. 그런데 자신이 무얼 원하는지는 알아?"

"맨해튼에서 계속 살 수 있기를 원하는 것 같아요. 우리 아이들을 좋은 학교에 보내고…… 언젠가 진짜 글다운 글을 쓰려면."

나는 너무나 솔직한 고백에 스스로 움찔했다.

"책 같은 거? 너라면 충분히 쓸 수 있을 거야."

다프네가 내 손을 꼭 움켜잡자, 따듯한 온기가 온몸으로 밀려들었다.

"그럼, 당신은요? 원하는 게 무언가요?"

내가 물었다. 최종 목표가 궁금했다.

"나는 모든 사람이 원하는 걸 원해……."

다프네가 억지로 웃는데, 몸은 좌석 깊숙이 내려가고 눈꺼풀은 저절로 감겼다. 나는 다프네가 삼천 달러짜리 운동복에 완벽한 헤어스타일을 하고 누운 모습을 가만히 바라보았다. 머리카락마다 금속 구슬이 달려서 부드럽게 반짝이는 것 같았다.

다프네가 두 눈을 감고는 꿈같은 미소를 머금으며 입술을 벌렸다.

"더 많은 팔로워를."

제 28 장

우리가 파리에 착륙한 건 아침이었다. 비행기가 하강할 때부터 심장이 콩닥거렸다. 창밖으로 에펠탑을 물끄러미 쳐다보았다. 월트디즈니월드 엡콧센터에 있는 복제품이 아니란 사실을 믿기 힘들었다. 다프네는 수면제 기운이 사라지고 원래 모습으로 돌아왔다. 착륙하기 전에 화장실에서 화장까지 마치고는 그 얼굴을 커다란 모자와 커다란 선글라스로 가릴 정도로 멀쩡했다.

에어프랑스 연락 담당자가 우리를 에스코트하며 세관을 지나고 우리 가방을 찾은 뒤, 벤츠 S-클라스가 공항에서 기다리다 호텔로 우리를 태우고 갔다. 나는 벤츠가 달리는 내내 차창 밖을 우두커니 바라보았다. 파리 여행을 늘 꿈꾸던 내가 아니던가! 나는 살덩이를 꼬집고 또 꼬집었다. 현실이라기엔 너무나 황홀했다.

다프네는 내 손을 잡고서 플라자아테네호텔 로비로 멋들어진 자태를 뽐내며 들어갔다. 하얀 장갑을 낀 벨보이가 나한테서 십오 년 된 싸구려 가방을 낚아채고 세관 스티커가 잔뜩 붙은 다프네의 루이뷔통 트렁크도 낚아챘다.

"콜 부인! 다시 만나서 반가워요! 화려한 스위트룸이 기다리고 있답니다."

새하얀 천을 머리에 두른 여인이 말했다. 이름표에 코제트라고 적혀 있었다.

"Merci. Je ne peux pas attendre.(고마워요. 더는 못 기다리겠어요.)"

다프네가 웃으면서 자신도 프랑스 말을 한다는 사실을 코제트에게 상기시켰다.

코제트는 빨간 창문 차일과 빨간 제라늄이 있는 안마당을 가리킨 뒤, 알레인 듀카스 만찬 식당 쪽을 안내하며, 파이 과자 탑을 주문해서 브런치로 꼭 먹어야 한다고 자신 있게 추천했다.

방으로 올라가는 엘리베이터에서 다프네는 작업 모드로 자세를 바꿔, 코제트를 무시한 채 나한테 앞으로 이틀 동안 할 일을 대충 알려주었다.

"좋아, 오늘 아침에는 방에서 콘텐츠 촬영을 한 다음, 다른 블로거 몇 명과 제품 촬영을 하러 나가. 피하는 게 좋은 인물은 나중에 알려줄게. 모지리가 있거든. 내일은 본 행사야. 아, 그리고 오늘 밤에 환영 만찬이 있어. 재미있을 거야."

"그건 그렇고 무슨 촬영을 하는 건데요?"

내가 묻자 다프네가 대답했다. 차분한 얼굴이었다.

"하이킹 샌들. 신발 브랜드 '테바'랑 비슷한데, 천이백 달러나 나가."

"디바 테바스(Diva Tevas)!"

내가 농담으로 말하자, 다프네가 침까지 튈 정도로 재미나게 받아들였다.

"맞아!"

다리가 긴 코제트는 우리를 카펫이 깔린 복도로 안내했는데, 바닐라와 담배 냄새가 났다.

"말도 안 돼! 우리한테 361호를 주는 거야? 이 호텔 전체에서 내가 제일 좋아하는 스위트룸을."

다프네는 신나서 떠들어대고, 코제트는 미소를 애써 감추며 방문을 열어 내가 지금껏 본 중에 가장 멋진 실내 모습을 보여주었다. 까만 술로 장식한 그랜드 피아노와 샹젤리제 너머로 에펠탑이 그대로 보였다. 사람들이 저절로 무릎을 꿇고 청혼할 수밖에 없는 경관이었다. 벨벳 소파는 동그랗게 자리 잡고, 뒤가 높은 루이 14세 의자가 고풍스러운 커피 테이블을 가운데 두고 둘러싸고 있었다. 그 위에는 신선한 과일, 초콜릿케이크, 샴페인 병, 일리야와 함께 상점 진열창에서 본 조이 토트백이 있었다. 가방 옆면에는 다프네 이름을 새겨넣어 놓았다.

"맙소사……"

나는 숨을 훅 들이마시며 호사스러운 2인용 소파로 무너지고, 다프네는 조그맣게 말했다.

"너무 좋아하지 마. 우리가 잠자는 방은 아니니까. 이 방은 내가 호텔 콘텐츠를 촬영하는 방일 뿐이야. 그리고 화장실은……"

다프네가 말하다 말끝을 흐리더니 커다란 대리석 화장실로 들어가며 물었다.

"불가리 비누가 그대로 있으면 좋겠군."

"그것 말고도 필요한 게 있으면 바로 알려주세요."

코제트가 말하고는 방문 옆에 섰다.

나는 크게 감탄했다.

"토트백도 있어요!"

"그래, 하지만 나는 이미 빨간 토트백이 있어. 그건 당신이 가지지 그래?"

다프네가 말했다. 지루하다는 말투였다.

"옆에 다프네란 이름을 수놓았잖아요!"

"더 잘됐네. 새로 나온 레터맨 재킷처럼."

다프네가 웃고, 나는 미소를 머금으며 말했다.

"미쳤군요."

나는 토트백을 들고서 고풍스러운 전신거울로 걸어가며 덧붙였다.

"내가 살아생전에 이런 가방을 어깨에 걸칠 줄은 상상도 못 했어요."

"토트백이 커. 노트북을 넣으면 좋을 거야."

다프네가 말하는데 나와 같은 열정은 거의 느낄 수 없었다.

"솔직히 말해서, 그럴 순 없어요. 조이 측에서 당신이 가지길 바라잖아요."

내가 말하면서 토트백을 건네자, 다프네가 말했다.

"아니야, 조이 측에서는 내가 그걸 게시하길 바라는 거야. 그런 다음에 이러쿵저러쿵하겠지. 이제 당신 거야. 이걸로 끝."

다프네가 파자마 파티에 참석한 여섯 살 여자애처럼 킹사이즈 침대로 몸을 던졌다. '너무 좋아하지 마'라는 규칙은 나한테만 적용되는 게 분명했다. 그래서 나는 이렇게 중얼거렸다.

"이미 나는 더할 나위 없이 즐거워요! 당신도 그래요?"

그러고는 다프네 옆으로 우아하게 쓰러질 방법을 떠올리는데, 방문을 두드리는 소리가 들려왔다.

다프네가 쳐다보며 말했다.

"옷이 온 것 같아."

나는 신형 토트백을 어깨에 메고 당당하게 걸어가서 방문을 열었다. 벨보이가 손수레 선반을 밀고 와서 그 옆에 섰다. 선반에는 조이가 다가오는 봄에 발표할 컬렉션 가운데 눈에 띄는 작품으로 가득했다.

손수레 양쪽으로는 가득 쌓아 올린 신발 상자가 흔들거렸다. 벨보이는 손수레 선반을 밀며 실내로 들어오더니, 내가 팁을 주기도 전에 사라졌다.

"우리 짐을 말하는 줄 알았어요."

"그렇기도 하고, 아니기도 해. 저 가방들은 진짜로 우리가 묵을 방으로 곧장 옮길 거야. 허리띠 한두 개를 찾으러 달려가는 정도겠지만."

다프네는 침대에서 손수레로 천천히 다가가더니 전달받은 품목을 레이저 같은 눈빛으로 하나씩 훑었다.

"아니야, 아니야. 이건 사진첩에서 볼 때 훨씬 귀여웠어."

다프네가 분홍색 정장과 길고 헐렁한 가우초 바지를 들어서 매치시키며 계속 말했다.

"사람이 입으면 어떤 모습일지 감을 조금도 못 잡았어."

다프네가 한숨을 내쉬며 이어갔다.

"조이가 이 의상을 하이킹 샌들과 어떻게 매치시키라는 건지 모르겠네."

다프네가 신발 상자를 열더니, 하얀색 커다란 고무 밑창에 두 가지 색깔 뱀가죽 끈이 어울려 화려하게 보이는 하이킹 샌들 한 켤레를 꺼냈다. 샌들 뒤꿈치에 번쩍이는 모조 다이아몬드와 '조이'라는 글씨를 크게 박은 것 말고는, 우리 엄마의 전남편 가운데 한 명이 캠핑 가게에서 사다 헐렁한 반바지와 함께 신을 것 같은 샌들과 조금도 달라 보이지 않았다.

"이게 트렌드예요?"

내가 믿을 수 없다는 표정으로 묻자, 다프네가 나를 안심시키며 말했다.

"그렇게 될 거야. 다 먹을 수 있는 거야. 사탕수수와 커피로 만들었거든. 냄새를 맡아봐."

나는 다프네가 시키는 대로 했다. 맛있는 냄새가 났다. 침대에서 아침 식사를 하는 느낌이었다.

다프네는 의상을 살펴보고 다양한 신발 옆에 배치하며 이리저리 매치시켰다.

"이거야! 이제 잘 어울려. 만찬 때 이걸 입어야 해."

다프네가 말하면서 녹색 스팽글 반짝이로 장식한 드레스를 들고 나에게 다가왔다. 나는 시선을 뗄 수 없었다. 하늘로 오르는 황홀한 느낌이었다. 시차 때문에 그럴 수도 있었지만, 아닐 수도 있었다.

나는 세 시간 뒤에 훨씬 조그만 호텔 방에서 입이 마르고 노곤한 상태로 깨어났다. 다프네는 없었다. 다프네가 써놓은 호텔 메모지를 본 다음에 비로소 마음이 안정되었다.

'다른 계획을 잡지 마. 에펠탑에서 하는 디바 테바스 촬영장으로 오면 좋겠어. 추신. 좋은 소식이 있어.'

인스타그램을 검색하니 다프네는 이미 에펠탑에 있었다. '#계속 뛰는 하루'라는 게시물에 올린 모습이 이슬처럼 아름다웠다.

나는 다프네가 입던 길쭉한 양가죽 외투에다 일리야가 쓰던 축구 스카프를 걸친 채 에펠탑으로 출발했다. 그곳을 찾아가는 꿈을 평생 키워오던 에펠탑이었다.

파리는 거리마다 조그만 전등과 포인세티아 나무로 크리스마스 장식을 해놓았다. 하늘은 분홍빛이고 공중에는 군밤과 포도주 냄새가 그득했다. 치즈 장사꾼들은 치즈 가게 앞에서 담배를 빨아대고, 젊은 연인들은 거리를 따라 늘어선 카페 테이블에서 사랑을 나누었다. 지나치는 건물마다 오랜 역사를 자랑하며 뽐내었고, 지나가는 사람들은 내가 대학 때 공부하던 장뤽 고다르 감독의 영화 속 인물처럼 보였다.

귀스타브에펠대로 교차로에서 이미 **뻥뻥** 터지는 카메라 불빛이 보였다. 촬영은 순조롭게 진행되는 중이었다. 다프네는 동료 인플루언서 두 명과 팔짱을 낀 채 사진기사와 영상 촬영기사를 향해 걸어가고 있었다. 여기, 에펠탑 그늘 밑에서 보니 다프네는 세스와 비고의 거품 목욕 촬영 때보다 백만 배는 더 당당하게 보였다.

"메그!"

다프네가 커다랗게 불렀다. 꽃무늬 치마에 청재킷을 입은 모습이 벌써 봄을 맞이하는 것 같았다.

나는 손을 흔들다, 맨살이 드러난 다리를 보며 말했다.

"안녕! 춥겠어요!"

그러고는 그쪽으로 다가가다 인스타그램에서 활동하는 두 여자를 알아보았다. 잔뜩 낙서한 청바지에 러닝셔츠 같은 탱크탑을 걸친 여자는 '레베카 실바'인데, 전직 브라질 모델로 @FashionTravelPancakes라는 이름으로 활동했다. 내 사이트에는 레베카 실바가 모로코에서 양꼬치를 먹거나 방콕의 야시장에서 귀뚜라미를 먹는 모습이 늘 있었다. 조그만 키에 검은색 기다란 주름치마와 짧고 소매 없는 네온프렌 조끼를 입은 사람은 큰 재산을 물려받은 홍콩 출신 키키 추, @Kikachu라는 이름으로 활동하는 여자였다.

쉬는 시간이 되자, 다프네가 소리쳤다.

"이쪽으로 와! 여러분, 이쪽은 메그. 내가 제일 좋아하는 사람! 메그, 이쪽은 키키, 레베카, 다그마르."

이제 비로소 세 번째 인물이 눈에 보였다. 이상할 정도로 큰 키에 머리끝부터 발끝까지 위장복을 입은 모습이 사막의 폭풍 작전에서 지금 막 돌아온 것 같았다.

"안녕. 예뻐요. 패션모델인가요?"

다그마르가 물었다. 독일 악센트가 강한 게, 제임스 본드 영화에 나오는 악당 같았다. 사진기사가 사진을 다시 찍는 동안 다그마르는 질문 세례를 퍼부었다.

"두 사람은 어떻게 아는 사인가요?", "인스타그램을 하나요?", "팔로 워는 몇 명이나 되나요?", "만찬 파티에 참석하나요?", "몇 살이세요?", "나는 조지5세 호텔에 있는데, 마음에 안 들어서 옮기고 싶어요. 침대 정리를 엉망으로 하는 데다, 바로 옆 스위트룸에 신혼부부가 들어와서 쉬지 않고 섹스를 한답니다.", "어느 호텔에 묵으세요?".

다그마르 어깨 뒤에서 다프네가 머리를 가로저어 다그마르 질문에 '대답하지 말라'는 신호를 보냈다.

"두 사람은 우리랑 똑같이 아테네에 묵잖아. 그렇지 않아?"

키키가 다프네를 쳐다보며 눈치 없이 말하자, 다프네가 거짓말을 했다.

"그래, 하지만 그곳도 마음에 안 드는 건 똑같아. 정말이지 도체스터 그룹은 엉망진창 숙소를 한 단계 끌어올려야 해. 볼 것도 없거든. 브루나이 술탄에 비하면 아무것도 아니야. 하지만 르 브리스톨 파리 호텔은 예약이 꽉 차서……."

"내가 나중에 찾아갈게."

다그마르가 다프네에게 속삭였다.

스타일리스트가 재킷을 받고 신발을 고쳐주려고 앞으로 다가오는 순간, 다프네가 나에게 눈짓을 했다. 나는 고개를 숙여 밑을 보았고, 네 여자 모두 색상만 다를 뿐 끔찍하게도 똑같은 샌들을 신고 있다는 사실을 알아챘다.

쉬는 시간이 다시 오면서 사람들이 흩어지자 나는 다프네에게 다가

가서 물었다.

"그래, 좋은 소식은 뭔데요?"

다프네가 자기 이름이 적힌 감독용 의자에 철퍼덕 주저앉으며 되물었다.

"아! 결혼식 종소리가 들려? 당신 개를 결혼시킬 생각이 있는지 그 여부를 수잔이 알려 달래."

"레드를 결혼시켜요?"

내가 당혹스러운 표정으로 쳐다보자 다프네가 대답했다.

"엉킨 강아지 털을 풀어주는 솔과 관련된 사업인데, '매듭을 묶어줄' 강아지 두 마리가 필요하대."

"하지만 강아지 솔은 매듭을 풀어주어야 하는 거 아닌가요?"

내가 이해를 못하자 다프네가 다시 설명했다.

"맞아. 핵심은 두 마리가 결혼하고 피로연을 하는 동안 몸을 단장했다가 마지막 단계에서 모든 걸 깨끗하게 지우는 거야. 깜찍한 묘기 광고라고 할 수 있지. 《뉴욕 포스트》가 기사를 쓸 거야. 차차가 신부인데, 회사 측에서 개 한 마리가 더 필요하다고 해서 내가 수잔에게 당신네 개도 괜찮은지 알아보라고 했거든. 어쨌든, 우리는 법적으로 개 사돈이 되는 거야!"

다프네가 웃으며 덧붙였다.

"당신은 이만 달러만 받겠지만, 어려울 건 하나도 없어. 개 두 마리가 일을 다 하니까."

나는 헛기침이 절로 나왔다. 사립학교 한 학기 학비였다.

"진담이에요?"

다프네가 대답도 하기 전에, 회백색 머리칼 프랑스 감독이 애인을 몇 킬로미터 떨어진 곳에 놔둘 정도로 자존심 강한 표정을 드러내며 준비됐다고 소리치고, 다프네는 황급히 말했다.

"한번 생각해봐."

이만 달러. 세스와 비고가 제안한 연봉이다. 나는 여태껏 그 절반밖에 못 받았다. 생각할 것도 없었다. 그래서 소리쳤다.

"할게요."

"잘 생각했어! 당신에게 이메일로 구체적인 내용을 보내라고 수잔한테 말할게."

다프네가 박수를 보내고 방긋 웃더니, 이 말과 함께 다른 여자들 사이로 황급히 달려갔다.

나는 그 자리에 물끄러미 서서 여자 네 명이 친한 친구라도 되는 듯 웃으면서 포즈 잡는 광경을 지켜보았다. 조이 브랜드 관계자도 잔뜩 모여든 가운데, 마침내 감독이 "촬영 종료!"를 선언했다. 다프네가 동료들과 작별 인사를 하는 사이에 나는 조용한 공간으로 살그머니 빠져나와 우리 가족에게 페이스타임 연결을 시도했다.

나는 핸드폰으로 에펠탑을 가리킨 채 일리야가 핸드폰을 열기만 기다리는데, 다프네가 살그머니 다가와서 내 어깨에 턱을 올려놓으며 말했다.

"어서 가서 한잔하자고! 오늘 밤을 제대로 넘기려면 아주 강한 술이 필요하거든!"

"그래요, 당연히 그래야지요. 우리 아이들이 잘 지내는지 확인하려던 참이었어요. 로만이 학교에 가기 전에 통화하고 싶었거든요."

내가 떨리는 목소리로 설명했다. 다프네가 턱을 빼내기 전에 일리야가 핸드폰을 열면 어떻게 할지 당혹스러웠다. 그런데 다프네는 이렇게 말했다.

"산수 계산을 안 했어? 그쪽은 이미 열시가 넘었어. 나는 멀리 떠나

있는 동안에는 집안일에 신경 끊는 법을 배웠어. 집에서 어떤 드라마가 펼쳐지든, 순식간에 빨려들고 말거든."

신호가 열 번이나 갔는데도 아무런 대답이 없어 나는 페이스타임을 끊었다. 나중에 다시 연결할 생각이었다.

"파리에 착륙한 뒤로 지금까지 게시물을 하나도 안 올렸더군. 조이가 잔뜩 기대하고 있는데. 우리를 후원하는 이유가 뭐겠어."

"그래요, 맞아요!"

내가 대답했다. 허를 찔린 것이다. 조이 측에서 선의로 친절을 베푼다고 여긴다면 얼마나 천진난만한 생각이겠는가.

나는 에펠탑을 향해 핸드폰을 들고 사진을 찍었다. 그래서 사진을 올리고 '인터넷에 에펠탑 사진이 충분치 않다는 걱정이 들어서요'라는 글을 올린 다음, 머리에 떠오르는 조이 해시태그를 모두 달았다.

다프네는 기쁜 표정으로 한 팔을 나한테 휘감았다. 그리고 호텔로 걸어서 돌아오는 내내 마음껏 수다를 떨었다.

"내가 아까 다그마르에게 대답하지 말라는 신호를 보낸 이유가 뭐겠어! 다그마르에게 틈새를 조금만 보이면……, 게다가 나이를 묻는 이유는 도대체 뭐야? 다그마르는 정말 이상해. 우리 호텔까지 못 오게 만들어야 해. 한번 나타나면 떨쳐낼 수 없을 테니까."

다프네가 한숨을 내쉬며 덧붙였다.

"그런데 내가 촬영하는 모습은 어땠어?"

"대단했어요. 정말 멋졌어요. 내가 그런 신발에 적응하려면 오랜 시간이 걸리겠지만……."

어린 여학생 무리가 매들린 그림책에서 곧바로 걸어 나온 듯, 블레이저 외투에 단발머리 차림으로 다가오는데, 다프네는 정신이 산만해서 못 알아본 채 다시 물었다.

"내가 편안해 보였어?"

매력이 그대로 드러났다고 대답하자 다프네는 이렇게 말했다.

"잘됐군, 나도 그렇게 생각했어. 내가 늘 엉망은 아니라는 걸 이제 당신도 알겠군. 개선할 여지가 있다는 건 알아. 어서 단점을 파악해야 해. 이월에는 리볼브 브랜드로 출시할 의상 컬렉션을 촬영하거든. 작품이 정말 좋아. 당신한테 어서 입혀보고 싶어."

다프네가 말을 잠시 멈추고는 손가락을 들면서 이어갔다.

"그럼 당신이 잊지 않고 게시할 거잖아."

"당연하지요."

호텔 바로 돌아오자 재산을 상속받은 키키와 그의 수행원들이 보였다. 전용 메이크업 아티스트 한 명, 키키의 블로그를 운영하는 촌스러운 웹디자이너로 마인크래프트 캐릭터처럼 턱이 사각형인 파란 머리 여자 한 명, 키키 기업 관계자 세 명이었다.

다프네와 나는 근처 테이블에 앉아서 마티니를 홀짝거리며 핸드폰을 검색했다. 키키가 지금 막 올린 게시물에 자신이 간질 발작을 일으켰다는 내용이 들어있었다. 그걸 보고 다프네가 중얼거렸다.

"저 여자는 정말 엿 같아. 뭐든지 다 걸려. 저 여자는 너무 밝혀. 안 밝히는 게 하나도 없어. ADD(주의력결핍장애)도 있고, OCD(강박성장애)도 있고, UTI(요로감염증)도 있고, DUI(음주 운전)도 있고, 심지어 SUI까지 있으니까. 하지만 SUI는 후원 계약을 맺은 것 같아."

"SUI?"

"스트레스성 요실금. 웃을 때 오줌이 샌대. 누가 알겠어!"

다프네가 입안에 올리브 한 알을 쏙 집어넣으며 이어갔다.

"그런데 지금은 간질 발작을 추가한 거야!"

그러다 스스로 인정하며 말했다.

"괜히 질투심이 일잖아. 저 여자를 도무지 이해할 수 없거든. 저런 스타일은 독창성이 조금도 없어!"

나는 키키를 살짝 쳐다보았다. 몸에 착 달라붙는 의상을 입고 있는데, 병뚜껑으로 온몸을 에워싼 게 특이했다.

"저 여자 할아버지는 싱가포르의 섬너 레드스톤이라 할 만큼 억만장자야. 눈에 쉽게 띄어. 저 여자는 <더페이크>라는 쇼를 진행했는데, 낯선 사람 다섯 명을 만찬 파티에 집어넣고서 누구 핸드백이 진짜고 누구 핸드백이 가짜인지 골라내는 내용이었어. 열여섯 시즌이나 진행했지!"

다프네가 눈알을 굴리며 이어갔다.

"나는 인터넷 유명 인사야. 심지어 애플리케이션 유명 인사이기도 하고. 이제는 셋째 아이를 낳아야 할 것 같아. 이쪽 시장에서 살아남는 방법은 그것밖에 없어."

다프네가 한탄하자, 나는 분위기를 가볍게 하려고 말했다.

"나는 여태껏 당신이 낳은 두 아이도 못 만났어요. 당신이 살아남으려고 아이를 또 낳을 필요는 없다고요. 당신 자체가 시장이잖아요! 당신이 지금까지 해낸 일을 다른 모든 여성은 꿈만 꾼다고요. 그 일을 누가 대신해준 게 아니잖아요. 당신이 포토샵 처리한 두 손으로 직접 해낸 거잖아요."

내가 말하고는 값비싼 칵테일을 꿀꺽하고 들이키자, 다프네가 웃었다.

"내가 두 손을 포토샵 처리한 걸 어떻게 알았어?"

"완벽주의자니까요. 무엇 하나 안 놓치잖아요."

다프네는 제자가 영적으로 성장하는 걸 기뻐하는 도사처럼 빙그레 웃으며 말했다.

"이쪽 시장이 돌아가는 법을 제대로 배우는군."

바로 그때 커다란 손 두 개가 내 어깨를 내리누르는 느낌을 받았다. 순간적으로 일리아라는 생각이 들 정도였다. 하지만 다그마르의 게르만 말투가 나를 깜짝 놀라게 했다.

"내가 왔어! 만찬 파티 전에 무얼 할 생각이야? 다른 데 가서 술이나 마실까?"

다프네가 쳐다보며 가식적으로 웃었다.

"나는 인터뷰를 해야 해. ≪마리끌레르≫에서 기자가 오거든."

"온라인 쪽에서, 잡지사 쪽에서?"

다그마르 목소리에서 경쟁자 말투가 묻어나왔다.

"양쪽 모두라고 하던데."

다프네가 대답하자, 다그마르는 입술을 깨물며 얼굴을 찡그렸다.

"그렇다면 온라인 쪽에서 온다는 뜻이로군. 아아, 그들은 '헬무트' 문제로 나를 너무 힘들게 했어."

다그마르가 지갑을 내려다보는데, 폭신한 안감은 진짜 테리어 사냥개 가죽으로 만들었다는 걸 나는 깨달았다. 헬무트는 우윳빛 눈동자에 머리털이 사자 갈기처럼 생긴 테리어 사냥개였다.

"그들이 헬무트를 유전자조작으로 만들었다는 거야! 믿을 수 있어? 팔로워가 삼백만이나 되는 친구를 설치류로 몰아가다니! 헬무트는 그들이 자기를 사랑하지 않는다는 걸 깨달았어. 행복하지 않았던 거지. 그런데 헬무트가 행복하지 않을 때는 어떻게 돌변하는지 알아?"

다그마르가 커다랗게 소리쳤다.

다프네는 엘리베이터가 있는 곳으로 걸어가면서 나한테 헬무트가 한창 잘나가던 시절 이야기를 해댔다. 훨씬 어릴 적만 해도, 포름알데히드에 완전히 빠진 생쥐처럼 보이지 않을 때만 해도, 헬무트는 인스타그램에서 대단한 센세이션을 일으켰다. 한때는 비슷하게 생긴 자매까지 있었는데, 성별 공개 파티 때 말로 형용할 수 없는 사고로 죽었다고 했다. 다프네가 부르르 떨며 말을 이어갔다.

"이제 헬무트는 보기만 해도 무서워. 그래서 '강아지 매듭 풀어주기' 광고를 찍는 쪽에서도 다그마르한테 알아보지 않은 거야. 우리가 그 일을 한다는 걸 알면 다그마르가 난리굿을 피우겠지."

다프네가 두 손을 꼭 움켜쥐며 덧붙였다.

"만찬 파티가 기다려지는군!"

"그 얘기를 꺼내지 말아요. 나도 다그마르가 무서우니까!"

"괜찮아. 해를 끼치지는 않으니까. 그냥 이상할 뿐이야."

방으로 들어가니, 구석 탁자에 꽃다발 하나가 놓여있었다. 쪽지도 있었다. 다프네가 커다랗게 읽었다.

"성공적인 하루를 보내서 고마워요! 오늘 밤에 만나길 학수고대하겠어요. 사랑해요, 여러분의 조이 가족."

다프네는 선물로 들어온 샴페인 병을 들어서 코르크 마개를 딴 다음, 우리가 마실 잔에 넉넉하게 따르며 중얼거렸다.

"정말 고급스러워."

이윽고 그녀는 깊은 생각에 잠기면서 술잔을 내려놓고 핸드폰으로 사진을 찍었다.

"게시물에 올려야겠어."

다프네가 말을 멈추더니 이렇게 물었다.

"당신이라면 뭐라고 설명하겠어?"

나는 곰곰이 생각하는 척했지만, 머리가 윙윙거려서 아무런 소용이 없었다.

"이번 게시물은 효과가 떨어질 게 분명해. 꽃다발을 보면 다 본

거나 마찬가지거든."

다프네가 말하면서 침대를 돌아 천천히 다가오고, 나는 목이 타서 침을 꿀꺽 삼켰다.

"'우리 남편은 싸구려라서 이렇게 멋들어진 꽃다발은 보낼 수 없답니다. 언제나 기대감을 끌어올리는 @조이가 고마워요!'라고 재미있게 쓰지 그래요?"

내가 말하면서 창밖을 쳐다보았다. 속마음을 들킬 것 같아서 두려웠다. 다프네가 너무 가까이 다가왔기 때문이다.

"정말 대단해."

다프네가 환하게 웃으면서 말하더니, 머리를 가로저으며 글자를 입력하고, 나는 그 말을 고쳐주었다.

"정말 서툴다는 말이 맞겠지요. 나는 감수성이 끔찍하게 부족하거든요. 금방 무너지지나 않을까 겁내는 것 같아요."

나는 목소리가 꼬이는 걸 느꼈다. 하지만 다프네는 이렇게 말했다.

"혹은 정말 재미있는 성격일 수도 있고."

우리는 얼굴이 너무 바싹 붙어 있었다. 다프네 턱에 있는 모공과 눈 주변에 살짝 어린 주름이 보일 정도였다. 다프네한테 키스하고 싶었다. 당장 한 몸이 되고 싶었다.

"나는……"

내가 말을 더듬었다. 건물 모서리에 서서 뛰어내릴지 말지 결정을 못 하고 망설이는 느낌이었다. 바로 그 순간에 핸드폰이 울렸다. 마리나가 전화했다는 사실을 깨닫는 순간, 불안감이 밀려들었다. 그래서 곧바로 대답하자, 마리나가 기침을 하며 말했다.

"언니, 식중독에 걸렸어. 아침 내내 머리가 빠져나갈 정도로 토했어. 슈퍼에서 파는 생선회. 내 몸이 그걸 거부하고 있어."

나는 그대로 얼어붙었다. 일리야는 그날 밤 첼시하우스 창립 파티가 있다. 투자자들이 모두 참석하고, 사로도 참석한다. 모두가 참석하는 자리다. 이건 나쁜 정도가 아니었다. 정말 끔찍한 재난이었다.

"그래서 지금 어디에 있어?"

내가 묻자, 마리나가 대답했다.

"원룸에."

"잠깐, 그럼, 펠릭스는 누구랑 있어?"

나는 시간을 다시 확인했다.

"일리야 오빠. 조사할 게 있어야 가봐야 한다고 말했거든. 음료수를 계속 먹으면 독소가 빠져나갈 것 같아서. 하지만 그런 일은 안 일어났어. 그러니 언니가 오빠한테 말해."

"내가? 아픈 건 너잖아!"

"내가 말하면 오빠는 거짓말한다고 생각할 거야."

마리나가 받아치자, 나는 생각을 정리하려고 실내를 이리저리 걸으며 물었다.

"그럼, 지금 거짓말하는 거야?"

"미안해, 언니. 이제 가야 해."

나는 우두커니 서서 내가 선택할 수 있는 대안을 떠올렸다. 파리 시각이 6시 30분이면, 뉴욕은 12시 30분이니, 아직은 사람을 구할 시간이 충분했다. 하지만 누가 있지? 시어머니는 눈이 거의 안 보이고, 세스와 비고는 아이들에 대해 아는 게 하나도 없고, 바비는 일리야와 마찬가지로 창립 파티에 참석해야 했다. 한숨이 저절로 기다랗게 흘러나왔다.

"제기랄!"

"왜 그래?"

다프네가 방 맞은편에서 남은 샴페인을 모두 마시며 물었다.

"시누이가 아프다는데 일리야는 중요한 행사에 꼭 참석해야 하거든요. 그래서 아이를 볼 사람이 없어요."

나는 속으로 다른 시나리오를 떠올리며 말을 이어갔다.

"일리야가 나가기 전 여덟시에 아이들을 재울 순 있어요. 하지만 로만이 여덟시에 잠자리에 드느냐가 문제예요. 설사 여덟시에 잠자리에 든다고 해도, 그다음엔 도대체 누가 두 아이를 지켜주지요? 아무도 없어요."

"유모가 없어?"

다프네는 이해할 수 없다는 표정으로 쳐다보고, 나는 고개를 가로저었다.

"주말에 아이들을 봐주러 오는 사람도 없고?"

"없어요."

나는 숨을 깊이 들이마셨다.

"가정부는? 일을 배우는 사람은? 식탁 밑으로 돈을 찔러주는 오페어도 없고?"

다프네가 묻더니, 주소록을 훑어보면서 문자를 날리기 시작했다. 그러더니 잠시 뒤에 고개를 들며 말했다.

"됐어. 사람을 구했어. 와인이 갈 수 있어."

"와인! 그날 당신네 집에서 우리한테 옷을 갖다준 여자요?"

내가 좋아하던 기억이 났다. 아니, 이 상황에서는 내가 좋아했길 바라는 마음이 더 간절했다.

"와인을 믿을 수 있을까요? 늦도록 머물 수 있대요? 일리야는 사장이 떠나기 전까지는 자리를 벗어날 수 없거든요."

"와인은 훌륭해. 우리 집에서 최소한 십 년은 알고 지내던 사람이야.

모든 점에서 믿을 수 있지. 게다가 덩치도 크고, 늦도록 머물 수도 있어."

다프네는 이렇게 말하고는 투피스 정장으로 갈아입으면서 브래지어를 벗고 윗옷 배꼽 단추를 채웠다. 나는 그 모습을 보지 않으려고 애썼다. 그러던 중 다프네는 머리 타래를 묶더니 아래로 떨어뜨리고는 킥킥 웃으면서 중얼거렸다.

"술은 다 어디에 간 거야? 왜 안 보여? 저절로 사라졌나?"

내가 쳐다보니 샴페인 술병은 텅 빈 상태였다. 내가 마신 건 유리잔 절반밖에 되지 않았다.

바로 그때 핸드폰이 울렸다. ≪마리끌레르≫에서 인터뷰하러 온 기자가 로비에서 기다리고 있다는 연락이었다. 다프네는 녹음기를 든 사람과 대화할 상태가 아니었지만, 나는 다프네 앞을 가로막으면 안 된다는 걸 알고 있었다. 그런 다프네가 핸드백을 움켜잡고 복도로 비틀비틀 나가면서 나한테 이런저런 말을 쏟아냈다.

"한 시간 뒤에 밑으로 내려와. 스팽글이 달린 드레스를 입고. 머리 스타일은 추켜올리고."

"시킨 대로 할게요."

나는 다프네 뒤에 대고 대답했다. 그리고 혼자 남자마자 와인과 문자를 주고받으면서 내가 처한 상황을 설명했다. '내가 지구 건너편에서 인스타그램 스타들과 마음껏 노는 동안(사실, 내가 그렇게 신나게 놀 가능성은 거의 없는데), 네가 오늘 밤 어떤 계획이 있든 모두 팽개치고 우리 아이들을 봐준다면, 그건 네가 나를 살려주는 것과 마찬가지다.'라고 찍었다. 마침내 와인은 부탁을 들어주겠다고 약속하고, 나는 곧바로 일리야한테 전화했는데, 그는 완전히 기진맥진해서 싸울 힘조차 없는 상태였다. 미덥지 않아 "잘 아는 여자야?"라며 두 번이나 확인하는 정도였다.

나는 스트레스 때문에 미니 바에 있는 사탕 아몬드를 전부 먹어 치우면서 대답했다.

"물론 잘 아는 여자지, 일리야. 당신 여동생도 그 여자를 좋아해."

"그럼, 아이들은 어떻게 하지?"

"아이들은 와인을 볼 필요도 없어. 다프네네 집에서 십 년 넘게 유모로 지냈어. 한 가족이나 마찬가지라고. 피자 한 판만 주문해주고 자기 집처럼 편히 지내라는 말만 해줘."

나는 이렇게 말하면서 옷장 선반 앞에서 스팽글이 달린 드레스를 물끄러미 쳐다보며 갈등했다. 그러다 선반에 걸린 다른 드레스를 들춰 보며 "다른 일은 없어?"라고 묻다, 가슴 세 개짜리 뷔스티에가 달린 클래식하지 않은 짧은 새까만 드레스에 눈이 꽂혔다.

일리야는 혼자 두 아이를 돌봐야 하는 스트레스를 계속 털어놓았다. 나는 정신을 차리고 귀를 기울였다.

"로만이 옷을 안 입으려고 하는데……, 설사 입는다 해도 색깔을 맞춰달라는데……, 하늘색에 회색을 맞추는 게 뭐가 문제지? 나는 패션 전문가가 아니잖아!"

"그럼, 레드는?"

"레드? 로만은 까만색조차 안 입는다고!"

"색깔 말고, 우리 개!"

내가 다시 말하자, 일리야가 투덜댔다.

"당신이 떠날 때랑 똑같아. 내가 수의사한테 전화하니까 데리고 오래. 그래서 당신이 돌아오기만 기다리는 중이야."

"급하데? 급하면, 일리야, 병원에 어서 데려가. 레드가 이만 달러를 받고 촬영하기로 계약할 예정이니, 레드가 건강해야 돼."

"계약 때문에 레드를 병원에 데려가라는 거야?"

일리야 말에 창피한 기분이 몰려들었다.

"아니야, 레드는 아픈 게 분명하고 나는 레드가 건강하길 바란다고. 게다가 많은 돈이잖아. 수의사한테 전화해서 어떻게 하는 게 좋은지 알아볼 수 있어?"

"전화할 수 있느냐고? 나는 할 일이 정말 많아, 메그. 오늘은 여태껏 직장도 못 갔어!"

"알았어. 일이 정말 많구나. 하지만 당신 여동생이 생선회를 먹은 건 내 잘못이 아니야. 나도 도우려는 거라고. 게다가 지금은 지구 반대편 끝에 있고."

"알겠어."

일리야가 대답했다. 화가 잔뜩 묻어나오는 목소리였다.

나는 숨을 깊이 들이마셨다.

"여보, 싸우고 싶지 않아. 나는 당신이 주말여행을 보내준 걸 고맙게 여기고 있어."

"목요일은 주말도 아니야."

일리야가 지적하더니 화제를 바꾸며 물었다.

"여행은 어때?"

나는 창가로 걸어가서 커튼을 젖혔다. 빨간 벽돌 벽 전경이 첫 번째 방에서 본 전경과 다르지만, 그래도 여전히 파리의 빨간 벽돌 벽이었다.

"휙휙 날아다녀. 지금껏 너무 바빠서 경치 구경은 하나도 못 했어. 그래도 이곳은 마법 같아. 파리는 너무 황홀해서 '모두 좋아요'라 하고."

"잠깐. 지금 막 '모두 좋아요(all the likes)'라고 한 거야?"

"아니야. '모든 불빛(all the lights)'이라 한 거야. 불빛이 화려해서 너무 황홀해. 연말연시잖아."

"그곳은 지금 몇 시지? 술이라도 마신 거야?"

의심하는 말투에 나는 인정했다.

"그런 건 아니야……. 아주 조금 마셨어."

일리야는 잠시 아무 말도 안 했다. 침묵은 그가 마음속에 치닫는 생각을 마구 뱉어내는 이상으로 무서웠다.

통화를 마친 뒤, 나는 시계를 쳐다보고 로비로 내려가야 한다는 사실을 깨달았다. 다프네는 시간에 대해 정말 까다로운 성격이었다. 최소한 다른 사람이 지켜야 할 시간 약속 문제에서는.

제 29 장

나는 녹색 스팽글이 달린 조이 드레스를 입는 순간, 왼쪽 밑자락부터 오른쪽 엉덩이까지 쫙 갈라진 걸 깨달았다. 평생에 걸쳐 다리를 이렇게 많이 드러내 본 적은 없었다. 내 몸에서 다리가 가장 볼만했을 때도 마찬가지였다. 하이힐을 신고서 전신 거울에 비친 여인을 바라보니 자신감이 솟구쳤다. 술기운이 올라와서이기도 하지만, 내가 백만 달러짜리 같은, 혹은 조이 드레스 소비자 가격 같은 인물이 된 느낌이었다.

로비로 내려가자, 다프네가 카운터에 앉아서 갈색 머리칼 여자 귀에 대고 무언가를 속삭이는 중이었다. 그러다 나를 보는 순간 몸을 뒤로 홱 빼내면서 말을 멈췄다. 내가 지나가는 동안 프랑스 사업가 몇 명이 쳐다보며 추파를 던졌다.

나는 다프네의 쭉 드러난 다리에도 눈길이 안 갈 수 없어 빙그레 웃으며 감탄하며 말했다.

"대단하군!"

그러고는 잠시 가만히 바라보다 조금 전에 다프네와 말하던 여인을 떠올렸다.

"이쪽은 알렉, 내가 제일 좋아하는 사람 가운데 한 명이야."

이 말은 다프네한테 '제일 좋아하는 사람'이 많다는, 분야마다 한 명씩 있을 수 있다는 뜻이었다. 나는 알렉한테 눈살을 찡그리지 않으려고 애썼다. 예전에 옥상 만찬 파티에서 로렌이 노골적으로 걱정하는 말투로 나랑 비교한 미지의 여인이었다. 그런 '알렉'(이 여자 이름을 말할 때는 아직도 따옴표를 안 쓸 수 없다.) 바로 옆으로 다가가니 나랑 똑같이 생겼다는 사실을 느낄 수 있었다. 열 살 정도 어린 게 다를 뿐이었다. 갈색 눈동자도 똑같고, 예쁜 얼굴도 똑같고, 짙은 눈썹도 똑같았다. 까만 머리칼이 유일하게 다를 뿐이었다. 약간 불편할 정도였다.

알렉 역시 나랑 똑같은 생각을 한 게 분명해 보였지만 훨씬 세련되게 행동했다.

"만나서 반갑습니다. 드레스가 죽이네요! 아주 예뻐요."

알렉이 말하자, 다프네가 말을 바꿨다.

"메그가 죽이는 거야. 어쨌든, 이제 우리는 가야 해. 만나서 반가웠어, 에이(A)."

알렉이 아쉬운 투로 대답했다.

"나도요. 파리에 언제 또 오실 거 같아요?"

"당분간은 안 와, 자기."

이 단어가 튀어나오는 순간, 나는 가슴속에서 무언가가 터지는 느낌이었다.

다프네가 알렉의 양쪽 뺨에 키스하면서 곁눈질로 내 반응을 살폈다. 알렉도 나를 살피며 말했다.

"나도 원래는 머리칼 색깔이 똑같답니다."

"맞아…… 정말 멋있었지."

다프네가 웃고, 알렉은 한숨을 내쉬며 우리가 떠나는 모습을 지켜보았다.

만찬 파티로 가는 자동차에 올라탄 후 나는 알렉에 대해서 다프네한테 물을 수밖에 없었다.

"어떻게 아는 사이에요?"

"삼사 년 전에 만났어. 예전에, 덤보에서 살았지. 좋은 여자야. 능력이 탁월한 작가. 하지만 어려. 나한테는 너무 어려."

나는 질투심에 휩싸인 채 차창으로 고개를 돌려서 센강만 물끄러미 쳐다보았다.

"알렉이 파티에서 쓰는 물건을 가지고 왔어."

다프네가 핸드백을 열더니 하얀 가루가 든 봉투 하나를 꺼냈다. 그러고는 분홍색 손톱을 봉투에 넣고는 한 움큼 파내서 코에 대고 순식간에 빨아들였다.

"당신이 만찬 파티에 빨리 참석하면 좋겠어. 살바토레는 정말 자극적이거든. 너도 할래?"

"우선…… 식사부터 하는 게 좋을 것 같아요."

내가 사양하자, 다프네가 장난기 어린 동작으로 내 어깨를 툭 밀치며 다그쳤다.

"그러지 마. 너도 좋아하잖아. 코카인, 콘서트, 세 번째가 뭐였지?"

"컬트 영화."

나는 긴장이 살짝 풀렸다. 우리가 맨 처음 주고받은 문자를 다프네가 기억한 것이다.

"그래, 맞아."

다프네가 말하고는 상체를 가까이 들이밀었다. 그런 다음에 손톱으로 하얀 가루를 다시 퍼서 내 코에 댔다. 내가 숨을 훅 들이켜는 순간,

심장 박동이 빨라지는 느낌이었다.

자동차는 강변으로 내려가는 널찍한 돌계단 앞에 멈췄다. 하얗고 길쭉한 보트가 아래쪽 선착장에서 기다리고, 턱시도를 입은 남자들이 우리가 타는 걸 거들어 줄 준비를 한 채 기다렸다. 화려하게 장식한 보트 응접실에 패션 인플루언서, VIP 고객, 기업 관련자처럼 보이는 사람들이 모여서 대화하며 배 길이를 따라 기다랗게 설치한 테이블에 앉을 차례를 기다렸다. 다그마르와 키키는 내가 알아본 몇 명 안 되는 참석자였다.

다프네가 빨간 가죽바지에 사슬고리 셔츠 차림으로 구석에서 난간을 잡고 있는 잘생긴 사내를 가리켰다.

"저자가 살바토레야. 성적 매력이 대단하지 않아?"

곱슬머리는 기다랗고, 광대뼈는 묵직하고, 밴드 보컬 '자레드 레토'처럼 눈 주변을 까맣게 칠한 모습이 남성 특유의 성적 매력을 드러냈다. 오늘은 우리 피를 빨아먹고 내일은 자기 피를 빨아먹으면서 우리한테 지켜보게 할 종류의 사람처럼 보였다. 우리가 다가가자 살바토레가 음탕하게 웃더니 나를 가리키고 손가락에 키스하며 감탄했다.

"트레 매니피끄(Très magnifique, 매우 아름답군)."

"당신 드레스를 좋아하는 것 같아."

다프네가 웃었다. 나는 심장이 훨씬 빠르게 콩닥거렸다.

"다행이네요. 저 사람은 한 번 마음 먹으면 절대로 포기하지 않을 것 같으니."

내가 말하자 다프네가 물었다.

"괜찮아? 옆으로 살짝 벗어나는 것 같아."

미처 대답하기도 전에 종업원이 종을 울려서 모든 사람에게 의자에 앉으라는 신호를 보냈다. 우리가 앉자마자, 굴, 새우, 참치 타르타르를 쌓아 올린 커다란 탑이 식탁에 줄줄이 올라왔다. 접시마다 앞에 선물 상자가 있는데, 하얀 종이로 깔끔하게 포장해서 순은색 리본으로 묶어 놓았다. 사진작가 여러 명이 산호초 사이를 수영하는 물고기처럼 식탁 주변을 맴돌며 모든 장면을 모든 각도에서 담아냈다.

내가 앉은 자리 맞은편에는 괴팍하게 보이는 디자이너 초보자가 앉았는데, 실버 레이크에서 온 @JanesAddictions라는 이름으로 활동하는 제인이라는 인물이었다. 제인은 머리칼이 청록색으로, 사람들에게 자신은 양성애자라고 알리는 목걸이를 하고 있었다.

"중국에서 건너온 수갑 팔찌면 좋겠어! 작년부터 갖고 싶었거든."

제인이 말하고는 상자를 뜯어서 열쇠고리를 꺼내더니, 다그마르를 쳐다보고 공중에 대고 흔들면서 말을 이어갔다.

"이게 뭐야? 지금 이걸로 장난치자는 거야? 우리 꼬맹이들한테 뭐라고 하지?"

순은으로 만든 열쇠고리는 조그만 주물로 뜬 남성의 고추와 불알처럼 보였다.

"내 심장을 한 조각씩 떼어서 여러분께 주고 싶었으나 조금 진부한 것 같아서 내가 제일 좋아하는 인체 기관을 대신 주기로 결정했습니다."

살바토레가 말하면서 눈빛을 번뜩이더니 극적 효과를 내려고 잠시 입을 다물다 다시 말했다.

"모두 내 인체 기관이니 우리는 그걸 한정판으로 만들어 사랑하는 여러분께만 드립니다! 판매용으로 내놓는 일은 절대로 없을 겁니다!"

다프네가 나를 쳐다보며 중얼거렸다.

"여기에 오려면 약을 먹어야 한다고 했잖아!"

샴페인은 끊임없이 흐르고, 우리 앞에는 열여섯 코스 요리가 놓였는데, 하나같이 퇴폐적인 요리였다.

이 모든 게 내 잘못이라는 듯 다그마르가 나를 쳐다보며 말했다.

"여기는 서비스가 형편없어. 그래서 나는 지금 열심히 낚시질을 한다고."

다그마르가 설명에 의하면, 낚시질은 인스타그램에 등록한 기업에 무작위로 메시지를 보내서 게시물로 올릴 테니 제품을 보내라고 요청하는 것이었다. 그러더니 한숨을 내쉬며 덧붙였다.

"대부분은 대답조차 안 해. 한번 훑어보는 걸로 끝이지. 하지만 그래도 재밌어. 마음을 이상하게 달래주거든. 발톱을 물어뜯는 것처럼."

그런 분위기에서 보드카 몇 잔이 돌자, 제인이 선물로 받은 열쇠고리를 들고서 흔들며 소리쳤다.

"진지하게 묻겠는데, 내일 쇼에서 제일 앞자리에 앉으려면 누구 열쇠고리를 빨아줘야 하는 거지?"

다프네가 폭소를 터트리며 침이 튀고, 샴페인도 사방으로 튀었다. 터져 나오는 웃음을 억누를 수 없었던 것일까. 나는 제인이 한 농담을 다프네처럼 재미있게 받아들이는 척하고 싶었다. 하지만 나는 좋은 배우가 아니었다.

나도 한 방 터트려야 했다. 제인은 빨랐다. 그런데 나는 느린 것 같았다. 다프네한테 재미있는 사람으로 남도록 한 방 터트릴 기회를 모색했지만, 나는 얼굴이 그렇게 두껍지 않았다. 정신없이 펼쳐지는 대화에서 나 자신이 배제될수록 다프네 역시 내 곁에서 떨어져 가는 느낌마저 들었다.

살바토레가 숟갈로 유리잔을 친 다음에 건배를 제안했다.

"여러분 각자가 여기에 온 건 패션에 대한 열정 때문입니다. 오랜 세월 동안 조이와 함께하면서 하이킹 샌들을 혁신하는 정책에 함께 노력해주셔서 고맙습니다. 여러분 모두는…… 뭐라고 할까? …… 귀여운 내 양배추(프랑스어로 몽슈, 내 사랑이라는 뜻)입니다.”

나는 내가 받은 열쇠고리를 다시 내려다보며 중얼거렸다.

“이게 양배추? 자지라고 생각했는데?”

그런데 목소리가 생각보다 컸다. 살바토레가 쏘아보았다. 좋아하는 표정이 아니었다.

“나는 남성용 눈 화장을 좋아한답니다!”

나는 이렇게 간신히 뱉어내고는 살바토레가 말을 마치자마자 화장 실로 피신했다. 그래서 정신을 차리려고 얼굴에 찬물을 끼얹었다. 그때, 화장실 문을 두드리는 소리가 났다. 처음에 아무런 대답을 하지 않자 두드리는 소리가 다시 났는데 이번에는 훨씬 다급했다.

내가 문을 살짝 열자 다프네가 무작정 밀고 들어왔다. 나를 호되게 꾸짖거나 야단치려고 그런다는 생각이 들었다. 하지만 아니었다. 다 프네는 나를 붙잡고 키스를 해대기 시작했다. 나를 거울로 밀어붙이 면서 혀로 내 입을 파고들었다. 한쪽 팔을 벽에 댄 채 다른 손을 내 드레스 밑으로 집어넣고 가랑이 사이를 더듬었다. 오랫동안 기대 하던 순간이었지만 정작 나 자신은 너무나 무서워서 온몸이 얼어붙 었다. 내가 이걸 바랐던가? 하지만 내가 자제력을 발휘해서 나는 남 편을 사랑한다고 하거나 그 열정에 동참하기도 전에 다프네가 동작 을 멈추고 물러났다.

나는 거친 숨을 내뿜으며 물끄러미 쳐다보았다. 다프네가 느긋하게 말했다.

“훨씬 낫군. 이제 비로소 당신이 긴장을 푼 것 같으니 말이야. 한 번 더 붙어볼까?”

나는 온몸을 떨며 대답했다.

"나는 괜찮아요."

우리 사이에 아무런 일도 없었다는 듯 다프네가 빙그레 웃더니, 내 뺨을 다정하게 두드리며 "괜찮아? 오케이? 정말 뜨거웠어. 나중에 다시 한번 해보자고."라고 말하고는 밖으로 나갔다.

나는 지금 막 무슨 일이 일어났는지 파악하려고 오 분은 족히 서 있었다. 지금 당장 다프네와 한 몸이 되고픈 충동도 일고, 다프네를 두 번 다시 안 보고픈 충동도 일었다. 도대체 다프네가 지금 무슨 게임을 벌이는 거란 말인가? 그게 무슨 게임이든 나는 이미 지고 있었다.

식탁으로 돌아오니 다프네는 제인이랑 조금이라도 가까이 앉으려고 내 자리를 차지한 상태였다. 다프네는 우리가 처음 만날 때 한 이야기를 그대로 하고 있었다. 그러다 마침내 나를 알아채고 활기차게 말했다.

"메그, 내일 쇼에 제인이랑 함께 다녀. 두 사람이 나란히 앉는 거야!"

"당신과 나는 차원이 낮은 인플루언서라서 제일 앞줄에 앉을 수 없답니다."

제인이 웃으며 말하자 다프네가 강조했다.

"그렇지 않아! 그래도 두 사람은 파리에 와서 조이 쇼에 참석하잖아! 얼마나 많은 여자가 두 사람을 부러워하겠느냐고."

하지만 제인은 그대로 받아쳤다. 화가 치솟는 걸 억누를 수 없다는 말투였다.

"하이킹 샌들을 부러워하는 거겠지. 제일 앞줄만 사진에 찍힌다는 걸 당신도 알잖아. 우리는 들러리에 불과하다고. 래퍼 카디 비 옆자리에 앉는 것과 그 머리를 잘라주는 사람 옆자리에 앉는 건 완전히 다르거든."

제인은 화가 났지만, 다프네는 신이 난 어투로 재잘거렸다.

"정말 재밌는 친구야! 우리가 전에 마주친 적이 한 번도 없다는 사실이 믿기질 않아!"

다프네는 나에 대해 관심을 잃었다. 그 눈빛에서 읽을 수 있었다. 나는 다프네를 다프네 자신보다 많이 알았다. 좋아하는 인물을, 혹은 우리를 지칭할 때 말하던 '제일 좋아하는 인물'을 새로 찾아낸 것이다.

만찬 파티는 끝날 줄 몰랐다. 그런데 나는 호텔로 당장 돌아가고픈 마음만 굴뚝같았다. 하지만 다프네는 배가 선창에 정박한 다음에도 뜨겁게 달아오르기만 하는 것 같았다. 나한테 이렇게 통보할 정도였다.

"우리는 바스티유에 있는 클럽에 놀러 갈 거야."

"우리가 누군데요?"

나는 그 답을 이미 알고 있었다.

"아, 나랑 제인, 그리고 다른 친구 서너 명. 근데 너는 피곤해 보이네. 먼저 가서 편히 쉬어. 쇼는 내일 오전 아홉시에 시작해."

내가 나오는 눈물을 꾹 참으며 쳐다보니, 다프네는 이미 인파 사이를 훑어보며 제인을 찾고 있었다. 그런 상황에서 문제를 풀어보려 애쓰는 게 무슨 소용이겠는가? 나는 그냥 고개만 끄덕이고 아침에 보자고 말한 뒤에 헤어졌다.

호텔 전화벨 소리가 잠을 깨웠다. 으음, 머리가 깨지는 통증도 함께.

"여보세요?"

내가 대답하자, 전화선을 타고 프랑스 말이 흘러나왔다. 내가 알아들을 수 있는 말은 "르 글램 팀(le glam team)"이란 말이 전부였다.

"알았어요."

나는 이렇게 대답하고 비틀대며 전등 스위치를 켜고 다프네를 찾아

실내를 둘러보았다. 방문을 두드리는 소리가 났다. 나는 방문을 열려고 급히 가다 바닥에 널브러진 몸뚱이에 걸려서 하마터면 그대로 넘어질 뻔했다. 다프네였다. 한 손은 핸드폰을 단단히 붙잡고 한쪽 발은 신발 까지 신은 상태였다.

"잠깐만요!"

나는 방문에 대고 대답한 다음 다프네를 흔들어서 깨우려 했다.

"다프네. 다프네!"

얼굴도 때렸지만 다프네는 꿈쩍도 안 했다. 나는 다른 방법이 없어 방문을 열었다.

니코틴에 찌든 메이크업 아티스트 마리가 상황을 파악한 다음 물었 다.

"도대체 지금 무얼 하는 거예요?"

"다프네는 지금 아무 데도 갈 수 없어요."

처키가 대답했다. 키가 정말 큰 사내인데, 짐 가방에는 가느다란 머리칼을 곱슬곱슬하게 묶은 가발을 비롯해 각종 도구가 가득했다.

마리가 공포에 젖은 표정으로 반발했다.

"지금 당장 가야 해요. 지금 안 가면 블랙리스트에 올라요. 그러면 누구도 다프네랑 일하지 않을 거예요. 우리도 마찬가지고, 살바토레가 어떻게 나올지 잘 알잖아요. 그 화풀이가 우리한테 그대로 돌아올 거라고요. 다프네는 제일 앞줄이고, 살바토레는 우리가 다프네를 당장 데려오길 바란다고요!"

우리 셋은 다프네를 침대로 옮겼다. 처키는 불길한 말을 끊임없이 중얼거렸다.

"다프네?"

내가 다시 부르자 다프네가 갑자기 일어나 앉아서 쳐다보았다. 나를 알아보는 눈빛이었다.

"안녕, 자기야."

다프네가 빙그레 웃더니, 머리를 반대편으로 돌리면서 베개 너머로 마구 토했다. 그러더니 내가 대처하기도 전에 몸을 돌리며 그대로 혼절했다. 그러자 마리가 몸서리치며 소리쳤다.

"디글라스(*Dégueulasse*, 역겨워!) 이제 다 끝났어. 내가 모두 책임져야 할 거야. 해고당하고 말 거라고."

마리가 침대 옆 탁자에서 무선 전화기를 집어 처키 어깨에 던지며 말했다.

"당신도 마찬가지라고."

"메흐드(*Merde*, 지옥에나 가!)"

처키도 소리쳤다.

벌써 여덟시였다. 쇼는 아홉시에 시작한다. 다프네가 그 시간까지 그 자리에 참석할 방법은 없었다.

"다프네랑 비슷하게 생겼으니 당신이 참석하세요. 가발 세트는 여기에 다 있어요. 우리가 키를 정확히 맞출 수 있구요."

처키가 갑자기 제안했다. 나는 곧바로 반발했다.

"지금 장난해요?"

처키가 나를 쳐다보며 대답했다.

"다프네가 유명 인물은 아니잖아요. 인터넷에서만 유명하지."

"그것도 아니야. 앱에서만 유명하니까."

마리가 가세하자, 처키가 힘을 받으며 소리쳤다.

"그런 여자는 게시물에 올린 모습이랑 실제 모습이 많이 다르기도 하고요."

"세 지니알르(*C'est genial*, 훌륭해요!)"

메리가 감탄하며 힘을 더하고, 나는 한숨을 쉬었다.

"이건 말도 안 돼요."

"그럼 더 좋은 방법이 있나요?"

마리가 빤히 쳐다보며 물었다.

나는 아무런 방법도 없었다. 다프네한테 잔뜩 화가 나긴 했으나 하룻밤 술에 절었다는 이유로 공든 탑을 무너뜨릴 순 없었다. 다행히도 일리야는 지구 반대편 끝에서 곤하게 자는 중이었다. 그게 아니라면 나한테 무슨 말을 할지 너무나 뻔했다.

마리가 잃어버린 레코드판이라도 찾는 듯 옷장 선반을 일일이 뒤지면서 물었다.

"다프네가 어떤 의상을 입어야 하는지 알아요?"

나는 고개를 저었다.

"몰라요."

"다프네처럼 유명한 사람이 입을 의상은 조이 측 담당자가 미리 정해놓았을 게 분명해요."

마리가 설명하고는 바닥에 떨어진 다프네 핸드폰을 집어서 나에게 건네며 덧붙였다.

"으음, 문자를 검색해서 알아내세요."

나는 시계를 쳐다보고, 마리는 다그쳤다.

"알레지(*Allez-y*, 서둘러요!) 시간이 없어요."

나는 다프네 머리를 핸드폰 쪽으로 돌려서 안면을 인식시켜 잠금장치를 풀었다. 최근에 온 메일을 쭉 검색해 조이 팀에서 보낸 걸 찾아냈다. 통통한 울로 만들어서 젖꼭지 부분을 잘라낸 통 드레스, 아니면, 사용한 콘돔을 잔뜩 모아서 만든 것같이 보이는 비옷과 짙은 황색 비단 판탈롱 사이에서 선택해야 했다. 나는 후자를 선택했다.

그리고 마리 손에서 담배를 빼앗아 길게 빨아들이며 각오를 다졌다.

"그래. 한번 해보자고."

제 30 장

조이 패션쇼는 파리 북부에 있는 구 이디시 극장에서 열릴 예정이었다. 내부는 이미 에덴동산으로 변신한 상태였다. 나는 잔뜩 긴장했지만, 도로에 쭉 늘어선 파파라치들은 자동차에서 내리는 나를 보고도 이상하다는 눈치를 채지 못하는 것 같았다. 다프네 핸드폰을 이미 잠금을 해제한 상태기 때문에 나는 커다란 행사를 앞둔 순간에 다프네 게시물을 충분히 올릴 수 있었다. 다프네와 머리 스타일이 비슷한데다, 글램 팀이 놀랍게도 머리칼을 풍성하게 만들어주어서 얼핏 보기에는 거의 비슷해 보였다. 그렇다 해서 완전히 똑같은 건 아니었다. 다프네는 매혹적인 모델처럼 가슴골도 풍성한데, 나는 평범하고 못생겼으며, 가슴이 없고 엉덩이는 수학 선생 같았다. 그래도 글램 팀은 놀라웠다. 우리가 속여야 할 사람들, 다프네를 잘 모르는 사람들은 어떤 차이도 알아낼 수 없었다.

행사 담당자가 목록에서 다프네 이름을 지우고는 나를, 그리고 다프네의 큼지막한 선글라스를, 제일 앞줄로 에스코트했다. 카메라는 끊임없이 터지고, 그럴 때마다 나는 얼굴로 머리칼을 흘리거나 샌들을 내려다보려 애썼다.

키키가 황급히 들어와서 옆자리에 앉았다. 모피 목깃을 댄 셔츠에 얼룩말 꼬리를 붙였다 뗐다 할 수 있는 가죽바지 차림이 반인반우 괴물 미노타우로스 교배종처럼 보였다.

"토니랑 조니랑 타오가 발코니 자리에 앉는 것조차 허락을 못 받은 거 알아?"

키키가 산만하게 말했다. 조이 해시태그를 새로 올리느라 핸드폰을 바쁘게 만지는 중이었다.

"심하군."

내가 말했다.

다음 순간에 키키가 고개를 들고 쳐다보다 기겁했다.

"맙소사! 다프네는 어디에 가고?"

나는 심장이 콩닥거리고 눈에서 불이 튀어나왔다. 전등 불빛은 점차 어두워지기 시작했다.

"다프네는 아파서 호텔에 있어. 모르는 척 넘어가."

내가 말하면서 다프네 핸드폰을 들고서 촬영을 시작했다.

"지금 무슨 짓을 하는 건지 알기나 해?"

키키가 물었다. 내가 전기톱이라도 들고 있다는 표정이었다.

"좋은 생각이 있거든."

나는 이렇게 말하며 비디오 영상에 필터를 추가한 다음, 다프네와 키키를 모두 태그했다.

실내는 칠흑처럼 깜깜하고 사방은 고요했다. 내 심장이 콩닥대는 소리만 들렸다.

뭔지 모를 소리가 조금씩 들려오다, 동물이 짝짓기하거나 죽어가며 내지르는 불협화음 같은 소리가 날카롭게 들렸다. 다양한 모델이 디바 테바스 스테이지를 활기차게 걸어가는데, 하나같이 굶주린 표정으로 당장이라도 달려들 것처럼 보였다. 모델이 일부러 발을 구르며 지날 때마다 좁은 스테이지에 뿌린 진흙이 앞줄로 튀었다. 음악 소리는 점차 커지고 강렬하게 변했다.

나는 내 뺨을 때리는 진흙 덩어리를 느꼈다. 그러다 갑자기, 모델도 사라지고 불빛도 사라지고 소리도 사라졌다. 채 5분도 안 되는 시간이었다.

"이게 전부야?"

내가 당황한 표정으로 쳐다보며 묻자 키키가 고개를 끄덕이며 대답했다.

"그래, 생각한 것보다 늘 일찍 끝나. 하지만 정말 훌륭했어."

불빛은 다시 들어오고, 출연 모델 모두 인사하러 무대에 오르는데, 그들은 머리끝부터 발끝까지 쓰레기를 뒤덮어서 겉모습이 제대로 안 보이도록 만들었다. 마지막으로 살바토레가 나왔다. 소박하면서도 얼룩 하나 없이 깨끗한 체육복 차림이었다.

살바토레가 청중에게 손을 흔들고 키스를 날렸다. 그러다 무대를 내려가려고 몸을 돌릴 때 비로소 나는 체육복 바지 궁둥이 부분을 없애서 맨살을 그대로 드러낸 사실을 깨달았다. 나는 그 모습을 사진에 담아 다프네가 쓸 것 같은 글을 적어 넣었다. '태양도 나오고 엉덩이도 나오고'라는 글이었다. 그다음에는 해안가 파라솔 이모티콘 몇 개와 조이 해시태그를 달았다. 키키가 어깨 너머로 쳐다보는데, 내가 올린 내용에 깊은 인상을 받은 것 같았다.

열한시에 호텔로 돌아왔다. 이사벨라 스튜어트 가드너 박물관에서 명화를 깔끔하게 훔쳐낸 도둑고양이같이 정신이 하나도 없었다. 나는 내가 제대로 해낸 걸 다프네에게 자랑하고픈 마음에 들떴지만, 안으로 들어가니, 방에는 아무도 없었다. 나는 핸드백에서 전화기를 급히 꺼내 다프네한테 전화를 걸다 다프네 핸드폰을 내가 가지고 있다는 기억을 떠올렸다. 그래서 내 번호로 전화를 걸었다. 전화벨 소리는 침대 밑에서 흘러나왔다. 전화기를 꺼내서 살펴보니, 부재중 전화가 스물여섯 통, 문자 메시지가 열다섯 개였다.

"아, 하느님 맙소사!"

심장이 쿵 내려앉았다. 도대체 내 전화기를 왜 안 가져갔단 말인가!

첫 번째 문자는 와인이 보낸 거였다.

'당신 개가 매우 아파요. 계속 설사해요. 개를 데리고 아래층으로 내려가야 해요. 당신 남편에게 문자를 보냈지만, 아직 답신이 없어요. 잘 해결되길 바라요.'

다음 문자는 일리야가 이십 분이 지난 뒤에 보낸 거였다.

'메그, 제발 전화 좀 받아. 소방서 구조대가 우리 아파트 문 앞에 왔는데 베이비시터가 대답을 안 해.'

세 번째 문자는 '메간!'이 전부였다.

나는 검색을 중단하고 일리야에게 전화했다. 오전 아홉시부터 전화를 해댔는데 뉴욕 시각으로는 오전 세시였다.

"일리야!"

남편 목소리를 들으니까 마음이 놓였다. 하지만 그 입에서 어떤 말이 나올지 겁도 났다. 속이 부글부글 끓어오르는 목소리였다.

"도대체 어디에 있었던 거야?"

"저어…… 패션쇼에 있었어."

이 말이 나오는 순간에 죄책감이 밀물처럼 몰려들었다.

"당신이 고용한 여자."

일리야는 너무 화나서 숨을 고른 다음에야 비로소 말을 이어갈 수 있었다.

"그 여자는 유모가 아니야. 그 여자는 당신 친구를 거의 몰라. 어떻게 그리도 무책임한 짓을 할 수 있어?"

"잠깐, 일리야. 우선 대답부터 해. 아이들은 괜찮아?"

나는 온몸이 부들부들 떨렸다. 일리야는 숨을 잠시 가다듬고 대답했다.

"아이들은 괜찮아……. 아파트는…… 아니고. 소방서 구조대가 현관문을 부쉈거든."

"맙소사, 왜?"

"그 여자가 피자를 오븐에 넣고 데우다 밖에 나갔다 안으로 못 들어온 거야."

"밖으로 왜 나갔는데?"

"레드가 여기저기에 설사를 했거든. 그래서 레드를 데리고 밖으로 나갔는데, 전화기는 안에 두었던 거야. 이웃이 켄한테 전화하고, 켄이 나한테 전화했어."

"하느님 맙소사!"

나는 울음이 절로 났다.

"로만이 무서워서 죽을 뻔했어. 메그, 우리가 아이들한테 무슨 짓을 하는 건지 모르겠지만, 잘하는 짓은 아니야."

"미안해. 로만이랑 통화할 수 있어?"

나는 침과 눈물을 질질 흘렸지만 일리야는 차가웠다.

"안 돼. 지금 막 잠재웠어. 내일 보자고. 이제 집으로 오는 중이지? 그치?"

"물론이지."

코를 훌쩍이면서 전화기를 끄는 순간 다프네가 방문을 쾅 열고서 씩씩대며 들어왔다.

"도대체 무슨 짓을 하고 다니는 거야?"

이 말에 나는 그대로 폭발했다.

"도대체 무슨 짓을 하고 다니느냐고요? 지금 농담하자는 거예요? 와인은 믿어도 된다고 했잖아요. 하마터면 그 여자 때문에 우리 아이들이 죽을 뻔했다고요!"

"지금 도대체 무슨 말도 안 되는 <위험한 독신녀> 위장 게임을 벌이는 거냐고?"

다프네는 곧장 다가와서 내 머리에 달라붙은 가발 클립을 떼어낼 뿐 우리 가족의 안위에는 아무런 관심도 없었다. 나는 분노가 치밀어 올랐다.

"와인이 당신네 집에서 유모를 오랫동안 했다고 나한테 말했잖아요."

"그렇게 말한 적 없어."

다프네는 콧방귀를 날렸다. 나는 매섭게 받아쳤다.

"아니야, 그렇게 말했어요. 와인이 당신네 집에서 십 년 동안 일했다고. 우리 아이들을 믿고 맡겨도 된다고!"

"메그, 지금 너는 내 핸드폰을 훔쳐 들고 조이 쇼에 가서 내 자리에 앉았어! 도대체 무슨 짓을 벌이는 거냐고! 네가 나라고 생각한 거야? 꿈 깨. 절대로 그렇게 될 순 없으니까."

"다프네, 당신은 술에 절어서 토하다 혼절했어요. 나는 당신을 살려주려고 그 자리에 간 거고!"

"나를 살려줘!? 네가 카디 비가 입은 것과 똑같은 옷에 짙은 황색 비단 판탈롱을 입었잖아. 사람들은 지금 그 얘기만 한다고!"

다프네가 내 손에서 자기 핸드폰을 낚아채더니, "신선한 공기를 마셔야겠어!"라고 말하고는 문을 쾅 닫고 나갔다.

　나는 그 자리에 우두커니 앉았다. 이제 모든 걸 잃었다는, 앞으로 모든 걸 잃을 거라는 공포가 밀려들었다. 헤비메탈 밴드 머틀리 크루 멤버처럼 실내 가구를 사방으로 내던지고픈 충동이 일었으나, 간신히 억누른 채 전쟁터 페인트를 지우고, 남은 가발을 뜯어냈다. 비행시간을 앞당길 생각이었다.

제 31 장

열두 시간이 지난 후 나는 부서진 현관문을 통해 집에 들어섰다. 뉴욕 시각으로 오후 아홉시였다. 일리야는 거실에 앉아서 기다리고 있었다.

나는 그 표정을 읽을 수 없었다. 조심스럽게 입을 떼며 분위기를 살폈다.

"안녕, 아이들은 자?"

그런 다음 물건을 내려놓고 레드한테 다가갔다. 일리야 옆에 있었다. 입에서 낑낑대는 소리가 희미하게 흘러나왔다.

"오늘 밤에 병원에 데려가야겠어."

내가 걱정스러운 표정으로 말하자 일리야가 대답했다.

"좋지. 톰 행크스와 리타 윌슨 부부한테 전화해서 이유를 알아보는 것도 좋겠고."

나는 아무 말도 할 수 없었다.

일리야가 일어나서 학교에 제출한 자기소개서 프린트 복사본을 건네며 물었다.

"이게 뭐지? 처음부터 끝까지 읽어보긴 했어?"

"당신은 읽어봤나 보네. 무슨 문제 있어?"

"뭐라고 썼는지 기억나긴 하는 거야? 이건 미친 짓이야!"

나는 일리야를 노려보았다.

"당신은 게임에 뛰어드는 게 싫은 것뿐이야. 하지만 누구나 이 게임에 뛰어든다고."

"올림픽 선수라도 되겠다는 거야?"

"내가 쓴 건 광고 카피야. 광고는 늘 과장하고!"

내가 고집을 부리자, 일리야는 못 믿겠다는 표정으로 고개를 가로저었다.

"지금 무슨 말을 하는지는 알아? 그게 얼마나 정신 나간 소리인 줄 아느냐고!"

"이건 정신 나간 소리가 아니야! 우리 아들이 바닥으로 떨어지는 걸 막으려는 것뿐이라고!"

"우리 아들을 우리 아들 집에서 안전하게 지키는 건 어떻고! 하마터면 곤욕까지 치를 뻔한 거 알아? 경찰이 아동학대 혐의로 나를 체포할 것 같았다고!"

일리야 목소리가 조금씩 가라앉는 게 금방이라도 눈물을 터트릴 것 같았다.

일리야가 말을 이어가기 전에 주방에서 쿵 소리가 들렸다. 나는 고개를 돌려서 레드를 찾아보았다. 조금 전까지 편히 쉬던 바닥에는 아무것도 없었다. 얼굴에서 핏기가 모두 사라지는 느낌이었다.

동물이 쓰러져서 죽는 건 정말 이상하다. 이런 일이 자주 일어나지 않을 뿐인데, 일어나긴 일어난다. 최소한 레드한테는 일어났다. 조금 전까지 곁에 있더니 다음 순간에 쓰러져서 죽은 것이다. 귀여운 몸뚱이가 주방 바닥에 쓰러진 모습을 발견한 순간 나는 비명을 내질렀다. 그리고 레드 곁으로 달려든 채 마구 흐느꼈다.

나는 레드를 아기 때부터 길렀다. 나 역시 아기였다. 레드를 데려올 때 나는 스물한살이었다. 나랑 지낸 세월이 일리야 세월보다 길었다. 내가 일리야와 함께 살면서, 그리고 로만이 태어나고 펠릭스가 태어나면서 우리 관계는 변하고 또 변했지만, 레드는 내 곁을 충실하게 지켰다. 나는 레드가 죽어가는 광경을 예전부터 자주 떠올렸다. 나이 때문에도 그랬고 산책시키기 싫을 때도 그랬다. 하지만 지금보다는 천천히 순리대로 죽어갈 것 같았다.

지금 막 일어난 사건을 앞으로 영원히 극복하지 못할 것 같았다. 부서진 현관문으로 들어올 때도 레드를 거의 쓰다듬지 않았고, 죽어가는 순간에는 남편한테 고함을 질러댔으며, 레드 인생 마지막 육 개월은 핸드폰만 쳐다보며 살았다. 레드가 쓰러지는 건 너무나 당연했다. 누가 안 그럴 수 있겠는가?

나는 레드 시신을 '24시간 동물병원'에 데려가고, 일리야는 집에서 아이들을 지켰다. 수의사는 개가 심장마비로 죽는 경우는 드물다고, 개가 심장마비로 죽었다는 말은 수의사가 게으른 걸 숨기려는 거짓말에 불과하다고 설명했다. 레드한테 동맥경화증이 있을 수도 있었고, 내출혈이 있을 수도 있었다는 거였다. 연구실로 보내서 검시하기 전까지는 뭐라고 단정할 수 없다는 말도 덧붙였다. 아아, 수의사가 그냥 거짓말이라도 했다면, 레드가 심장마비라고 했다면 얼마나 좋았을까.

그날 밤에 나는 영수증 한 장과 비닐봉지에 담은 레드 털 한 무더기만 추모용으로 받아 든 채 동물병원을 나왔다. 집으로 돌아오니, 일리야는 소파에 앉아 로만을 다리 사이에 껴서 둥글게 만 채 곤하게 자는 중이었다.

"화장터 비용으로 백 달러 더 냈어."

나는 이렇게 말하고는 남편한테 다가가서 그 품에 안겼다.

"잘했어."

일리야는 나를 꼭 껴안고 나는 그 셔츠가 흥건히 젖도록 울었다. 일리야는 여전히 화가 안 풀렸겠지만, 내가 깊은 슬픔에 잠긴 순간에 그걸 옆으로 밀어놓은 채 내 곁을 지켜주었다. 그런 만큼 내 눈물이 더 심해질 뿐 멈추질 않았다. 그런 위로를 받을 자격이 나한테 없지 않은가! 나는 예전의 레드와 예전의 나 자신을 애도하며 끝없이 울었다.

그렇게 흐느끼는 소리는 마침내 로만을 깨웠다. 그 얼굴을 보니 조금 전에 일어난 일을 아빠가 대충 설명했다는 걸 느낄 수 있었다.

"엄마, 레드는 어디에 있어? 어디로 데리고 갔어?"

잔혹한 현실로부터 아들을 지켜주고 싶었다. 하지만 그런 식으로는 세상과 맞서 싸우는 전쟁에서 이길 수 없었다.

"레드는…… 레드는 케빈네 집에 갔어, 아가."

"영원히?"

"당장은."

내가 대답했다. 그리고 아들을 꼭 껴안았다. 아들이 아파하는 걸 조금이라도 덜어낼 수 있다는 듯이.

나는 다음 날 아침까지 기다리다, 다프네에게 레드가 죽었다는 사실을 알렸다. 손을 내밀면 안 된다는 걸 알지만, 마음속 일부는 다프네를 내가 애초에 생각한 친구로 여기길 바랐다. 하지만 다프네는 느긋했다.

"어머나, 안 됐어. 자기야! 수잔한테 알릴게. 다른 개를 금방 찾을 수 있을 거야. 새해 전야제 때 촬영을 마치길 바랐는데, 그 자체로 짜증 나잖아. 새해 전야제 때 일하고 싶은 사람이 어디에 있겠어? 차라리 잘 됐어."

나는 온몸이 부르르 떨렸다. 뭐가 차라리 잘 됐다는 거야⋯⋯. 레드가 죽은 게? 나는 다프네를 마구 흔들어 대서 내가 느끼는 고통을 그대로 느끼게 하고 싶었다. 하지만 거부당할 위험을 더는 감수하고 싶지 않았다. 그래서 그대로 넘어갔다.

레드가 죽고 2주가 지나도록, 나는 레드가 마실 물 사발에 손을 뻗고, 침대에서 보들보들한 털을 찾곤 했다. 나는 침대를 혼자 썼다. 일리야가 소파를 선택해서다. 일리야한테는 혼자 지낼 공간이 필요했다. 두 아들에 관한 일 말고는 나하고 무엇 하나 말을 주고받지 않았다. 화가 잔뜩 난 것이다. 그런데도 일리야는 자신이 그렇게 화났다는 사실조차 몰랐다.

일리야를 달래는 차원에서 나는 시집 식구를 크리스마스이브에 초대했다. 일리야는 좋아하는 것 같았지만, 나하고 눈을 살짝 마주치는 정도였다. 끔찍한 오븐에다 칠면조를 굽는 동안, 일리야는 자기 어머니, 여동생, 여동생이 데려온 치과 의사를 상대했다. 나는 화장실로 피신했다.

화장실 변기에 웅크리고 앉아 다프네가 생바르트에서 킵과 함께 찍은 사진을 쳐다보았다. 타냐와 그녀 남편 호위도 있고, 로렌은 남편과 함께 근처에서 다른 사람 요트에 머무는 것처럼 보였다. 아이도 모두 데려간 것 같은데 아직은 게시물에 안 올린 상태였다. 인스타에 올리는 스토리라고는 여자들이 땀을 뻘뻘 흘리면서 서로한테 샴페인 권총을 쏘아대는 영상, 그리고 '완벽한 마녀!'라는 글이 전부였다.

나는 파리 이후로 다프네를 만나지 않았다. 모든 게 꿈처럼 여겨졌다. '나는 문제가 아흔아홉 개나 되지만 해변에서는 아니다!'라는 글과 함께 올린 사진에서 다프네는 세상 근심 하나 없이 행복해 보였다. 다프네가 그립기도 하지만, 내 눈에는 사진에 담긴 표정 이상이 보이기도 했다. 예전에는 내 마음이 공중제비를 돌게 했지만, 지금은 구역질만 날 뿐이었다.

나는 다프네 인스타에서 빠져나와서도 일어나지는 않았다. 그 대신, 변기에 앉아 있는 사진을 올린 다음, '시어머니를 크리스마스이브에 다시 초대할 수밖에 없었지만 나는 아무 일도 안 하겠다. 차라리 사무실에 나가서 일하겠다.'라는 글을 올렸다. 내가 크리스마스 연휴를 보내는 이야기를 기다리는 팔로워가 이제 75,000명을 넘어섰다. 화장실 셀카를 보면 실망하겠지만, 아무것도 게시하지 않으면 더 실망할 게 분명했다.

일리야가 노크하며 물었다.

"메그? 괜찮아?"

일리야는 내가 바지 단추조차 안 풀었다는 사실을, 내가 거기에 앉아서 게시물을 보며 콧방귀만 날린다는 사실을 알고 있었다.

"그래. 잠깐만!"

나는 대답하고서 사진을 지운 다음에 문을 열었다. 그러자 일리야가 봉투 하나를 내밀었다.

"이게 왔어. 이상한 사내가 주더군."

안에는 NBD에서 못 받은 돈과 크리스마스카드가 있었다. 나는 일리야를 쳐다보며 물었다.

"비고가 주고 간 거야?"

"앞머리를 땋았어?"

일리야가 물었다. 나는 살며시 웃으며 대답했다.

"아니, 그건 세스야. 약속을 지킬 줄 아는군."

나는 두 사람을 오랫동안 의심한 것에 대해 죄책감을 느끼면서 거실로 들어섰다. 세스와 비고가 괴짜긴 해도 착한 괴짜였던 것이다.

로만은 송로버섯 주변을 맴돌며 흙을 파내는 돼지처럼 선물 더미로 파고들었다.

시어머니는 마리나가 데려온 치과 의사 이혼남 어빙을 끊임없이 심문했다.

"그래, 우리 마리나를 구체적으로 어떻게 할 생각인가?"

어빙은 내가 생각한 이상으로 젊었다. 마리나가 어빙이나 어빙네 아이들 얘기를 할 때마다, 나는 젊은 미모의 모델 애나 니콜 스미스와 결혼해서 휠체어로 움직이는 조그만 사내처럼 옆에 산소통을 끼고 사는 노인을 떠올리곤 했다. 하지만 어빙은 젊고 다정하게 보였다. 마리나를 많이 좋아하는 것도 확실했다. 계획을 세우고 실천하는 유형의 사내라는 걸 알 수 있었다. 사랑하는 개를 잃은 여인에게 꽃을 보내고 구원의 신 시바(Shiva)를 옆에 앉히는 유형의 사내. 순간적으로 레드가 떠올랐으나, 나는 그 추억을 원래 자리로 돌려보내려 애썼다. 그러다 로만이 선물 두 개를 한꺼번에 뜯는 걸 보고서 이렇게 소리쳤다.

"로만! 아침에 열어볼 것도 남겨놔."

마리나는 자신이 어빙과 함께 보낼 새해 계획을 자기 엄마한테 늘어놓았다. 잔뜩 들뜬 말투였다.

"그래서 보카에 갈 거야!"

"보카에 조그만 콘도가 있어서 휴가를 냈답니다."

어빙이 겸손하게 덧붙이자, 시어머니가 물었다.

"돈을 잘 버나? 우리 마리나는 벤츠를 몬다네."

일리야와 나는 서로를 쳐다보며 고개를 가로저었다. 마리아는 이렇게 말했다.

"어빙도 알아요, 엄마."

일리야는 창피한 나머지, 결국에는 펠릭스를 재우러 가겠다고 떠나고, 시어머니는 주사위 게임을 계속하며 말했다.

"우리 마리나가 간호사가 되려고 공부하는 건 알지?"

그러더니 로만에게 조그만 상자를 건네고는 소파에 늘 놓아두는 팽창 베개에 등을 대고 앉자, 어빙이 당황한 표정으로 마리나를 쳐다보며 물었다.

"간호사? 처음 듣는 얘긴데?"

마리나가 간호학교에 안 간 건 일 년이 넘지만, 학교를 관뒀다는 걸 엄마에게 말하는 용기는 아직 발휘하지 못한 상태였다.

"나는 가면이 많은 여자라고."

마리나가 말했다. "능력이 많다'라는 뜻으로 말한 게 분명하지만 어빙은 아무래도 상관없다는 표정으로 마리나 무릎에 한 손을 내려놓고 사랑에 빠진 십대 소년처럼 환하게 웃었다.

"열어봐."

시어머니가 로만에게 말하고, 로만은 선물 상자를 뜯다가 환호성을 내질렀다.

"야! 칼이다! 고맙습니다!"

"칼은 안 돼!"

내가 말하면서 로만이 움켜쥔 칼을 낚아챘다.

내가 반발한 건 별다른 의미가 없다고 여긴 시어머니는 어빙을 다시 심문하기 시작했다.

"아이는 몇 명이나 있나? 친엄마는 어디에 있고? 우리 마리나가 자네랑 팔짱 낀 걸 보면 위기감을 많이 느낄 거야."

"으음, 아이는 두 명이고 아직 마리나를 만난 적은 없습니다. 아빠가 여자를 만난다는 사실을 지금은 아이들한테 알리고 싶지 않아서요. 이 일이 너무나 갑자기 일어났거든요.

어빙이 환하게 웃었다. 시어머니는 다시 다그쳤다.

"아이들한테 마리나를 알리고 싶지 않다고? 왜? 마리나는 완벽해! 백 점짜리라고! 아니, 백이십 점짜리야!"

일리야가 돌아와서 선물을 주려 끼어들었다. 시어머니가 연 조그만 선물 상자에서는 내가 귀중품 상점가에서 고른 금 귀걸이 한 쌍이 나오고, 좀 더 큰 선물 상자에서는 게시물로 올려달라는 부탁과 함께 나한테 공짜로 보내온 화장품 세트가 나왔다.

"알렸어야지!"

시어머니가 다시 말하는데, 실제로는 '오래전에 알렸어야 했다!'라고 강하게 말하고 싶은 게 분명했다.

마리나가 자기 엄마한테 피부를 달래는 크림을 설명하는 동안 어빙이 나를 옆으로 불러서 물었다.

"제가 잘하고 있는 건가요?"

"네, 잘하고 있어요. 시어머니가 좋아하는 것 같아요. 시어머니한테 마우스피스를 만들어주었나요?"

"아주 좋은 거로요."

"잘했어요. 아주 좋아하는 것 같아요."

나는 빙그레 웃은 다음 어빙 어깨 너머로 로만이 나무에서 뜯어낸 사탕수수를 어적어적 깨무는 걸 발견했다.

"저 애한테 치열 교정기가 필요할까요?"

내가 묻자 어빙이 어깨를 으쓱하며 대답했다.

"단정적으로 말할 순 없는데, 대체로 어릴 적에 많이 하지요."

우리는 눈빛이 마주쳤다. 나는 '서로 힘을 합치자'라고 말하고픈 충동을 억눌러야 했다.

제 32 장

1월 2일은 이삿날이었다. 짐은 모두 쌓아놓았다. 이제 남은 건 기다리는 게 전부였다. 인스타그램을 볼 때마다 나는 깊은 좌절감에 빠져들었다. 사람들이 그랜드 케이만, 휘슬러, 하와이, 스위스, 카보, 에스펜, 심지어 몰디브 제도까지 가서 연휴를 즐기는 광경이 실시간으로 눈앞에 펼쳐졌다. 나를 제외한 모든 사람이 세상 곳곳으로 빠져나가 와일드한 자연을 로맨틱하게 탐험하고 끈만 달린 비키니나 색상이 화사한 방풍 재킷 차림으로 스포츠를 즐기며 #최고의 삶을 살아갔다.

다행스러운 건 NBD가 연휴 시즌을 맞아 대단한 인기 상품으로 자리를 잡아갔다는 사실이다. 우리 광고는 성공한 정도가 아니었다. 모든 걸 뒤흔들었다. 내 계정에 들어갈 때마다 광고주 게시물이 다프네 얼굴과 함께 튀어나왔다. 다프네는 나를 영원히 쫓아다닐 게 분명한데 그건 누구의 잘못도 아니었다. 오로지 내가 잘못한 결과였다.

일리야는 연말 휴가를 받았으나, 우리한테는 그럴싸한 계획이 하나도 없었다. 마리나는 사랑하는 치과 의사와 보카로 가고, 타냐와 로렌은 아직도 섬에 있고, 다프네는 뉴저지 어딘가로 날아간 상태였다.

내가 이걸 알게 된 건 테터보로 공항으로 가는 개인 제트기에서 다프네가 자기 다리를 사진으로 찍어서 게시했기 때문이었다.

물론 첼시하우스에 가서 공짜로 신나게 놀 순 있지만 일리야는 그런데 갈 기분이 전혀 아니었다. 내가 집에서 두 아이를 지키는 동안 일리야 혼자 제일 좋아하는 차이나타운 식당에 가서 테이크아웃을 받아온 게 전부였다.

펠릭스를 씻기고 있을 때 핸드폰이 울렸다. 행여나 다프네는 아닌지 확인하고픈 마음을 억누를 수 없었다. 수잔이 보낸 문자라는 알림이 떴다. '다음 주인공은 당신이 될 수도 있어요!'라는 글에, '강아지 매듭 풀어주기' 이벤트에서 다프네가 @JanesAddictions 바로 옆에 서 있는 사진을 첨부했다. 그 촬영을 취소할 때, 나는 구체적인 얘기를 조금도 하지 않았다. 아픈 경험을 되살리고 싶은 마음도 없고, 위로하는 문자나 꽃을 받아들일 마음도 없었다. 그래서 레드는 출연할 수 없다고 말한 게 전부였다.

다프네가 올린 글에는 '강아지 매듭 풀기' 수익금 일부가 <미국동물애호협회>에 간다는 내용과 애완견 복지를 자신과 비슷한 수준까지 끌어올린, 윤리 의식이 탁월한 회사와 일하게 되어서 영광이라는 내용이 있었다. 그런데 '윤리 의식'이라는 단어를 보는 순간에 욕이 절로 나왔다. 다프네는 이 단어가 지닌 의미를 조금도 모르는 사람이었다. 내가 깊이 슬퍼하는 데도 아무런 관심이 없는 건 물론, 나를 빼고 '매듭 풀기' 촬영을 진행해서 이만 달러를 챙길 정도로 다분히 이기적이었다.

나는 몸이 덜덜 떨렸다. 사람들은 다프네한테 이런저런 제안을 늘 해댔다. 그렇기에 이 일은 다른 사람에게 넘길 수 있었다. 아니, 이번 일은 다른 사람에게 넘겨야 마땅했다.

나는 펠릭스를 물에서 꺼내 수건으로 온몸을 감싸주었다. 그리고 파자마를 입힌 다음, 결국 항복하고 말았다. 다프네가 올린 또 다른 게시물을 보러 인스타로 들어간 것이다. 차차가 임시 통로를 지나서 다그마르네 개 헬무트한테 걸어가는 영상을 지켜보았다. 헬무트는 턱시도를 입은 모습이 영화 <베니의 주말>에 나오는 베니가 개로 변한 버전 같았다.

"어차피 레드는 차차를 싫어했을 거야."

나는 혼자서 중얼거렸다. 차차는 순종이라서 말을 너무나 잘 들었다. 엉덩이 냄새를 처음 맡는 순간에 끝장날 게 분명했다.

나는 배신감을 곱씹다 행복한 강아지 커플 사진 밑에 댓글을 달았다. '그 순간을 소중하게 여겨라. 저 아이들도 순식간에 자라나니까.'

나 자신을 도저히 억누를 수 없었다. 실제로 가져가는 건 하나도 없다는, 차차도 결국에는 죽을 거라는 사실을 다프네한테 암시하는 글을 남길 수밖에 없었다.

제 33 장

뉴욕은 1월이 없다. 진창길에 따분한 일만 가득할 뿐인데, 나한테는 차라리 그게 더 좋았다. 도시 전역으로 파고드는 우울감이 편안하게 다가왔다. 나만 이렇게 힘겹게 지낸 건 아니었다.

로만을 학교 어린이집에 데려다주고 나서 일터로 가기 전에 글을 쓰려고 커피숍에 들렀다. 머리를 제자리로 돌려놓으려고 애쓰는 중이어서 그 내용을 글로 담는 편이 병원에서 치료받는 편보다 저렴했다. 구석 뒷자리 테이블에 앉아, 시장을 구석구석('예쁜 델리 고양이', '신선한 채소') 둘러보고 지역 체육관('좋은 습관을 익히고 묵묵히 땀을 흘리기에는 여기가 최고입니다')을 살펴보는 식으로 새로 이사한 지역을 익히려 애쓴다는 글을 썼다. 일리야가 과연 나를 용서할까(용서하지 않을 텐데) 궁금하다는 글도 쓰고, 다프네한테 연락하지 않겠다는, 혹은 '손가락 약속이든, 소중한 일기든, 무어든 상관없이' 다프네가 올린 게시물에 댓글을 안 달겠다는 맹세도 담았다. 이렇게 한 글자 한 글자를 적으면서 반쪽을 써 내려간 다음에 급기야 나는 유혹에 굴복하고 핸드폰을 쳐다보았다. 인스타그램을 여는 순간, 화면에 떠오르는 다프네 게시물에 하마터면 에스프레소를 테이블에 흩뿌릴뻔했다. 다프네가 임신 테스트기를 들고 눈살을 찡그리는 게시물이었다.

'계류유산이에요. 많은 사람이 겪는 일인 것 같긴 하지만, 나는 이번이 두 번째랍니다. 셋째 아이를 가지려는 꿈이 계속 줄어드네요.'

글 뒤에는 '치유의 시간'을 가지는 차원에서 소셜미디어를 '일체 중단'하겠다고 선언하는 글이 대문자로 실렸다.

나는 다프네 계정을 클릭해서 '일체 중단'은 딱 25분 만에 끝나고, 워싱턴 광장 공원 조각상이 살아나기라도 한 듯, 얼굴은 꿈쩍 않고 눈조차 껌뻑이지 않으려고 애쓰는 모습을 영상에 담아서 게시한 것에 주목했다. 영상 밑에는 케인 웨스트의 노래처럼 '케인이 케인을 사랑하듯 나는 당신을 사랑합니다.'라고 썼다. 두 눈에 뿌린 건 확실히 안약이었다. 뺨으로 흘러내리는 대신 눈물처럼 고이는데 다프네가 의도한 게 분명했다.

계류유산 이야기는 엄마제국(Mompire) 만찬 때 하이디 글릭이 한 말을 그대로 훔쳐 온 거였다. 다프네가 넘어서지 않는 경계선은 없다는 사실이 확실히 드러났다. 자유로운 세상에는 너무 신성해서 밝히면 안 되는 비밀이 있을 수 없다. 당연하지만 다프네는 내가 다시 검색할 때마다 팔로워 숫자가 수백 명씩 늘어났다. 바로 그 순간, 차단한 전화번호가 내 핸드폰에 떴다. 내가 번호를 차단한 인물은 수잔 한 명밖에 없었다. 강아지 매듭 풀기가 깨진 뒤로 자신과 계약하자고 노래를 부르던 수잔이었다.

모멸감이 아련하게 피어오르는 가운데 나는 핸드폰을 열었다.

"수잔?"

"아니에요. 매릴린이에요. 이렇게 전화한 이유는 귀하가 제출한 자소서에 진심으로 감동했는데, 내년에 애빙턴은 귀하의 아들 로만을 받아들일 수 없다는 사실이 너무 힘들었기 때문이랍니다. 오늘 이메일을 발송할 예정입니다. 벌써 받으신 건 아니겠지요?"

"네, 못 받았습니다."

나는 침을 꿀꺽 삼켰다. 상대가 하는 말에 귀를 기울이려 했지만, 마음이 꽁꽁 얼어붙고 말았다.

"이번에는 훌륭한 후보가 너무 많았답니다. 이사회가 할 수 있는 건 장학금을 제공하는 게 전부고요."

나는 매릴린 말을 믿고 싶었지만, 곧이곧대로 믿을 순 없었다. 맞아떨어지질 않았다. 아니, 너무나 잘 맞아떨어졌다. 우발적으로 사고를 저지르고 그 대가를 치르는 중이었다. 다프네는 아직도 화가 안 풀려 나한테 벌을 주는 것이었다.

"다프네 때문인가요?"

이 말이 불쑥 튀어나왔다.

"네?"

나는 머리가 빙글빙글 도는 걸 느끼며 다시 물었다.

"다프네 콜이 선생님께 뭐라고 하던가요? 우리 아들을 입학시키지 말라고 하던가요?"

"죄송합니다만, 무슨 말씀인지 모르겠습니다. 우리 학교에 다니는 자녀도 없는데 다프네 콜이 무엇 때문에 관여하겠어요?"

"뭐라고요?"

이제 비로소 또렷하게 보였다. 그동안 나는 다프네가 학교 학부모라고 생각했다. 내가 믿는 것 가운데 맞는 게 정말 있을까? 다프네가 진짜로 살아있는 인물이긴 한 걸까? 아이를 둔 엄마가 맞을까?

나는 "고맙다"라는 말을 간신히, 온화하게 뱉어내고는 전화를 끊자마자 다프네 페이지를 샅샅이 뒤지면서 다프네가 임신한 사진을 찾기 시작했다. 그런데 임신한 배를 제대로 보여준 사진이 한 장도 없었다. 그리고 한 달 만에 정상으로 돌아오곤 했다. 내가 그 집에 갔을 때도 아이들이 살던 흔적은 없었다. 다프네가 펠릭스를 껴안으면서 불편한 표정을 떠올린 이유, 다프네가 낳았다는 아이들이 쿠키 박물관에 함께 오지 않은 사실 등이 한꺼번에 이해되었다. 뱃속에서 구역질이 났다.

다프네는 자녀가 없었다. 아이가 없는 게 너무나 확실했다. 심지어 결혼조차 안 했다. 돈을 벌려고 모든 걸 조작한 거였다. 엄마라는 이유 하나로 새롭게 열 수 있는 문이 많은 건 물론이고, 유대감과 공감대를 만들어주기 때문이다. 하느님 맙소사! 완전히 미친 여자였다. 완벽한 소시오패스였다. 그런데 나는 그런 여자한테 인생을 맡기려 한 것이다.

그리고 몇 주가 지난 뒤에 마침내 다프네한테 소식이 왔다. 이런 문자를 보낸 것이다.

'안녕! 한번 만나⋯⋯.'

짧고 구체적이었다. 매릴린과 통화하고 나서 그런 건지 더 궁금했다. 나는 모든 감정을 억누른 채 짤막하게 대답했다.

'그래, 한번 만나요.'

'내일 리볼브 촬영을 하러 당신이 사는 동네 근처로 가. 잠시 들를래?'

나는 멀찌감치 떨어진 도시 외곽으로, 방 두 칸짜리 아파트로, 가볍게 들를 거리가 아닌 곳으로 이사했다는 사실을 굳이 말하지 않았다. 그냥 그러겠다고 대답했다.

제 34 장

택시를 타고 리볼브 촬영장으로 가니 살을 에는 추위가 몰아들었다. 여전히 캘리포니아에 살면 좋겠다는 생각이 절로 나는 날씨였다.

운전기사에게 고맙다고 말하고는 문을 꽉 닫으려는 순간에 엄청난 돌풍이 뒤에서 몰아쳤다. 돌풍은 문이 닫히는 걸 거부했다. 우주 전체가 다프네를 만나지 말기를, 택시에 그대로 올라타고 그대로 떠나길 바라는 것 같았다. 하지만 나는 그럴 수 없었다. 나한테 다프네는 자동차 운전석 수납공간에 처넣은 담뱃갑이랑 비슷했다. 다프네를 내 인생에서 완벽하게 제거하지 않는 한, 내가 마음이 약해진 순간에 손을 내밀지 않을 거란 자신이 없었다.

촬영장은 켄네 건물에서 세 블록 떨어진 곳으로, 내가 선 자리에서 예전에 살던 켄네 건물이 그대로 보였다. 촬영 관련자들이 다운 재킷 차림으로 인도에서 빠르게 오가며 떠들어대는 게, 바쁘게 보이려 애쓰는 것 같았다. 다프네는 전열기 바로 옆 텐트 밑에 웅크리고 앉아서 핸드폰을 검색하고, 메이크업 아티스트는 옆에서 입술을 다시 화장하는 데 열중하고 있었다.

"메그!"

다프네가 소리쳤다. 해석 자체가 불가능한 말투였다. 기분이 좋은가? 슬픈가? 아니, 감정이라는 걸 느끼긴 하는 건가?

다프네가 다가오면서 두 눈으로 내 눈을 파고들었다. 외투 단추를 풀어놓아, NBD 촬영 때 입은 바로 그 옷을, 홀치기 염색한 옷을 입었다는 걸 알 수 있었다. 추운 날씨에 몸이 꽁꽁 얼어붙은 게 분명했다. 나를 껴안으려다 수줍은 표정으로 멈추더니 껴안아도 된다는 신호를 기다렸다. 하지만 나는 꿈쩍도 안 했다. 이렇게 말한 게 전부였다.

"'엣시' 의상을 입을 장소를 마침내 찾았군요."

공중으로 퍼져나가는 하얀 입김이 보였다.

"사실 이건 내가 디자인한 거야."

다프네가 말하는데 움츠러드는 기색은 조금도 없었다. 그걸 처음 디자인한 건 온라인 예술학교 학생이라고 나한테 말한 적 자체가 없기라도 한 것 같았다. 그러면서 덧붙였다.

"내가 디자인한 컬렉션 가운데 하나. 커다란 진주 단추가 마음에 들어."

예전에도 똑같이 말했다는 사실을 모르는, 혹은 그런 데는 관심조차 없다는 말투였다.

"그렇군요."

나는 고개를 끄덕였다. 다프네는 변한 게 조금도 없었다. 상체를 옆으로 기우뚱대며 안절부절못하는 게, 자신을 따라오길, 그래서 전열기 밑으로 가길 바랄 뿐이었다. 하지만 나는 꿈쩍도 안 했다.

"예전에는 저작권 도둑질을 끔찍하게 싫어한다고 말하더니만."

나는 더는 분노를 참을 수 없어서 불쑥 말했다. 다프네는 웃었다.

"무슨 말을 하는지 모르겠군."

다프네가 말하면서 외투를 바싹 여미고 두 팔을 겹치는 순간 나는 이렇게 말했다.

"애빙턴의 매릴린한테 전화를 받았어요. 당신은 애빙턴에 다니는 자녀가 없다고 하더군요. 당신이 낳았다고 주장하는 아이들."

그리고 다프네를 쳐다보며 설명을 기다렸다. 하지만 다프네는 역겨울 정도로 다정한 말투로 말했다. 1950년대 사람들이 가정주부를 정신병원으로 데려가면서 했음 직한 말투였다.

"화가 난 것 같아."

나는 웃음이 절로 나왔다.

"정말? 내가 화난 것 같다고요? 물론 화가 났지요. 다프네! 나는 당신을 믿었어요. 나는…… 나는 당신을 좋아했어요. 당신도 나를 좋아한다고 생각했고."

두 눈에 눈물이 고였다.

다프네는 손을 뻗어서 내 팔을 잡았다. 나는 뒤로 물러났다.

"물론 나는 당신을 좋아해! 하지만 나는 좋아하는 사람이 많아. 그리고 당신은 약간 심하게 진지한 느낌이 있었고. 보트에서 있었던 일에 너무 많은 의미를 부여할 수 있겠다는 생각이 들었어."

"지금 그 얘기를 하는 게 아니잖아요."

나는 비웃는 말투로 반박하면서 상처 입은 느낌을 애써 숨겼다. 그러나 다프네는 느긋하게 말했다.

"나는 살짝 재미를 본 것에 불과해. 여자들 가운데는 그런 걸 구분할 줄 모르는 사람이 있거든. 내가 더 깊숙이 들어가서 너랑 섹스하지 않은 이유가 뭐라고 생각해? 너는 너무 진지하게 받아들이는 유형이거든."

이 말이 가슴을 찔렀다. 하지만 다프네가 갑자기 명랑한 어투로 덧붙였다.

"하지만 자기는 나의 발렌타인이야!"

다프네가 이렇게 말하고는 외투 주머니에서 빨간 상자를 꺼내며 내밀었다.

"내가 당신의 뭐라고?"

내가 물으면서 어리둥절한 표정으로 쳐다보자, 다프네는 목소리를 낮춰서 속삭이며 대답했다.

"나의 발렌타인. 아직 서너 주가 남은 건 알지만, 이제 발렌타인데이는 연인들만 초콜릿을 주는 날이 아니잖아. 열어봐."

나는 상자를 받아서 뚜껑을 열었다. 빨간 은박지로 싼 입술 초콜릿이 가득했다.

"이제 됐어!"

뒤에서 사진작가가 소리치면서 다프네한테 엄지손가락을 추켜올렸다.

나는 무릎이 꺾이는 느낌을 받았다. 그리고는 "그럼, 이건⋯⋯"이라고 중얼대며 도저히 못 믿겠다는 표정으로 다프네를 물끄러미 쳐다보다 상자 잡은 손을 풀었다. 입술 초콜릿이 인도로 떨어졌다.

"돈 받는 게시물을 찍는 데 이용하려고 나를 여기로 불러낸 건가요?"

"그러지 마. 메그. 너를 보고 싶었다고. 어차피 초콜릿을 보낼 생각이었고. 그렇다면 차이가 뭐야?"

"완전히 미쳤군."

내 말에 다프네 입술이 뒤틀렸다.

"내가 미쳤다고? 아니야. 원래 모습 그대로야, 메그. 내가 이런 사람이란 사실을 몰랐던 건 바로 당신이라고."

"미안하다고 말하세요."

"뭐가? 저건 명품 초콜릿이라고."

다프네가 인도에 떨어진 초콜릿을 바라보며 덧붙였다.

"저것들은."

나는 머리를 가로저었다. 이제 깨끗이 자백하라고 간청하고픈 마음이었다.

"아기를 유산한 것도 가짜, 생강빵 저택도 가짜, 아이도 가짜로 보여주면서, 다른 사람은 속일지언정 나를 속일 순 없어요. 이제 더는."

내 말에 다프네가 거칠게 속삭이며 대답했다.

"나는 너를 속인 적이 한 번도 없어. 너 자신이 너를 속인 거야. 따분한 인생살이나마 나름대로 즐기고 싶어서. 외로운 결혼 생활에서 벗어나고 싶어서."

"나는 남편을 사랑해요. 친구를 바란 것뿐이라고요."

내가 쏘아붙이자, 다프네는 머리를 절레절레 가로젓는데, 두 눈에 동정심이 가득했다.

"당신한테는 엄마가 필요해. 예쁘다고, 똑똑하다고 칭찬해줄 사람."

나는 화가 치솟아, 이렇게 소리쳤다.

"당신은 우리 아이들 목숨을 위태롭게 했어요, 다프네. 제대로 알지도 못하는 사람한테 우리 아이를 맡기게 해서!"

"그건 오해였어. 어쨌든 목소리 좀 낮추는 게 안 좋겠어?"

촬영팀 멤버들이 우리 곁으로 다가오는 게 보였다. 엿들으려는 게 분명했다. 하지만 내가 신경 쓸 게 무언가?

"당신은 우리 개가 죽었을 때 똥만큼도 관심을 안 보였어요. 당신한테 중요한 건 바보 같은 강아지 매듭 풀기 계약이 전부였어요. 결국에는 당신이 원하는 대로 진행될 수밖에 없었던 계약."

"하지만 나는……"

"당신은 나한테 일부러 상처를 주었어요. 당신은 그 계약을 취소할 수도 있었어요. 그런데 나한테 수잔이 칠만 오천 달러 이하로 계약을 못 하게 한다고 말하고는 이만 달러를 받아 챙겼어요. 자신이 어떤 사람인지 다른 사람한테는 거짓말할 수 있겠지만, 나한테는 그러지 마세요."

"너도 이만 달러를 벌려고 그런 거잖아. 나는 팔만 오천 달러를 벌었다고."

다프네가 냉정하게 하는 말에 나는 온몸에서 분노가 치밀어 올라 "잘했군요!"라고 중얼거리고는 고개를 가로저었다.

촬영 팀 직원이 끼어들어 경비원을 부르길 바라느냐고 묻고, 다프네는 괜찮다면서 나한테 한발 물러나며 말했다.

"행운을 빌어, 메간. 모든 일이 뜻대로 풀리길 바라."

나는 다프네가 외투를 벗어 던지고 캐널가와 머서가 모퉁이에 있는 자기 승용차로 가려고 도로를 건너는 모습을 지켜보았다. 자동차가 획획 지나는 가운데서도 다프네는 고개를 돌려, 사진을 찍을 때는 언제나 숨기려 애쓰는 턱 보조개까지 드러낸 채 접시처럼 커다란 눈으로 나를 쳐다보았다. 순간적으로 나는 다프네가 얼마나 미쳤으며 나 역시 얼마나 미쳤는지 잊어버린 채, 내 가슴을 찢어발긴 여자가 저렇게 아름답다는 사실에 감탄했다.

"미안해! 진짜로."

다프네가 소리쳤다. 마법으로 굴복시키려는 마지막 시도에 나는 그대로 반발했다.

"진짜라는 말은 하지 마세요. 당신한테 진짜는 하나도 없으니까."

"누가 진짜라고 했어? 내가 여기에서 파는 건 환상이라고."

다프네는 촬영 팀을 둘러보고 깔깔대며 웃고, 나는 다프네를 무찌를 마지막 카드를 내밀었다.

"다른 사람한테나 파세요. 나는 이제 당신을 팔로우하지 않으니까."

다프네가 뒤로 물러나다 그대로 얼어붙은 채 도로 한복판에 멈췄다. 마지막 단추를 눌러 다프네를 내 인생에서 완전히 지운 것이다. 함께 어울리던 육 개월 동안 단 한 번도, 내가 온라인에서 찾아낸 다프네 사진 4,892장 가운데서 단 한 번도, 나는 다프네가 그렇게 공허한 표정을 떠올린 걸 본 적이 없었다. 그 곁을 떠난 건 바로 나였다. 사람들은 다프네 곁을 떠나지 않았다. 지나가던 사람들이 소리쳤지만, 그건 소음에 불과했다. 다음에 일어날 일을 우리 둘 누구도 못 보았다. 우버X 택시가 모퉁이를 돌아 다프네한테 곧장 달려들었다. 그와 동시에 다프네 콜은 사라졌다.

제 35 장

모든 사람이 처참한 사건을 자세히 알려고 달려들었다. 다프네 얘기를 꺼내는 자체를 싫어하던 일리야도 예외는 아니었다. 그런데 사실 나는 기억나는 게 거의 없었다. 사고가 일어나는 순간에 그대로 혼절했으며, 나중에 정신이 들었을 때는 인도에 쓰러져서 주변에 모여든 사람들 머리와 겨울 하늘만 올려다보고 있었다. 물을 마시겠느냐는 말이 들렸다. 사이렌 소리도 들렸다. 사람들 뒤에서 희미한 움직임이 보였다. 나중에 깨달았지만, 그건 다프네 시신을 운반하는 구조대원들이었다.

다프네는 예전에 《햄프턴》 잡지와 인터뷰할 때, 자신이 죽으면 유해를 이스트 65번가(뉴욕에서 제일 커다란 샤넬 매장 앞)에서 시작해, 섬 전체를 돌고, '자유의 여신상'을 지나고, 첼시 선창까지 올라간 다음, 맨해튼 해안에 뿌리길 바란다고 말한 적이 있었다. 그래서 그렇게 했다.

고별 의식은 해 질 녘에 전세 요트에서 진행했다. 일리야가 오겠다고 제안했지만 나는 그러지 말라고 사양했다. 예전에, 보트에서 엮인 역겨운 사람들한테 일리야가 시달리는 고통을 다시 겪게 하고 싶지 않았다. 하지만 다른 의도도 있었다. 한순간이나마 다프네와 단둘이 있고 싶었다. 다프네의 모든 게 가짜라는 사실을 충분히 이해했지만, 우리 사이에는 진짜 같은 무언가가 여전히 있었다. 최소한 나한테는.

"안녕, 자기?"

이 말에 등골이 오싹한 걸 느끼며 돌아보니, 로렌이 기다란 외투 차림으로 샴페인 한잔을 들고 있다 제안했다.

"이리 와서 우리랑 한잔하지 않을래?"

나는 로렌을 따라 제일 꼭대기 갑판으로 올라가며, 전열기 주변마다 모여 있는 눈에 익은 얼굴을 여럿 지나쳤다. 바니스에서 다프네를 담당하던 크리스토, 내 머리칼을 밝게 염색한 자비에, 탁월한 에이전트 수잔, '펑펑 뛰기'에서 온 미아, 그리고 잘 모르지만 나만큼이나 이상하게 보이는 여자들이었다.

뱃머리 근처에서 나이는 많아도 얼굴은 다프네랑 비슷한 여인을 보았다. 다프네가 스무 살을 더하거나 여인이 스무 살을 빼면 완전히 똑같은 얼굴이었다. 경제적으로 윤택하고 세련된 모습이었다. 남색 순모 외투에 짙은 감색 스커트 차림이었다.

"다프네가 말한 모습이랑 달라."

내가 혼자 중얼거리자 로렌이 재미있다는 표정으로 쳐다보았다. 그래서 물었다.

"저분이 '브롱크스에서 오신 가정부 엄마'인가요?"

로렌이 눈알을 굴리며 대답했다.

"코니, 뉴저지 섬미트에서 온 시칠리아 출신 삼세대. 부동산에서 일해. 다프네는 사람들한테 엉뚱하게 말하는 걸 좋아했어. 자신을 아메리칸드림처럼 보이게 만든 거야."

"그건 나도 눈치챘어요."

내가 대답하며 어깨를 으쓱하자, 로렌이 웃으며 물었다.

"악센트에서 눈치챈 거야? 굴곡이 없는 악센트?"

나는 뱃속이 심하게 뒤틀려서 아무런 대답도 할 수 없었다. 옷이 가득한 방에서 다프네는 밤에 자신이 인생 전체를 조작했다고 말한 적이 있었다. 속을 다 드러낸 것이다. 빨간 경고등이 켜지는 걸 조금도 안 숨겼다. 거기에 하얀 페인트를 끊임없이 칠한 건 바로 나였다.

로렌이 타냐 옆 테이블로 비집고 들어가면서 눈살을 찡그렸다. 한쪽 구석에서 킵이 키키한테 약간은 심할 정도로 다정하게 말하고 있었다. 로렌이 한숨을 내쉬며 말했다.

"홀아비가 신났군. 다프네 유골은 연예계 잡지 ≪페이지 식스≫에 또 다른 가십 기사가 실리는 걸 절대로 바라지 않을 텐데."

"또 다른 가십 기사?"

나는 이해할 수 없었고, 로렌은 이렇게 설명했다.

"작년에 '펑펑 뛰기'에서 이스트 햄프턴에 분점을 차린 뒤로 킵이 미아랑 섹스를 즐긴다는 기사가 실렸거든."

"누구나 아는 내용이야. 그걸 모르는 사람은 다프네 한 명밖에 없었어."

타냐가 하품했다.

나는 두 사람을 쳐다보며 물었다.

"그런데도 다프네한테 그 사실을 안 알린 거예요?"

"당연하지! 미아는 '펑펑 뛰기'에서 제일 잘 가르치는 강사거든. 그런 말을 했다가는 우리 복근만 피해를 보는 거야. 너도 알다시피, 다프네한테는 '땀을 흘리는 곳에서는 섹스하지 않는다'라는 원칙이 있었어. 그 사실을 알았다가는 폭풍이 몰아쳤을 거야!"

타냐가 말하고는 로렌을 쳐다보며 이어갔다.

"운동 얘기가 나왔으니 말인데, 좋은 체육관이 생겼다는 말을 내가 했던가? '늘리고 줄이고(Pump and Dump)'!"

로렌 얼굴이 환하게 밝아졌다.

"아, 나도 들은 적 있어. 유산소 댄스, 맞지?"

"늘릴 곳은 늘리고 줄일 곳은 줄이는 정도가 아니야. 기본적으로 가열한 방에서 오십 분 동안 웨이트 트레이닝을 하면서 대장을 깨끗하게 청소하는 거야."

타냐가 말하며 방긋 웃더니, 나를 쳐다보며 다시 말했다.

"너희 개가 그렇게 돼서 마음이 아파."

"고마워요."

타냐가 그걸 기억한다는 사실에 나는 큰 충격을 받았다.

로렌도 동정하는 척했다.

"나도. 그래도 너는 잘 버티는 것 같아. 이번에 일어난 드라마 같은 사건 때문에 팔로워 숫자가 팍 올랐겠어! 지금은 몇 명이나 되니?"

"며…… 며칠 동안 살펴보지 않았어."

거짓말이었다. 이제 90,000명을 넘어섰다.

"이제 호위도 이쪽 작업에 들어간대. 여자 세 명이 오늘 아침에 코 성형을 한다더군! 아, 그리고 다프네도 팔로워 숫자가 천정부지로 오르는 중이야!"

"맞아, 다프네 페이지를 당분간은 조문용으로 사용할 생각이야. 제일 좋은 영상이랑 반응이 제일 좋은 글을 선별해서 올리는 식으로, 그런 다음에 재미있는 컷 중심으로 올리다 내 페이지에 합병하는 거야."

이렇게 말하는 로렌을 내가 물끄러미 쳐다보다 물었다.

"다프네 계정을 당신이 가져간다고요?"

로렌이 반문했다.

"횃불을 높이 드는 것과 비슷하지 않겠어? 내 물건을 잠시만 봐줄래? 수잔한테 가서 인사 좀 해야겠어."

나는 그곳에 앉아서 온갖 상념에 빠져들었다. 다프네가 지금껏 해온 일을 로렌이 해낼 가능성은 거의 없었다. 하지만 다프네가 만들어낸 허구 역시 조용히 허물어지고 있었다. 다프네 "친구들"에 의해서. 다프네 시신이 차갑게 식기도 전에 킵은 아파트를 비우라는 요구를 받았다. 다프네가 '여기처럼 좋은 건물은 없다'라는 느낌을 온라인에 계속 올려서 월세 절반을 충당한다는 계약 조건 때문이었다.

그런 킵이 갑판 가운데로 나와서 크게 말하며 모든 사람의 관심을 끌어모았다.

"안녕하세요, 여러분. 이렇게 와주셔서 고맙습니다. 우리 가족한테 정말 커다란 위안이 되니까요."

나는 '무슨 가족?'이라는 의문이 절로 떠오르고, 킵은 계속 말했다.

"우리가 이걸 하기 전에, 우리 모두 모여서 셀카의 여왕과 함께 마지막 셀카를 찍으면 좋겠다는 생각이 들었습니다."

킵이 청동 유골함을 들어서 요정처럼 동그란 코를 대고 비벼대며 에스키모 키스를 했다. 나는 속이 뒤틀렸다.

"자, 모두 하나로 모입시다. 그래서 괜찮다면, 사진에 #수요일에죽은여인이라는 태그를 달아주세요. 협찬업체 '트리톤 요트', '크렁크타운 진', 그리고 화장예식을 어디보다 아름답게 진행한 '흙에서 흙으로(Ashes2Ashes)'를 태그로 달아주는 친절을 베풀어주신다면 더할 나위 없이 고맙겠습니다."

나는 뒤로 물러나서 다프네 어머니가 딸의 유해를 뿌리는 모습을 지켜보았다. 고운 가루가 물속으로 우아하게 가라앉았다. 개중에는 눈물을 터트리는 사람도 있지만, 대부분은 '황혼을 즐기는 크루즈 술집'에 올라타기라도 한 것처럼 잡담과 한담을 즐겼다.

나는 한담을 즐길 기분이 아니라서 한쪽 구석으로 물러나 맨해튼 스카이라인을 물끄러미 쳐다보았다. 여기에 온 게 잘한 결정인지 의심스러웠다. 엘에이에서는 모든 사람이 자신을 찾으려 애쓰는데, 뉴욕에서는 모든 사람이 다른 사람처럼 되려고 애썼다. 나는 어느 쪽이었나? 눈물이 뺨을 타고 흘러내리는데, 불쌍히 여기는 대상이 누구였는지조차 알 수 없었다.

나는 닮고 싶어 하는 나 자신을 낯선 사람들한테 파는 행위를 중단했다. 지랄 같은 병아리 콩 슈크림빵과 유기농 자외선 차단제를 홍보하려고 우리 아이들한테서 어린 시절을 착취하는 행위도 중단했다. 그러고 나니, 말 그대로, 광활한 바다에서 길을 잃은 신세가 되고 말았다.

"담배?"

고개를 들고 쳐다보니, 타비타 로즈가 안감으로 양털을 댄 장갑을 벗고는 아메리칸 스피릿 담뱃갑을 열고 있었다.

"고맙습니다만 안 태웁니다."

내가 대답했다. 산들바람이 내 뺨에 차가운 물방울을 흩뿌렸다.

"나도 마찬가지예요."

타비타 로즈가 수줍게 웃더니, 담배 두 가피에 불을 붙이고는 한 가피를 나에게 건넸다.

"참 안 됐어요. 그죠? 별을 세 개밖에 못 받던 운전기사가 모는 우버X에 그렇게 되다니. 아아, 다프네는 자신을 깔아뭉갠 게 뭔지조차 모를 거예요."

내가 재밌게 받아넘길 차례였으나 나는 마음이 무거웠다. 그래서 난간 너머로 내민 채 태우지 않는 담배가 재로 변해 아래쪽 새까만 물속에서 다프네와 만나는 광경을 지켜보았다. 그러다 말했다.

"다프네가 보고 싶을 거예요."

"그래요?"

타비타 로즈가 입을 다물고 깊은 생각에 잠기다 덧붙였다.

"나는 다프네 옷이 보고 싶을 거예요."

그런 후 난간 너머로 담배꽁초를 던지더니, 애초에 대화 자체를 한 적이 없다는 듯 떠나갔다.

잠시 뒤에 수잔이 모서리 너머에서 게살 동그랑땡을 가득 담은 접시와 샴페인 한 잔을 들고 나타났다.

"메그! 정말 슬퍼요."

두 눈이 빨갛고 코는 헐떡거렸다. 진심으로 슬퍼한다는 걸 느낄 수 있었다. 나는 수잔이 예전 어느 때보다 마음에 들었다. 그런 수잔이 게살 동그랑땡을 입에 넣으며 말을 이어갔다.

"어떻게 말해야 좋을지 모르겠는데, 운전기사 얘기를 할 수 있겠어요? 남자여서 정말 다행이에요. 여자였다면 연관성이 많이 줄어들 테니까요."

"모든 게 흐릿할 뿐이에요."

내가 말하자 수잔이 숨을 깊이 들이마셨다.

"나한테 올해는 벌써 끝났어요."

"앞으로 열한 달이나 남았는데요?"

내 말에 수잔이 바싹 다가와서 눈썹을 추켜세웠다.

"살짝 묻고 싶은 게 있어요. <투데이 쇼>에서 다프네의 죽음과 인플루언서에 대해 다룰 예정인데, 너무 급하게 서두는 것 같긴 해도, 끔찍한 기억을 되살리자는 건 아니지만 당신이 사건 현장을 목격했으니 <투데이 쇼>에 출연할 생각은 없나요?"

나는 고개를 가로저으며 대답했다.

"그럴 생각은 없어요."

"그러지 마세요! 전국 방송이잖아요. 팔로워가 수천 명은 늘어날 거예요."

"이제 나는 팔로워를 구하는 시장에서 빠져나왔어요."

수잔이 당혹스러운 표정으로 게살 동그랑땡에서 까만 곱슬머리 하나를 끄집어내었다 나는 무표정한 얼굴로 중얼거렸다.

"멋져요. 이제 치실까지 넣어주는군요."

수잔이 콧방귀를 날렸다.

"다프네 말이 맞아요. 당신은 재미있어요! 몇 가지만 얘기할게요. 사람들이 인플루언서의 재능을 믿도록 해주세요. 여기에 생계가 달린 사람이 많아요, 메그. 로렌이 방송에 나가면 많은 문제가 생길 거예요."

절박한 표정과 말투였다. 나는 아무런 대꾸도 할 수 없었다. 수잔은 애원하는 투로 계속 덧붙였다.

"다프네도 당신이 출연하길 바랄 거예요."

제 36 장

이틀 뒤, 나는 <투데이 쇼> 분장실에서 메이크업 의자에 앉아 있고, 메이크업 아티스트는 내 눈 밑에 컨실러를 툭툭 발라주고, 수잔은 바로 뒤에서 환한 분홍빛 스웨터 차림으로 김빠진 베이글을 먹으며 말했다.

"이렇게 도와주어서 정말 고마워요."

"다음 휴식 시간에 세트장으로 이동합니다."

PD 조수가 수잔에게 속삭이는데, 바로 그때 뒤에서 귀에 익은 목소리가 들려 탈의실을 들여다보았다. 애빙턴의 매릴린이 앉아서 던킨 도넛 커피를 마시며 전화 통화를 하고 있었다.

"다음!"

메이크업 아티스트가 소리치자, 매릴린이 고개를 빼죽 내밀며 물었다.

"내 차례인가요?"

매릴린은 콧잔등에 비스듬히 앉은 안경을 위로 올리다 나를 보고 깜짝 놀라면서 "메간!"이라고 소리치더니 함께 온 사람을 소개했다.

저스틴이란 여인으로 ≪뉴욕 타임스≫ 기자였다.

"정말 비극적인 사건입니다. 나중에 선생님과 대화하고 싶어요. 전화번호를 받을 수 있을까요?"

저스틴이 물었다. 나는 너무나 혼란스러워서 아무런 대답도 못 하고 매릴린에게 물었다.

"선생님도 방송에 출연하세요? 다프네는 애빙턴 학부모가 아니라고 생각했는데요."

"로렌과 몇몇 학부형이 고인을 기리는 장학금을 준비하는 중이랍니다. 고인은 학교와 아무런 관련이 없지만 지역 공동체에 큰 역할을 하셨거든요."

매릴린이 설명하다 고개를 숙이더니 다시 이어갔다.

"새로운 장학금은 새로운 기회를 의미한답니다. 처음에는 로만을 받아들일 수 없었지만, 그건 아무도 예측 못 한 사건이 일어나기 전이니…… 고인께서 제일 먼저 도와주길 바랄 분으로 누굴 떠올릴 수 있겠습니까?"

내가 뭐라고 대답하기도 전에 PD 조수가 다가와서 우리랑 함께 이동하며 말했다.

"미안합니다, 여러분. 지금 당장 세트장으로 가야 합니다. 톰 행크스가 최신 영화를 홍보하러 오는데 수행원만 열 명이 넘습니다."

나는 가슴이 철렁했다.

"톰 행크스요? 지금 여기에 있나요?"

PD 조수가 대화하던 무전기로 돌아가더니 나를 쳐다보며 말없이 고개를 끄덕였다.

"귀하가 편한 마음으로 소개하실 수 있다면 기꺼이 만나보고 싶네요, 메그. <그린 마일>은 내가 제일 좋아하는 영화거든요."

수잔이 귀를 쫑긋 세웠다.

"톰 행크스를 아세요?"

피가 관자놀이로 솟구쳐 올랐다. 바보 같은 자기소개서. 나는 살며시 웃으며 대답했다.

"페이스북에서 흔히 말하듯 복잡한 사정이 있었답니다."

세트장으로 들어서자, 음향 담당은 나한테 마이크 클립을 끼워주고서 AD에게 넘겼다. 그런 다음, 나는 무대로 안내받아 제나와 호다 옆에 앉았다. 두 사람은 내가 상상한 모습 그대로였다. 조금 작은 것만 빼면.

"자, 카메라를 똑바로 보지 마시고, 지금 생방송이란 사실을 명심하세요. 욕설 금지요."

AD가 설명하고는 빛의 바닷속으로 사라졌다.

빨간 불빛이 카메라가 돌아간다는 걸 알리기 직전에 나는 재빨리 웃으면서 어색하게 '안녕' 하는 입 모양을 만들어 제나에게 인사했다. 호다가 카메라를 쳐다보며 이번에 나눌 대화 주제를 소개했다. 법률 쇼 <데이트라인> 식의 불길한 말투로 이렇게 말한 것이다.

"인플루언서의 시대. 우리가 너무 앞서간 것일까요?"

제나가 시청자의 시선을 끌면서 이번에 일어난 사건을 재빨리 소개하는 동안, 나는 공황 발작을 일으키기 직전이었다.

"오늘 우리는 다프네와 가깝게 지내던 친구 메간 체르노프를 모셔, 그동안 있었던 속 이야기를 들어보겠습니다. 그렇다면, 메그, 저는 무엇보다 먼저 가까운 친구분을 잃은 걸 마음 아프게 생각한다는 말부터 하고 싶군요."

나는 고맙다고 웅얼거린 다음, 불편한 몸을 꿈틀거렸다. 다행히도, 제나는 더 오래 애도하고픈 마음이 없어 보였다.

"팔로워 십만 명, 자녀 두 명, 남편, 그리고 풀타임 직업. 이해가 안 되는군요. 너무 힘들 것 같아요. 당신과 다프네 같은 여성은 이렇게 많은 일을 어떻게 다 하나요?"

"으음……."

내가 입을 열었다. 환한 불빛이 내리비추는 밑에서 심문받는 느낌이었다. 수잔 옆에 선 매릴린을 쳐다보노라니 머리가 콕콕 쑤시고 무릎이 후들거렸다. 오랜 친구 톰 행크스는 스튜디오 맞은편에서 마이크를 확인하고 있었다. 너무나 부담스러웠다.

"진지하게 묻겠는데, 그 모든 걸 현실적으로 유지하는 비밀은 무언가요?"

제나가 다시 물었다.

비밀이라…… 일리야가, 그동안 내가 많은 걸 숨겨오던 남편이 떠올랐다. 두 아이도 떠올랐다. 내가 지금껏 해준 이상으로 좋은 대우를 받아야 마땅한 아이들이었다. 나는 이들 모두에게 진실을 말할 책임이 있었다. 그리고 진실은 내가 마땅히 보여주어야 할 모습을 보여주지 않았다는 것이다. 지랄 같은 애플리케이션 때문에 현실 생활을 무시했다. 나 역시 다프네보다 잘한 게 없었다. 나는 입을 열었다.

"오전 내내 여러분에게 어떤 말씀을 드릴지 곰곰이 생각했습니다. 우선 질문에 대답하면, 현실적으로 유지한 건 없습니다."

나는 어색한 웃음을 터트리며 이어갔다.

"제나와 호다, 진실은 우리가 기록한 내용 가운데는 여러분이 생각하는 현실은 하나도 없다는 것입니다. 카메라가 돌아가는 순간, 우리는 그 현실에 속박되어 끌려가고 맙니다. 그래서 끝없이 거짓말을 합니다. 우리 모두가. 다프네도 예외는 아닙니다. 다프네는 슈퍼 히어로가 아니었습니다. 큐레이터였습니다. 다프네는 여러분과 저 같은 여성

일반이 바라는, 엄마들이 바라는, 모성애도 해시태그로 모을 수 있다고 믿는, 도시락을 제대로 사거나 화장품을 제대로 사용하기만 하면 자신도 성공할 수 있다고 믿는 우리 모두에게 그럴싸한 환상을 만들어냈습니다."

제나와 호다가 고개를 열심히 끄덕였다. 호다가 장난기 어린 미소를 머금으며 끼어들었다.

"잠깐! 저는 변신을 사랑합니다. 그 부분에 관해서, 저는 진짜 나를 보고 싶은지, 혹은 다른 사람에게 진짜 나를 보여주고 싶은지 확실히 모르겠군요."

"하지만 다프네한테는 다프네 동맹이 있었지요."

제나가 말하면서 우리를 본론으로 되돌려놓았다. 나는 동의했다.

"그렇습니다. 다프네는 사람들이 바라는 걸 파악해서 그대로 돌려주는 방법을 알고 있었습니다. 탁월한 마케터가 맞습니다. 하지만 이상적인 엄마는 확실히 아니었습니다."

나는 숨을 깊이 들이마시며 말을 이어갔다.

"사실, 다프네는 진짜 엄마도 아니었습니다."

수잔이 눈을 동그랗게 뜨는 모습이 보였다.

제나가 헉하고 숨을 들이마셨다.

호다가 믿을 수 없다는 표정으로 쳐다보았다.

누가 미처 질문하기도 전에 나는 다시 이어갔다.

"하지만 지금 저는 자신을 방어할 수 없는 고인을 찢어발기려고 이 자리에 나온 게 아닙니다. 저는 제가 지금껏 엉망으로 만든 걸 깨끗하게 정리하려고 이 자리에 나왔습니다. 제 플랫폼은 저한테 자신만의 우주를 마음껏 창조하는 느낌을 줍니다. 저는 사람들이 본 것과 보지 않은 것만 선택하면 되니까요. 하지만 창조주 같은 착각은 현실

생활 전반에 스며들기 시작하지요. 지난 육 개월 동안 저는 제가 아는 모든 사람에게 거짓말을 했습니다. 우리 아들을 사립학교에 보내고픈 마음에, 우리 아들은 천재며 나는 톰 행크스와 가까운 사이라는 주장까지 했으니까요."

스튜디오 안쪽을 쳐다보니, 미국 최고 배우가 자기 이름을 듣고서 고개를 들고 쳐다보았다.

"안녕하세요, 톰 행크스. 저는 메그 체르노프예요. 우리는 만난 적이 없답니다. 저는 <포레스트 검프>를 정말 좋아했어요. <유령마을>은 제가 제일 좋아하는 영화고요. <스플레시>도 정말 훌륭했어요!"

톰 행크스가 특유의 겸손한 모습으로 손을 흔들어주었다. 너무나 다정하고 겸손한 모습은 나에게 말을 계속 이어갈 힘을 주었다. 고개를 돌리니, 호다와 제나는 매릴린이 맞은편 모서리에서 치미는 분노를 삭이지 못하고 씰룩대는 모습을 막으려고 애쓰고 있었다. 나는 다시 말했다.

"그래요. 의상과 자막은 재미가 있어요. 하지만 하나같이 쇼에 불과했지요. 실제로 중요한 걸 모두 지워버리기도 했고요. 좋은 엄마라는 걸 증명하느라 바빠서 실제로 좋은 엄마가 되는 걸 포기할 정도로요."

"그럼 그걸 왜 하세요?"

제나가 물었다.

"중독되었거든요."

나는 인정하며 대답했다.

"칭찬을 받는 것에, 사람들이 누르는 '좋아요'에, 공짜 물건에. 하지만 우리 남편이 말하듯 세상에 공짜는 없어요. 늘 부족하기도 하고요. 다프네도 늘 부족했어요. 다프네는 '더 많은 건 더 많을수록 좋다'라고 말하곤 했어요. 다프네가 사망한 뒤로 제가 배운 제일 커다란 교훈은 '더 많은 건 더 많은 것일 뿐이다'라는 내용인 것 같아요. 더 좋은 건 아닌 거죠. 그걸로 빈자리를 메울 순 없어요. 그 자체가 빈자리니까요."

스튜디오에 침묵이 깔렸다. 머리 위 전등에서 윙윙대는 소리가 들릴 정도였다. 마침내 제나는 정신을 차리고 광고 상영을 요청했으며, 나는 떠나려고 일어서면서 이렇게 말했다.

"여러분이 예상한 내용이 아니었다면 미안해요."

제나가 머리를 가로젓다 나를 껴안으면서 말했다.

"솔직히 말해주어서 고마워요. 정말 후련했어요."

내가 지나갈 때 매릴린은 눈조차 마주치지 않으려고 했다. 내가 톰 행크스를 모른다는 사실에 진짜 커다란 충격을 받은 것이다. 수잔 역시 반기는 느낌은 아니었다. 우리 둘만 있을 때 이렇게 말했다.

"당신은 지금 막 내 고객 절반이 빠져나가게 했으니 나로선 당신의 그 배포를 싫어해야겠지요. 하지만 엄마로서 죄책감을 느낀다? 천재적이에요. 이 말 한마디로 주류 브랜드는 대부분 등을 돌릴 것 같긴 해도 개중에는 마키아벨리 같은 인플루언서를 좋아하는 브랜드도 있거든요. 그런데 당신이 보여준 모습은 무척 달랐어요. 정말 신선했어요. 에이전트가 필요하다면……, 내가 한 제안은 여전히 유효합니다."

"고맙지만 아까 한 말은 진심이에요, 수잔. 단순한 죄책감이 아니었어요. 이제 깨끗하게 끝냈어요."

우리가 출구로 나가니 까만 SUV가 한 줄로 쭉 늘어서고 그 옆에는 사인받으려는 사람들이 톰 행크스 얼굴 사진을 들고 잔뜩 모여 있었다. 내 핸드폰에는 문자가 넘쳐흘렀다. 일리야가 보낸 것도 있고, 몇 년 동안 만나지 못한 사람들이 보낸 것도 있었다. 나는 떠나려고 돌아서다 걸음을 멈추면서 물었다.

"수잔, 궁금해서 묻는 건데 다른 사람도 있었나요? 내 말은 다프네 부부 외에도 있었나요? 한두 명이 아니었나요?"

수잔이 긍정하는 눈빛과 부정하는 눈빛을 동시에 드러내며 대답했다.

"다프네가 제일 좋아하는 사람 가운데 하나는 바로 당신이었죠."

제 37 장

<투데이 쇼>를 시청한 뒤에 마리나는 어빙과 데이트하는 걸 미루고 우리 집에 머물면서 두 아이를 돌보겠다고 약속했다. 그리고 우리는 일리야가 간절하게 부탁해 일리야가 업무를 마친 뒤 밖에서 만나 오랜만에 수다를 떨기로 했다.

우리는 일리야가 젊었을 적에 관리한 적이 있는 베셀카로 갔다. 2번가에 있는 우크라이나 식당인데 일리야가 아직도 열광적으로 좋아하는 곳이었다. 우리는 제일 앞쪽 부스에 자리를 잡고 앉았다. 러시아 남자들이 카운터에 모여 있고 옆에는 나이 많은 이스트 빌리지 펑크족도 몇 명 있었다. 다른 부스에 앉은 히피족 식도락가들이 얼굴을 찡그린 여종업원에게 제일 맛있는 요리는 무어냐고 묻고 있었다.

일리야가 김이 모락모락 올라오는 우크라이나 만두 하나를 입에 넣으며 말했다.

"정말 오랜만에 오는군. 당신도 이걸 한번 먹어봐."

일리야가 포크를 건네는데, 나는 아직도 배가 너무 아파서 아무것도 먹을 수 없었다. 나는 얼음물을 꿀꺽꿀꺽 들이켜고 숨을 깊이 들이마신 다음에 말했다.

"그동안 미안했어."

"글쎄."

일리야가 대답했다. 반짝이는 눈빛이 약간의 희망을 던져주었다.

"내가 모든 걸 망쳤어."

내 말에 일리야가 고개를 끄덕이면서 계속 말하라고 신호했다.

"당신이 나를 용서할지 모르겠지만, 나는 당신이 용서하길 진심으로 바라. 나는 당신을 사랑하고 당신이 필요하거든. 그런 짓은 이제 두 번 다시 안 할 거고. 그동안 나는 그 일에 온통 뒤흔들렸어. 당신, 두 아이, 우리 가족을 다른 무엇보다 중요하게 여겼어. 당신이 내 말을 믿을지 모르겠지만, 내가 진심으로 미안해하는 마음을 그리고 당신과 두 아이를 무엇보다 소중하게 여기는 마음을 하루도 빠짐없이 증명하겠다는 사실을 알아주길 바라."

"고마워."

일리야가 말하면서 우크라이나 만두를 하나 더 입에 넣었다.

"당신이 나를 나쁜 엄마로 여기도록 놔둘 순 없어. 지금껏 일부러 그런 적은……"

내가 금방이라도 눈물을 터트릴 것 같아 일리야는 만두를 썹다 말고 나를 가만히 쳐다보다가 말했다.

"나는 당신을 나쁜 엄마로 여기지 않아. 그렇게 여겼다면 여기에 이렇게 앉아 있지는 않겠지."

일리야가 포크를 내려놓고 잠시 입을 다물더니, 다시 말했다.

"그리고 나는 당신을 더 많이 지원했어야 마땅했어."

나는 허리를 똑바로 펴며 물었다.

"그게 무슨 말이야?"

"나는 당신이 열심히 싸우고 있다는 사실을 깨달아야 했어. 그런데 그냥 밀어붙이기만 한 거야. 당신한테 누군가 가만히 들어줄 사람이 필요할 때, 혹은 가만히 들어줄 사람이 필요하단 생각이 들 때."

눈물이 얼굴을 타고 흘러내렸다. 고마운 마음과 후회하는 마음이 가득 몰려들었다.

"다프네를 사랑했어?"

일리야가 고개를 숙였다. 목소리가 살짝 갈라졌다.

나는 고개를 가로저으며 말했다. 어느 때보다 확실한 목소리였다.

"당신을 사랑한 방식하고는 달라……. 당신을 사랑한 방식은 전혀 아니야."

"그 말을 들으니 기쁘군. 그래, 이제 어떻게 할까?"

일리야는 다시 먹기 시작했다. 나는 식탁 밑으로 내 넓적다리에 손톱을 찔러 넣었다.

"예전처럼 돌아갈까? 인플루언서도 그만 두고."

"칙칙폭폭도 않고?"

일리야가 눈꺼풀을 비비면서 방긋 웃었다. 나도 그의 말에 동의하며 웃으면서 대답했다.

"그래. 사립학교도 다시는 신청하지 않고, 멍청한 '펑펑 뛰기' 클래스도 다시는 안 다니고, 우리 현관문 앞에 쌓이는 골판지 상자도 이제 사라지는 거야."

일리야는 입술을 오므리고 숨을 천천히 내쉬며 말했다.

"다시 시작할 지점으로는 괜찮은 것 같군."

나는 잔뜩 긴장한 마음이 풀리는 걸 느꼈다.

"일리야, 나는 당신과 함께 지내고 싶어. 이번에 한 약속은 꼭 지키고 싶어."

"나도 그래. 내가 다 먹어 치우기 전에 당신이 만두 하나를 먹는 걸로 시작하자고."

일리야 얼굴에 미소가 번졌다. 이제 모든 문제가 풀린 것이다.

제 38 장

뉴욕에서 오래 산 사람들 말을 들어보면, 예전과 달리 겨울철 날씨가 이상할 정도로 따뜻하다고 했다. 이제 삼월이 절반 정도 지났을 뿐인데 벌써 벚꽃이 피기 시작했다.

놀이터에 도착하니 파카가 더웠다. 오후 네시 사십분이었다. 이제 이십 분 뒤면 펠릭스 돌잔치를 시작한다. 돌잔치 준비를 하려고 직장에다 하루 휴가를 냈다. 롱아일랜드시티에서 올라탄 지하철은 생각보다 느렸다. 나는 할 일이 태산 같았다. 일리야가 직장을 마치고 쉽게 합류하도록 돌잔치 장소는 도심으로 잡았다.

마리나는 학교에서 두 아이를 픽업한 다음에 공원으로 곧장 왔다. 마리나가 미끄럼틀 꼭대기에서 나한테 손을 흔들고, 펠릭스는 마리나 옆에서 자기 형을 잡으려고 팔을 쭉 내밀었고, 로만은 정글짐에 매달린 상태였다. 나는 잔뜩 싸 온 짐을 기다란 나무 벤치에 내려놓고 피크닉 테이블 준비에 들어갔다. 파티용 모자 뭉치를 절반 정도 분리했을 때 핸드폰이 울렸다. 비고가 세스와 함께 오면서 무얼 가져오면 좋을까 묻는 전화였다.

"아니에요! 그냥 오세요."

"펠릭스가 뭘 좋아하는지 모르겠다고 말해."

세스 목소리가 배경음으로 들리고 나는 비고한테 이렇게 말했다.

"세스한테 펠릭스는 이제 한 살이 되는 거라고, 아직은 좋아하는 게 하나도 없다고 전하세요."

"왼쪽으로 꺾어! 아니, 왼쪽. 왼쪽!"

비고가 소리쳤다. 운전기사한테 하는 말 같았다.

"조금 뒤에 봐요."

나는 빙그레 웃으며 전화를 끊었다. 그런 다음에 메시지를 들여다보니, 바비가 이곳으로 오는 길에 매그놀리아에 들러서 컵케이크를 사가겠다는 문자를 보내왔다. 이제 남은 시간은 십오 분에 불과했다. 그 순간, 내 입에서는 한숨이 절로 나왔다.

시어머니는 좌골신경통이 도져서 못 오지만 어빙은 두 자녀를 데리고 올 예정이었다. 두 자녀가 마리나와 만나는 건 이번이 처음인데, 우리 모두 최선을 다해서 착하게 행동하라는 당부를 받은 상태였다.

뉴욕으로 돌아온 켄도 참석할 예정이었다. 그런데 혼자 온다고 했다. 애인은 부다페스트에서 좀비 영화를 찍는 중인데, 영화배우 웨슬리 스나입스와 엮였다는 소문이 돌았다. 한 마디로 켄이 버림받은 셈이라 일리야가 나한테 켄 앞에서 좀비 얘기를 절대 안 하겠다는 맹세를 받으려고 했다. 나는 이렇게 말했다.

"그건 말도 안 돼. 만화영화 <버블버블 인어친구들>을 주제로 한 돌잔치에서 좀비 말고 무슨 얘기를 하겠어?"

사리는 입구에서 커다란 쇠문을 어설프게 열고 웨이버리는 빗장 사이로 가볍게 들어와서 로만이 있는 그네로 달려갔다. 나는 사리한테 가서 자동차에 가득한 선물 가방 내리는 걸 도와주었다.

사리는 나를 보는 순간에 얼굴이 환하게 밝아졌다.

"축하해, 메그! 계약은 공식적으로 마무리한 거야?"

사리가 물으면서 트렁크에 상체를 묻은 채 종이 인형 피냐타를 가득 채울 사탕과 과자를 꺼내기 시작했다. 나는 고개를 끄덕였지만 여전히 실감은 나지 않았다.

《타임스》에서 기사를 내보낸 뒤로 상황은 빠르게 변했다. 내가 경험한 다프네와 인플루언서 세상에 근거해 책을 쓰자는 제안이 들어왔다. 나는 세스네 회사에서 목욕용품을 출범시키는 작업 중에 2주 동안 휴가를 낸 다음, 계약을 마무리하는 데 열중했다. 교훈이 담긴 동화를 쓰는 계약으로, 에이전트가 이틀 동안 노력한 결과 원고를 쓰겠다고 입찰한 편집자가 세 명이나 나왔다. 이제 글을 편히 쓸 수 있게 된 것이다.

사리는 공원으로 걸어가면서 이렇게 말했다.

"정말 자랑스러워, 메그. 당신 덕분에 이 저주받을 물건을 내가 다시 평가할 수 있게 되었어."

사리가 핸드폰을 공중에 들고 흔들며 이어갔다.

"이제는 와이파이나 샤르도네가 없는 곳으로 여행도 떠날 수 있을 것 같아."

테이블을 마무리할 즈음에 손님이 조금씩 모여들기 시작했다. 최근에 퀸스에서 사귄 친구 에스찌는 두 아들을 데려오고, 로만이 제일 좋아하는 실비아 선생님도 오고, 새 편집자 조안나는 동성 부인 로라를 데려왔다.

완연한 봄기운에 모두가 들떴다. 로스앤젤레스에서는 좋은 날씨를 일상적인 일로 여겼다. 그러나 뉴욕에서는 계절이 바뀌는 것이 뉴욕 사람을 단결시키는 것 같았다. 계절의 변화는 시간이 흘러가는 흔적을 나타내는 방법이기도 하지만 모두가 겪은 체험을 공유하는 과정, 즉, 공감대를 형성하는 과정이기도 했다.

우리 일행은 공원 앞쪽 모퉁이 전체를 독차지했다. 일리야도 도착해 어릴 적 코니아일랜드에서 벌이던 장난질을 털어놓아서 시끌벅적한 손님들을 즐겁게 했다.

사리가 옆구리를 쿡 찌르며 물었다.

"다프네가 망가뜨린 홀치기염색 의상 때문에 그 후에 고소당한 기사를 읽었어?"

나는 기울어진 나뭇가지에 피냐타를 걸칠 방법을 열심히 궁리하며 대답했다.

"아니."

"다프네가 공짜 제품을 받는 대가로 게시물을 올리겠다고 약속하고선 약속을 안 지킨 게 부지기수래. 제품을 중국으로 보내서 리볼브 브랜드로 재생산하기도 하고. 당신이 그걸 몰랐다는 걸 믿을 수 없어. '다이어트 프라다까지 그렇게 했다는데."

사리가 말하더니, 눈썹을 추켜세우며 물었다.

"최근에는 인스타그램을 전혀 확인하지 않는 거야?"

"최소한 열흘 동안은."

"으음, 마음이 약해진 순간에 살짝 들여다보는 게 좋을 거야. 사람들이 NBD 얘기를 하거든."

"뭐라고 하는데?"

나는 불안한 마음에 뒷주머니에서 핸드폰을 꺼냈다. 손가락이 무지갯빛 아이콘 위를 맴돌았다.

"엄마! 엄마! 내가 얼마나 높이 올라가는지 봐!"

로만이 그네를 타며 외치는 소리가 들렸다. 로만이 다시 소리쳤다.

"엄마! 엄마! 나를 봐!"

나는 고개를 들고 아들을 쳐다보았다. 아들이 높이 마음껏 솟구치고 있었다. 햇살은 묵직하게 휘고, 하늘은 더할 나위 없이 새파랬다. 너무나 아름다웠다. 그 어떤 사진보다도 아름다웠다. 나는 사리에게 피냐타를 마저 걸어주겠느냐고 부탁한 다음, 핸드폰을 주머니에 다시 넣고는 로만한테 다가가며 소리쳤다.

"로만! 엄마가 보고 있어!"

감사의 말

고마워요, 로렌 메크링(Lauren Mechling), 당신은 첫날부터 내가 품은 비전을 보고, 내가 꿈도 꾸지 못한 수준으로 끌어올려 줬어요.

고마워요, 할리 하이드만(Haley Heidemann), 당신은 코로나가 유행하는 시기 내내 이 책을 옹호하고 이 책에 담긴 가치를 끝까지 지지했어요.

고마워요, 나의 홍보 드림팀 제이미 캔델(Jami Kandel)과 메간 베티(Megan Beattie), 두 분은 어둠이 짙게 깔린 시간에도 두려움 없이 내 뒤를 따라왔지요.

고마워요, 리처드 파인(Richard Pine), 나를 설득해서 픽션을 도입하도록 했으니까요.

고마워요, 줄리아 보드너(Julia Bodner), 힐러리 제이츠 미카엘(Hilary Zaits Michael), 알리시아 에버렛(Alicia Everett), 로렌 로고프(Lauren Rogoff), 그리고 WME와 제 변호사 줄리아 자즈펜(Julian Zajfen).

고마워요, 벤 덴저(Ben Denzer)와 아론 번스타인(Aaron Bernstein), 두 분은 내가 표지를 꼼꼼하게 살피도록 만들어주셨어요.

고마워요, 소니의 로렌 모파트(Lauren Moffat), 로렌 스타인(Lauren Stein), 크리스토퍼 킹(Christopher King), 제시가 캐시(Jessica Casey), 그리고 비할 데 없이 훌륭한 재미 타세스(Jamie Tarses), 여러분 덕분에 이 책이 결실을 맺었네요.

브라이언 포크 바이스(Brian Volk-Weiss), 리치 메이어리크(Rich Mayerik), 그리고 나셀(Nacelle) 팀 전체에 감사드립니다.

제가 항상 앞으로 나아가도록 도와준 친구, 가족, 동료, 엄마, 아빠, 사만다(Samantha), 메마(Mema), 포피(Poppi), 키아라(Chiara) …… 디아블로 코디(Diablo Cody), 조 벨트레(Joe Veltre), 에이드리언 밀러(Adrienne Miller), 조앤 스파타로(Joanne Spataro), 샬럿 그로네벨트(Charlotte Groeneveld), 스테파니 댄러(Stephanie Danler), 케이티 스터리노(Katie Sturino), 첼시 핸들러(Chelsea Handler), 스테이시 벤뎃(Stacey Bendet), 멜로디 영(Melody Young), 마가렛 라일리 킹(Margret Riley King), 소피 플랙(Sophie Flack), 마이클 크라빗(Michael Kravit), 리즈 바카리엘로(Liz Vaccariello), 그랜트 긴더(Grant Ginder), 제시가 하트손(Jessica Hartshorn), 제니 헛(Jenny Hutt), 질 카그만(Jill Kargman), 제시 글릭(Jess Glick), 커티스 리치(Curtis Rich), 빅토리아 그레이(Victoria Gray), 브렌나 슐츠(Breanna Schultz), 브렌트 닐(Brent Neale), 산디즈 잔디(Shandiz Zandi), 베스 베커(Beth Becker), 로렌 거쉘(Lauren Gershell), 에밀리 헨리(Emily Henry), 케이트린 메너(Caitlin Mehner), 베타니 드메자(Bethany D'Meza), 오렌 테퍼(Oren Tepper), 저스틴 바사(Justin Bartha), 레베카 설리(Rebecca Serle), 제니퍼 랜캐스터(Jennifer Lancaster), 제니퍼 이츠(Jennifer Eatz), 줄리아 체보타(Julia Chebotar), 올가 그린버그(Olga Grinberg), 와인 해머만(Wynne Hamerman), 레이드 롤스(Reid Rolls), 앰버 마졸라(Amber Mazzola), 미리엄 타버(Miriam Tarver), 애실리 벨맨(Ashley Bellman), 애실리 그레이저(Ashlee Glazer), 댄 파워스(Dan Powers), 케이티 테일러(Katie Taylor), 지비 오웬스(Zibby Owens), 로렌 보크너(Lauren Bochner), 제이미 로전브리트(Jamie Rosenblit), 구조대원 주안(Juan), 도어맨 에드셀(Edsel), 로우(Lou), 맥스 스코티(Max, Scottie), 너제트(Nugget), 미구엘(Miguel), 루디(Rudy), 에스치(Eszti), 제한(Jehan), 주주(Juju), 실비아(Sylvia), 기나(Gina), 챠드 거비치(Chad Gervich), 그리고 무사퍼킹티츠(MuthafuckingTeets)의 유령에게 늘 감사드립니다.

나한테 글 쓰는 걸 그만두고 할 일 없는 배우 생활로 돌아가라고, 그래서 학교로 늘 데리러 오라고 말한 두 아들 시드(Sid)와 라즐로(Lazlo)에게도 감사합니다.

제 남편 제이슨(Jason)에게도 당연히 감사합니다. 제이슨, 제이슨, 제이슨. 내가 이 책을 쓰느라 얼마나 고생했는지, 우리 모두 감성적으로 얼마나 힘들었는지 아는 사람은 당신밖에 없어. 치어리더 역할도 하고 원고정리 역할도 하고 속 얘기도 들어주어서 고마워. 내가 쉼표를 사용하는 이유는 딱 하나, 바로 당신이야. 당신이 아니면 이 일을 해낼 수 없었어. 아니, 해낼 순 있었겠지. 하지만 무슨 말인지 알아볼 순 없었을 거야. 사랑해.

좋아요만 좋아하는 세상

초판 1쇄 발행 2023년 4월 15일

지은이 제니 몰렌(Jenny Mollen)
옮긴이 김옥수

펴낸이 장종표
편집 배정환 디자인 권승희
펴낸곳 도서출판 청송재
등록번호 2020년 2월 11일 제2020-000023호
주소 서울시 송파구 송파대로 201 테라타워2-B동 1620호
전화 02-881-5761 팩스 02-881-5764
홈페이지 www.csjPub.com
페이스북 www.facebook.com/csjpub
블로그 blog.naver.com/campzang
이메일 sol@csjpub.com

ISBN 979-11-91883-16-9 03840
※ 책값은 뒤표지에 있습니다.